张者 著

桃夭

TAO YAO

人民文学出版社

图书在版编目(CIP)数据

桃夭/张者著.—北京:人民文学出版社,2015
ISBN 978-7-02-010897-8

Ⅰ.①桃… Ⅱ.①张… Ⅲ.①长篇小说—中国—当代 Ⅳ.①I247.5

中国版本图书馆 CIP 数据核字(2015)第 087292 号

责任编辑　付如初　脚　印
美术编辑　李思安
责任印制　苏文强

出版发行　人民文学出版社
社　　址　北京市朝内大街 166 号
邮政编码　100705
网　　址　http://www.rw-cn.com

印　　刷　三河市鑫金马印装有限公司
经　　销　全国新华书店等

字　　数　251 千字
开　　本　880 毫米×1230 毫米　1/32
印　　张　11.75　插页 6
印　　数　1—10000
版　　次　2015 年 7 月北京第 1 版
印　　次　2015 年 7 月第 1 次印刷

书　　号　978-7-02-010897-8
定　　价　33.00 元

如有印装质量问题,请与本社图书销售中心调换。电话:01065233595

桃之夭夭,灼灼其华。
之子于归,宜其室家。

——《诗经·国风·周南》

1

这一天,师弟离婚了。

师弟邓冰闹离婚已经很久了,如今终于成功,不容易。师弟是一个沉默寡言的人,不开心也不张扬,离婚这种事本属隐私,他居然有勇气公布于众了。师弟通过微信同学圈,向同学们高调宣布,内容如下:"本人邓冰与张媛媛同学已正式离婚,从即日起,本人和张媛媛之间只存在同学关系,没有了夫妻情分,在联系我们时应区别对待。离婚后,大学城的别墅归张媛媛所有,市区的三居室归本人所有,家庭存款平均分配(具体数额保密)。儿子邓小水由张媛媛抚养,邓冰每月支付生活费五千元整。余不……"

消息发布后,圈内没有任何反应,这让人很意外。平常屁大点事同学们都会讨论半天,围观者能有数十人,邓冰离婚这么大的事同学们居然没有任何评论?其实,没有评论不是同学们不关注,是暂时反应不过来,是反应过度。张媛媛和邓冰是大家的同学,让同学们说什么好呢。在大学期间邓冰就追张媛媛,只是一直没有成功,直到邓冰随张媛媛考上了研究生,在研究生毕业时,才把张媛媛拿下。张媛媛嫁给邓冰后又读了博士,留校成了大学教授;邓冰研究生毕业后去了律师事务所,后来成为一名大律师。邓冰和张媛媛可谓是既有经济实力,又有社会地位,要风得风,要雨得雨……如今,他们都离婚了,还让其他同学的小日子怎么过。

师弟离婚的时候我在外地,赖武在拘留所,张健在国外,只有喻言在家。我们师兄弟五个根据年龄依次排序为:喻言是老大,赖武老二,张健老三,我是老四,邓冰为老五。我们本来是大学同学,后来又一起考上了研究生,师出同门。在我们师兄弟五个中,似乎只有师兄喻言可以安慰一下师弟,这不仅仅因为喻言正好在家,关键是喻言已先离了,他可以现身说法。

离婚就离婚吧,现在离婚率这么高,特别是对一个60后来说这没有什么稀奇。同学圈内的不反应期过后,邓冰收到了师兄喻言的留言:"热烈祝贺师弟邓冰同学离婚成功!"喻言在圈里还给邓冰发送了一枚金色的自由勋章。

喻言的留言立刻遭到了女同学的围攻。说什么的都有:骂喻言是王八蛋,自己离婚了,就盼着别人离婚,真不是东西;邓冰和张媛媛离婚也许就是喻言背后撺掇的;可不是吗,他们是闺蜜,从大学到研究生就一直狼狈为奸;离婚后他们又可以在一起吃、喝、嫖、赌干坏事了……

喻言遭到了女同学的群殴,居然没有一个男同学为喻言帮腔。

对离婚的讨论不久在圈内就展开了,参与讨论的同学分布在世界各地。当然,参加讨论的以女生为多,男生只是围观。一个主要观点是:男人没有一个好东西,四十岁过后离婚,对女同胞的伤害也忒大了;男人四十一枝花,女人四十烂泥巴;要离婚早该离,过了四十离婚女人后半生怎么过;一个女人拖着个孩子将来怎么找男朋友;男人从一棵树上下来,一下就投进了森林,那可是原始森林呀,充满了欲望,万紫千红,万物花开,一代又一代的小妖精人才辈出……

远在美国和欧洲的同学还建议国内的女同学成立"婚姻保护联盟",订立盟约。大意是女人过了四十,男人要提出离婚,必须净身出户,让他一穷二白,一定要洗白了再放他走。

邓冰知道女生骂喻言就是骂自己,之所以不直接骂,或许是对自己离婚的原因有所耳闻。说白了,邓冰离婚是因为老婆张媛媛出轨,这和另外一个同学赖武有关。邓冰、赖武、张媛媛在读大学时就是一组著名的三角关系。当然,邓冰在大学时还参与了另外一组三角关系,和喻言和柳影。这个另说。

如果说邓冰离婚还让女同胞们多少有些同情,那么喻言就不同了。喻言离婚是无事生非,属于没事找抽型。

喻言没理会骂他的女生,他想给邓冰发一条邀请,让邓冰晚上来喝酒。但在发之前他犹豫了,删除后改用个人微信。喻言知道这个时候在圈内公开邀请邓冰喝酒,让女生看到了肯定又是板砖。女同学恨不能拍死你,臭男人,你们还喝酒庆贺是吧!还有,喻言也怕同城的男同学来凑热闹,那就不好了。对于邓冰来说,刚离婚应该静一下,不宜大操大办。当然,这种静也不是自斟自饮,独自伤怀,应该有一知己,把酒倾诉,回望过去,听风怀旧。

四十岁过后,喻言就开始怀旧了。日妈的,活着、活着就到了回忆过去的年龄,这让喻言很郁闷,自己觉得还没怎么活呢。子曰:"三十而立,四十而不惑,五十而知天命,六十而耳顺……"难道自己就到了四十而不惑的年龄了?喻言没觉得不惑,恰恰相反,身体正蠢蠢欲动渴望着各种诱惑。看来,听圣人说话要与时俱进,古人的寿命短。据说在一千多年前的唐代,平均寿命才二十八岁,大诗人杜甫不是说,"人生七十古来稀"嘛,他只活了五十岁,使劲活也很难达到七十岁。两千多年前的春秋战国时期,平均寿命更短了,所以才有孔夫子的"四十而不惑"之说。现在全世界人均寿命六十六岁,中国人均寿命已经超过七十七岁了,不活到八十岁就是夭折。所以,喻言对不惑之说耿耿于怀,认为自己开始怀旧只是一种回望,是为了未来更好地活,是想重新活一回。

据说,男人过了四十有如下特点:一、看一本闲书要戴老花镜了;二、对现在的老婆越来越不满意了,不想再凑合了,过去为老婆孩子活着,现在想为自己活着了;三、孩子已经上大学了,开始恋爱了,满十八岁了,从法律上讲老子算是完成任务了;四、有能力有本钱再折腾一次了,敢提离婚了,也离得起婚了;五、头发越来越少了,有的已经秃顶了,胡须、眉毛、鼻毛、腋毛、屌毛都有白的了;六、有些同志有能力自费出书了,这些书的内容五花八门,有回忆录,有中学时的作文,有大学时写的诗,还有初恋时的情书……

喻言就出了一本情书集,叫《两地书》。喻言把当年的情书自费出版惹怒了老婆王雅清。王雅清和喻言大吵了一架,说喻言还模仿鲁迅呢,你那是两地书吗?你和初恋女友在同一所大学里,一个住桃园,一个住梅园,桃园到梅园距离只有500米,居然敢叫《两地书》。你既然那么怀念你的初恋,你就和她过呀?我就不明白了,你写给她的情书和她写给你的情书怎么都在你手里呢?是初恋女友要和你分手,把情书都退还给你了吧?人家把你的情书都退了,这说明人家下定决心要和你分手,你倒好,不把人家的情书退回去,还一直保存到现在,结婚这么多年了,又把情书出版了,这安得啥心?你出版情书能赚多少钱?赚再多钱也不能出卖隐私呀。你和过去的女人出情书集,把我放到什么位置上了?你心中根本没有我,原来我一直生活在你初恋女友的阴影里,你去找初恋女友吧,我反正不和你过了。

喻言老婆最后把声音提高了八度,严厉宣布:喻言你这个骗子,耽误了我一生,离婚,离婚,离婚……

喻言被王雅清的机关枪打成了筛子。喻言就像泄气的皮球,有气无力地回答,离婚就离婚,我没有意见,看儿子有没有意见,反正你们也不需要我了。喻言是某杂志社的副总编辑,是一个小有名气的专栏作家,收入不菲。喻言不用坐班,每周去单位开一两次选题会,平常基本就宅在家里写点东西。喻言算是一个资深宅男了,也是闲极无聊,居然敢在死老婆前就出情书集,还是和前女友的。喻言的老婆王雅清是个律师,能说会道,钱比喻言挣得还多。喻言家不只一套房子,所以,喻言和老婆有经济条件离婚,确实离得起婚,否则换一个家庭试试。

闹离婚时,儿子带着女朋友来看喻言。儿子说,你怎么能出前女友的情书集呢,又不是和妈妈谈恋爱时的情书。你出这情书集能挣多少钱呀?喻言说我出这情书集就是为了纪念一下过去,不是为了挣钱,属于自费出书。儿子说你这就更不对了,用夫妻双方共有财产出书去纪念初恋女友,哪个女人受得了?儿子是学法律的,才大二说话办事就已经显现出了理性。喻言说,出书才用多少钱,不就是几万块钱吗?这是我的个人财产,不是夫妻共有财产。你看你们现在多美好呀,我就不能回忆一下过去的美好吗?喻言这样说,儿子的女朋友乐了,说我理解大叔的行为,大叔把你的书送我一本吧,我们看看80年代的大学生是怎么谈恋爱的。喻言就送了一本情书集给儿子的女朋友,让他们拿去看,说看了就理解老爸了。

儿子后来也劝过王雅清,说老爸出书不是"贩卖"隐私的行为,是自费出版的。喻言老婆就更不干了,说自费出书得几万块钱吧,那钱是从哪来的?这说明你爸还有私房钱,有小金库。这么多年了,他对我还有二心,坚决离婚。儿子说,看来你们真不想过了,我不管了。离了婚你们也跑不掉,一个是我爸,一个还是我妈,大不了老爸再给我找一个后妈呗。

喻言离婚后搬进了另外一套房子,那房子是喻言原单位的集资房,公积金买的,一直都在出租,现在好了,各住各的。离婚后喻言突然感觉到了久违的轻松和自由,就像一只被放飞的小鸟儿,在小区散步见到柳树和正开放的鲜花,居然又一蹦一跳地去寻花问柳了。真的,喻言离婚后连睡觉都开始蹬被子了,自由自在四仰八叉的睡,不用顾及身边的另外一个人了,连做梦都是笑着醒的。

就在这时,喻言得到了邓冰离婚的消息,当然激动了。喻言和邓冰在我们师兄弟五个中关系是最密切的,两人在同一年结的婚,现在又同一年离婚,就像约好了似的。只是,邓冰的孩子小,当年结婚一直没要孩子,喻言儿子都有女朋友了,邓冰儿子小学还没毕业呢。这样,邓冰儿子邓小水就成了喻言的干儿子。总之,喻言和邓冰几十年来好得就像一个人似的,两个人谁也离不开谁,就差没成同性恋了。没有成为同性恋是两人的性取向还比较正常,只讲哥们儿义气,不讲哥们儿柔情。

邓冰晚上到了喻言的家,带了瓶红酒,还很矫情地带了酒杯,这让喻言哭笑不得,好像喻言家没有酒杯似的。师弟说喝红酒要

TAO YAO

有特殊的酒杯,否则再好的红酒也喝不出感觉,看来邓冰是有备而来的。

邓冰在离婚前那段时间也经常来,两个人在一起经常怀旧,或者说回忆。当然,回忆对一个四十多岁的男人来说未免早了点,也太老气横秋了。他们的状态或许应该叫回望,回望显得有生气些。男人要回望一般是从情感开始的,这往往是因为爱情缺失,家庭生活失败,事业也出了问题,回望一下过去,寻找精神支柱,或者说回望也是为了搞明白什么是人生的价值。

在这方面喻言和师弟有分歧。喻言对师弟说,我们虽然婚姻失败了,但我们应该向前看,无论是爱情还是事业都充满了希望。虽然我们年过四十,可我觉得自己还很年轻,除了头发少点,屌毛白了几根,其他和上大学时没有什么区别。邓冰你就更显年轻了,一头浓密的头发,血脉旺盛呀。当然,有些许的白发,染染谁也看不出你有四十多了。总之,四十岁男人的前途是光明的,明天会更好。

邓冰没有师兄喻言乐观,认为自己最好的年华已经过去,过去的时光才是人生最美好的,这和头发有屌毛的关系。关键是最纯洁的爱情已经失去,现在男女的交往只是为了满足欲望。孩子只不过是男人或者女人制造出的一个阴谋,是单方面的3D打印,而婚姻是人类最腐朽的法律制度。现代人没有友谊,同学更靠不住,交往的目的就是互相利用,只有交易,没有交情。大学时期的纯洁友谊永远没有了,现在的人与人之间的所有的交往,只不过是为了建立自己的人脉关系。

师弟说话像个愤青,喻言知道他这番话是有所指的。谈到爱情师弟肯定要控诉老婆，也是他们共同的师妹张媛媛。如果喻言不拦住他，关于师弟和张媛媛的陈词滥调不久就会淹没两人的所有谈话。而谈到同学友谊，师弟肯定要指责法官赖武，也就是二师兄。赖武曾经是邓冰代理案子的主审法官，在案子的审理过程中，师兄弟反目成仇了。邓冰一度对同学友谊，甚至对律师这个职业都产生了怀疑，出现了幻灭。

喻言知道师弟遇到了问题，无论是事业还是爱情他觉得都很失败，一切都让师弟绝望，他需要寻找人生的依靠和内心的支撑。

2

其实,师弟本来是一个很好的律师,他和喻言的前妻王雅清是一个律师事务所的,都是合伙人。王前妻曾经给喻言说过,邓冰接的案子总是能胜诉,江湖上都传开了,说邓冰是常胜律师。现在,师弟这样的常胜律师突然不接案子了,对所谓的诉讼厌倦了。按师弟的话说,一切和法律无关,我胜诉是因为"我们的师兄遍天下"。你又不是不知道,案子只要到了法官师兄手里什么都好办了,大家都知根知底,比较好勾兑。其实,很多案子和法律无关,打官司就是打关系。

当时,师弟这样说让喻言很吃惊,师弟在喻言面前从来不讲他们法律界的坏话,更不会讲内幕。虽然两人是死党,都学的是法律,但喻言和法律界没有关系了,成了靠笔杆子吃饭的专栏作家,师弟邓冰怕喻言曝光。喻言曾问到律师贿赂法官的传说,师弟说你怎么不问自己老婆,正如你们媒体参加新闻发布会拿红包一样,这很正常。

喻言知道司法系统的腐败现象很严重,从"两会"最高人民检察院的工作报告中可以看出,在犯罪人曾经的身份中,国家公务人员比普通人员高一倍,司法人员犯罪比普通公务员高五倍,司法系统的贿赂犯罪占全国贿赂犯罪的五分之一,这其中大部分是律师和法官的交易,也就是说律师贿赂法官已成为行业的潜规则。师弟邓冰是律师,二师兄赖武是法官,他们之间反目成仇就是因为潜规则。他们的故事更像一个讽刺笑话,有寓言色彩。

在师弟邓冰代理的一个案子中,法官是老二赖武,而对方的代理律师又是老三张健。这样,师兄弟三个人组成了一个可笑的三角关系。这关系有点乱,有点荒诞,但又是合法的,不在法律规定的回避范围内。

回避制度规定的是审判人员和当事人不能有特殊关系,没有规定法官和代理律师之间不能有某种关系,比方说同学关系是不是特殊关系。既然没有规定回避,那么师兄和师弟的这组关系就是合法的。如果代理律师和主审法官师出同门,这是否影响法官的判决?回答是肯定的,所以才有师弟的"我们的法官师兄遍天下"之说。

在以上这组关系中,既然双方代理律师和法官都是同学,法官能不能一碗水端平呢?

法官赖武把邓冰律师和张健律师叫到了一起。赖武说你们两个都是我的师弟,师兄我不偏不斜,咱们进行一次以法律为准绳,以事实为依据的公平诉讼如何?两个师弟互相望望,都点了点头,表示同意。赖武又说,你们两个都代表当事人向师兄我表示过了,邓冰你表示了二十五万,张健你表示了二十万对吧?

邓冰和张健面面相觑,两个人的脸都红了。两个师弟在师兄面前无地自容。邓冰后来对喻言说,他还以为赖师兄会教训一下自己,即便是道貌岸然地教训,我也非常乐于接受。邓冰在心中甚至还产生了一种欣喜,这位赖师兄原来是个秉公执法,不为钱财所动的好法官，难能可贵呀。换句话说，如果是那样，师弟也许对他的律师职业不至于幻灭，心中还会有希望。长期以来，师弟在律师执业中已经把贿赂法官当成一种正常程序了。

可是，接下来赖武的话又让两个师弟莫名其妙。赖武说你们都是我的师弟，我不会因为区区五万块钱偏向一方。邓冰和张健大为不解，明明两个人一个送了二十万，一个送了二十五万，怎么到了师兄那里就只成了五万了？

赖武拿出了五万块钱递给了邓冰。赖武说你们两个相差五万，这五万还给邓冰，你们两个现在对等了，我们来一次公平的诉讼。

这下邓冰和张健才真正傻眼了。

当师弟气急败坏地把这件事告诉喻言时，喻言不由地苦笑了一下，说赖武在学校就是这样的，这一点大家都知道，这确实是他的做事风格。师弟邓冰谈起这事还骂骂咧咧的，怎么不把所有的都退了，这样更对等。本来，律师在当事人的授意下给法官表示一下，是一种游戏规则，双方律师心照不宣。赖武把双方律师叫到一起，还当场说明表示的具体数额，这是对律师的侮辱，是对律师人格的玩弄和蹂躏。师弟认为当事人通过代理律师给法官表示一下，就好像病人给医生红包一样，都是行规，赖师兄破坏了这个行规。邓冰最后说我受够了，法官完全不把律师当人看。在法官和律师的这组关系中，律师永远是孙子。

师弟的愤怒算是邪火，因为在这组关系中，师弟忽略了对法律的尊重。他把律师贿赂法官当成了常态和行规，把法律的公平正义放到一边了。喻言问邓冰，你为什么当律师，你当年不是说，成为一个律师是为了伸张正义嘛。

师弟的回答可谓振振有词,师弟说再好的法律规定都是由人来实施和执行的,是人就有情感,谁也逃不出法外之情。律师作为这个游戏规则的一方,既然代表当事人进行诉讼,就不可能主持公平伸张正义,这是律师之所以成为律师的生态和伦理。律师只可能助纣为虐。

后来,师弟邓冰赢了这个案子。可是就在宣判邓冰胜诉之后,邓冰收到了张健的一个信封。信封里面有邓冰老婆张媛媛和法官赖武在一起亲热的照片。随照片张健还给邓冰写了一封信,说邓冰胜之不武,说好了是公平竞争的,不该让老婆上阵,玩美人计。

张媛媛和赖武在大学就是恋人,后来张媛媛和赖武分手嫁给了邓冰。邓冰根本没想到张媛媛和赖武还有来往。邓冰接到信一下就崩溃了,他被后院失火的法外柔情击中了。

邓冰后来的行为基本上是一种鱼死网破的玩法,他毫不犹豫地提出和张媛媛离婚,并且举报赖武受贿。最后,赖武因涉嫌受贿被刑事拘留,至今都还没有结案,而邓冰也因为涉嫌行贿被拘传,因为是举报人才没有被追究刑事责任,只受到暂停律师执业的处罚。邓冰一气之下干脆从律师事务所退股,不干了。邓冰跟喻言说,我是一个脆弱的人,按拿破仑的话说,"对于脆弱的人来说,从事法律工作是一种太痛苦的经历,使自己习惯于扭曲的事实,并为不公正的成功而狂欢,最后几乎无法辨别是非。"师弟说我受够了。律师在外人眼里多么光鲜亮丽,其实一直在扭曲中生存,有苦无处说。

在师弟邓冰和老婆闹离婚期间,他的人生进入到了前所未有的低谷。师弟会在夜里关着灯,拉开窗帘,坐在床上,披着被子,望着窗外。窗外是熙熙攘攘的人群,夜市正燃烧着白天最后的激情。师弟觉得很寂寞,他这时就会打电话给喻言。他在电话中不说话,只是叹息,那些叹息就像刮风似的,一阵紧一阵慢的。

师弟在电话中叹息,喻言就听着师弟叹息,也不说话,也不挂电话。在深夜,师弟的叹息电话会不期而至。师弟在夜里打电话的时候,喻言往往正在出神,望着电脑屏幕想入非非。师弟的电话对喻言来说并不构成骚扰,反而使喻言在寂寞中有了意外的填充。喻言知道师弟没什么具体事,只不过是为打电话而打电话。此时,喻言会把电话放在电脑桌上,边敲字边听师弟的叹息。

现如今邓冰终于离完婚了,还带着很高级的水晶杯来喝红酒。喻言和邓冰一直喝到天亮,把邓冰带来的红酒喝完后,喻言又开了两瓶。两个人喝了一夜的酒,整个晚上师弟邓冰成了话痨,喋喋不休地谈他过去失败的家庭生活,谈他的前妻。邓冰谈前妻的口气非常古旧,好像不是才离婚,而是已经离婚好多年了。

不过喻言却不同,喻言劝邓冰,不要把离婚当回事,离婚是真正的解放。我可尝到离婚的甜头了,离婚后我突然觉得自己要飞起来了,真是没事偷着乐呀。唯一要适应的是没有正常的性生活了,这对于一个四十多岁的男人来说很重要,所以,我们要满腔热情地去迎接新生活,把自己捯饬一下去找个年轻漂亮的姑娘谈谈恋爱那还是有可能的。

喻言这样说让邓冰兴奋了起来。不过,邓冰和喻言的观点又不一样。邓冰说自己对小姑娘不感兴趣,还是喜欢大学同学,知根知底,有感情基础。喻言认为邓冰有病,大学同学都多大了,奶奶辈了,有嫩草不吃,要去嚼老麦秸;好不容易挣脱了枷锁,却又往火坑里跳。

邓冰嘿嘿笑了,很神秘地说,经研究,在大学同学中有一个女生一直暗恋我,我要进行感情回归。喻言有些吃惊,说一个暗恋你的女生,你都知道了,这还叫暗恋吗?好上了嘛?邓冰摇摇头说,还没有好上。喻言说,大学同学,谁呀?

邓冰就拿出一张纸条给喻言看。

纸条已发黄,不过不太厉害。纸条就夹在邓冰的一本练习本里。纸条的内容如下:"如果我死去,你会为我哭泣吗?"署名为LY,时间为1985年11月10日。

喻言望望邓冰问,LY是谁?邓冰暧昧地笑笑,不回答。喻言问,这就是所谓暗恋你的女人?

邓冰摇摇头说,不,是女生。

喻言无语,一张80年代的纸条,已经30年了,邓冰还称写纸条者为女生,真够矫情的。即便当年写纸条的是女生,现在也是女生她妈了。喻言不知道邓冰这个离异的老男人保留这张纸条有什么现实意义。

喻言拿着邓冰的旧纸条翻来覆去地看,就像研究古代的一幅书法。邓冰又说,如果你还有点记忆,这张纸条你应该见过。喻言摇摇头自言自语,不记得了,30年前的纸条谁会记得。

邓冰说你有病呀,曾经看过的纸条都不记得了。喻言回敬道,你才有病,把一张纸条保存到现在。喻言在嘴里重复着纸条的内容,说这个叫LY的女人肯定也没死吧,当年这只是以死明志,表达对你的爱慕之情!不过,这位80年代就向你表达爱意的女人,对,

是女生,要是现在还没死,一不留神成了名人,这就是名人真迹呀,那就值钱了,拿去拍卖说不定是天价,邓冰你发财了……哈哈。

邓冰脸上马上露出了嘲笑和蔑视,说你怎么这么俗,钻到钱眼里了,我保存这张纸条可不是为了钱,就像你出版情书不是为了出名一样。这张纸条的内容承载一种真挚的情感,一种绝对的信任,一种生命的重量,收到纸条的人有一种无法推卸的责任,这需要担当,这一切恰恰是现代人最缺少的。

喻言望望邓冰,把纸条还给他,说,你给我看这张旧纸条什么意思?邓冰正色道,我们算是30年的交情了,我现在拿出一张旧纸条给你看,那是有原因的,难道你真记不得这张纸条了?

邓冰和喻言有30年的交情不假,但,喻言不记得这张纸条了也不假,让喻言严肃对待,这就让人十分为难了。邓冰还让喻言猜,喻言基本要崩溃了。那字母是英文的缩写还是汉语的拼音?是无姓的昵称还是有姓的全名?关键是让喻言从大学同学中猜出写纸条的一位女生,这要穿越30年的时空,然后找一位少女,这种难度也太大了,喻言确实没有这个能力。

邓冰说那字母不是英文的缩写,是汉语的拼音。L是"柳"的声母,Y是"影"的声母,连在一起就读为"柳影"。

邓冰这样解释出了LY的指代,喻言心中就"咯噔"了一下。按理说柳影应该是喻言大学时的第一个"女朋友",可喻言却把她忘得一干二净了,可见第一个女朋友,却不一定是初恋,也就是说喻言没有爱上这个叫柳影的女生,长期以来喻言一直认为蓝翎是自己的初恋情人,所以还出版了情书集。

邓冰让喻言看看自己当时写的日记,这上面有记录,还有我们打赌的事,柳影是我们打赌的标的物……喻言把邓冰递上来的本子挡了回去,把目光投向别处,表示对那篇日记不感兴趣。邓冰将一张旧纸条给喻言看,还让喻言猜昔日写纸条的女生,如果喻言再看了邓冰的旧日记,还不知道会勾起他的什么儿女情长来,喻言可没有心情去理他过去的乱麻。

3

其实,邓冰的硬皮本子喻言见过,喻言曾经也有一本,是大学时的写作练习本。当时,教写作的老师在上第一节课时就宣布,一定要在本年级培养出几个作家来,他要亲自将弟子推上文坛。写作老师在文学刊物上发表过作品,在校园内小有名气,算是业余作家。他上第一节课就给每个同学发了本硬皮的练习本,让同学们写出人生的第一篇作品。写作老师强调,要写大学时期的作品,不是中学时期的作文,"作品"和"作文"有本质区别。怎么个本质区别,写作老师没有说,写作老师只是说,可以写散文,写小说,写诗,写杂文,甚至可以写日记。总之,就是让同学们写自己的真实情感,写自己经历的真实故事,一切从真实开始。

写作老师也是我们的辅导员,现在看来还是很有一套的。大学本科一年级刚入校,才离开父母还没有断奶,少男少女多愁善感,伤春悲秋,寻死觅活,发泄的都是无名的烦恼。男生一脸的官司,女生一脸的愁苦,思想情感非常难琢磨,处在青春危险期,整天在暗恋和失恋的梦魇中沉睡不醒。让同学们写自己的真情实感,辅导员就可以合理合法地阅读大家的文字,掌握同学们的思想情感动向,这对一个辅导员老师是相当重要的。

现在看来,我们当时写的都是非虚构作品。

当然，老师虽然循循善诱，有多少同学这样做了，却很难说。有一次喻言因为带领同班男生和其他班的同学打群架，被学校"留校察看"处分。喻言父亲被学校叫来了，没想到他当着同学们的面抽了喻言。喻言愤怒之极，又不好意思还手，就写了一篇杂文，对父亲口诛笔伐。

老师在写作课上讲评，还念了喻言的杂文，并不无讽刺地说，喻言同学照这样发展下去，将来一定能成为像鲁迅一样的作家。老师这样说让同学们哄堂大笑。鲁迅先生的画像就挂在喻言的头顶，老师说喻言能成为鲁迅，这种讽刺打击让喻言再也不敢抬头直视鲁迅的画像，甚至在读鲁迅的作品都脸红心跳。

更多的时候，喻言和邓冰他们都写诗。

80年代的大学校园总是弥漫着一种文学氛围和浪漫情调，相信爱情是永恒的，相信文学是崇高的。几乎每一个大学生心中都装满了诗情画意，各种各样的文学社团如雨后春笋，这些文学社团都是跨系科的，骨干往往是中文系的。喻言和张健、邓冰是最好的哥们儿，他们都是文学社团的骨干。三个人在大学中是铁三角，吃、喝、住、行，包括跟踪女生都在一起，人称"三个火枪手"。三个人找街上的裁缝做了一件蓝斯林布的长衫，在一起时常会穿着在校园散步，扮演着才子，吸引着佳人。但穿长衫却不念之、乎、者、也，而是念朦胧诗：

"卑鄙是卑鄙者的通行证，高尚是高尚者的墓志铭。"
"黑夜给了我黑色的眼睛，我却用它来寻找光明。"
"与其在悬崖上展览千年，不如在爱人肩头痛哭一晚。"

……

有北岛、顾城、舒婷武装自己,三个人散步时显得很牛逼,不太搭理人,好像有北岛、顾城、舒婷附体的,就都是有真才实学、有远大抱负的文学青年。他们还时常会去教学楼前的大草坪,在那里会听到同学们正用南腔北调的普通话,高声朗诵自己或者人家的诗歌。

有一天写作老师突发奇想,把写作课搬到草坪上,还美其名曰:文学写生。大家在草坪上或坐或站,三五成群,望着不远处开始寻找灵感。邓冰和喻言的目光其实一直都没离开校园内行走的女生。不远处就是女生宿舍那灰色的小院子。院子里种着腊梅,冬季开花,香味会吸引全校的男生。院子里还生长着茁壮的芭蕉树,梅雨季节雨打芭蕉的声音十分诱人。

邓冰和喻言望着灰色的小院子就开始吟诗了,邓冰在草坪上走了七步,注视着路过的女生写了一首诗叫《女生》,喻言也走了七步写了一首诗叫《女友》。两个人效法古人都写出了七步诗,这惊动了老师。写作老师让两个人当场朗诵自己的诗。邓冰先朗诵:

  长发飘飘的女生
  怀抱书籍与青春
  走出那神秘灰色的小院子
  穿过金色的草坪
  走向那春醉的湖边
  去看那白色的涟漪

> 裙裾上留下了灰色的柳影
> 阳光的金线已扯去了你脸上的茸毛
> 就像故乡待嫁的新娘

大家听了都说好,张健问邓冰,"阳光的金线已扯去了你脸上的茸毛"是啥意思?邓冰说,你不懂了吧,这是民俗,北方农村的姑娘在出嫁时要找婶子、大娘用一根金线扯去脸上的汗毛,叫扯脸。这样新娘的脸就更加光鲜亮丽了。在北方你看一个女人是不是出嫁,看她脸上有没有汗毛就知道了。张健问怎么看,邓冰说要凑近了才能看到。同学们都笑。不过,很多同学为此很佩服邓冰的知识面。喻言却悄悄对张健说,是邓冰刚从一本小说中读到的。

老师让喻言朗诵自己的《女友》。喻言朗诵:

> 女友在月光下散步
> 独自一人却要把柳影抱在怀里
> 女友在黄昏时出行
> 没有梅雨却要撑起油纸伞
> 女友无病呻吟
> 不见爱人也要飞吻想象
> 啊
> 我愿做你远方的爱人
> 不用做爱也能燃烧
> 却不会精尽而亡

喻言的诗让很多女生都难为情地低下了头,半天没有同学发言。最后,张健说喻言这是典型的意淫,比邓冰的七步诗坏多了,一点都不纯洁。邓冰也骂喻言是好色之徒。喻言说这诗多么纯洁呀,"不用做爱也能燃烧",这说明了什么?这是真正的柏拉图呀。很多同学对喻言的"柏拉图"说都不屑一顾,外号叫康大叔的康达同学居然大声喊道,我懂了,你妈的,我懂了。"不用做爱也能燃烧",这不是什么柏拉图,这是打手冲,是手淫呀。

这种大胆的诗评让舆论哗然,男同学情不自禁地起哄,却让女同学们无地自容。最关键的是让老师下不了台,不知道怎么评价,脸上有些挂不住。好在这时下课铃响了,老师连忙宣布下课,男生们围着喻言依依不舍,女生们却逃之夭夭。

喻言和邓冰的这两首诗在全年级的影响是深远的,两个人都有意无意的都用了一个词"柳影"。柳影并不是柳树的影子那么简单,她是中文系的一个女生,是一班的班长,而且是全年级四个班一百多同学中最漂亮的女生。柳影是男生关注的对象,她让所有的男生心向往之。男生大部分都暗恋她,蠢蠢欲动。喻言和邓冰应该也不例外。

柳影几乎成了男生性觉醒的催化器,不知道有多少男生在周末的早晨赖在被窝里不起,然后趁人不备,紧闭双眼手淫,幻想着性伙伴是柳影。所以,康大叔的评诗可谓是一语道破天机。可是,暗恋是一回事,手淫是一回事,敢不敢更进一步那又是一回事了。所谓的再进一步也和现在的大学生不同,两个人一确定恋爱关系了,就出去开房,或者干脆租房住在一起,就是休学结婚生孩子也不是什么新闻了。80年代大学生的恋爱是慢节奏的。恋爱的经过往往是这样的：

在某一个晚自习的黑夜，你在灯火辉煌的教室里正看着书，突然一个纸条投向了你，你打开一看，立刻脸红胸闷，原来是一个女生的……其实你平常并没有太注意这个女生，她却注意上了你。你心中其实是想拒绝的，却没有拒绝的理由和勇气。当你再见到她时，你害羞得不得了，这时你发现自己也许就爱上了她。于是，初恋就开始了。两个人"好上"后，第一年最多拉拉手，第二年才敢亲吻，第三年最多摸摸奶，在全身胡乱探索一下，眼看要毕业了还没上过床呢。所以，80年代的大学生到毕业了还有一大把处女和处男。

当时，恋爱的内容现在看来其实很枯燥。她会时常关注着你，下课晚了，她会默默地在食堂窗口帮你排队，等你来了，给你一个眼神，你就可以在她前面合法地插队。有时，你饭票不够了，她会悄悄地给你，一起打水，水票也不用你操心。当然还会一起看电影，这是很重要的内容。你有篮球赛，她会站在场外围观，将你的一大堆衣服和臭袜子都抱在怀里，就像怀抱了你。你平常会节省一点钱，然后在某次逛街时一次性花光，给她买一条红裙子或者白裙子。总之，两个人这样煞有介事地谈着所谓的恋爱，就像天生的一对。

当你和她谈了一段时间后，你发现爱情好像不是这样的。因为你喜欢上了另外一个女生，这没有任何原因。反正看到另外一个女生你就会心慌，老远就躲着走，可是你见不到她时，心里又空荡荡的。她让你废寝忘食，夜不能寐。

于是，你提出和你现女友分手，失恋就这样发生了。她痛苦，

TAO YAO

你也觉得痛苦,因为不痛苦是不行的,这是失恋呀怎么能不痛苦呢!在失恋的某一个晚上,你和男同学们在一起喝酒,你有意把自己灌醉,在喝醉了的晚上,你写了一个纸条给你喜欢的另一个她,当时,她也在上自习,你用纸条向她表达爱慕之情,她像一个受惊的小鸟,迷迷糊糊地就成了你的新女朋友。

前一个她唤醒了你,你又唤醒了另一个她,你从被动到主动。前一个她用青春的鼓点敲醒了你,你又用青春的鼓点敲醒了后一个她。就这样,就这样像击鼓传花。男生和女生一个一个地被青春的鼓点唤醒了。

喻言和邓冰当年都没有敢给柳影递纸条,而是用了在当时更时髦的方式,写诗。在诗中都含沙射影地点出了柳影的名字,这件事除了写作老师蒙在鼓里,柳影本人装傻外,同学们都明白。这样,喻言和邓冰的竞争也就基本公开化了。当然,暗恋柳影的男生不只是喻言和邓冰,也许他们觉得写不出七步诗,不是喻言和邓冰的对手,正观望着呢。

喻言和邓冰都是才子,都会写诗,也都在诗中点出了"柳影",这样就把舆论造出去了。两个人诗写得也各有千秋,邓冰的那句比较隐晦,"裙裾上有灰色的柳影"看不出什么,字面上的理解也就是一个女生抱着书在湖边的柳树下散步,有柳树的影子洒在裙子上。喻言那句就不得了了,"独自一人却要把柳影抱在怀里",这分明是向全体男同学宣布,要独自一人霸占柳影啊。

喻言诗虽然看着过瘾却太霸道,于是不少男生同情邓冰了,两个人的支持率可以说各占一半。这就成了问题,喻言和邓冰是哥们儿,不能因为柳影之争,让同学们选边站,让班集体分裂。怎么办？学普希金来一次决斗，那就更不可能了，因为爱情还没到你死我活的程度，充其量这是单恋，是男生的事，基本上和女生没有关系。大多数情况下，女生甚至都不知道怎么回事，自己就"被恋爱"了，被男生们分配了，成了某一个男生的"马子"，这是80年代的恋爱生态。"马子"是80年代对女朋友的称呼，现在看来有些惨不忍睹，没有美感。

4

通过协商,喻言和邓冰准备打赌。打赌的内容很简单,谁能让柳影坐在自己的自行车后座上,谁就获胜。当然这其中还有前提:第一,要在柳影同意的前提下,人家不愿意你不能硬来;第二,要带着柳影走一段距离,至少二里地;第三,不但要柳影心甘情愿坐在后座上,还要柳影搂着自己的腰。这一条比较难,这是邓冰提出的,他是想将和喻言打赌的过程无限延长,希望能有回旋余地,意思是柳影偶然坐在你车上不能算赢。

这样看来邓冰对和喻言打赌是没有信心的,对于第三条喻言也没有提出异议,其实喻言心里也没有底。如此这般,谁赢了,柳影就是谁的,失败者从此对柳影不能再抱有幻想,退出竞争。

为了让同学们都知道两人的打赌,在一次篮球赛后,喻言和邓冰共同宣布了打赌的内容,这样做也是两个人的共识,那就是排除其他同学再加入竞争。同学们听说喻言和邓冰为了争夺柳影而打赌,都很激动,吆喝着看好戏。

一天下课回宿舍,柳影和同学白涟漪、吴月敏、高红萍等女生骑车走在前,喻言和邓冰跟在后。喻言身后有张健、康大叔、赖武等班上的男生,大家都注视着喻言和邓冰,雄赳赳、气昂昂的,希望能发生点什么。柳影骑的是一辆崭新的"凤凰"牌自行车。那车被打扮得很漂亮，轮毂上套上了彩色的绒圈，后灯上扎着红绸子。当时，太阳正要落山，柳影穿着红裙子，花枝招展得像一道彩霞。

喻言和邓冰跟在柳影身后，不由都用力蹬了几下，想追上去，近了，又不敢超上前，只敢跟在她们身后不紧不慢的。男同学们都起哄般地在身后喊：加油、加油。

喻言记得柳影和白涟漪她们都回头看了，还莫名其妙地相视一笑。

喻言和邓冰当时都很胆怯，不敢上前，这一场追逐最后不了了之。后来两人都勉强找到了不敢上前的原因，那就是自行车太旧。当时，喻言骑的是加重"永久"，邓冰骑的是轻便"飞鸽"，在柳影崭新的"凤凰"面前相形见绌。当年骑自行车有点像现在开车，你开一辆又脏又旧的桑塔纳，怎么好意思超人家崭新的宝马，还惦记宝马里的姑娘。

那天过后，喻言和邓冰都开始收拾自己的自行车，两个人用了整整一个星期天，把各自的自行车擦得锃亮。当喻言和邓冰再次骑着自行车相遇时，两人都对自己的车比较满意。邓冰的轻便"飞鸽"显得轻灵，让他找到了春风得意马蹄疾的感觉。喻言的"永久"却显得稳重。喻言认为载人还是加重车，轻便的载人不稳，让柳影坐上自己的车，首先是安全第一。从自行车上可以看出一个人的性格，邓冰一直比较注重形式，喻言却更关心内容。

事情的结局是在一天中午。那天，上午有4节课，当大家下课急着去食堂吃饭时，柳影发现自行车没气了。喻言和邓冰的自行车当时就停在柳影的车旁，一左一右的看着就没安好心。当柳影"哎呀"一声说我的车可能扎刺了，喻言和邓冰相视而笑，对柳影自行车的状态很满意。喻言站在柳影旁边没动,邓冰却急不可耐地上去了。邓冰说,自行车扎了没什么,我帮你送到修理铺去。邓冰不由分说推上柳影的自行车就走。

柳影有些不好意思,说不用、不用,我自己去就行。

喻言说,柳影你别客气,邓冰要帮你修车就让他修呗,大家都是同学,不是外人。邓冰见喻言帮他说话,笑了,望望喻言,目光里有感激也有疑惑。柳影不好说什么了,望着邓冰推着自行车走了。

喻言见邓冰走远了才对柳影说,走吧,我带你去食堂,饿死了。柳影却有些犹豫。喻言说,你要等补好车再去食堂,那午饭就赶不上了,到时候什么菜都没有了,下午还有课,三教楼离宿舍比较远,走路说不定要迟到。那时候的学校,虽没刮合并风,但教室、宿舍、食堂、图书馆这些地方没有自行车也非常耽误事儿。喻言见柳影还在犹豫,又说,一顿饭的工夫你的自行车肯定补好了,不耽误下午骑。柳影望望站在不远处的白涟漪,白涟漪点了点头。柳影笑了,说,好吧。

就这样,柳影在众目睽睽之下跳上了喻言的自行车。当时同学们都远远地瞄着喻言和柳影,当柳影跳上喻言的自行车时,喻言有意把自行车把抖了几下,车身一晃,柳影连忙搂住了喻言的腰。同学见状都在那里起哄尖叫。

柳影问喻言大家为什么这样激动?喻言回答,同学们都希望我带你去食堂,然后送你回女生宿舍呀。柳影说,不明白,他们激动啥?

这时,喻言看到邓冰推着柳影的自行车站在路边发愣,便向他挥了挥手喊,我们先走了,你一定要把柳影的自行车补好。

喻言能想象出邓冰当时的懊恼。他用胜利者的骄傲骑车带着柳影在校园的林荫道上像风一样地穿行,期间还故意连续按下一串串铃声。

邓冰输了,可他不服,认为喻言胜之不武。在午饭后,邓冰找到了喻言。当时还有不少班上的同学。邓冰说我们一起去女生宿舍,让柳影选择,柳影坐谁的车去取车上课,谁才算赢。喻言同意了,他得要邓冰输得心服口服才行,否则后患无穷。

两个人来到女生宿舍时,发现白涟漪和柳影正在宿舍门前着急。白涟漪和柳影都不会带人,见喻言和邓冰来了,笑了。柳影说,谢谢你了,车补好了吗?邓冰回答,补好了,还停在你原来的地方。喻言说,走吧,我带你去取车然后去上课。柳影答应着向喻言走去。邓冰说,柳影我带你去取车吧?柳影望望喻言又望望邓冰,说让你帮助补车就够麻烦了,哪能又让你带我去取车呀。邓冰说我帮你把车补了,你都不坐我的车?

邓冰这样说话显然比较幼稚,这不合乎逻辑。柳影说你帮我补车,我就更不好意思再坐你的车了,大家都是同学,哪能只麻烦你一个人呀。柳影这样说才合乎逻辑。喻言附和道,就是,不能光麻烦一个人。柳影说,邓冰你那车和白涟漪的车一样,是没法带人的,轻便车后座太软,还是喻言的车坐着稳。柳影说着来到喻言车旁,见喻言站在那里不动就说,走吧,还愣着干什么?喻言忽然有些同情邓冰,说要不你坐邓冰的车吧?柳影望望喻言,有些恶狠狠地回答,难道我搭错车了?你要不想带我就说一声,大不了我走路去取车。柳影说这话邓冰听见了,也就是说柳影宁肯走路也不会坐自己的车。

喻言带着柳影再一次行进在林荫道上,身后跟着班上的同学。这次喻言骑得很稳,一点都没有晃车把,柳影却主动搂住了喻言的腰。这轻轻地一搂让喻言心花怒放,同时也宣布了喻言和邓冰打赌的结果。

后来,喻言还以《自行车》为题写了一篇抒情散文,当作业交了上去。写作老师在课堂上念了这篇散文,引得同学们哄堂大笑。这算是公开宣布和柳影的特殊关系。老师不明白同学们为什么笑,就问邓冰,邓冰说喻言的散文太矫情。喻言笑笑也没有和邓冰计较,毕竟喻言是胜利者,胜利者往往比较大度。不过,后来喻言还是回敬了邓冰,他给邓冰起了个外号,叫邓二水,故意把冰字拆开来念,给他加了个"二"。从此,邓二水这外号在大学时一直伴随着邓冰,到了读研究生时喻言才不喊了。

后来,喻言非常得意地告诉邓冰,柳影的自行车其实是我扎的。没想到邓冰笑笑说,怪不得扎了两个刺呢,我当时就扎了一下呀。邓冰这样说,喻言不由愣了,然后两个人哈哈大笑。

在相当长一段时间,柳影是属于喻言的,这成了全年级同学的共识。当然,这是男生们单方面的共识,对喻言和柳影两个当事人而言,捅开那层窗户纸是在很久后的一天晚上。

那天晚上喻言正在上自习,突然一个纸条投在喻言面前,喻言抬头一看是柳影。柳影在纸条上说,花坛边见。喻言心中是胆怯的,甚至想拒绝,却没有拒绝的理由和勇气。跟邓冰打赌赢了之后,喻言其实一直没有进一步的表示,他不知道这场恋爱该怎么往下进行。喻言走出教室见柳影正亭亭玉立地站在花坛边。喻言四处张望,心中有鬼似的,都走到柳影面前了,还有些惊魂未定。不成想柳影突然气咻咻地质问,你和邓冰打赌是怎么回事?喻言哑口无言。柳影说你们男生太过分了,居然把女生当赌注。喻言还是不语。柳影见喻言胆怯的样子,笑了,说既然打了赌,不但要愿赌服输,也应该愿赌服赢。

柳影的愿赌服赢真是咄咄逼人,喻言把心一横,说出的都是那个时代愣头青的话。喻言说,反正我打赌赢了,我赢了你,看谁还敢打你的主意?柳影的回答也让人啼笑皆非,柳影说,你赢了应该请客,去给我买鹅翅膀。喻言决绝地回答,买就买。

于是,喻言和柳影去买鹅翅膀。喻言当时身上只有两块钱菜票,花了五毛钱给柳影买了一个鹅翅膀。喻言把鹅翅膀递给柳影说,这算是请你了。柳影说,把我当赌注,一个鹅翅膀就打发了?喻言说,我没钱。柳影说,我有钱。柳影说着塞给喻言五块钱,说你要天天给我买鹅翅膀。柳影高兴地咬了一口鹅翅膀,然后递到喻言嘴边。喻言犹豫了一下,也撕咬了一口。

那时候同学们喜欢在晚自习期间吃零食,特别是女生。这样,在林荫道边就有教职工摆摊卖小吃,灯火辉煌的。没有钱不要紧,有菜票就行。菜票是80年代校园内可以流通的货币。那时候还没有麻辣烫,却有卤好的豆腐干、鹅翅膀、鸭脚板、鸡爪子、茶叶蛋之类的吃食,馋嘴的女生喜欢在林荫道上边走边吃。当然,一般最多买一串豆腐干,天天吃鹅翅膀是吃不起的。不过,有男朋友的女生就不一样了,她们喜欢挽住男朋友边散步边啃鹅翅膀,显摆自己的幸福,标榜自己的鹅翅膀是男朋友买的,这和现在被开着宝马的男朋友接效果一样。

桃夭

TAO YAO

挽住男朋友在林荫道上啃鹅翅膀的情景,成了那个时代我们那所大学的校园风景之一。用最世俗的方式来表现最美好的关系,现在看来显得纯情而又怪诞。

喻言和柳影在林荫道上散步啃鹅翅膀时往往有这样的对话:柳影问喻言甜吗?喻言回答不甜,香。柳影说,我认为甜。喻言回答鹅翅膀怎么会甜呀。柳影说傻样,我说甜就甜。喻言认为柳影的味觉有问题。两个人在林荫道上散步啃鹅翅膀的情景被同学看在眼里,很多同学都戏称喻言和柳影过上了。

大多数时候,两人并排走着,一个鹅翅膀还没有到教室门口就吃完了。柳影说,真甜,我的心都被融化了。柳影这句话显得很抒情,内涵丰富,可是喻言却无法对答。柳影又说,明天的晚自习老地方见,然后就走了。

第二天上晚自习,两人又在教室门前的花坛边见,然后一起去买鹅翅膀。教室门前的花坛成了他们的"老地方"。那地方人来人往的,在教室的灯光下,一览无余。柳影好像巴不得让同学们看到似的,喻言却有些做贼心虚。

喻言和柳影之间的所谓恋爱内容就这些了,看起来一点也不浪漫,在整个过程中喻言都显得被动而又木讷,这和他大胆的诗歌完全是判若两人。可是,柳影是喻言的"马子",全年级的同学都知道,甚至有些同学在喻言面前还称柳影为嫂子,这称呼让喻言心惊胆战。时间长了,喻言觉得和柳影的交往枯燥无味,外表出众的柳影骨子里和一般女生没有区别。爱情不应该只是这样的,爱情应该和恶俗的鹅翅膀没有关系。后来,喻言甚至不愿意见柳影,能躲就躲,实在躲不了也只是敷衍一下。

这样,柳影就不干了,后来,柳影居然给邓冰写了一张纸条,纸条的内容是:"如果我死去,你会为我哭泣吗?LY,1985年11月10日。"

这张纸条导致喻言和柳影彻底分手,喻言和邓冰也差点绝交。

谁也没想到,邓冰会将这张纸条保存了30年。

5

喻言认为邓冰保存一张80年代的纸条没有任何现实意义,因为一切都已经过去了,这是一种病态,是老男人无奈的回忆。没想到邓冰说,这纸条非常有现实意义,因为我和柳影就要见面了。邓冰这样说让喻言愣了一下。邓冰打开手机让喻言看,说你没有收到通知吗?我们要搞一次大学的同学会,纪念我们同学30周年,柳影是我们班长她肯定参加。

喻言也打开了手机,微信同学圈里自然也有一个通知。如下:

根据各位同学的提议,兹定于9月5日至9月7日举行同学聚会,希望你积极参加。

地点:母校宾馆

为了保证此次聚会圆满成功和谐难忘,特要求如下:

第一,为方便交流同学感情,避免晒恩爱幸福秀,原则上,单人参加,不欢迎家属列席(夫妻均为同学者除外)。

友情提醒:小三、小白、前妻、前夫、情人、小蜜、同志哥及其他中国法律不予认可的亲密关系人不在家属范畴。

第二,只叙同窗情,取缔攀比炫富风。

1、严禁驾驶豪车，单价低于100万的不在豪车之列。

2、严禁佩戴名表，含金量低于20K的不在名表之列。

3、严禁当着同学面炫权，司局级以下职位不在有权之列。

4、严禁炫耀房产，三套房以下不在有产之列。

5、严禁显摆干爹干妈，亲爹亲妈不在禁止之列。

第三，以一颗平常心参加同学会，可叙旧情，不晒新欢。本组织者有保障家庭和谐稳定之义务，倘若发现，及时纠偏，不留情面。

友情提示：若保密工作到位，不被其他同学察觉；或其他同学视而不见；同学会后单独留下者，均不在此列。

第四，费用：三天食宿费已有同学赞助，交通费自掏腰包。同学会后若有男女同学双双留下者，超过三天的食宿费自理。

第五，各自做好安全工作。包括人身安全（自带安全套）、财物安全（多带银行卡，少带现金）。小心驾驶，严禁酒驾。住宿注意防火、防盗、防妓女。

第六，同学聚会，自愿原则，风险自担。本组织者不承担因突发事件或意外事件之后果，可自行购买旅游险、家庭和睦保障险等。

参加聚会者，视为同意以上各条款。

喻言看过通知笑笑，说一看就知道是张健的手笔，当律师的嘛，幽默也没忘记做出严谨的样子。

邓冰不语。

喻言知道邓冰和张健的问题还没有解决呢。

现在，各个学校都有那么几个热心的同学发起同学聚会。小学同学，中学同学，大学同学，轰轰烈烈，你来我往，乐此不疲……提议者开始也就有几个人，渐渐地响应者越来越多，大家通过QQ群或者微信朋友圈一哄而起，见见，见见，回母校见见。聚会的理由很简单：十年没见了，二十年没见了，三十年没见了……

同学们都是唱着那首流行歌去的：只要你过得比我好！

有人说同学会就是去见老情人，其实除了见老情人还有其他名堂：经商的和当官的同学勾兑，可以搞项目；公务员和教授同学联系，可以读博士；教授和媒体同学联络，可以提高知名度；违法乱纪的和公检法的同学勾结，希望法外开恩……当然，除了这些，那就是有一部分同学混得不错，教书的成了名教授，从政的成了大干部，经商的成了大款，从艺的成了大腕……这些成功人士也愿意搞同学会，好显摆。一般的同学也愿意让老同学显摆，他们显摆够了没准儿也拉兄弟一把，大家共同进步呀。

邓冰是属于要见暗恋中的大学女同学，他要见柳影。

喻言提醒邓冰不要抱什么希望，柳影年龄和你差不多大，40多了。她现在会是什么样子，不可能还是那样年轻漂亮。你想象着和上个世纪80年代的一个少女约会，一旦见面定会失望，因为你见到的是新世纪的半老徐娘，这种反差实在是太大了，也许她的女儿已经是少女了。你想见的只是你心中的少女。

邓冰神秘地告诉喻言，他已经了解过柳影的情况了，柳影现在也是单身状态，离婚了。要知道这个时候的女人往往是风韵犹存，成熟而又充满魅力,比较自信,离婚也不愁再嫁,一般的女人谁敢在这个年龄段离婚。

喻言想反驳邓冰,说你的前妻和我的前妻不都离婚了嘛,她们敢于离婚,是因为她们有儿子,将来不靠老公靠儿子了。不过,喻言没有说出来,因为喻言不想破坏邓冰美丽的梦想。邓冰说,我要完成的是一次情感回归,年龄不是问题,外表也不重要,我喜欢心灵美的女生。

喻言说,你的前妻张媛媛的外号就叫心灵美,到头来还不是离婚了。邓冰其实是一个很注重外表的人,可他偏偏说自己喜欢心灵美的女生,当真是心口不一。说穿了,就是一个好色的家伙,当然这无可厚非,关键是邓冰认为外表和年龄都不是问题,那他为什么又有风韵犹存的想象,这完全是自相矛盾。

这时,邓冰突然凑近喻言,说了一句让喻言哭笑不得的话。邓冰说,这回你可不能再和我争柳影了吧?

邓冰说这话很认真,不像在开玩笑,这让喻言很意外。喻言怎么会和邓冰去竞争一个旧时代的美女呢。但喻言对邓冰的行为还是理解的,婚姻的失败让邓冰心存戒备,失败的阴影蒙在邓冰的心头。

怪不得邓冰这回来找喻言如此隆重,带着一瓶"拉菲",这种红酒价格不菲,据说是一个很有钱的当事人送他的,他帮人家打赢了官司,挽回了上千万的损失,人家不但痛快地支付了律师代理费,还额外送他两瓶拉菲酬谢。拉菲是真的,关键是那张纸条……

想当年,喻言把初恋当成赌注,押上的是青春和纯情。现在看来那真是奢侈,纯洁的爱情在喻言的豪赌中被蒸发,最后灰飞烟灭。要是放到现在,喻言是不会和邓冰争什么柳影的,因为喻言喜欢的压根就不是柳影。一个大一的学生懂得什么叫爱情呀,打赌完全是为了虚荣心。

可30年了,邓冰还念念不忘柳影,真可谓刻骨铭心。邓冰是个有情人,也是有心人。看来,邓冰让喻言看一张旧纸条绝不仅仅是回忆,邓冰要在同学会上和柳影见面,重续前缘。他希望喻言不要再继续80年代的柳影之争,这才是造访的目的。

邓冰想见柳影,喻言参加同学会能去见谁?搞同学会不就是想见一下"她"嘛。喻言不想去见大学的女同学,四十多岁的老女人有什么见的,这只会提醒自己也上了年纪。喻言要面向未来,要进行新的生活,喻言不想用过去的女同学提醒自己的老。邓冰就不一样了,他要通过一张旧纸条进行一次情感回归,就像一个高原反应的人进行的一次吸氧,一个喘息,这能让邓冰缓解内心的压力。说不定邓冰见了柳影,两个人真能走到一起也未可知。

喻言告诉邓冰放心吧,我不但不会和你争柳影,甚至连这次同学会都可以不参加,因为没有我喻言要见的人。喻言说,我不愿意去见大学女同学,一群老太婆在眼前,我心里堵,我要保持年轻的心态。

邓冰听喻言这样说,急了,说那怎么能行,你必须参加。

这就是邓冰,他不但让喻言承诺不和他争柳影,而且还要喻言做他的见证人,让喻言看到他的最后胜利。邓冰不但绑架了喻言的思想让喻言伴随他回忆,还要绑架喻言的肉体。在邓冰看来,没有喻言这位看客,他的情感回归之路就没意思了。邓冰以一张纸条为开头,用了30年为自己的人生写就了一本书,而这本书的最后精彩必须有人能读懂,喻言就是那个理想读者。

喻言最后决定参加,如果能帮助邓冰从人生的困境中解脱出来,作为哥们儿是值得的。喻言告诉邓冰,我不但不会争柳影,还会助你成功。

邓冰非常激动,说这才是30年的兄弟情谊。邓冰想象着聚会的情景,很陶醉地说,当我把这张30年前的纸条亮出来,会产生什么效果?喻言附和道,那肯定在同学会上轰动,让柳影感动得热泪盈眶。邓冰听喻言这样说,两眼放光,神采奕奕的。

当年,喻言和柳影因为这张纸条分手了,这张纸条却被邓冰保存到现在。这样一张纸条的分量对那个年龄段的邓冰来说是无法承受的。少女们总是把死亡挂在嘴边,死亡离自己仿佛很近,其实很远很远……当然,邓冰的恐慌不是因为死亡本身,而是以死亡的名义所宣示的内涵,以及死亡这个字眼所散发出来的暧昧关系。邓冰收到纸条后,幸福得晕头转向。自从和喻言打赌失败之后,他一直都在郁闷着。柳影的纸条算是让邓冰扬眉吐气了,他对着天空独自呐喊,吐出了聚集已久的郁闷。可是,邓冰随即就陷入矛盾之中,因为柳影已经有主了,是哥们儿喻言的女朋友,这事同学们都知道。

一连几天邓冰见了喻言就有些不自然了,当喻言和邓冰说话时,他还会现出极度的恐慌,好像干了什么对不起喻言的事。

邓冰知道自己是真正喜欢柳影,但如果真和柳影好上了,不仅要和喻言翻脸,而且也不好向同学们交代。到那时,我邓冰岂不成了一个背信弃义之人。经过激烈的思想斗争,邓冰决定把事情告诉喻言,男子汉大丈夫何患无妻。邓冰把喻言叫到学校的操场上,把纸条递给喻言,说这是柳影给我的,你看看。

喻言拿着纸条愣了半天,柳影居然给邓冰写了这样一张纸条,而邓冰居然把纸条拿给他看!这简直就是当面羞辱。喻言望望邓冰,目光阴鸷,表情难看,就差暴跳如雷和邓冰翻脸了。就在这时邓冰说,我虽然喜欢柳影,但是柳影是你的,我不会和你争,既然打赌输了,我就不会出尔反尔。愿赌服输。邓冰还说我们是最好的哥们儿,"朋友之妻不可欺"这个道理我还是懂的。

邓冰的这番话让喻言心里好受了些。邓冰把柳影当成了朋友之妻,这在今天看来十分可笑,因为对所谓的"妻",喻言连一个像样的拥抱都没有。喻言虽然对柳影没什么感觉,但是柳影的纸条还是让他妒火中烧,当时,喻言没和邓冰翻脸,是因为邓冰完全按照喻言的意思处理了纸条。喻言对邓冰说,柳影这样的女生简直就是"卡布兰"的中国版。卡布兰是谁?相信看过电影《列宁在1818》的都知道,那个暗杀列宁的女特务就叫卡布兰。她漂亮、妖娆、狠毒、无情,却让人欲罢不能,简直是坏女人的化身。喻言称柳影为卡布兰,并且在同学中间公开,不久,同学们就都喊柳影为卡布兰了。

喻言给柳影起这么一个外号,意味着两个人恩断义绝,彻底分手。喻言告诉邓冰,柳影这样的女生绝对不能要,她水性杨花,在和我好的时候给你写纸条,如果她和你好了,说不定又给其他男生写纸条,她要脚踏多只船,她就是一个大众情人。邓冰说,这是你的家事,你说怎么处理就怎么处理。

邓冰把喻言和柳影之间的事称之为"家事",这也是十分荒唐的。可见,当时的恋爱虽然没有实质内容,但却真的煞有介事。这就是当时的恋爱生态。喻言当时处理自己的"家事"可谓心狠手辣,毫不留情。当邓冰问喻言怎么办时,喻言连想都没有多想就说,对付卡布兰这样的女人绝不能心慈手软,把纸条公布于众。喻言想,这在当时是最严厉的处理。

6

因为柳影的纸条喻言跟邓冰和张健喝了一场酒,二人在张健的见证下算是讲和了,并且发誓谁都不能再搭理柳影。不但不再理会柳影,连中文系的女生也不再理会了,要向外看,因为中文系的女子思想太复杂。两个人下决心在其他系找女朋友,要面向全校。邓冰还说,要找就找一个心灵美的女生,否则又是一个柳影。

邓冰的观点当时遭到了张健的嘲笑。张健认为邓冰找心灵美的女生没有可操作性,在现实生活中无法实施,你总不能见个漂亮女生都去试试,去了解人家是不是心灵美?对方心灵美了就要,否则就抛弃,这样频繁地去追求女生简直和流氓没有什么两样。三个人从酒馆一路来到大草坪上,高声辩论,还引得其他同学纷纷加入。主要观点有两种:一种认为,女生不是因为漂亮才美,是因为美才漂亮。这种说法比较装逼,煞有介事,好像很哲学。也就是说最重要的不是容貌,而是心灵,这是邓冰代表的观点;另一种观点认为,容貌是一切美的前提,漂亮女孩是校园中的图画,是城市里流动着的旅游景点,最是那一瞥的美好感觉,和心灵之美毫无关系……这些争论现在看来多少有些荒唐可笑,可是在那个年代,他们的论战激烈而又认真。

喻言当时就明确宣布自己喜欢漂亮女生,不管她心灵美不美,如果心肠真不好,可以慢慢教育,可以用美好的情怀去熏陶嘛,如果不漂亮就难了。说这话的喻言似乎忘了柳影,也似乎忘了用美好的情怀去熏陶的好办法……80年代还不兴整容,再说,整容也花钱呀。喻言说,我不但喜欢漂亮女生,这个漂亮女生还要有才,最好喜欢文学,并且还能写诗,但不能是中文系的。也就是说喻言要找一个业余文学青年。

而邓冰为了坚持自己的观点,决定尝试着去寻找心灵美的女生。他通过苦思冥想,想到了一个绝招。

接下来,在不到一个月的时间内邓冰丢过五个钱包,当然那钱包不是什么高级货,都是地摊上买的,人造革的。每次丢的钱也不多,只有几块钱的菜票和零钱,当然随钱包丢的还有邓冰手写的名片,以及乱七八糟的东西。当邓冰宣布丢了第五个钱包时,喻言和张健都开始同情他了,纷纷安慰他。然而邓冰说我还会丢第六个钱包。喻言问邓冰为什么?邓冰的回答让喻言和张健大吃一惊,钱包是他故意丢的。

邓冰说,我把钱包丢在校园里,如果哪个女生捡到了并且拾金不昧交还给我,这个女生无疑就是心灵美的女生。我会买一大捧鲜花去认领我的钱包,同时认领我的姑娘。这样一来,我邓冰丢的就不是钱包了,是绣球。

邓冰在校园内丢"绣球"的事被张健传扬了出去,同学们都骂邓冰是傻×,这不是肉包子打狗吗?哪有这样寻找"心灵美"的,有这个钱还不如请哥们儿撮一顿呢。你把古代抛绣球的办法用在现代肯定不灵。再说,万一让男生捡到怎么办?让有男朋友的女生捡到了怎么办?邓冰说我丢钱包的地方一般都在女生宿舍附近。当然,万一让男生捡到并交回,我就和他结拜为兄弟;女生捡到了交回就是我邓冰追求的对象;如果她有了男朋友,那我邓冰就和他男朋友公平竞争。张健说,你下次再丢钱包时告诉我一声,我捡到肯定把钱包还你,然后咱们结拜。当然,我会把钱包里的钱和菜票留下。喻言说这和"把糖留下,把炮弹打回去"有异曲同工之妙,喻言还说,兄弟不是结拜出来的,我们没有结拜难道不是好兄弟?

大家都劝邓冰,你就歇了吧,都五个了,你还丢第六个?邓冰说,第六个也许是我最后一个,我要把它丢在女生宿舍门口。这一次我把学生证也放在钱包里,我要孤注一掷,我对生活充满希望,绝不能现在就幻灭。同学们认为邓冰简直就是疯子。喻言和张健都劝他,还是算了,丢了学生证多麻烦,出了校门就进不来,不出校门也进不了图书馆、游泳馆、体育馆、录像厅。补办过程中你就是一个没有身份的人了。邓冰我不相信80年代的女大学生,连个拾金不昧的都没有。

于是,喻言和张健合计了一下,决定实施暗中保护。喻言和张健跟踪邓冰,并且带上费了九牛二虎之力才借到的照相机,准备把某女生捡钱包的镜头保留下来。若那女生捡到钱包交还也就罢了,要是不交,就向那女生讨要,有照片为证。

这次邓冰真把钱包丢在了女生宿舍门前,喻言和张健远远地瞄着,看会是一个什么样的女生捡到。张健祈祷千万别让一位美女捡到了,这对邓冰太不公平,人家邓冰要找的是心灵美。喻言说最好是一个美女,到时候邓冰不满意,我追。我喜欢美女,这个美女还拾金不昧,说明外在美和心灵美高度统一。张健说喻言这招儿真是"螳螂捕蝉黄雀在后"呀。

邓冰鬼鬼祟祟地走进了梅园宿舍的灰色小院,喻言端着照相机紧张地张望着。邓冰站在女生宿舍门前,装着等人的样子,这时,一位穿白色衣裙的女生向宿舍走来,邓冰看到那女生愣了一下神,然后把钱包扔到了地下,头也不回地溜走了。那白裙子女生看到地下的钱包也愣了一下,捡起来四处望望,见没什么人,然后走进了楼门。

这一切正被喻言拍下。张健望望喻言说,邓冰口是心非,那白裙子是个美女,他不是找心灵美的嘛。喻言说理论和实际总是有距离的,到时候邓冰肯定说是天意。

接下来,全宿舍的同学都在为邓冰等钱包,等待着那位穿白裙子的女生送回钱包。一天过去了,二天过去了,就在喻言准备把胶卷拿去冲洗时,那女生的消息真来了。当楼长在楼下喊邓冰时,一群男生都往楼下奔。楼长说是给邓冰的留言你们都下来干啥?大家问,是男是女?楼长说是女生。大家笑而不答了。留言说,我捡到了邓冰的钱包,希望邓冰到梅园来取。

邓冰手捧鲜花隆重地去见那位女生,喻言、张健还有同宿舍的男生都出动了,大家要见识一下邓冰好不容易找到的"心灵美"。如此隆重的见面礼在梅园引起了轰动,很多女生都站在那里张望。然而,白裙子女生却没有出现,出来的是同宿舍的一位叫蓝翎的女生。蓝翎说钱包是张媛媛捡的,她们都是外语系的,住上下铺。蓝翎还说张媛媛和男朋友去图书馆还没有回来。

可想而知,邓冰当时多么的沮丧,心灵美已经有男朋友了,手捧的鲜花成了累赘。邓冰接过钱包,连说声谢谢的力气都没有了。他决定把鲜花送给蓝翎,可蓝翎却说,我只负责交还钱包,张媛媛没说花的事,我不能收。这时,喻言站在一旁早就注意到蓝翎了,她穿着一件蜡染的上衣,下身穿一条土布灯笼裤,这身打扮在80年代一般都是美术系或者外语系的。蓝翎长得超凡脱俗,一根大辫子从身后绕到了前胸,耳垂下的颈项白皙可人温润无比,脸上是一种漫不经心的表情,不太拿正眼看人,很孤傲的样子,这种孤傲却有一种文气,正是文质彬彬那种。

喻言一下就被打动了,也不知道从哪里来的勇气,喻言不由分说从邓冰手上夺过鲜花,双手递给了蓝翎。喻言说我是邓冰同宿舍的,这鲜花本来是献给张媛媛的,她既然不在,那我就借花献佛了,算是我送给你的,请收下吧。蓝翎被这突然的变故弄得惊慌失措,还没有明白怎么回事鲜花就抱在怀里了。

正在这时,张媛媛出现了,还是穿着白裙子,长得珠圆玉润,明快动人,让人意想不到的是她身后跟着赖武。原来张媛媛是赖武的女朋友。

喻言同情地对邓冰说,看来你的"心灵美"真的名花有主了。

这样,在后来漫长的大学期间,邓冰和赖武进行了一场马拉松似的竞争。在这个过程中,蓝翎却成了喻言的新女朋友。喻言曾经把那首《女友》赠给蓝翎,蓝翎为此还回赠一首,让喻言大喜过望。原来,蓝翎也是校园诗人。后来,喻言和蓝翎往来的诗渐渐变成了抒情散文,然后又从抒情散文变成了情书……这种校园内的通信一直保持到蓝翎大学毕业分配到云南。

那个被称之为彩云之南的地方对于当年的喻言来说实在太遥远了。在喻言读研究生期间两个人的书信越来越少……突然一天喻言收到了蓝翎的包裹,那是喻言写给蓝翎所有的诗、词、歌、赋以及情书。从此,蓝翎消失了,再也没有和喻言联系。喻言望着南边的彩云一直等到研究生毕业,绝望地和师姐王雅清结了婚。

张媛媛大学毕业本来没想考研究生,可是,经不住赖武的劝说,最后一起报考了梁石秋教授的法学研究生。赖武这样做完全是一种策略,他知道大学毕业后大家都会离校,分配工作后将各奔东西,邓冰也不例外,而只要张媛媛和自己一起考上了研究生,张媛媛就是自己的了。赖武可谓是煞费苦心,从中文系跨科考法律系的研究生,要打邓冰一个冷不防。没想到当邓冰得知张媛媛要考法律系的研究生后,居然临时抱佛脚拉着我们一起投到了梁石秋教授的门下。

我们考法律系的研究生当然和张媛媛无关,这有很复杂的原因。一个最重要的原因是我们毕业的那年,分配方案实在是太差了。在整个80年代,大学生都是天之骄子,是宝贝,这宝贝就像一个美丽的青花瓷器,光彩照人,却脆弱不堪,就在80年代即将过去的1989年,一夜之间这瓷器一不留神被打碎了,碎得是那样彻底,无法修复,我们都成了碎片。这些依然美丽的碎片是无处摆放的,摆不上台面,也上不了供桌,只有胡乱扫到各个不起眼的角落。1989年的毕业分配极差,去大城市基本没有可能,返回原籍成了最主要的去处,这对从农村考上大学的学生是致命的打击,也是一个噩梦。农村同学考上大学就是为了离开农村,就是为了改变自己的命运的。在这种情况下我们只能选择考研。

其实,当年对于中文系大学生来说考研能选择的专业并不多。经济管理和法律在当时已经开始成为热门。可是,考经济管理专业,高等数学是一个无法过去的坎,那只有法律了。考法律的研究生是大家不二的选择,特别是对于校园诗人来说。进入90年代,我们曾经的激情,曾经的浪漫,曾经的人文情怀和理想,渐渐成了中文系大学生可笑的身份特征,成了多余的东西,成了我们未来安身立命的障碍。我们需要理性,而法律恰恰是一种理性的学科。

当时,最世俗的说法是,我们学法律将来能分配到一个好工作,可以当警察。屁股后面别着盒子炮,既威风还能混吃混喝。当不了警察当律师也行,能挣大钱。在80年代邓小平有一个谈话,说中国"起码缺一百万律师","如果能增加一百万司法干部……那就比较好了。"这话当时对我们影响很大。

既然我们都是80年代的碎片,碎片要有碎片的样子,要使碎片还有一点用,那就想办法改变自己。我们当时的理想职业都是和文学呀,或者说文化呀有关的,比方:喻言想去出版社,邓冰想去文学期刊,我和张健想去报社,最好是编副刊。可是,这些理想通过工作分配获得是不可能了,自己找工作在那个时代还不允许,那就考研吧。

事实上我们的选择后来证明是正确的,当宣布每一个人的分配去向时,很多同学都哭了,而我们考研的不需要参加当年的分配,算是侥幸躲过了一劫。在宣布了那个让同学们伤心的分配方案后,康大叔带领一群同学闹事,把3129阶梯教室砸了。我们都以为康大叔要倒霉了,没想到学校却意外地宽宏大量了一回,没有大张旗鼓地处理康大叔他们。

当大部分同学都打起背包滚蛋后,那几个带头闹事的却迟迟没有收到派遣证,这其中包括康大叔。康大叔他们几个去找学校,答复是如果不赔偿"打砸抢"的损失就不发派遣证。阶梯教室损失严重，玻璃、桌椅板凳、灯光设施加在一起上万元，这在1989年是一个天文数字，赔是赔不起的。康大叔去找学校闹，被校保卫科的人按在办公楼的草坪上，嘴啃地，吃了不少青草。康大叔这才知道学校秋后算账的厉害，同学们都已经离校，就凭康大叔这几个人，在没有同学声援的情况下，翻不起大浪。

这意味着康大叔他们几个不分配工作了，康大叔成了不包分配的第一批大学生。这样，康大叔也就成了同学中第一个下海的人。谁也没想到这成全了康大叔，后来他成了真正的大款，企业做大了。别看康大叔后来搞同学会时牛逼，当年可惨了。他是最后一个毕业离开学校的，临走时和我们告别，哭得一把鼻涕一把泪的。骂学校忒黑了，居然等同学们都走了再收拾他。

不过，康大叔没有忘记临走时和女朋友告别，康大叔女朋友是低年级的。那天晚上康大叔把女朋友叫到了男生宿舍，两个人点着蜡烛，喝了小酒儿，然后吹灯拔蜡，准备好好睡一夜。没想到半夜时保卫科突然查房，专门抓带女友到宿舍过夜的男生。恰逢暑假开始，毕业的同学都走了，没毕业的同学放假了，宿舍里只留下了不多的学生，这对于有女友的男生来说，是千载难逢的好机会。带着女友在宿舍过夜，是费尽心思谋划好的事。保卫科那些无聊的夜巡者开始不定期地查房，被抓住的男女同学不计其数。这些被抓的男女，轻者受处分，重者被开除。而捉奸的乐趣深深地刺激着那些同样年轻的保卫科的同志们，他们对查房乐此不疲，从床上被拖起来的裸体男女同学，让他们惊喜万分。

那天晚上康大叔表现得非常沉着。当康大叔听到保卫科的人挥舞着硕大无比的钥匙串开始打开每一个宿舍门时，康大叔一个鲤鱼打挺从床上起来。他把裸体的女友用单子裹了,塞进床下,然后点燃了蜡烛,打开了宿舍门,穿着短裤站在门口抽烟,还问保卫科的人,有没有收获。保卫科的人见康大叔的宿舍大门洞开,灯火辉煌,向宿舍里张望了一眼就去检查那些关门闭户的宿舍了。康大叔在情势最严重的时候能做到遇事不乱,玩了一回空城计,可见心理素质不一般,这也是他后来能成功的一大原因。当时,康大叔如果被抓,他倒是没什么,反正已经毕业,连派遣证都不给了,学校还能拿他怎样,关键是女朋友就惨了,肯定被开除。

  康大叔大学毕业成了个体户,我们在研究生毕业后都找到了比较满意的工作。喻言去了杂志社,我去了报社,邓冰和张健都成了律师,赖武成了法官。要不是读研这都是不可能的。而张媛媛和赖武正式分手,然后嫁给了邓冰。张媛媛嫁给邓冰后,又考了博士。关于张媛媛为什么和赖武分手,然后又嫁给邓冰,这其中有一个曲折的过程。

7

如果这个同学会最终能聚齐，邓冰就要在同学会时面对过去的乱麻。他要面对师兄赖武和张健，他们那个三角关系又将摆在所有同学们面前，将成为同学会中的谈资。

喻言告诉邓冰，其实没有什么好怕的，越是这样你越要坦然面对，否则显得你小气了。你能处理好我们这组三角关系，也能处理好你们那组三角关系。你是处理三角关系的高手呀。邓冰瞪了喻言一眼。喻言又说，你并没有做错什么。大家经历了这么一次，说不定都看开了，相逢一笑泯恩仇嘛。

邓冰说可惜大学时我没有真正的女朋友，在一个又一个的三角关系中穿行，到头来一事无成。喻言说，张媛媛不是你大学的女朋友吗？你知足吧，你都把大学的女朋友变成前妻了，你还不知足。邓冰却不承认张媛媛是自己的大学女友，他说张媛媛是赖武的大学女友，后来她和我邓冰结婚，那是研究生毕业后的事了。

喻言说如果这次搞不定柳影，你就出面搞一个研究生的同学会，看看研究生中有没有你的心灵鸡汤。邓冰说妈的，这是馊主意，你这是让我面对前妻张媛媛。喻言想想也是，搞研究生同学会张媛媛必定参加，不但张媛媛参加，恐怕连喻言前妻王雅清也会参加，要是这样同学会就没有意思了。在前妻眼皮底下你还有什么作为？自己没有作为，万一前妻和其他男生有了作为，那也是添堵的事。

邓冰不愿意提前妻，他觉得和前妻没有过一天的好日子。在张媛媛研究生毕业前，她都是赖武的女朋友，后来好不容易抢过来了，婚后不久她又读了博士，博士读完了又留校，然后要写论文呀，搞研究呀，评职称呀，都三十多了才生邓小水，好不容易邓小水上小学了，该过几天好日子了，又离婚了。

喻言说，我们的确应该回母校看看，那是我们爱情开始的地方。真正的初恋还是在大学时代，研究生时谈恋爱的目的性太强，女生怕嫁不出去，抓住一个男生就不放手了，我和王雅清就是这种情况。

邓冰充满激情地说，让我们回母校吧，看看我们的青春校园，那校园中四处都留下了我们的足迹。邓冰望望喻言说，也许你当年的那位蓝翎也会来？听邓冰这样说，喻言居然露出了羞涩的微笑，自言自语地仰天长叹，会吗，会吗，你说会吗？

邓冰冷笑着说，当然不会，你的初恋女友是外语系的，我们搞同学会她怎么会来。喻言狠狠地瞪了邓冰一眼，说我发现你越来越冷酷了，连一点想头都不给人留。邓冰说，你不是说那个时代的美女现在都是半老徐娘嘛，难道你的初恋女友永远不老？我还不知道你，只要提起你初恋的女友蓝翎，你就会做少男状，开始装嫩，否则就不会出《两地书》了。喻言对邓冰的不留情面有些恼火，不过他不想跟他争。喻言知道邓冰是"新离"，伤痛犹在，需要在别人伤口上撒盐疗自己的伤。

张健怕喻言和邓冰不参加同学会，那就不好玩了。他专门打了电话,在电话中说,搞同学会不就是要见老情人嘛,你们现在都是单身,来吧,来搞一次明目张胆的外遇。喻言说我们都是单身还叫什么外遇,应该是艳遇。张健说,好,好,叫艳遇。来吧,这次同学会的所有费用都由康大叔出,你们两个来了就放开了"打望"吧。

康大叔本名康达,在读大学时,就以喜欢大包大揽而闻名,于是同学们送他一个外号,叫康大叔。如今康达成了真正的大款,组织同学会那真是再合适不过了。

有人说喜欢搞同学会的无非是想显摆一下自己。张健告诉喻言,康大叔为了搞这次同学会真是煞费苦心,把公司的公关部都拉来了,提前入住了学校宾馆,并且在学校内公开招聘了十几位年轻漂亮的师妹做志愿者,专门负责接待,都是90后呀。说是志愿者,其实康大叔三天给每个人发劳务费1000元,出手大方吧。康大叔还给每一位志愿者做了一套服装,美得很,就像空中小姐似的。

喻言问张健,康大叔想干什么?不能乱打主意,那都是亲师妹呀。张健说,要是真能好上一个,那就叫亲上加亲。最后,张健在电话中对喻言说,你一定把邓冰拉上呀,我要在同学会上好好和他喝一杯。喻言接张健电话时用的是扩音器,邓冰都听到了。喻言挂掉电话望望邓冰,说看来张健要和你握手言和呀,你呢?邓冰说,我和老三没有仇。

喻言在邓冰的肩上拍了一下说,咱们开着你的车去,好玩了就多玩,不好玩咱可以随时撤。邓冰说要想自由,各开各的车更自由。喻言回答,我们开一辆车就够了,可以换着开,到时候肯定要喝酒,万一你喝醉了,我就开,我喝醉了你开。邓冰问,你怎么不开车?喻言笑笑说,你的车好呀,同学会大家都显摆,康大叔肯定开的是好车,咱不能让他把风头都出尽了,你那"宝马"还能开出去,我那"丰田"就不行了。

康大叔的确想得很周到,他招聘的志愿者在门口站成两排,向前来参加同学会的同学鞠躬,都喊师兄好!这让喻言和邓冰有些目不暇接。康大叔和张健一起迎接喻言和邓冰,康大叔很动情地拥抱喻言和邓冰,然后拉着张健说,你们三个火枪手都聚齐了,这次同学会就好玩了。这样,张健、邓冰、喻言也连忙热情地拥抱。康大叔叮嘱喻言,现在一切都准备好了,还需要些会标和口号之类的装点门面,你们都是曾经的校园诗人,想几句有意思的。喻言说这没有问题,要什么类型的,比方:坚持改革开放,走中国特色的社会主义道路……之类的行吗?

康大叔打了喻言一下说,这是国家开会的会标,我要同学会的标语。喻言笑笑说,你放心,我保证你满意。在康大叔去拥抱其他男女同学时,喻言、邓冰和张健开始写标语。喻言一边写一边望着门口的康大叔说,丫的,男女同学都抱一遍。张健说,谁让他把所有的费用都包了呢,这是他的权利,你喻言要是包费用,你也可以把所有的男女同学都拥抱一遍。

邓冰说男女同学都抱我不干,有选择的只抱女同学还差不多。喻言说我连女同学都不想抱,半老徐娘有啥抱的。张健"嘘"了一声提醒喻言声音小点,让女生听到了就不好了。三个人说着话,喻言就把标语写出来了:

之一:虽然我名花有主,希望你敢来松土。
之二:在精神上压倒男同学,在身体上压倒女同学。

之三：同学会，玩暧昧，拆散一对算一对。

张健说我靠，真敢写。邓冰说，其实这些东西都是网络流行语，搞同学会的常识。邓冰写了一副对联。

上联：防火防盗防师兄
下联：爱国爱家爱师妹
横批：兄妹开荒

张健说这个我在网上也看到过，你们都写了，我也来一段，就写一个告示吧。张健总结了参加同学会的"八荣八耻"，内容如下：

以亲自到场为荣，以借故不来为耻。
以被女生抱为荣，以被男生咬为耻。
以上蹿下跳为荣，以蒙头大睡为耻。
以延续旧情为荣，以蒙混过关为耻。
以自投罗网为荣，以守株待兔为耻。
以悄悄约会为荣，以唱歌跳舞为耻。
以主动坦白为荣，以屈打成招为耻。
以情场失意为荣，以赌场得意为耻。

喻言把标语贴在学校宾馆的大厅，邓冰将对联贴在电梯口了，张健的告示就贴在签到处正面的墙上。这么一来三个人把一个原本很像学术研讨会的同学会彻底改变了。原来的气氛是活泼不足隆重有余,很沉闷。现在好了,大家见面再也不庄重地谈事业,严肃地谈人生,二逼地谈子女了,而是变得嬉皮笑脸起来。可见会场的标语起的作用多么巨大。

喻言、张健和邓冰写完标语贴完告示来到宾馆门口,见宾馆门口排着十几辆自行车。张健说这些自行车都是为咱同学会准备的,都是从志愿者那借的,考虑到校园太大,谁想去看看校园,可以骑自行车。喻言说,康大叔想得真周到,太周到了。邓冰说,那我们就骑车在校园内遛一圈吧。张健说,你们去遛吧,我还要帮康大叔打个下手。

邓冰和喻言在校园内踏车而行,散漫而又惬意,阳光正好,校园内鲜花盛开,三三两两的同学拿着书,在各个角落里东张西望,像是看书,像是思考,其实是在"打望"。喻言觉得很有意思,自己当年也是这样打望的。拿一本书装模作样地四处溜达,看着像好学生其实是坏小子。

邓冰问当年你骑车带着柳影是什么感觉?喻言笑笑不语。邓冰说当时对我的冲击力太大了。你带着柳影一串铃声,在校园内招摇过市,好像柳影上一辈子都是你的似的,我当时真想骑着自行车和你迎头相撞,来个同归于尽。

喻言不想和邓冰算过去的旧账,便突然喊,快看美女。邓冰问在哪?喻言抬头示意。邓冰见前方不远的林荫道上正走着两位女生,从背影看都亭亭玉立的。喻言说你别太激动,根据我以往的经验,从后面看像是一首诗的,从正面看说不定是戳心窝子的杂文。邓冰说你的意思是,后面看是张爱玲正面看是鲁迅?那我要看看。喻言劝邓冰还是算了吧,让一个美丽的背影永远留在心中吧,何必要破坏之。邓冰不听,说一定把正面照留在心中。邓冰说着用力蹬了两下就冲了出去。喻言见状连忙也跟上了。邓冰和喻言骑着自行车咋咋呼呼地从两个女生旁边飞驰而过。超过之后,两人互相示意了一下,喻言嘴里还轻轻喊着一、二、三,同时回头张望。

哈哈哈……两位女生率先大笑起来。喻言和邓冰被笑得不知所措,连自行车把也歪了。最丢人的是邓冰,自行车还撞到了路边的一棵树上,极其狼狈。两位女生见状笑得更响了。邓冰扶起车,连忙骑上,逃之夭夭。喻言也嘲笑邓冰,说邓冰真没出息,见个美女就惊慌失措的。邓冰谦虚地叹了口气承认这是我的弱项,当年我为什么提出找心灵美的女生,就因为我怕美女。

喻言问邓冰的感受,邓冰说虽然什么也没看清,但凭着她俩对我的惊鸿一瞥,我敢肯定是诗歌而不是杂文。不过,是"现代诗"而不是"古典诗"。

邓冰和喻言在校园里"打望"不成功,还被女生嘲笑了。两个人很感慨,说这些女生怎么也无法和我们80年代的校园美女比,那时候我们要是这样打望,女生肯定是娇羞的,是矜持的,是胆怯的,不敢声张,只有偷着嗤笑……总之,比现在的女生美好。现在的女生怎么能这样呢,太嚣张,太没脸没皮,太自以为是,总之……太他妈的了。邓冰还顺口来了四句顺口溜:

大学本无美娇娘,
残花败柳排成行。
偶遇靓妆一两个,

不是美女是色狼。

喻言哈哈笑，说这才是七步诗嘛，都七绝了。邓冰冷笑了一下，说这可不是我的原创，是我在网上看到的。两个人感叹着世风日下，今不如昔，不知不觉就骑到了梅园。停车，下来，也不靠前，站在那里张望。望着眼前的一切，看见的却是过去的青春岁月。那灰色的院子进进出出有不少的男女同学，那些同学完全就是当年自己的影子。喻言说咱们去女生宿舍看看？

邓冰说又不认识，看谁呀，随后叹了口气，真是物是人非呀。30年过去了，这梅园还是梅园，可人已不是当年的人了。喻言坚定地说走吧，咱去看看过去的女朋友。

邓冰伸手摸了摸喻言的脑壳，说兄弟，你没发烧吧，说什么昏话。喻言一昂头说，初恋的女友是看不到了，可以去看看她当年住的宿舍，她睡的床，看看现在睡这张床的女生是什么样子的，我们都可以和她聊聊。怀念是一种最好的纪念，无论是一个什么样的女生，我都会说，为什么这床上总睡着美女呀！你看她会有啥表情。

邓冰觉得喻言的提议有点意思，可还是有些犹豫，说女生宿舍不让男生进吧？喻言说没事，还是当年的办法，混上去。

8

喻言当年可没少混进女生宿舍。混进女生宿舍其实很简单，就是交叉掩护，一个和楼长说话，遮挡视线，一个偷偷溜进去，往往是邓冰掩护，喻言上楼。按理说喻言找蓝翎和邓冰没有任何关系，可喻言表示援手邓冰和赖武竞争张媛媛，这样两个人就成了同盟。喻言的女朋友蓝翎和张媛媛住上下铺，邓冰希望她成为内线。为此，在整个冬季和春季，邓冰都乐此不疲地帮喻言混进女生宿舍，一直到了夏季的某一天才戛然而止，喻言从此再也不敢上女生宿舍了。

那天，天气已经很热，喻言在邓冰的掩护下照例去找蓝翎，上了女生宿舍楼，来到走廊上。这时候喻言才发现有些不对劲，长长的宿舍走廊上铺满了凉席，许多女生或躺、或立、或蹲、或坐，有看书的，有说笑聊天的，有挂着耳机听音乐的，有压腿的，有扩胸的，还有双腿贴墙练倒立的……关键是这些女生无一例外都穿得极少，穿三点式就算多的了，有的只穿短裤，袒胸露乳，有的连短裤都没穿，裸体在走廊和水房之间穿行，像神话故事中的山鬼……女生的胳膊和大腿让喻言头昏目眩，双乳让喻言鼻子喷血，白臀让喻言窒息。喻言还没有回过神来，就被一个练倒立的女孩看见了，她一声惊叫，从墙上翻将下来。

喻言还呆若木鸡地站在那里,一脸惊恐状的时候,女生已经乱成一团,大惊失色的女生齐声尖叫。饮料瓶、易拉罐、书本、文件夹、衣架等乱七八糟的东西一起横空飞来,劈头盖脸,其间还伴随着吆喝,色狼、打色狼呀……

喻言抱头鼠窜,几乎是连滚带爬地蹿下楼去,其仓皇程度犹如丧家之犬。其实,当时蓝翎和张媛媛都认出了是喻言,张媛媛拍着胸口笑得前仰后跌,蓝翎拿手掩着嘴,表情不安,却不敢吭声。有女生问张媛媛是不是认识,找谁的?张媛媛笑着摇头,说不认识,不认识。蓝翎这才轻轻吁了口气。

从此,喻言再不敢混进女生宿舍了,就是楼长不拦喻言也不上了。邓冰曾问喻言,怎么不上了,我掩护你。喻言说,女生宿舍夏天去不得,要挨打。喻言把自己的遭遇告诉邓冰,邓冰笑了半天,笑过了还笑。

30年过去了,喻言又要混进女生宿舍,两人把自行车锁上,往那院子里走。喻言说我就是好奇,想看看谁占了俺家蓝翎的窝。邓冰笑喻言不要脸,那蓝翎都30年没有见面了,喻言还自称是"俺家的",还不知道是谁家的老婆呢。喻言让邓冰闭嘴,不要破坏这寻觅的感觉。来到宿舍门口,邓冰有些胆怯了,说你真上去呀,你真敢上女生宿舍了吗?喻言抬头望望天,说今天天气预报说是多云转阴有小雨,气候条件还是允许的。现在是仲秋,气温低,要是气温高了就不敢了。邓冰说,还是别冒险,不值得呀,过去混进女生宿舍是为了看女朋友,现在是为了看女朋友睡过的床,冒险的价值是不同的。

喻言说你肯定懒得看谁占了你前妻张媛媛的窝。邓冰说哪怕是被狗占了呢,关我屁事。

喻言不由摇头叹气,感叹邓冰心结难解。邓冰说爱一个人不会轻易忘记,恨一个人更不会轻易忘记。邓冰无奈地望望喻言说,一个床有啥看的,真有病。

喻言很顺利地混进了宿舍,楼门口根本没见楼长的影子。而且,喻言和邓冰在楼道里还见有男生大摇大摆地上楼呢。喻言说30年了,难道这男生不能进女生宿舍的规矩也改了。邓冰说,改了好,现在就是要改革开放嘛,不要把女生看得这样死,关起来,到时候嫁不出去。两个人轻车熟路地找到了蓝翎和张媛媛曾经住过的宿舍。喻言轻轻地敲了下门,一个男生开门望着喻言问你找谁?喻言和邓冰交换了一下眼色,这男生在女生宿舍,肯定是来找女朋友的。喻言用一种暧昧的目光望着男生,想在男生身上找到自己的影子。当那男生再一次问你找谁时,喻言一时语塞了。

找谁呢?喻言无法回答对方,总不能说是找床吧。男生见喻言不回答自己倒也大方了,主动敞开了宿舍门,把喻言和邓冰往宿舍里让。喻言见宿舍里没有人,只有一个女生坐在床角处,正一边整理着自己的乱发,一边打量着喻言和邓冰。喻言打招呼:同学,你好!

女生回答:大叔,你好!

女生叫喻言大叔,让喻言愣了一下,心中不悦也不好说。

男生说你要找的人可能不在,都踢球去了。

喻言没太在意男生说什么,而是被一股臭袜子味拿住了,熏人。喻言心想这女生宿舍也太……四处打量了一下,觉得不对头,这分明是男生宿舍嘛,整个宿舍没有一点女生味。

男生回答，这确实是男生宿舍，从我入校到现在都三年了，一直是男生宿舍。喻言不悦，说才三年呀，30年前这都是女生宿舍。男生笑笑，说30年前呀，那时候我还没有出生呢。

喻言望望女友曾经住过的床，迫近了，发现那床上靠墙边码了半墙书，能躺人的地方堆着被子和换洗后没洗的衣服。喻言不甘心，闭着眼睛凑上去，深深地吸了口气，昔日女友的如岚气息已经荡然无存，一股粗壮的浊气扑鼻而来，呛得喻言喘不过气来。喻言转过身来，疾步而出。

喻言和邓冰走出曾经的女生宿舍，来到院内，那昔日的腊梅不见了，芭蕉树也没了踪影，代替的是几棵新栽的银杏。喻言叹了口气说完了，完了，把好端端的清雅之地糟蹋了，怎么能把女生宿舍改成男生宿舍呢。这是哪个王八蛋改的，一点环保意识都没有，简直就是破坏了人文环境。

邓冰不明白喻言哪来的火，女生宿舍咋就不能改男生宿舍呢。女生住了男生就不能住？好像没有什么道理吧。喻言说，在这点上还真要学学人家北大，北大的燕园内有好多院子，那些院子有的就是原来燕京大学的女生宿舍，当年，冰心就住过。人家都没把女生宿舍改为男生宿舍，而是改成了文、史、哲各系的办公室，中文系就在五院，这多好。咱们学校怎么能让一群臭小子把好好的静雅之地污染了呢。这一改，就相当于把回忆里如花似玉的女生都赶进猪圈里住了。

邓冰觉得喻言都成花痴了，有贾宝玉的情怀。骑车离开后，喻言还在喋喋不休，愤愤不平。说，保存名人故居是有道理的，怀念往往是从故居开始的。邓冰说女生中有名人吗？也许蓝翎对你来说是名人,可是她的故居有保存价值吗?邓冰认为喻言念的不仅仅是前女友,念的是自己过去的青春岁月。邓冰还说,你这样念她,她又不知道,要是我,就去找她,不就是在云南嘛,即便是在国外又如何。

喻言说你这就俗了,念是念,找就不必了。

邓冰说你这样念念不忘有什么结果?

喻言道:念念不忘必有回响。

邓冰叹着气,说你也忒没创意了,这种自我安慰都用烂了。

喻言和邓冰骑车离开梅园,来到自己曾经住过的桃园。邓冰说,你能去看前女友的床,为什么不去看看自己睡过的床呢!既然要怀旧,这种方式更直接。喻言觉得邓冰的提议很自恋。但邓冰推而论之,女生宿舍改男生宿舍了,那男生宿舍就改女生宿舍了,这样自己曾经睡过的床,现在就被女生睡了,那么,这个女生是什么样子的?也就是说自己的"同床"是什么样子的?万一我们的同床是两个美女呢。

喻言的眼睛一下就睁大了,是呀,要是现在的同床是美女,那就很让人兴奋,探望"同床"也就有些暧昧,有些意味深长了。作为一个资深喜欢美女的文艺老流氓,喻言不能放过这种探望的机会。就这样,两个人没费什么周折就上了自己曾经住过的宿舍楼,这宿舍楼现在果然是女生宿舍。由于楼长的值班窗口正围着几个人在说话,楼长根本没看到有人上楼。楼长也没想到有人会上楼。现在男生基本不上女生宿舍了,都有手机,一个短信,女生就被勾引下楼了,何需直接上楼呢。

两个人基本采取了当年读书时上楼的方式,一闪、二窜、三跨

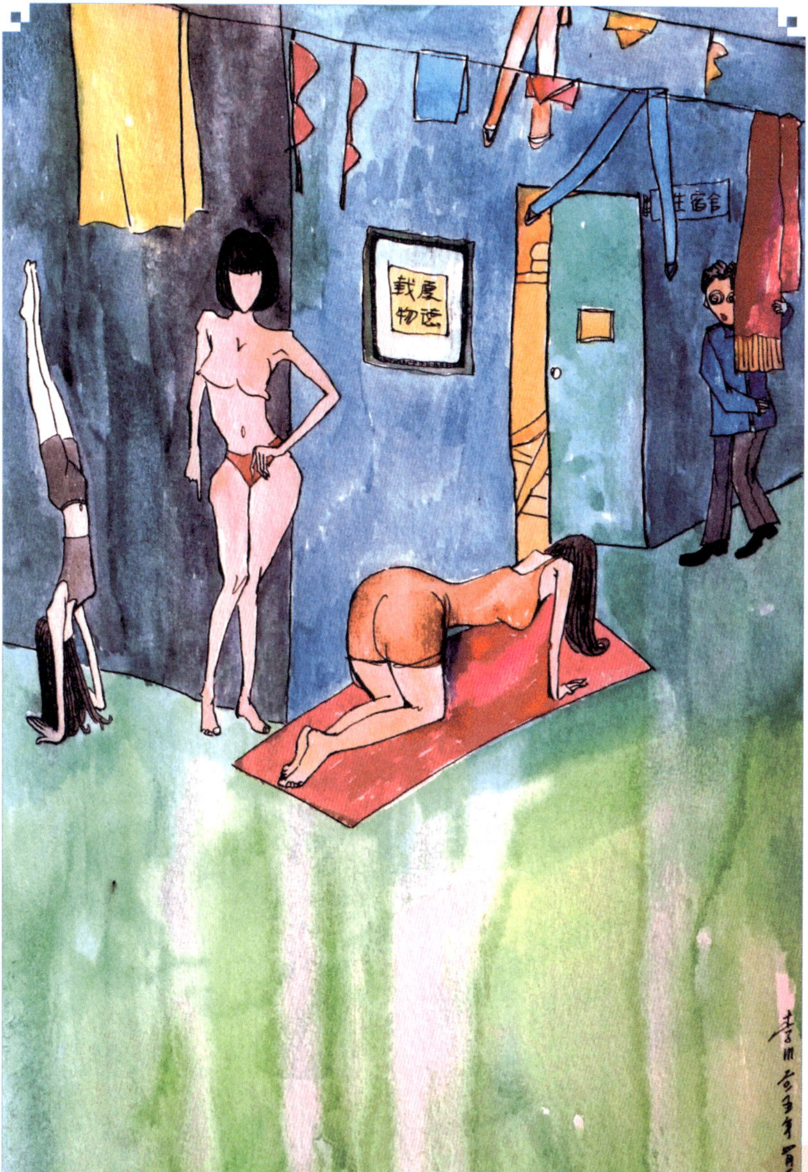

桃夭

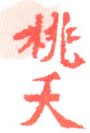

TAO YAO

步,就像打篮球三大步上篮似的,那都是青春的步伐呀。当喻言找到当年住过的宿舍,敲门进去时,人家照例问找谁?喻言这次的回答是:找我的同床。喻言向自己曾经睡过的床张望,那是上铺,床上挂着粉色的蚊帐,在风的吹拂下,帐理流苏的。邓冰连忙解释说,我们回母校搞同学会,想来看看我们的故居。邓冰的"故居说"引得开门女生笑了。女生说欢迎二位大叔参观故居。又是"大叔"的称谓,喻言在心里嘀咕,妈的,真有这么老了吗。

躺在喻言床上的女生把头伸出蚊帐问,谁呀?喻言望望那女生厚着脸皮回答,我呀,来看看你。女生有些意外,说,看我?我不认识你呀?喻言说难道连同床都不认了。

邓冰床上的蚊帐也开了一缝,一个女生喊,啊——你这个狐狸精,啥时候和人家上床了,上了床又不要人家,找上门来了吧,一点都不负责。喻言床上的女生说,去你的,狐狸嘴里吐不出象牙。喻言说你误会了,我们没有上过床,我们是同床。开门的女生说,这有什么区别吗?喻言说有区别,当然有区别了。同床是指两个人睡过同一张床,而不是同时睡一张床。几个女生都哈哈大笑,说这是什么乱七八糟的呀。

邓冰说很简单,桃园宿舍在30年前是男生宿舍,我们两个就住在这个宿舍,你是我的同床。女生好像明白了。喻言说早在30年前就安排好了,我们会是同床,这是命里注定的。喻言同床望望喻言说,我好像在哪见过你嘛。喻言嬉皮笑脸地笑笑,说难道在梦中?那这是同床同梦。女生说,大叔你这种说法太老土了。

这时,邓冰的同床已经蹦下来了,说狐狸精,快下来吧,这二位不是在梦中见的,是在校园中见的。指指邓冰说,这位不是那个骑车撞树的大叔嘛。邓冰不好意思地笑了,说原来是你们俩,当真是无巧不成书,不是同床不碰头。两个同床都下来了,一个珠圆玉润,一个文质彬彬。喻言望望两个人,恍如隔世,于是嘴里头念念有词:所有的相遇都是重逢。喻言的同床问,什么意思,我们也叫重逢?喻言说你看,我们现在不是重逢吗?在校园已经见过了。

邓冰说,请问同床,你叫什么名字,同床回答,我叫狐狸。邓冰不明白。喻言问自己的同床叫什么名字,同床回答,我叫狐狸精。喻言和邓冰相互望望哈哈大笑,这是什么名呀,真的假的?开门的女生说,这是我们宿舍著名的胡丽(狐狸)和吴亦静(狐狸精)同学。胡扯的"胡",不美丽的"丽";吴亦静,天上撕开一个大口子的"吴",双腿并拢的"亦",不安静的"静"。开门的女生说,我的名字就很不一般了,叫刘陵。

喻言说看来你很喜欢"不"字,用的都很精彩。刘陵笑笑,开门出去了,说还是你们同床聊吧,我就不打扰了。

邓冰问在校园里为什么见我们回头就哈哈大笑?胡丽说当时听到自行车在身后呻吟,我们本能地向路边让了让。在你们超过时,我们打了一个赌。喻言问打什么赌?吴亦静笑了,不说。胡丽说,当时望着你们的背影,我对狐狸精说,根据以往的经验,这两个骑自行车的家伙肯定要回头,我们的回头率又要增加两个点了。狐狸精当时还不信,我们就打了赌,赌注是请吃冰激凌。结果,我的话音还没落,你们就贡献回头率了,简直笑死人。邓冰和喻言相互望望,都有些不好意思。

喻言说看来这冰激凌应该我们请。胡丽笑了,说应该你请,是你的同床打赌输了。吴亦静望望胡丽说,愿赌服输,下午我请你就是了,干嘛让人家大叔请呀。

喻言望望吴亦静说,你们能不能别叫我们大叔呀,这也太伤自尊了。胡丽说难道不对嘛,看你那头型,一半是沙漠一半是绿洲的,我们只能叫你们大叔了。这是对你们老人家的尊称,你们的年龄应该和我们老爸差不多吧,应该是我们的长辈。

喻言说我们不需要这种尊称,也不愿意当你们的长辈。吴亦静问那叫什么?喻言说我们是同床、同房、同校,说不定我们上过同一个教授的课,叫我们师兄比较好。

胡丽说我们曾经上过同一个教授的课,我深表怀疑,有这么老的教授?喻言说肯定有这样的老教授,虽说退休了,但肯定一年下来有几次讲座。教授越老越是宝呀,一所大学多几个德高望重的老教授,这所大学也就立住了。两个女生点头称是。

吴亦静说不叫你们大叔也行,这就看你们的表现了。喻言说放心吧,在我们同学会的三天内,我肯定请你们吃冰激凌,如果你们愿意,我们还可以请你们吃饭。胡丽笑了,说好呀,同床请吃饭,不吃白不吃。喻言急不可耐地问,明天行吗?吴亦静说明天不行,明天为回母校的校友演出。

喻言望望吴亦静,不解。问你们会演出,什么演出?胡丽笑笑说,还不知道我们的专业吧,我们都是音乐学院的,我学声乐,吴亦静学器乐。喻言望望邓冰,说没想到我们的同床都是艺术人才。

吴亦静摇头,什么艺术人才呀,现在找工作可难了。邓冰说不应该呀,你是什么乐器?吴亦静回答,我是琵琶。喻言惊喜地说,琵琶好呀,犹抱琵琶半遮面。邓冰瞪了喻言一眼说,这专业是你的最爱呀。喻言笑笑问胡丽,你呢?你不会是唱美声的吧?胡丽说不是,我是通俗唱法。吴亦静说,人家可比我强,随便到歌厅唱几首,钱就挣回来了,如果再转几个场,一晚上够一个月用的。胡丽说我也不愿意挣那辛苦钱,家庭条件不好,怎么办?邓冰说你也可以去歌厅弹琵琶呀。吴亦静说给谁弹呀,现在的人都浮躁,没人听的。喻言说我就爱听。邓冰瞪一眼喻言说,你爱听不值钱。

9

四个人正说话,喻言接到了张健的短信,说是要开席了,快回宾馆。这样,喻言和邓冰就不得不告辞了,当然,在告别时大家没忘记互相留电话号码。

两个人再一次骑车行进在校园里,喻言叽叽咕咕又说了一句,一个珠圆玉润,一个文质彬彬。真像呀。

邓冰说你的同床其实一点都不像你前女友,即便是再换一个女生,只要是你的同床,你也觉得像蓝翎。你找的就是前女友的影子,所有的美丽都是前女友的,而你的前女友长什么样子其实你早就忘了。

喻言道,你说得太拗口了,像写诗。喻言问邓冰,我看你一直不说话,好像不热心呀,我那同床不像前女友,可你的挺像前妻的。

所以我就更不热心了。邓冰说,你找的是初恋女友的感觉,我又不找前妻的感觉,她越像张媛媛,我越不感兴趣,我伤不起。我已经被张媛媛伤惨了。看着那狐狸,我就想逃跑。喻言安慰他说,好好,咱们去见柳影。

邓冰一下就兴奋起来。

喻言和邓冰回到学校宾馆,一个志愿者说,都在宴会厅,去吧。两人走进去,过去的生活"哗"地一下扑面而来。这么多熟悉的变了形的面孔,让人目不暇接,所有的面孔都被岁月摧残得不成样子了。无论男生还是女生都胖了一圈,男生像猪头,女生像油桶。这些同学走到大街上,真是认不出来了,现在能认出来,很多都靠自我介绍。而且很多人都是30年来的第一面,所以喊名字打招呼的此起彼伏。一个年级的同学有四个班,每个班有四五十人,一百多个同学至少来了三分之二,校宾馆宴会厅已经坐满了。喻言望望过去的同学们,也看不清谁是谁,扬起双臂抱着拳,算是和大家打了个招呼。

喻言和邓冰坐下后,居然没发现柳影,这几乎让邓冰绝望。作为一个观众喻言已经准备好了,男主角也已经粉墨登场,而女主角却不见踪影。其实,全年级四个班有三个班的班长都到了,唯独一班的班长没来。

邓冰望着喻言,嘴里不停地念叨,没来,没来……

喻言说别急,没来,打电话让她来呀,反正在本市。

喻言和邓冰找到吴月敏问柳影怎么回事?邓冰说,柳影一直都说要来的,怎么到现在还不来?吴月敏神秘地望望喻言说,你给她打电话呀,你要打电话,她说不定就来了。

喻言隐隐约约感到了问题,自己是来帮邓冰情感回归的,是一个看客。喻言可不想成为柳影旧梦重圆的对象。喻言说柳影爱来不来,我才不给她打电话呢。吴月敏说,那就看你了,你不给她打电话,她可能就不来了。这时,邓冰碰了喻言一下,望着邓冰那期待的目光,他只有让吴月敏给柳影拨电话。吴月敏接通了柳影的电话,把手机递给喻言。喻言拿着手机听到柳影急切地问吴月敏,怎么样,他来了吗?

喻言问谁来没有？该来的都来了，就差你。柳影在电话中突然沉默了。

喻言说，柳影你怎么还不动身，快来。有人等着你呢。柳影反问道，谁等着我，是你吗？喻言说，反正有人等着你。柳影又问，是你吗？

喻言不知道怎么回答，柳影还是那样咄咄逼人。

柳影说，要是你等我，我马上就去。喻言真想把电话挂了，可是，见邓冰眼巴巴地望着自己的样子，喻言只有捏着鼻子说，是，是我等你，还有邓冰。柳影说，邓冰不重要，我只问你。喻言说，快来吧，同学们都等着你，也包括我。

柳影在电话中笑了，说那我去。喻言挂掉电话，邓冰急切地问，她来吗？喻言说，来！邓冰突然举起一个拳头，喊了一声"耶！"

喻言觉得柳影有些奇怪，30年前给邓冰写了一张那样的纸条，让邓冰念念不忘，现在又说邓冰不重要。女人真让人捉摸不透。这也让喻言为邓冰捏了把汗。

柳影一直没到，大家只有等着。菜都上了，喻言和邓冰硬是按着康大叔不让开席，说再等等，再等等，柳影还没到。康大叔是同学会的赞助人，只要按着康大叔不让开席，大家也就不好意思正式吃。虽然张健等男生已经跃跃欲试地要划拳了，可在正式开席前，还是不好意思放开，最多夹几粒花生米塞牙缝。

柳影终于来了，开着一辆红色的"现代"小跑车，车倒没有多高级，却显得很时髦。柳影下车，款款而至，让同学们眼前一亮。应该承认柳影非常会保养，也会打扮，比其他女同学好多了。放眼望去，过去的女生全都变成老大妈了，而柳影却还是那样年轻，显得成熟而有魅力,真是风韵犹存呀。喻言碰碰邓冰轻声说,看来你艳福不浅,柳影还具有可泡性,去迎迎人家。

邓冰有些夸张地冲到柳影面前问,还能认出我吗?柳影望望邓冰,笑了,说这不是邓二水嘛。柳影叫出了邓冰当年的外号,引得同学们哈哈大笑。这时,吴月敏和几个女生都上去了,大家牵着柳影的手,大呼小叫的。高红萍夸张地围绕柳影转,喊,你是柳影吗?不会是柳影女儿吧。柳影笑着说,我没有孩子。高红萍说,我女儿都读研究生了,你咋不要呀?柳影说,想要,还没有找到孩子他爹。几个女生听柳影这样说都笑了,齐声说,同学会上我们帮你找,据说有不少王老五呢,不一定有钻石级的,但至少有白金级的。

柳影在几个女生的簇拥下,一边走一边和同学们打招呼。邓冰说我们欢迎班长柳影出席同学会。于是,大家都拍巴掌,张健还打出了响亮的口哨。柳影很高兴,红光满面地成了同学们的中心。看来,柳影要的就是这效果。30年了柳影没有什么变化,还是那么争强好胜,爱出风头。吴月敏拉着柳影来到邓冰的那张桌子,康大叔早就给柳影留好了空位,把柳影安排在了自己身边。

喻言见到柳影感叹,大家都是一个年龄段,为什么女人的差别就这么大呢。要不是和柳影是同学,走在大街上你确实看不出她的年龄。喻言和柳影打招呼,说,这是谁家的女儿代替妈妈来参加同学会呀。柳影望望喻言说,难道这是谁家的老爷爷代替孙子来参加同学会了?邓冰就说,你们真逗,过了30年辈分也弄乱了。

这时,康大叔站了起来。康大叔说,刚刚见面还没有来得及拥抱的,等会儿有的是机会。我曾经是全年级的劳动委员,我先说两句。劳动委员就是要劳动,要不怕累,所以我提议把同学们召集在一起,搞了这个同学聚会。搞同学会只有一个目的,那就是回味过去,展望未来,弥补遗憾,该出手时就出手;要有仇的报仇,有冤的申冤,有情的定情,有爱的做爱……这次聚会大家要劳动起来,劳动产生激情,劳动产生人类,再不抓紧时间咱啥活可就干不动了。

康大叔是干企业的,当了老板口才也练出来了,很会煽动,一席话把气氛搞得很热烈。康大叔道,废话少说,咱开席,为了30年的思念,干杯!大家嗷嗷叫着起身,端起了酒杯。康大叔这样说很对,毕业近30年没有见了,大家聚在了一起,不是为了思念还能为什么。

酒过三巡,菜过五味。几杯酒下肚,菜还没上完呢,有的人就不行了,开始胡咧咧了。邓冰和喻言坐在一起,不动声色地一阵猛吃,这种场合不赶快把肚子填满,要不了多久就会被放翻。张健拿了一根骨头也在狂啃,邓冰问是什么肉?

张健回答应该是牛肉。

邓冰说不会是马肉吧?欧洲人不是在挂马头卖牛肉吗。张健说,这应该不是进口肉。

喻言说欧洲人是向咱中国人学的,比我们中国古代挂羊头卖狗肉晚了千年。只不过欧洲人挂着卖的畜生比我们中国的大了一号。

邓冰说管他妈的牛肉还是马肉,只要是肉肉就行。可是,邓冰还没有来得及吃肉,来敬酒的就络绎不绝了,有男同学还有女同学。大家都是来安慰邓冰的,因为邓冰"新离",还戴了绿帽子,邓冰成了"同情兄"。敬酒的往往是在读书期间和邓冰关系不错的,有的一边敬还一边意味深长地向另外一桌的赖武张望。让大家意外的是赖武居然也来参加同学会了,不知道他什么时候从里面出来的。

不一会儿,邓冰就有些招架不住了,喻言坐在邓冰身边本来想替他挡挡,可是已然自身难保了。邓冰喝多了,非要和最好的哥们儿喻言碰三杯,碰了第二杯邓冰就开始举杯高颂了:

酒来,我在酒中等你;酒变成火,我在灰烬中等你……
喻言也是爱诗的,可居然想不起是谁的诗了。

喝得兴起,邓冰端着酒杯就冲柳影而去。喻言觉得邓冰用酒后吐真言的方式向柳影表达,肯定不行,想拦没拦住。柳影被康大叔安排到了自己身边,邓冰很不服,可又找不出理由让柳影坐自己身边,只有借酒力劳师远征。邓冰端着酒去,喊柳影,我们现在都是单身了,我30年前就暗恋你了。柳影说你暗恋我个屁,你一直和赖武竞争外语系的张媛媛。邓冰说别提张媛媛,谁提我和谁急。邓冰说着去抚摸柳影的脸,说我们今夜就成亲……同学们都起哄,喊,成亲,成亲……柳影躲过邓冰的手,恼羞成嗔,上去就给邓冰一个巴掌。同学们不由都愣了。再看邓冰,在原地转了两圈也没有倒下,也没有恼,嘴里又出来了朗诵腔:说是连夜就要成亲,得到的却是一个痛快的大嘴巴……

同学们哈哈大笑。

邓冰还在朗诵:

他们和我没碰三杯就醉了,在鸡汤面前痛哭流涕,然后摇摇晃晃去找多年不见的女友,说是连夜就要成亲,得到的却是一个痛快的大嘴巴……

这次,喻言听出来了,这诗叫《我们的朋友》,却想不起来作者是谁了,想必那个诗人也曾经挨过这一巴掌吧。喻言上去把邓冰搀扶了,对柳影说别理他,他刚受过伤,喝醉了。柳影此时哈哈大笑,说给他一巴掌真的很过瘾,很痛快。来,喻言咱俩喝一个,真正的老情人还没有喝呢,他倒是先上来了,哈哈。

喻言和柳影喝了,拉着邓冰往回走。邓冰走着还在朗诵:说是连夜就要成亲,得到的却是一个痛快的大嘴巴……

喻言知道邓冰喝多了就会开始朗诵,这是他多年的老毛病了,而且一旦开始就停不下来。邓冰回到自己的位置上,举着杯喊,我敬大家一杯。这次邓冰换了频道,从现代诗变成了宋词,还朗诵:

小资喝花酒,老兵坐床头,知青咏古自助游,皇上宫中愁,剩女宅家里,萝莉嫁王侯,名媛丈夫死得早,妹妹在青楼。

邓冰独自干了,嘟囔着:妹妹在青楼,妹妹在青楼,在青楼呀,在青楼……

这时,张健过来了。张健对邓冰说,我们本来要好好喝几杯的,你先把自己灌醉了怎么办?喻言说他不行了,改天吧,同学会要三天呢。邓冰就喊,怎么个意思,今朝有酒今朝醉……喊着要和张健干三杯,说是为了化解过去所有的恩怨。这样,喻言也就不好说什么了,喝吧,放开了大醉一次也许挺好的,邓冰心里装得满满的,是打开释放的时候了。只是,喻言还不明白赖武和邓冰的恩怨如何化解?邓冰和张健喝了三杯后,邓冰的朗诵又换了频道,这回变成了儿歌:

小学,把天真丢了;

初中,把童年丢了;

高中,把思想丢了;

大学,把追求丢了;

毕业,把专业丢了;

工作,把锋芒丢了;

恋爱,把理智丢了;

按揭,把一生丢了;

结婚,把激情丢了;

经商,把底线丢了;

出国,把祖宗丢了;

微信,把隐私丢了……

邓冰喊着丢了,丢了,都丢了,只把今晚留下,又自残了一杯。这时,柳影来了。柳影端着酒,脚下已经打飘飘了,走的基本是舞台上的莲步。柳影走到邓冰面前,说你把什么都丢了,还有一个你没说,就是把老婆也丢了。邓冰说我靠,忘了,忘了,罚酒,罚酒。柳影拦着邓冰说,不过,你最重要的没丢,那就是钱。你不是开着宝马来的嘛,我知道你有钱。邓冰说,我的钱都是税后的合法收入,个人所得税一分都没少。柳影说,我又不是查税的,你和我说这些干什么?邓冰说,这个一定要说清楚,否则就不是合法收入。邓冰突然问柳影,你税后挣多少钱?

柳影目光中都是雾,抿抿嘴,弱弱地向邓冰身边靠,说同学睡还提啥钱,你不是要和我成亲嘛,成亲前上床就算我请客。

邓冰摇头,说成什么亲,我问的是"税后"不是"睡后"。邓冰指着柳影笑,说你醉了,你喝醉了,我想请教你一个问题。柳影问邓冰是什么问题。邓冰说你对当今的房市怎么看?

柳影低头沉默好一会儿说,你问的都是敏感问题,都是关乎民生的大事,我给你说个掏心窝子的话吧,你千万别喝醉了对别人说。邓冰拍着柳影的肩说,放心,放心。柳影说,关于其他人的"房事",我研究得不多,我对房事的要求不高,只要姿势不太古怪,我会尽量配合,但一定要让我大喊出来。

喻言在一边听着两个人的对话,驴唇不对马嘴的,哈哈大笑。邓冰见喻言笑他,不干了,冲柳影喊,你给我滚,马不停蹄地滚。没见过你这样的,人家说东你说西,勾兑起来这么困难。柳影愤愤不平地瞪了邓冰一眼,骂着走了。说还自称暗恋我呢,天下之大,大不过你缺的心眼,人家把话说得这么明白了,你都不懂。

10

这时的宴会厅基本已经乱成一团,各种声音都有,成了一个真正的酒场。猜拳行令的声音此起彼伏的。中国传统的划拳当然是少不了的。"四季发财,五魁首呀,六六大顺……"这其中还夹杂着"老虎、杠子、鸡"之类的。四川和重庆的同学划拳有滋有味的还有调调:"四(4)川来重庆呀;幺(1)妹不领情呀;姗姗(3)总来迟呀;二(2)娃生闷气呀;气(7)得遭不住呀;八(8)匹马儿跑呀;留也留(6)不了呀;伸出五(5)魁首;端起这杯酒(9)呀;保(0)你心头爽呀;十(10)分喜欢你呀……"这些传统的猜拳行令被四川和重庆方言演绎后,听起来就像川剧,煞是好听。后来,所有的酒令都被一种新的游戏取代。只听有两个同学一唱一和地号叫着喊:傻逼,牛逼,我,你……这喊声一起,同学们还以为是喝多了吵起来了。

原来是一种新的猜拳行令的游戏。也不知道是从哪传来的,反正一下就风靡了很多同学会喝酒的场合。这种行令的方式很简单,只有四个口令:"傻逼"、"牛逼"、"你"、"我"。两个人对着喊,你可以喊四句的任何一句,关键是手势。比方:你喊"傻逼",对方喊"你",并且指着你,你都成傻逼了,就输了,喝酒。你喊"牛逼",对方喊"你",并且指着你,你牛逼,你就赢了,对方就喝酒。这其中喊同样的口令不分输赢,可继续喊。中国传统的猜拳行令是一加二等于三的游戏,谁喊对了双方手指比划的数字之和谁赢,而这种猜拳行令的方式是谁"牛逼"谁赢,谁"傻逼"谁输,倒也名副其实,只是听起来比较野蛮。

不过,这酒令有几种场合不太适合:一是请领导吃饭,如果你猜拳行令喊领导傻逼那是找死;二是请长辈喝酒,叔叔、大爷来了,要猜拳行令你吆喝着傻逼那是找抽……总之,这种猜拳行令的方式不适合高雅人群的聚会,也不适合公众场合,只适合同学会的包场。

在同学中谁"牛逼"谁"傻逼"早已有了定论,但在酒桌子上谁"牛逼"谁"傻逼"还没有定论。为了"牛逼喝不醉"的名分而呐喊。这种猜拳方式肆无忌惮,痛快淋漓,可以响彻云霄,关键是喊着痛快,张扬,解气。

喝着酒,有的就开始唱歌了,吆喝着喊服务业把卡拉OK打开,有人就上舞台唱歌。有唱歌的就有跳舞的,有同学就去动手,把酒桌子顺到了边上,这样酒宴就变成了舞会。想继续喝的可以尽兴,酒菜没人撤,宾馆的服务员早就下班了。这时,老婆不在身边,老公也不在身边,没人管你,更不会有人说少喝呀对身体不好呀之类的陈词滥调。说个不好听的,喝死了都没人阻止。这时的同学们突然觉得太自由了,不对头,有人咧咧嘴就哭了,喊着我想老婆呀,想孩子他妈呀。你哭也不会有人劝,你哭老婆还有人哭老公呢,哭老公的就喊,老公,我对不起你呀,我不该和我们办公室主任那样呀。更多的是骂老公:"你个王八蛋呀,三月不照面呀,限期不回来呀,我就找小三呀……"

还有的女生唱:"天长地久太老套,有钱男人不可靠,天天都在外边泡,别怪给你戴绿帽。"

有男同学起哄,你啥时候给老公戴的绿帽?那女生就骂,滚一边儿去,居然打听老娘的隐私。男同学见状连忙撤退。

你爱哭就哭,爱唱就唱,卡拉OK早就响彻云霄了。邓冰趴在桌子上睡了好一会儿,"傻逼"和"牛逼"的吆喝声他基本充耳不闻了,也管不了谁是傻逼谁更牛逼了,反正他自己已经成了傻逼,趴在那里没有了战斗力。不过,像邓冰那样趴在桌子边睡的也不止一个,还有坐在地上睡的,缩在椅子边的,躺倒在桌子底下的也有好几个,再加上哭闹的,这些基本组成了傻逼的行列。而牛逼的同学不是在跳舞就是在唱歌。张健算是牛逼的代表,抱着高红萍猛跳舞,不知道有啥企图。当然,康大叔也很牛逼,基本把柳影包了,看样子不把柳影跳进楼上的房间是不撒手的。陈仲义和章爱莲,毛国聪和张彦,江永川和孙晓梅,吕信伟和钟新,陈德容和陈秋兰,刘晓东和严文琴,刘航和李福亚……都跳得火热。

喻言放眼望去找不到舞伴了。这些在一起跳舞的同学,在80年代就是舞伴了,喻言如今也不好再去插一杠子。喻言不由恍惚,想起了昔日的女友蓝翎,想着心里就一酸。遥想当年这种班级舞会可是每周都要举行的,那时喻言就带着女友参加,基本上不和其他男生抢舞伴。那时的舞会都是同学们自发组织的,周末刚下课,老师一离开教室,同学们就开始拉扯桌子了,把教室的桌椅板凳向四周码。有同学就开始布置舞会的灯光。舞会需要彩灯,日光灯下没有气氛,怎么办?有同学就用彩纸把日光灯里三层外三层地缠了,这样灯光就暗下来了。灯光是暗了,但是没有彩灯闪烁的效果。有同学就打起了塑料暖水瓶的主意。那些塑料暖水瓶有各种

桃夭

TAO YAO

颜色,红的、绿的、橙色的都有,把瓶胆拿去,只用那塑料壳。一盏15瓦的灯泡放进暖水瓶壳内,暖水瓶壳挂在教室的四个角,就像彩色的灯笼。这时,打开彩灯,按下双卡大录音机的播放键,邓丽君的歌声响起,同学们就抱在了一起。

这种舞会有长有短,早的夜里12点前也就收了,晚的只能通宵达旦。因为过了12点女生宿舍要关大门,你在12点后去喊楼长开门,不但要写检查,说不定第二天还要把名单报给辅导员老师。有些同学只有翻墙,从一楼上二楼的阳台。这对男生不算什么,对女生就麻烦了。于是喻言就拉着女朋友蓝翎赶场跳舞,这个班的舞会结束了就去赶那个班的,一直到天亮。要是没有通宵舞会,喻言就只有带着女朋友在校园内瞎逛,和保卫科的夜巡者捉迷藏。有一次,两个人被巡夜者追踪,无处躲藏,居然爬上了一棵香樟树,像一对鸟儿那样在树上过了一夜。

说是跳舞,也没有什么舞步,同学们在邓丽君如泣如诉的歌声中,在彩色的塑料光下晃悠。80年代的同学们不敢随便拥抱,不像现在男的女的见面抱了再说,跳舞使他们总算找到了拥抱的机会,可以在众目睽睽下相拥,在情意绵绵中行走。

喻言就这么回忆着,越回忆越想前女友,由此又联想到刚认识的同床。喻言想着给同床打电话,把她们喊来跳舞。他想征求邓冰的意见。邓冰趴在桌子上睡得也差不多了,喻言推推邓冰。邓冰抬起头来说,你先睡吧,等会儿我睡你家的沙发。邓冰已经不知道身在何处,还以为在喻言家喝酒呢。喻言说,睡什么沙发,起来跳舞,多跳一会儿舞,酒就醒了。邓冰抬起头看看跳舞的同学,也能听到音乐声了,算是醒了。邓冰端起桌子上的茶水喝了一通,说啥时候开始跳舞的,咋不喊我一声?喻言说,这不是喊你了嘛,可惜没有舞伴了。邓冰看看跳舞的同学,女生已经没有了,男生还有不少站在圈外张望。邓冰望望喻言,说你想让我做你的舞伴?喻言笑着骂,妈的,让你做舞伴,你又不是女的,有啥意思。邓冰不解地,那你叫我干什么?喻言把自己的想法告诉了邓冰,把你的狐狸,我的狐狸精都叫来,馋死他们。邓冰说,好呀,你叫呀。喻言说我是想让你叫,你的那个开朗些,只要有一个愿意来,就可能把全宿舍的都带来。邓冰说那我打电话。

邓冰刚要打电话,电话却来了,一看显示的号码,邓冰脸都白了。邓冰说坏了,是她的电话。喻言问是谁的?邓冰说还有谁的,前妻的。喻言吃惊地望望邓冰,说没想到你们联系得这么密切。邓冰叹口气说不想联系也不行,还有儿子在人家手里。喻言关切地问,张媛媛不会要求和你见面吧?你回来参加同学会她肯定知道。邓冰说,我这辈子都不想见她了,现在我接到她的电话心都颤。喻言对邓冰的状况很同情:邓小水正是调皮捣蛋的时候,每当邓小水捣蛋的时候,张媛媛就打电话,愤怒地叫喊着:邓冰,把你的儿子接走,我他妈不管了。

这种电话从邓冰和前妻闹离婚时就开始了,那时邓冰和张媛媛已经分居,邓冰住市区的房子,张媛媛带着儿子住大学城边上的别墅,邓小水在学校附小读书。

邓冰接前妻的电话,喻言也没有回避,没什么回避的,情况就是这么个情况。邓冰一按接听键,邓冰儿子的哭声就先声夺人地传来了。邓小水的生活费从闹离婚时最初谈定的两千,到签订离婚协议时已增加到了三千,办离婚手续时就增加到了五千,否则张媛媛不在离婚协议上签字。邓冰是要坚决和张媛媛离婚的,绿帽子不取掉还是男人吗?花点钱算什么。邓冰不知道儿子的生活费最终会加到多少,当然,这时的生活费已经不是生活费了,这其中已经包含了张媛媛带孩子的劳务费和邓冰为自己买来的轻松和自由。否则,邓冰能有时间参加什么同学会,开着车四处溜达嘛。

喻言听到邓冰在电话中低声下气地答应着,好好,再加两千,两千。邓冰放下电话,喻言问又加了?邓冰摇摇头,说张媛媛说我儿子太贪玩,不好好学习,要给邓小水报补习班,从现在开始一直到初中,必须在周末上补习班。五千块钱是生活费,补习班的钱要另算。邓冰骂张媛媛那个傻逼,她以为我不知道,她在电话中扭着孩子的屁股,让我儿子发出哭叫,并声称必须每月增加两千元,我有什么办法?只有答应。喻言哈哈大笑,说还不知道谁是傻逼呢,都到七千了,大有突破万元大关之势呀。邓冰叹气,儿子成了绑架我的绳索,还是你好,儿子长大了。

喻言说,没长大是麻绳,长大了是钢丝绳。我儿子要钱可不是一千、两千的要,是一万、两万的要。什么恋爱经费、旅游费、交通费,各种名目繁多,将来要买房、买车、结婚、生子,等着吧,你儿子花钱的时候还在后面。想开点吧,老爹挣钱不就是给儿子花吗?反正也没有花在外人身上。邓冰不语,显得很沉重。喻言说好了好了,不说了,咱跳舞。邓冰又骂了一句,妈的,什么前妻不前妻,儿子不儿子的,跳舞。

于是,邓冰就给胡丽打电话。胡丽问你是叫我一个人去还是都去?邓冰回答,当然要叫上狐狸精了,她的同床喻言正等着呢。胡丽不无失望地又问,就叫我们俩呀?邓冰望望站着的众多男同学,说多多益善呀。胡丽说,那太好了,我们香樟树组合的都去。邓冰不明白什么是香樟树组合。胡丽说,就是我们的乐队组合呀,有12个女生呢,有点像女子十二乐坊。我们经常代表学校出去演出。邓冰说,让你们来跳舞,不是让你们来演出,不用带什么乐器,你们不会收费吧?胡丽说,你想哪儿去了,我们就是去陪你们的。

邓冰把香樟树十二乐坊叫来陪大家跳舞,这让男同学们欢呼雀跃,说邓冰太牛逼了,怎么一下认识了这么多漂亮女生。邓冰也不理同学们,只管抱着胡丽跳,喻言的舞伴自然是吴亦静了。在跳舞的时候,邓冰还感慨地对胡丽说,没想到你们肯来陪我们跳舞。胡丽说,师兄们搞同学会,师妹们巴不得认识一下呢。你想呀,你们现在都是各行各业的精英,都有所成就,我们马上面临毕业找工作,正是让师兄们帮忙的时候。邓冰听胡丽这样说,就打起了哈哈,原来你们的动机有问题呀。胡丽说学校都打招呼了,说凡是回校搞同学会的校友,只要有机会都要多多接触,这是找工作的好渠道。学校很有经验了,对校友的同学会都很重视,通过校友找到工作的也真不在少数。据说明天还要为你们慰问演出呢。

11

舞会进行到午夜12点,喻言见各位同学搂着师妹还在跳,没有结束的意思。喻言喃喃地对吴亦静说,12点了,女生宿舍要关门的,咱回去吧?吴亦静笑了,说你怎么知道女生宿舍12点关门?喻言回答,你傻呀,我经常送你回去,怎么会不知道?吴亦静说,你啥时候送我回去过?喻言说我不是经常送你嘛……吴亦静冷笑了一下,你喝多了吧。喻言低头望望吴亦静,随即清醒过来,叹了口气说,我回到30年前了。吴亦静笑了,说你穿越了吧。喻言说真有点穿越的意思。吴亦静问,30年前你经常带女朋友跳舞?喻言说是呀,是呀,经常跳,跳舞忘了回宿舍,女朋友经常被拒之门外。吴亦静开心地笑了,问你女朋友漂亮吗?

喻言想说长得像你一样漂亮,又觉得不妥当,说那都是30年前的事了,我不应该和你跳着舞,却想着30年前的另外一个女生。吴亦静说,我不介意的,我很好奇,看来当年你们很恩爱呀。喻言深情地说,那当然,这么多年了,我一直没有忘记她。吴亦静问,那后来呢,后来你们在一起了吗?

喻言说当然没有了,否则就不会只有思念了。为了怀念过去,我把当年的情书都出版了,结果被老婆发现,最后离婚了。喻言也不知道为什么向吴亦静交代了这么多,连离婚的事也和盘托出了。吴亦静听了咯咯地笑起来,对喻言离婚根本就没当回事,说既然相爱为什么不在一起?喻言语重心长地说,给你讲你也不懂。吴亦静摇摇喻言的肩膀,有些撒娇地,说说嘛,说说嘛。喻言觉得很受用,说那时候我们都是分配工作,她分配到遥远的地方了。

吴亦静问,那你为什么不去?喻言答怎么去?去了也没有工作,怎么生活?吴亦静说你傻呀,在当地找个工作不就行了,要是我,就去。喻言笑笑,说时代不同了,现在说这些你肯定不能理解,当年因工作分配不在一起的,不知拆散了多少对儿。老师手里的一支笔就像王母娘娘手里的簪子,轻轻一挥便成银河,让你天各一方。

吴亦静也叹了口气说,那也太残酷了。不过,分配工作多好呀,像我们现在,没人管,自己找工作,真难。喻言说,看来每一代人都有自己的好,也有自己的难。

一曲结束了,喻言就对同学们说,还是早点结束吧,师妹们的宿舍要关大门了。

大家却意犹未尽,说不怕,不怕的,关了可以帮师妹们叫开。

没想到胡丽也说,没事儿,可以多玩一会儿。学校有规定,凡参加校友同学会活动的,不算犯纪律,回去再晚,楼长也要开门。不过,需要师兄们送我们回去,帮我们叫门,也算是确认。大家一听更来了兴致,说送,送,我们都送。没想到学校为我们想得这么周到,很人性化呀。

这样,大家放心地又跳了起来,舞会一直到凌晨4点才结束。舞会再不结束不行了,因为第二天师妹们还要演出。经过这么个舞会,大家酒也醒了,食也消了,轻松愉快。舞会结束后大家兴致不减,嚷着一起送师妹回宿舍。其实,送师妹回宿舍是一件很幸福的事。对于很多同学来说,30年前夜送女友的情景历历在目。特别是喻言这样的,带着女朋友在校园内游荡,那是家常便饭。如今,夜送师妹回宿舍成了合法行为,那当然兴致勃勃了。

校园内月明星稀,皓月当空,清风徐来,让人心旷神怡。林荫道边的栀子花正开着,一阵阵的花香扑鼻而来;那茶花在路灯下红的暗、白的明,历历在目。校园里已经没有了学生,这么一群人突然出现,一下就打破了校园的静谧,有小鸟被惊起,啼鸣着飞向远方。

喻言和吴亦静走在队伍的最后,俩人好像有说不完的话。喻言说要是在80年代,这个时间是不敢回宿舍的,叫不开门,叫开了门楼长肯定记下你的名字,报上去,那是要写检查的,三好学生就更别想评了。吴亦静说不回宿舍,一夜怎么过?喻言道我和女朋友在一棵树上过夜。

吴亦静不由地"啊"了一声,声音显得十分夸张。吴亦静的声音,让很多同学回头张望,这让喻言很尴尬。张健喊,喻言同学,注意影响,不要动手呀。喻言说去你的,谁动手了。吴亦静就说,动不动手关你什么事。吴亦静这样说大家都笑起来。这种说法让喻言很受用,让其他同学艳羡。吴亦静随后小声问喻言,难道你们真上树?

看起来吴亦静并不是不相信喻言和女朋友在树上过夜,而是"上树"本身把她的想象力颠覆了。吴亦静不放心地望望喻言,表情怪异。

喻言说当然是真的了,不信你问问邓冰,他也上过树。

邓冰和胡丽走在前面,听喻言说起了自己,就和胡丽留步等着。吴亦静问邓冰,你当年带女朋友上过树?邓冰笑,你是说那棵香樟树吧,好多人都上过,那棵树对热恋中的同学太重要了。

胡丽望望邓冰也很吃惊,然后和吴亦静说悄悄话,行为极其诡异,这让邓冰和喻言莫名其妙。喻言说,难道我们当年不浪漫吗?胡丽和吴亦静又相互望望,不语,表情却绷着,然后终于爆发出了大笑。

喻言和邓冰被笑毛了,连忙解释说,这一切都是真的,那棵香樟树就在爱情山上。

所谓的爱情山,在校园的南部,是一个小山丘。山上长满了灌木,开各种各样的野花,是一个很隐蔽的地方。山上有一条小径,小径也不是披荆斩棘的结果,而是山上本没有路,走的人多了就成了路。那自然形成的小径,弯弯曲曲,将情侣们带到自己的老地方。傍晚的时候,许多同学在那里约会,在每一棵树旁,在每一束花前,都有同学们停留过的痕迹。特别是周末的晚上,山上的同学尤其多,各种声音都有,有大喊着"我爱你"的,一听就是正表达爱慕之情,粗壮有力;有激情放歌的,这是热恋的状态;有高声大骂"骗子"的,这是在吵架;还有细细长长的哭泣声,这是真正的失恋,自艾自怨……总之,在那个小山包上,每天都上演着爱恨情仇的青春悲喜剧。所以,同学们就把那山叫爱情山了。喻言他们所说的香樟树,就在爱情山的香樟林里。香樟林在山的坪坝处,在上百棵的香樟树中有一棵老树,有上千年了,老棵十几个人也搂不住,枝叶茂盛,遮天蔽日。

这棵香樟树长得好,主干长到一定的高度便横着长了。横着长的主干边又向上发出直杈。直杈粗壮有力,刺破整个树蔓,能直接吸取阳光。那天夜里,喻言和女朋友被巡夜者追踪,在校园内游走,希望能将巡夜者甩掉。俩人慌乱中爬上了这棵香樟树。上树后才发现这真是个好地方呀,粗壮的横生的树身就像一个独木的单人床,两边的枝杈就像保险的栏杆,躺在树上,即便你胡乱翻身也掉不下去。这棵树简直就成了天赐的温床。两人上树后,只能相拥、相抱、相依为命。

喻言和蓝翎躲在树上,一直等到巡夜者离去了也没舍得下树,在那树上度过了美好的夜晚。喻言头枕着书包,躺在下面,蓝翎就趴在喻言身上。从树上往地下看,枝叶浓密,地下的人根本看不透树上的秘密;从树上往天上看,透过疏朗的树枝,可依稀看到明月。两人觉得离天堂很近,离人间很远。两人在树上说了一夜的话,就像一对不眠的鸟儿。早晨,阳光透过树叶,将光线洒在蓝翎的脸上,真正的鸟儿就在头顶上鸣叫,只要你一伸手就能抓住小鸟的翅膀。喻言和蓝翎醒来,感觉到空气清新,神清气爽。

两个人从树上下来,正遇到晨读的同学。同学见树上下来的喻言和蓝翎,像一对远古的神仙眷侣。一个同学拉了拉另外一个,说快看,树上下来一对鸟人。喻言听到了,说你们才是鸟人。同学不好意思了,问你们在树上过了一夜呀?喻言说,过了一夜。同学说,有点意思。喻言说,确实很有意思。同学说,那我晚上也带女朋友上去试试。

喻言意外发现的香樟树,成了两个人的临时住处。整个夏天,只要两个人回不了宿舍,就在树上过夜,为此喻言还随身在书包里带了一张塑料布。可是,这么个好地方不久就传遍了爱情山,正在热恋的同学都纷纷想上树。树就有一棵,恋人却有无数,这样就难免冲突。特别是周末,那只能提前去占位置了。一对鸟人正在树上,另外一对也急着想上树。为了不在树上冲突,大家就有了暗号,如果下面有同学要上去,就在树下学鸟叫;如果上面有回应,下面的人就离去,要是没有回应,就拉着女友上去。在香樟树下鸟人的叫声此起彼伏,有点关关雎鸠的意思,不知惊飞了多少真鸟。

一次,喻言拉着女友来到树下,还没学鸟叫呢,就见树叶晃动,悉索有声,像刮风。那当然不是自然之风,因为期间伴随着人的呻吟声。喻言觉得树上的同学太肆无忌惮了,也不学鸟叫了,就发人声,在树下咳嗽。不久,树叶停止晃动,一个男生下来了,半天却没见女生。喻言就问,还有一个呢?男生回答,就我一个。喻言问,那树咋晃得这么厉害?男生说,我不能自慰呀。

我靠,碰到自摸的了!喻言说你自摸有必要上树嘛,浪费资源呀。男生回答,你们可以带女朋友上树,我为什么不能一个人上树?男生还说,我是一个孤独者,而"孤独的人就是文明国家允许的一种变相野蛮人"。喻言有些不明白,问他什么意思?男生说,我靠,连雨果的格言都不记得了,傻了吧。喻言被雨果将了一军。男生说,雨果是什么果?雨果就是下雨从树上落下的果。

雨中的果砸在了喻言头上,让喻言难为情。喻言自视甚高,那次却觉得真碰到了高人。

在爱情山上,如果碰到了同班同学,问对方的进展,就问上树了吗?另一位如果回答上了,同学就明白了。同学之间从来不问对方上床了吗之类的,那太俗了。"上树"取代了"上床",是80年代爱情山上最流行最时髦的问候语。

12

同学会的第二天就有些官方色彩了,学校的副校长,学院的院长,著名教授,过去的辅导员,曾经给大家上过课的已经退休的还能行动的德高望重的老先生都来了。文艺演出看来是学校的招牌菜,专门用来搞接待的,参加演出的主要是音乐学院和影视学院的学生。影视学院的节目主要是小品、舞蹈之类的。吴亦静和胡丽她们的节目基本上是一个模仿秀,模仿女子十二乐坊,吹、拉、弹、唱样样都有,不同的是采用了中西合璧的方式,把西洋乐器和中国传统乐器放在一个组合里了。有笛子、箫、唢呐,还有长笛和萨克斯;有二胡、琵琶、古筝,还有小提琴和大提琴。再加上一个美声唱法,一个通俗唱法,12个女生站在舞台上让人目不暇接。胡丽是通俗唱法,她的演唱已经退到了次要位置,是为乐器伴奏的。胡丽经常会唱两句,和另外一个唱美声的一唱一和,为乐器烘托气氛。

西洋的音乐用中国乐器演奏,中国的音乐用西洋的乐器演奏,然后两种乐器再合奏,一个组合可以演出一个小时。不过,这些演奏都是大家耳熟能详的曲子,比方《梁祝》《茉莉花》呀等。还有流行歌,也改编成了音乐,引起了大家的共鸣。特别是80年代的流行歌曲,什么"属于你,属于我,属于我们80年代的新一辈……"尤其让同学们感叹。有同学就发牢骚,说什么属于我们80年代的新一辈,80年代属于我们吗？才不是呢,这歌忒害人了。当年我们唱着这歌还激情澎湃的,还以为80年代真属于我们了,到头来把我们分配到最偏远的地方。这一晃就是30年,青春没有了,爱情失去了,理想幻灭了……

不过,这种牢骚却被同学们的热烈掌声淹没了。在演出结束后,手持各种乐器的女生一起又走上了舞台,是谢幕又像造型表演。每一个女生的表情和姿势都有所不同。吴亦静抱着琵琶的站姿是高难度的,抱着琵琶做飞天状,这又引来了同学们的热烈掌声。

在掌声中一群女生手捧鲜花上台给香樟林组合献花,据说这是康大叔提前准备的。这时,喻言突然站了起来,走上台。这让大家都意外,有人打着口哨起哄。喻言径直走到吴亦静面前,打开背包,从背包里也拿出了一束鲜花。喻言把鲜花递向吴亦静,吴亦静先是愣了一下,然后笑着接了。张健大声起哄,喊,抱一下,抱一下,帮我们抱一下师妹呀。喻言脸红了,有点不知所措。这时,吴亦静却主动凑上,一手抱着琵琶,一手去抱喻言,一只脚却悬空着向后勾,整个是金鸡独立。喻言连忙去拥抱吴亦静,就在这时吴亦静的琵琶却"哐当"一声摔在舞台上,引得同学们哄堂大笑。有同学就说,琵琶都摔了,没有遮面的了。

喻言帮吴亦静拿起琵琶,发现颈部已经摔裂了,吴亦静有些可惜。喻言说没事,我给你买一个更好的。这时,胡丽低声问喻言,怎么就你上来献花,我的同床呢？喻言说,献花这种事只能看自己了,我不知道你那位是否给你献花。胡丽叹了口气说,大家都是同床,为什么待遇这么不同呢,说着就向台下张望。邓冰看到了,把头一缩藏在了张健后面。张健说,你藏什么呀,我要是找到了同床,就和喻言上去一起献花。邓冰说,你上去呀,我见到了你的同床,是她给我们开的宿舍门。邓冰指指台上,你看,就是那位拉二胡的,叫刘陵。张健向台上张望,可惜人都下去了。

柳影和吴月敏、高红萍坐在张健前一排,回过头来说,你们这些男生都爷爷辈了,还好意思上去给人家小姑娘献花。邓冰连忙择清自己,说喻言是献花的老手了,30年前就是用一束献花把蓝翎搞定的。康大叔说,喻言傻呀,舍近求远,说着望望柳影。邓冰道,我可不会舍近求远,说着也望望柳影,而柳影却做浑然不知状。吴月敏问邓冰,昨天晚上和你跳舞的是你同床吗?邓冰有些羞涩地又望望柳影,说啥同床不同床的,开玩笑的一种说法而已。邓冰心中暗暗后悔,昨天的确喝得太多,嘴上没有把门的,把和喻言遇到同床的喜事都说出来了,关键是把自己来参加同学会的目标也忘了。昨晚搂着胡丽跳了一夜的舞,居然把柳影放在了脑后,让康大叔乘虚而入了。邓冰暗下决心,接下来的两天一定要少喝酒,绝不能喝醉,找机会和柳影好好谈谈。

文艺演出过后是学校的宴请,还是在学校宾馆,只不过这次宴会严肃多了,也安静多了。没有同学猜拳行令,更不会有同学"傻逼""牛逼"的吆喝了,敬酒都是彬彬有礼的。在喻言的提议下,邓冰、张健、赖武和我五个读研时的同学,一起去给导师梁石秋敬酒。梁教授很激动,和五个弟子多聊了一会儿。聊到最后,梁教授都有些语重心长了。梁石秋望望邓冰、赖武和张健,说你们三个有什么解不开的疙瘩,一定要处理好,大家都是同学嘛。梁教授这样说,赖武、张健和邓冰不表态是说不过去的,于是都说没事,没事,请老师放心,我们会把事情处理好的。梁教授望望喻言说,你是大师兄,应该发挥作用。喻言也连忙表态,说做弟子的不应该呀,不应该毕业了还让老师操心嘛。喻言瞪了几个师弟一眼,说你们都听到了,我还是你们的大师兄,找时间我们开个会,地点就在香樟林的那棵老香樟树下。

梁教授笑了,举着酒杯,说为了你们未来的事业干杯。喻言举着酒杯对老师说,我们不在你身边,你一定要保护好自己呀,不能走当年邵景文的老路。梁石秋有些不好意思了,说你这个喻言,哪有这样和老师说话的,邵景文是谁,我是谁?赖武说,喻言你哪壶不开提哪壶,邵景文是上个世纪的事,现在是新世纪了,还提。现在当老板的已经很会保护自己了。

邵景文是法律系一个被情人杀了的教授,此事在本校轰动一时,影响深远。一个法学教授,被情人所杀,这是一件太暧昧的事。当时的记者天天往校园内跑,媒体连篇累牍地报道。现在谁都不提这事了,偶尔提起都说是上个世纪法律系的事。现在法律系已经由系改院,叫法学院了。法律系的事和咱法学院无关。喻言提这旧事有些打趣的成分,梁石秋当年和邵景文在一个教研室。那时梁石秋才提副教授,邵景文是他们民法教研室的主任。不过,梁石秋属于年轻副教授中的佼佼者,处在上升阶段,在同学中很有影响,所以大家还是毫不犹豫地报了梁石秋的研究生。

午饭后,送走了老师们,是同学们的茶话会,这很重要。喻言让邓冰做好准备,在茶话会上把纸条拿出来,直接向柳影表达。像昨晚那样借酒壮胆,那谁会相信你?酒话是打动不了人的。

茶话会也是康大叔的安排,说大家30年没见面了,搞个茶话会让大家诉说衷肠吧。康大叔曾经对喻言说,同学会三天时间,除了让你趁着酒兴尽情疯闹,还要让人有说话的时间,这一静一动,好联络感情。

在茶话会上女生们谈论的话题都集中在如何保卫家庭,打败小三上了,这是女生变成大妈后的主要话题。吴月敏说婚姻是爱情的坟墓,更可悲的是小三还要来盗墓。吴月敏这样说让大家都笑了。高红萍就讲了一个小朋友的故事,说幼儿园在"六一"表演节目,父母都来观看,进场的时候小朋友列队欢迎家长,并喊口号。幼儿园有三个班,小一班、小二班、小三班。

小一班喊:小一小一,勇夺第一

小二班喊:小二小二,独一无二

小三班喊:小三小三,爸爸喜欢

高红萍的故事一出大家就笑喷了。张健喷了康大叔一身,两个人在那里掰扯了很久。康大叔说,小三并没有这么可怕,有时候小三会给你家庭带来意想不到的收获。女生们听康大叔这样说都不吭声了,等康大叔下文。康大叔说,我有个朋友做生意挣了钱,就有了一个小三。这位老兄经常到深圳进货,就把小三养在深圳了。他当年花了50多万在深圳买了一套房给小三住,每月还给小三五千元的包养费。去年跟小三分手,他以500万的价格把房子卖了,不但包养费全都回来了,还大赚了一笔。老婆得知后,臭骂他一顿,说怎么只养一个呢,要是多养几个,咱家就发财了。

女生听了康大叔的故事都笑着骂,说世道真变了,养小三居然还赚钱,接着就问康大叔养了几个。康大叔说别说养小三了,我连老婆都没有了。康大叔说自己都离婚好久了。还说,离婚和前妻争孩子又搞了一年多,最终以本人的胜利而宣告结束。张健问康大叔怎么胜利的,要不是老婆霸着儿子不放,我也早就离婚了。看来,张健也有离婚的打算。康大叔说现在你儿子也大了,可以离了。张健说,现在已经没力气离了,离了谁伺候我。

"切!"张健收获了全体女生的白眼和鄙视。

康大叔说离婚时老婆一提到孩子就理直气壮,说孩子是从她肚子里出来的,当然归她。我说,笑话,从提款机里取的钱能归提款机吗?还不是谁插入归谁。

"哈哈——"男生们快乐地大笑起来。张健拍打着康大叔,说康大叔太有才了。女生们也笑了,但可以看出都不服气。高红萍尖叫着骂康大叔是流氓。

康大叔能把孩子抢到手,肯定不是靠胡搅蛮缠。不过,康大叔后来的一席话差点让女生和男生们打起来。康大叔说,婚姻是人类最腐朽的法律制度。

康大叔的论点大家在师弟邓冰那儿也听说过。但男生们还是频频点头,还附和着是的、是的,就是的。女生们却不干了,说康大叔是混账话,没有这法律制度,女人就更没有地位了,难道还让男人三妻四妾的?康大叔说他绝不赞成古代的一夫多妻制,他根本就不赞成婚姻,谁愿意和谁住在一起就住在一起,不想在一起了就分开,干吗非要用法律手段将这种男女关系固定下来。男生们都哈哈大笑,认为这样好,既可以占便宜,还不用负责。

柳影说你想得美,那是不可能的。

这样,男生和女生就吵了起来,有点分庭抗礼的意思了。这很不好,两性对抗是人类的灾难。人类的对抗虽然不断发生,可那都是国家与国家,种族对种族,宗教信仰对宗教信仰,不能搞两性对抗,搞两性对抗人类会灭绝的。

讨论完婚姻,大家又讨论大学教育和所学专业。张健说他看了一个总结,说读大学以后往往是这样的:

> 北大的,一半同学批判另一半同学;
> 清华的,一半同学嘲笑另一半同学;
> 人大的,一半同学给另一半同学当秘书;
> 政法的,一半同学抓另一半同学;
> 复旦的,一半同学兼并另一半同学;
> 师大的,一半同学给另一半同学的孩子当家教;
> 财大的,一半同学查另一半同学的账;
> 中戏的,一半同学睡另一半同学的老爸;
> 传媒的,一半同学真给另一半同学当继母。

张健这样说大家都大笑。有人感叹人生苦短,说到了同学会,才发现人生更短。有人说,这同学会要五年一小聚,十年一大聚,然后还举聚会的场景:

> 毕业5年后,结婚的一桌,未婚的一桌;
> 10年后,有孩子的一桌,没孩子的一桌;
> 20年后,原配的一桌,二婚的一桌;
> 30年后,带夫人的一桌,带小三的一桌;
> 40年后,当爷爷的一桌,当爸爸的一桌;

50年后，有牙的一桌，没牙的一桌；

60年后，自己来的一桌，扶着来的一桌。

70年后，活着的一桌，照片摆一桌。

喻言这时向邓冰使眼色，示意邓冰说说那纸条，改变一下谈话内容。喻言觉得这茶话会都讲网络故事、念网络顺口溜很无聊，该让邓冰来点儿真格的。可是邓冰苦着脸摇头，还不太敢。喻言望望柳影，见她和吴月敏们在一起，不知道在嘀咕什么。

这时，喻言就站起来给大家讲了一个故事。说一匹马跟一头驴恋爱了，马说，我爱你。驴回答，我也爱你。马说，我想亲你一下下。驴说，不行，俺娘说了，驴唇不对马嘴。大家听了先是笑，然后听出弦外之音了。吴月敏就说你认为大家聊的都是驴唇不对马嘴，那你来点新鲜的。

喻言望望邓冰说，我有一个历史之谜今天要解密。

是爱情故事吗？有人问，不会是老公和小三的爱情故事吧？这时，张健突然插话说，你们妇女都怕小三，其实男人没有你们说的那样精力旺盛。现代的男人，特别是我们这个年龄段的，属于80年代的新一辈，现在已经开始走下坡路了。我们基本上属于：新事记不住，旧事忘不了；坐下打瞌睡，躺下睡不着；上面有想法，下面没办法；过去硬着等，现在等着硬。

张健这一说，女生们放肆地笑了。女生们很开心，男生们很没有面子。张健这不是在灭自己威风嘛！而且，张健的顺口溜已经有了黄段子的意思了，如果再这样发展下去，整个茶话会就会变成黄段子会，看来要转移话题还真不是那么容易的。

喻言说咱们搞同学会就是让同学们回忆过去,诉说衷肠的,还真是'新事记不住,旧事忘不了'。现在有一件旧事必须重提:有一位男生雪藏了一张80年代的纸条,是当年一位女生写给他的。这张纸条已经保存30年了。

大家听喻言这样说立刻就安静了。喻言说,这一张真正的80年代纸条,穿越时空来到现在。纸条老了,已发黄,可当年的美丽女生现在依然美丽,保存纸条的男生更是标准的帅哥。他们今天就坐在大家中间,同学们想不想知道是谁?

想!

大家高亢有力地喊。

大家急切地四处张望,想知道是谁。既然是美女,大家不由都向柳影张望。柳影被看得有些不好意思了,说你们都看我干吗,好像是我写的纸条似的。柳影的嘴很硬,还是那种处事不乱的样子。

喻言说关键是这位美女和帅哥目前都是单身,也许这纸条能让他们再续前缘。喻言看着邓冰,示意他站起来亮出纸条,邓冰却求救似地看着喻言,不敢起身。没有想到邓冰面对柳影还是如此腼腆。

喻言走到邓冰面前向他伸出了手,邓冰把写作练习本递给了喻言。同学们都看着那熟悉而又陌生的写作练习本,目光中都是期待。喻言举着,说这个写作练习本大家都认识吧?

认识!这都是我们当年的作品不是作文。同学们异口同声地回答。

喻言笑着打开,然后拿出了那张发黄的纸条。喻言说这张纸条邓冰保存了30年,可见对他有多么重要。同学们想知道内容吗?

想——

大家回答着都哈哈笑了。说老师你快念吧。看来,同学们都自觉变成了小学生。于是,喻言望望柳影,拿着纸条念:如果我死去,你会为我泣吗?LY,1985年11月10日。

在念纸条时喻言尽量放慢了语速,声调缓慢而又沉郁,充满了真挚的感情。可是,当喻言念完纸条后,大家却没有什么反应。喻言又念了一遍,大家反应还是不热烈。康大叔说我还以为是多么肉麻的纸条呢,就这。张健说要死要活的,听着都累。

喻言说这是一张很严肃的纸条,以死明志,这是人类"表达爱情"最有力的方式。喻言望望女生那边,柳影和大家正交头接耳;喻言又看看男生,每一个人都暧昧地笑,都摸不透,显得很江湖。

张健叫道,好了,好了,你就告诉大家谁给邓二水写的纸条吧。喻言说写纸条的女生叫LY,就在我们身边。张健问,LY是谁呀?坦白从宽,抗拒从严。

喻言望着柳影,柳影却无动于衷,其他女生也都东张西望的,没有人承认写了这张纸条。难道柳影真的完全忘记了?喻言说,LY是汉语拼音的声母,两个字。

张健张口就来,LY那不就是柳影吗?

大家一下就没了声音,都去看柳影。

13

柳影,柳影,老实交代,柳影,柳影,老实交代……

大家都喊。

康大叔说柳影,柳影,站起来给大家说说,你怎么能给邓二水写这样的纸条,还以死明志呢。你可是我心中的女神,应该是男生给你写纸条,而不是你给男生写纸条。当年,我就给你写过纸条,不过没敢递给你。大家听康大叔这样说,都笑。

柳影一下站起来说,这纸条不是我写的,我可没有写过这样的纸条。柳影说着起身出去了,显得很生气的样子。张健喊,怎么走了,这事不说清楚怎么能走。柳影说,去方便一下不行呀,管得宽。大家"轰"一下都笑了,反而让张健不好意思了。

高红萍说,邓冰你现在弄出了这样一张纸条,是不是假的?你要是想追柳影,大家都可以帮你,不一定伪造一张这样的纸条煽情。张健突然举起了手,说纸条是我写的。大家都吃惊地望着张健。张健说,LY是我英文名字的缩写。张健这样说,大家就问张健的英文名字是什么,张健却不言,只说邓二水对不起了,当年我只是和你开个玩笑,没想到让你思念了30年。

大家"轰"的一声又笑了。

对于邓冰来说,本来是件很严肃的事,经张健这样插科打诨,就显得有些荒唐了。康大叔说,张健难道你是同性恋?张健连忙摆手说,我只喜欢女人。

邓冰的脸色很难看,有些急了,说张健你别恶心我,这不可能是你写的,你能写出这么娟秀的字体吗?张健见邓冰当真了,连忙说我不娟秀,我不娟秀,纸条不是我写的,我只是开个玩笑。

大家见张健的尴尬状又都笑了。

邓冰说这纸条是当年柳影亲手交给我的。

邓冰这样说,大家都不语了。有人小声议论,这就是柳影的不对了,写了一张纸条让人家思念了30年,自己到头来却不承认。康大叔说既然是这样,那你就把柳影叫来,当面对质。邓冰说声母是LY的女生只有柳影。吴月敏说,换了我也不承认,写纸条的时候是少女,现在是少妇,过去写的纸条让现在承担责任,这谁也做不到。

张健在男生这边悄声说,还少妇呢,都该当奶奶了,真不知羞。男生们听了都嘻嘻笑。吴月敏正向男生这儿张望,显然是听到了。吴月敏说你们男生不要瞎说,柳影可不是什么奶奶辈,不但是单身,还没有孩子。柳影心里有个人也藏了30年。吴月敏这样说,同学们嗷嗷尖叫起来,大家一下就来兴致,原来这是一个三角关系。大凡男女,一旦有了三角关系,那就热闹了,更何况是30年的?

同学们在热烈地议论,邓冰却在那里独自喝啤酒,喻言本来想拦着邓冰,怕他又喝醉了,可又一想,啤酒很难喝醉,喝点也许可以壮胆,借着酒兴邓冰兴许还有机会。这时,邓冰把酒瓶子往地上一扔,很响亮,然后说算了,她不承认算了。

高红萍说也许真不是柳影写的呢？在大学时帮同学递纸条是常有的事。高红萍这样说，大家都觉得有理，连邓冰也愣了。邓冰说，既然这样，管她是谁呢？无论她是谁，我今生都会把她当成我的初恋，我的真爱。邓冰又独自举起了酒瓶高声说，纸条是谁写的不重要了，关键是哥把它保存到了现在，而且还要保存下去。邓冰对着酒瓶又喝了一大口，喊：哥保存的不是纸条，是思念。

邓冰这话既充满了英雄气概还包含着英雄气短，有些借酒抒情的意思了。大家见邓冰的样子不知道说什么才好。

柳影不知道什么时候又回来了，说邓冰你应该保存这张纸条，一直到老，一直到死。大家望着柳影，觉得柳影说话有点狠了。康大叔说，人家已经保存了30年，可以了，你不能让人家死不瞑目呀。

柳影说他就应该死不瞑目。柳影说我本来不想在这旧事重提，没想到邓冰同学是一个有情人，把一张纸条保存到现在，那我就不得不把事情说清楚了。大家还记得白涟漪吗？纸条是她写的。

啊，白涟漪……

白涟漪当年是年级的文艺委员，母亲是音乐系的老师，父亲是中文系古典文学教研室的教授白启迪，研究宋词，在中文系开有选修课，主讲李清照。白涟漪也选父亲的课，不过开始谁也不知道白教授就是白涟漪的父亲。当年，白涟漪上课喜欢坐在前排靠窗的位置，穿着灰色淡然的旧布裙子，显得低调平和。如果只看长相，柳影和白涟漪不分上下，但柳影显得张扬，白涟漪却尽显文雅。应该说白涟漪更有韵味，只是，对于青春期的大学生来说，大家要的不是含蓄，是靓丽和激情。

有段时间白涟漪显得忧郁,不开心,下课时也不愿意出教室。白涟漪总是静静地,面向窗外坐着,好像在看什么,好像什么也没有看。她用右手托着脸颊,让头发像瀑布一样垂下,一直垂在桌面上,把长发当成了阻止教室内喧哗和吵闹的屏障。白涟漪静静地睁大眼睛,睫毛一眨一眨,耳垂下的茸毛细腻而又柔软,这曾经让喻言很心动。白涟漪嘴里总哼着一首忧伤的歌,那是一首老歌,应该是电影《冰山上的来客》的插曲:

戈壁滩上的一股清泉,
冰山上的一朵雪莲,
风暴不会永远不住,
啊!
什么时候啊才能看到你的笑脸?

乌云笼罩着冰山,
风暴横扫戈壁滩,
欢乐被压在冰山下,
啊!
我的眼泪呀能冲平了萨里尔高原。

眼泪会使玉石更白,
痛苦使人意志更坚,
友谊能解除你的痛苦,
啊!

我的歌声啊能洗去你的心中愁烦。

你的友情像白云一样深远，
你的关怀像透明的冰山，
我是戈壁滩上的流沙，
啊！
任凭风暴啊把我带到地角天边……

这是一首男女二重唱，可是白涟漪却只唱女声部。在一般情况下白涟漪只哼这首歌，只有旋律没有词。那旋律通过白涟漪的鼻腔发出，在你的耳畔回旋，能真切地打动你的心，你能感觉到白涟漪的绝对忧伤。有时候白涟漪会一遍又一遍地哼唱最后一句："任凭风暴啊把我带到地角天边，任凭风暴啊把我带到地角天边……"

谁也不知道为什么，白涟漪怎么会希望风暴将她带到地角天涯。

白涟漪在班上一直都显得低调，她不事张扬，更不会和同学发生冲突。在喻言看来她比柳影好看，有内涵。白涟漪是柳影的朋友，在和柳影的交往中，她总是让着柳影，这样就显得柳影更张扬了。

喻言和柳影好后，他一直对柳影的张扬有一种莫名其妙的担心，生怕她的跋扈伤害到白涟漪。喻言开始关注着白涟漪，上课喜欢坐在白涟漪的身后一排，下课后喻言也不出教室，拿着一本书装模作样地看，其实是在听白涟漪哼那支忧伤的歌。喻言甚至在心里随着白涟漪的旋律唱:"什么时候啊才能看到你的笑脸,什么时候啊才能看到你的笑脸……"

这样,喻言觉得自己和白涟漪正在用歌对话。喻言很希望了解白涟漪,想知道她为什么不开心。有一段时间喻言对她的同情到了无以复加的地步,可是,又不知道为什么要同情她,她有什么伤心事值得同情。

就这样,喻言成了她唯一的听众。喻言认为他和白涟漪达成了默契,不希望任何人打扰。可是,白涟漪那如泣如诉的歌声总是有人打扰,这个人就是柳影。柳影会关切地来到白涟漪身边,拉她出去。有时候白涟漪会和柳影走,有时候不和柳影去。白涟漪不出去,柳影也不离开,她会和白涟漪说一些莫名其妙的悄悄话,很热烈的样子,一直到上课。

喻言觉得柳影在下课时来找白涟漪是因为自己,喻言时常会发现柳影和白涟漪聊着天,眼睛的余光却一直投向自己。这样看来,柳影其实并不想和白涟漪聊天,她是来监视喻言的,她见喻言和白涟漪下课都不出教室,起了疑心。

喻言有了这种判断,对柳影就有了一种怨气。喻言觉得柳影太有心计,简直就是虚伪。喻言和柳影好上后,除了在晚自习的时候去买什么鹅翅膀,基本上没有其他内容,让喻言觉得索然无味。喻言那时候已经有意无意地开始躲着柳影了。发现柳影在监视自己时就更是有意不理她了,见面后也是恶语相向的。柳影哭着和喻言吵,说喻言变心了,又看上了白涟漪。喻言说柳影在胡搅蛮缠。柳影说你下课也不出教室,是在和白涟漪说悄悄话,同学们都是这样说的,这让我很没有面子。喻言说绝对没有,是同学们瞎说。柳影说白涟漪有什么好,她爸爸虽然是白教授,可她的爸妈就要离婚了。柳影的话让喻言大吃一惊,原来白教授是白涟漪的爸爸,这对喻言来说还是个新闻。伴随这新闻的还有一个丑闻,那就是白涟漪的父母要离婚。在那个时代离婚对子女来说就是天大的丑闻呀,怪不得白涟漪不开心呢。柳影又说,你知道白涟漪的爸妈为什么要离婚吗?那是因为白教授和自己的研究生女弟子有暧昧关系。

白涟漪的父亲居然这么前卫,居然和女弟子好上了。按现在的话说,白涟漪爸爸当年有了小三,有了婚外情。这种事现在是时髦,是男人显示自己地位的资本,在当时问题就严重了。白涟漪的母亲告到了学校,轰动一时,成了天大的丑闻。校长找白教授谈话,白教授不但承认和女弟子的关系,并且态度蛮横,说自己早就和夫人没有感情了,有重新追求幸福的权利。白涟漪爸爸因此被学校停课检查。学校要求我们另选其他课听。

白涟漪爸爸当年的婚外情,对白涟漪来说打击力度是致命的。在那个时代,有一个大学教授的父亲让人骄傲,可是,当父亲在本校有了丑闻后,你在班上就永远抬不起头来了。爸爸的丑闻就成了你的丑闻,如果你和同学发生了冲突,对方首先会拿你爸爸的丑闻说事。比如对方会说,你有什么了不起,你爸爸作风有问题,你爸爸是个流氓,你爸爸是流氓你也不是什么好东西。这时候如果是男生,只能和对方拼命;如果是女生那只有和自己拼命,恨不能一头撞死。父亲的丑闻是同学之间相互攻击最有力的武器,它直指内心,让你蒙羞,让你无颜见人。

当柳影告诉喻言白涟漪的爸爸有生活作风问题时,喻言一下就火了。喻言愤怒地喊,你胡说,你胡说什么……其实,喻言也耳闻白教授的事,否则上得好好的选修课怎么就停了呢。只不过喻言没有把白教授和白涟漪联系在一起罢了。喻言觉得柳影不应该在背后议论这事,毕竟她是白涟漪最好的朋友。柳影不懂喻言的心思,为了说明白涟漪父亲确实有生活作风问题,还不停地说,这是真的,白老师的选修课停了就是这个原因。喻言真急了,对柳影说,你闭嘴,再说就滚,我再也不理你了。

当柳影哭着跑开时,喻言一步也没有追。他决定和柳影分手。

14

不久,白涟漪父亲的事情闹大了。她父母离婚,父亲被抓。公安给白启迪戴上了手铐,押上了一辆解放牌大卡车,脖子上还挂了一块大牌子,上书"流氓犯 白启迪"几个大字。同其他刑事犯罪分子,一起站在大卡车上在全校游行。白涟漪的父亲万万没有想到自己搞婚外恋居然搞成了流氓罪,在改革开放之后的80年代享受了"文革"待遇。这种游街示众简直和"文革"一脉相承,在80年代的高校显得野蛮而荒诞。这只怪白启迪运气不好,赶上了"严打"。所谓的"严打"就是1983年8月25日,中共中央发出《关于严厉打击刑事犯罪的决定》,提出在三年内组织三大战役,严厉打击刑事犯罪分子。这次历时三年多的严打,席卷全国。在第二次战役的1985年底,运动波及了白涟漪的父亲白启迪。按"流氓罪"论处,白启迪被判刑4年。白教授冤呀,十几年后的1997年,这所谓的"流氓罪"在新颁布的《刑法》中已被取消了。

喻言知道白涟漪那段时间压力很大。她下课更不愿意出教室了,还是一个人望着窗外唱自己那首忧伤的歌,有时候还会偷偷流泪。

下课的时候,男生往往会聚集在教室后窗下的阴凉处。那地方相对僻静,女生不去,老师回办公室也不路过。这样,吸烟的同学就在那里点着火,一根烟在几个人手中传递,在喷云吐雾中扮酷。那窗有一人多高,坐在教室的窗边可以看到远方的树木和花坛,却看不到窗下的人。

男生们在窗外活动,白涟漪在窗内唱歌,相互看不到却能听到声音。只是,对于大多数男生来说,他们不知愁滋味。他们听到的只是一首歌,从歌声中却听不到真正的忧伤。当然,也有例外,邓冰能听出来,他心中就生出了一种同情,这种同情让他不时地关照一下白涟漪。比如有时团干部有活动,义务帮校工打扫教室,邓冰就不让白涟漪去提水干重活,只让她洒水。对于邓冰来说,同情只是同情而已,没有任何其他的想法,甚至在情感方面还是躲避的,避之而不及的,毕竟白涟漪的爸爸是一个流氓犯,这对那个时代的男生来说,是心中无法突破的黑障。

每天下课时,男生们都能听到白涟漪唱同一首歌,时间久了,康大叔就给白涟漪起了一个外号,叫古兰丹姆,《冰山上的来客》中的女一号。关键是古兰丹姆有两个,一个是真的,一个是假的,假古兰丹姆是一个女特务。康大叔给白涟漪起这个外号,更多地让这些男生联想的是女特务。

有一次,康大叔和几个男生见白涟漪来了,就在那喊古兰丹姆来了,古兰丹姆来了。白涟漪不理会,低着头进了教室。康大叔就问,古兰丹姆真的假的?几个男生就同声回答假的、假的,假的更漂亮……然后哄然大笑。

白涟漪当然明白男生喊的是谁,也知道假古兰丹姆是什么意思。她独自趴在桌子上哭了,哭得很伤心,身体一耸一耸的。柳影过来劝,白涟漪的哭声小了身体却抽搐得更厉害。喻言站起来狠狠地瞪了康大叔一眼，康大叔有些尴尬，不闹了。

喻言有心帮白涟漪，可是却不知道怎么帮。这时，意想不到的事情发生了，邓冰冲上去就给了康大叔一拳，接着双方就打了起来。喻言上去把邓冰拉开，邓冰还气咻咻地指着康大叔骂，你他妈的，欺负女同学算什么本事？康大叔说，我怎么欺负女同学了，我叫古兰丹姆惹谁了？邓冰说，你还狡辩。康大叔说，开个玩笑也不行呀。邓冰说，有这样开玩笑的吗？康大叔喊，她又不是你马子，关你什么事。

邓冰急了，又要冲上去。这时，喻言也过去推了康大叔一把，说你再胡喊，我对你也不客气了。康大叔见喻言和邓冰都要揍他，这才闭嘴。

晚上，喻言和柳影因为白涟漪又吵了一架。喻言让柳影多关心白涟漪，没想到柳影的态度很生硬，很蛮横。柳影说这是我的事，和你没关系。喻言冷笑了一下，转身就走了，临走还撂下一句话，说没关系就没关系，有什么了不起的。

不久，邓冰就收到了柳影给他的那张纸条，纸条的内容是："如果我死去，你会为我哭泣吗？"署名为LY，时间是1985年11月10日。邓冰把纸条给喻言看了，喻言却让邓冰把纸条公开。邓冰后来把纸条夹在写作练习本里交给了老师，并且还写了一篇散文，对纸条加以注释和说明。那篇散文应该说是邓冰写得一篇比较好的散文。

邓冰在散文里写了收到纸条的心理状态，先是惊慌失措，后是夜不能寐，有担忧，有害怕，有犹豫，还有痛苦……这当然都是邓冰真实的内心状态。最后，邓冰在散文中写下了一个光明的尾巴。

邓冰写道:为了不影响学习,经过非常激烈的思想斗争,我终于战胜了自我,决定把纸条交给老师,希望老师找这位叫LY的女生谈谈,不要寻死觅活的,80年代的新一辈应该把心思用在学习上,本人还小,不考虑个人问题云云……

邓冰当然没敢说明把纸条交给老师的真正原因,那内幕只有喻言和邓冰知道。现在看来,邓冰收到纸条的内心活动是真实的,但那散文的结尾却是在装孙子。

纸条配上散文交给老师所产生的效果是绝无仅有的。老师在写作课讲评时念了邓冰的散文,并且将纸条也公布于众了。在老师念纸条时,喻言观察着柳影的反应,她虽然和喻言不是同桌却在同一排,喻言只要一侧脸就能看到她当时的表情。在写作课上,很多女生都羞涩地趴在桌子上,而柳影却面不改色心不跳,做认真听讲状。当然,老师没有点柳影的名,可是老师念出了写纸条的人是LY,并且指出LY是汉语拼音的声母。

老师说是哪位女生在这里我就不点名了,我希望她好自为之,一个女生要自重、自爱、自强……老师说这话的分量够重了,连男生听了都无地自容,更别说正处在青春期的女生了。

即便是个小学生也能根据LY这两个声母,拼出"柳影"的名字,可柳影却装成没事人一样。柳影在课堂上的表情把喻言激怒了,世界上哪有这么厚脸皮的女生。为了打击柳影,喻言撺掇班上的几个男生,让他们在柳影面前起哄。

张健见了柳影就喊:如果我死去,你会为我哭泣吗?康大叔等男生回答:我才不会为你哭泣呢,去死,去死……哈哈……

他们都故意学着女生的声音,尖着嗓子怪声怪气地一问一

桃
夭

TAO YAO

答。其他同学也跟着重复张健和康大叔的一问一答,于是,整个教室处处是男生学女生的问答声:

如果我死去,你会为我哭泣吗?

我才不会为你哭泣呢,去死,去死……

哈哈……

男生装怪,女生受惊。女生就像小鸟一样四处躲避。

在那段时间,柳影和白涟漪形影不离,总是一起上课一起去食堂,一起回宿舍,连下课上厕所也在一起。柳影紧紧拉着白涟漪的手,就好像是为自己壮胆。但奇怪的是,当男生见到柳影阴阳怪气地进行鸟儿问答时,柳影居然能做到平静如初,连走在她身边的白涟漪脸都红了,柳影却没有任何羞愧的表现。

柳影如此淡定,让喻言非常气愤。喻言决定拿起笔来,口诛不行,那就笔伐。喻言写了一篇杂文,还给杂文命名为《从女生LY的纸条说起》。在这篇杂文中,喻言分析了纸条的内涵。指出纸条的内容十分煽情,以死明志,以死相逼,死不瞑目,死去活来……无论是过去、现在还是将来,这都是人们"表达爱情"最有力的方式。我去死,你哭泣。我和你被紧密地联系在一起了,这就确定了一种伦理关系。"死去"和"哭泣"都是人类最极致最让人动容的状态,在死去和哭泣的这个因果关系中,我和你永远不分开,成为一种永恒……

后来,喻言又把"表达爱情"改为"求偶"。喻言觉得柳影不配"爱情"这个词。在杂文中,喻言还对LY这两个普通的字母进行了大胆的猜想。喻言写道,我个人认为,L代表的是姓氏,姓氏不好猜,因为同姓者太多,非同姓者以L声母发音的更多,比方:刘、柳、李、黎、梁等等;声母Y代表的是名,这就好办了,在我们班没有几个女生的名字是Y打头的。我认为那Y应该是"影"的声母。为什么这个叫"某影"的不直接署名呢?因为字母是一块遮羞布,被拒绝时可以不认账,可以耍赖,这是一种极端自私的行为,又想求偶,又怕暴露自己的身份,这就像隐藏在林中的鸟叫,"处处闻啼鸟,花落知多少?"

当时,喻言生搬硬套地引用这句诗,觉得十分得意。喻言叫柳影为"某影",觉得更具有讽刺的效果。写完后,喻言认为很真实地表达了自己的心理状态,暗暗希望老师能把这篇杂文在班上讲评,这样就可以达到打击柳影的目的。他急切等待着写作讲评课,倒要看看柳影怎么面对全班同学。

写作讲评课在喻言的盼望中终于来了,可是老师却没有来。更重要的是柳影也没有来,连从来不旷课的白涟漪也没有到。那天,下了雪,大地银装素裹的。同学们焦急地等待着老师来上课,特别是喻言,简直都急不可耐了。一节课快过去了,同学们都觉得事情不对,好像出什么事了,气氛慢慢异样起来。有同学就喊班长去问问,却发现柳影不在教室。大家就喊着课代表吴月敏去老师办公室看看。

吴月敏回来说老师没有在办公室,我见到了系主任。大家认为吴月敏简直就是拿着鸡毛当令箭,让你找辅导员。你找系主任干什么?吴月敏说老师们都在系主任办公室开会,系主任说让大家在教室等着,在老师没到教室之前,谁也不准离开教室一步。

喻言问吴月敏是不是下课了也不能离开,吴月敏回答,系主任的脸色很难看,没敢问。同学们一下就乱了,大家纷纷离开自己的座位,围在门口向教室外张望,但是谁也不敢离开教室。教室外是纷纷扬扬的大雪,校园内连个人影都没有。

出什么事了?教室里有一种让人惊慌失措的气氛。张健说是不是世界大战开始了,这太好了,我要参军,去打仗。

辅导员老师在第二节快下课时来了,让人意外的是柳影和老师一起走进了教室。柳影一进教室就哭,这让大家面面相觑。喻言还以为是自己的杂文起了作用,也许写作老师把喻言的杂文交给了系主任,系主任很生气。因为柳影的纸条牵扯到死亡,大学生自杀是学校十分忌讳的,上学期还有一位师姐在自己的宿舍割腕自杀呢。这时,喻言心里有点不是滋味了,他可不想柳影因为一张纸条惹这么大麻烦。

老师走向讲台,怀里抱着写作练习本。老师让吴月敏把练习本发下来,说今天就不进行作品讲评了,我要告诉大家一个不幸的消息。老师这样说,同学们立即就安静下来了。

老师说,白涟漪同学跳楼自杀了。

啊……

这个消息对同学们来说可谓是晴天霹雳。

白涟漪,白涟漪……

15

白涟漪自杀的消息被辅导员老师公布后,教室内一下就乱了。老师后来讲了一些关于白涟漪自杀的原因,主要是家庭问题,学校没有任何责任。白涟漪的爸爸犯了流氓罪,白涟漪的爸妈离婚,白涟漪无颜见人,想不开了,最后走上了自杀的道路……关于白涟漪自杀的原因同学们都深信不疑,因为白涟漪父亲的事大家都知道。但朝夕相处的同学就这么消失了,大家还是难以接受。

白涟漪敢跳楼自杀?

难道白涟漪不怕疼吗?

白涟漪居然跳楼,连男生都不敢。

她对自己也忒狠了。

老师后来又讲了什么喻言一句也没听进去,喻言觉得耳朵嗡嗡作响,满眼都是白色的雪上红色的鲜血,雪白血红。白涟漪你为什么?为什么?喻言强忍着不让泪水冲出眼眶。他知道自己必须忍住,不能当着同学们的面像柳影那样放声哭。可是,喻言又觉得心中的疼痛具体而实在,妈的,痛死了。

最后老师告诫同学们,一定要热爱生命,不要轻生。大学生应该有一些抗打击能力,现在都改革开放了,什么艰难困苦不能克服?老师这些话老生常谈居然让喻言记忆深刻。

后来,老师带领大家去和白涟漪告别。老师说去送送她吧,今后再也见不着了。老师说这话眼圈有些红,弄得好几个女生都哭了。

白涟漪平静地躺在棺材里,已经化了妆,脸色苍白而又安宁,就像睡去了一样。同学们围着棺材走了一圈,默默地望着白涟漪,谁也没有出声也没有哭,好像生怕打扰了白涟漪。白涟漪在班上是一个很安静的女生,从来不和同学大声说话,与世无争,心地善良,还很胆小,可她居然敢跳楼自杀。

同学们望着安静地躺在那里的白涟漪,怎么也无法和跳楼自杀联系在一起。当同学们送白涟漪去青松岗墓园,看到装着白涟漪的棺材被一锹一锹的土埋没时才回过神来,先是女生们恸哭一片,然后是男生。喻言是男生中第一个哭的,接着是邓冰、张健、赖武、康大叔,只不过男生只默默地流泪,谁都忍着不大声哭出来。在去送白涟漪前,老师教大家用白纸做了绢花,离开墓园时,大家都默默地将白花放在了白涟漪的墓碑边。那墓碑是一块木板做的,上面刻着"白涟漪之墓",落款是白涟漪的妈妈,却没有爸爸白启迪的名字。白涟漪的妈妈指着坟墓说,白启迪不配把名字刻在墓碑上,他会污染女儿的清白。白涟漪的母亲是和辅导员老师说这番话的,声音不大,却给人以很大的震撼。那是同学们第一次见到白涟漪的妈妈,很漂亮很有风度,身材也很好,只是有了点白发。所谓白发人送黑发人,喻言他们那一次才真正体会。当同学们一步一回头地离开青松岗墓园时,又下起了雪,大家没走多远再看白涟漪的墓,那墓地上的白花都隐没在白雪里。

白涟漪的死使班级的气氛一下凝重了起来,同学们仿佛一夜之间都长大了,都成熟起来。大家开始静悄悄地看书了,上课前很少听到喧哗和吵闹了,像真正的大学生了。后来,每当大家在那个教室上写作课,白涟漪的位置就一直空着,谁也不敢去占用她的位置,谁也无法替代她的位置。面对那个空位置,喻言总是幻想着白涟漪的存在——白涟漪在下课时独自趴在课桌上望着窗外,吟唱那首忧伤的歌。

> 任凭风暴啊,把我带到地角天边,任凭风暴啊,把我带到地角天边……

白涟漪真的让暴风雪带走了,是让她内心的风暴带走的,只是不知道去了何方,不知道是天涯还是海角……后来,喻言和邓冰大学毕业,都改学了法律,考上了同一个导师的研究生。大学时的那张纸条把喻言和邓冰紧紧地拴在了一起,那是喻言和邓冰的秘密,他们成了真正的哥们儿,一直到现在。

白涟漪死后,喻言几乎把柳影彻底忘记了。后来,还是邓冰告诉他,柳影考上了另外一所大学的研究生,离我们很远。其实,是柳影听说喻言和邓冰报考了本校法律系,她才毅然决然地报考了北方一所大学,专业是中文系。柳影说她要研究文学,学会判断什么是好诗,什么是坏诗,她被一首诗骗了。在大学毕业离校时,柳影在班上说,什么是分道扬镳,这就是分道扬镳;什么叫南辕北辙,这就是南辕北辙;我就要去北方,越远越好。这话让人听了心悸,柳影恨死喻言了。

后来,喻言才注意到自己的杂文老师有一段评语:对纸条的分析十分精彩,但对爱情的认识只是一知半解,而且还相当肤浅。爱情是人类最美好的情感,不是你诗里写的那样,也不是你杂文里写的那样,也许你将来才会明白。

"将来"是什么时候?喻言当时曾捧着写作练习本独自发问。

30年过去了,喻言明白了吗?没有。老师所说的"将来"到底是何时?这个"将来"怎么还没有来?在这30年里,喻言有过恋爱,结婚又离婚,可是对于爱情,喻言其实还没搞明白。在同学会上,邓冰拿出了30年前的纸条,也许他和喻言一样也没搞明白什么是爱情,也许他更想搞明白,否则他怎么会把一张纸条保存了30年呢。

但是,邓冰没想到,柳影不承认纸条是自己写的,而说是白涟漪写的。在茶话会上,邓冰大声质疑,这不可能呀!明明是LY吗,两个字,怎么成了白涟漪三个字呢?

柳影说怎么就不可能呢,LY是汉语拼音涟漪的声母,给一个男生写纸条省去姓,只用名,这不是合情合理的嘛。

柳影后来的叙述让所有人目瞪口呆。白涟漪爸爸犯流氓罪被判刑,在现在是不可思议的,但在"严打"的时候那就另当别论了。"严打"时所谓的"从重、从快、从严"其实直接践踏了法律,造成了无数的冤假错案。但白涟漪的父亲赶上了,谁也没有办法。白涟漪从一个教授的公主变成一个流氓犯的女儿,心里的压力可想而知,她感到无地自容,不久她就有了轻生的念头。

柳影说我当年是白涟漪最好的朋友,有一段时间我和白涟漪寸步不离。我不断劝她,一定要坚持,一切都会过去的。

大家都知道,当年我和班上一个男生好上了。柳影说着瞄了喻言一眼,大家也都向喻言张望。喻言装着没听到,做左右环顾状,脸上却有些发烧。柳影深情地望着喻言,说,当年我和一位男生好上了,觉得很充实,很快乐。我就问白涟漪有没有喜欢的男生,要是有就给他写纸条。我以为一个孤独的女生要是有了爱情,心中就有了依靠,也许就可以走出困境。白涟漪偷偷把邓冰的那首诗给我看,那是邓冰同学的所谓七步诗,叫《女生》,其中有这样的句子:走向那春醉的湖,去看那白色的涟漪。白涟漪认为邓冰这首诗是为她写的。联想到邓冰和康大叔打架的事,我也觉得白涟漪的判断有道理,就问白涟漪对邓冰的态度,白涟漪告诉我,她也喜欢邓冰。

柳影说着望着邓冰,大家也都看着邓冰。邓冰抱着酒瓶子呆呆地坐在那里,像是在听,又像是什么都没有听进去,有些犯傻。

于是,我就鼓励白涟漪给邓冰写纸条,我愿意成为白涟漪的信使。白涟漪就写了那张纸条。那纸条白涟漪给我看了,我开始不同意她那样写,要死要活的,不好。白涟漪说,能为自己哭泣的男生,才能托付终身。还有那署名,我说你这么署名邓冰怎么知道是谁?白涟漪说,邓冰一看就知道是我。我当时还和白涟漪开玩笑,说你是不是已经给邓冰写过纸条了?白涟漪当时只是很神秘地笑了笑。

没想到,我把纸条给了邓冰后,邓冰同学居然把纸条交给了写作课老师,还写了散文。接下来大家都知道了,老师在写作课上把纸条当众宣读了,这让白涟漪羞愧难当。下课后她直接上了教学楼的顶楼,好在我发现得早,在楼上把她按住了。我告诉她,邓冰虽然把纸条交给了老师,可在文中并没有点你的名,老师应该不知道LY是谁,同学们也不知道。纸条是我传递的,只要我不说,谁也不知道。这样,我才把白涟漪劝住。

柳影突然望望男生们,说是你们男生害死了白涟漪。老师在课堂上宣读白涟漪的纸条后,你们男生见了白涟漪就重复那纸条的内容,白涟漪就再也撑不住了,在那个风雪之夜,羞愤中的白涟漪从我们学校最高的教学楼上飞身跳下。可以这样说,白涟漪是因为邓冰的绝情自杀的,是在同学们的嘲笑中自杀的。柳影说她选择一个风雪之夜自杀,就是不希望自己投向大地时,被这肮脏的土地污染,希望自己投入洁白的雪中,让白雪埋葬自己纯洁的身体。

柳影的话让全体男生无语。

喻言和邓冰互相望望,更是无地自容。邓冰解释说,可是,我当时并不知道那是白涟漪写的纸条呀?

柳影冷笑了一下,问那你以为是谁给你写的纸条?你以为是我写给你的纸条,是我写给你的纸条你就能把它交给老师吗?柳影见邓冰不语,又来了一句,我真庆幸没有给你写过纸条。

邓冰哑口无言,望着喻言求救。喻言沉痛地说,让邓冰把纸条交给老师是我的主意,我以为是柳影写给邓冰的纸条,我妒忌。

这说明你当时很在乎我是吗?柳影当众问喻言。

同学们都望着喻言,让喻言不知如何回答。喻言说都是30年前的事了,现在谈这些还有意思吗?柳影冷笑着说,这是你们谈起的呀,居然还保存了这张纸条。

这时,邓冰一个人默默地起身离开了。喻言连忙跟上去。

茶话会可谓是不欢而散。一个80年代的闷雷,突然在30年后不经意地在大家头上炸开,事关一个年轻生命,大家都被震懵了。

白涟漪喜欢邓冰,她给邓冰写了一张纸条让柳影传递,邓冰却把纸条当成柳影的,一直保存了30年。喻言以为纸条是柳影写的,不但让邓冰把纸条交给老师,还指使同学在班上不断重复纸条的内容羞辱柳影,到头来打击的却是白涟漪。要知道白涟漪是喻言最不愿意打击的女生呀。

女生写张纸条怎么把署名搞得这么复杂,这也太让人难以捉摸了,一切都是署名惹的祸。可是,完全是署名的原因吗?谁是谁的爱,谁是谁的恨,这个问题实在太让人困扰了。

那位坐在喻言前排的女生;那位总是唱着忧伤之歌的女生;那位用长发把自己包裹起来希望抵御吵闹的女生;那位让喻言暗恋着的女生……却因为一个误解,早早地去了。白涟漪死了,死的太早了。

回到房间,喻言还有些懵。喻言参加同学会本来是帮邓冰的,结果喻言心中最纯洁、最珍贵的部分却被狠狠地扎了一刀。喻言的暗恋对象却在几十年前就心有所属,她的初恋给了邓冰,一直到死,成了永恒。

邓冰保存着白涟漪的纸条,却思念着柳影,喻言赢得了柳影却想着白涟漪,这种错位真是让人抓狂,这是邓冰的幻灭也是喻言的幻灭。

16

喻言躺在床上想睡一会儿,可是翻来覆去地睡不着,这时,门铃响了。喻言起身打开门,站在门口的是柳影。喻言有些发愣,正考虑是不是让柳影进门,柳影却不由分说从喻言身边挤了进来,有点破门而入的意思。

柳影坐在床边望望喻言说,你一个电话把我叫来,一直不和我照面,你什么意思呀?喻言说把你叫来,主要是为了邓冰,人家把你的一张纸条保存了30年,你总要给人家一个交代吧。

柳影气急败坏地说,我怎么给他交代?我交代过了,那纸条不是我写的。

即便不是你写的,他把纸条当成你写的,人家是因为你才保存了那张纸条的。他想了你30年,你总要给人家一个说法吧。喻言说着也觉得自己有些胡搅蛮缠,既崇高又无耻。柳影说我给他补偿,谁给我补偿?喻言笑笑说你不需要补偿,你又没有把一张纸条保存30年。

柳影望望喻言,冷笑着说我比邓冰更亏,我在大学时就号称是你的女朋友,你却连一张纸条都没给我写过。

喻言嗫嚅着,只会说车轱辘话了,人家把纸条保存了这么久了,是吧,你总要向邓冰表示一下吧。

柳影冷笑着说，表示一下，怎么表示？我嫁给邓冰。

这个……喻言笑笑说，这是你的事。

柳影哈哈大笑起来，几乎笑出了眼泪。柳影说好呀，我认了，你先补偿我，然后我再去补偿邓冰，到时候咱们都两清了，谁也不欠谁的。欠什么都不要欠感情。

柳影说话有些江湖，这让喻言不太喜欢，女人嘛，还是不要这样说话，应该温柔一些。

柳影突然温柔地说，其实，我一直都很自卑，我在大学时从来就没收到过纸条和情书。难道我不够漂亮？不是的，因为同学们都认为我是你喻言的。真是冤死了，我是你的吗？你给我写过情书吗？你给过我一个主动热烈的亲吻吗？你什么都没有给我，那我凭什么就是你的了。本来我的青春会更精彩，可是都让你浪费了。你占有着我的名声，却把我扔到一边。今天我就是来让你补偿的，我要彻底的补偿……

柳影说着站起身来，向喻言逼近。

这时，又有人敲门。喻言吁了口气，连忙去开门。邓冰站在门口。喻言像见到了救星一般连忙把邓冰拉进了屋。喻言说你可来了，柳影在我这儿。

邓冰一下站住了，说柳影在呀，打扰你们了。喻言说哪里的话，怎么会打扰到我们。喻言又笑笑说，我正劝她呢，你不是一直想着柳影嘛，我给你们牵线搭桥。

邓冰苦笑了一下，说算了吧，纸条又不是她写的。我来给你打个招呼，我走了。

柳影说你怎么能走呢，同学会还没结束呢。邓冰说我走了同学会照样搞呀。柳影有些歉意地说,我不该把这事揭穿,让你在全班同学面前下不来台。邓冰长长地叹了口气,说没有呀,没有……柳影望望喻言又望望邓冰说,其实白涟漪自杀写作老师也有责任。

怎么讲?喻言和邓冰异口同声地问柳影。

柳影说你们还记得老师曾经的命题散文吗?柳影望望邓冰说,就是《父亲》那篇。80年代四川美院的罗中立画了一幅油画叫《父亲》,在全国轰动。写作老师就让我们也写一写《父亲》,体裁不限,散文、杂文、小说、诗歌都行。老师让同学们写《父亲》,这对大家来说不是难事,但白涟漪的父亲刚被判刑,她该怎么写,她无法写《父亲》,更无法面对老师和同学直接谈自己的父亲。老师要求同学们写真实的父亲,白涟漪就更没法写了。况且,老师还有作品讲评的习惯,还经常让同学们相互批改作品。柳影笑笑望望喻言,说你当时写《父亲》的那篇杂文是我们交换批改的吧,嘿嘿,喻言当时把他父亲骂得狗血淋头,我就拿着喻言的写作练习本给白涟漪看,让白涟漪借鉴喻言的杂文,狠狠地把父亲骂一顿。

邓冰拍了一下头说,我想起来了,我当时交换的对象是白涟漪!我记得白涟漪在文中并没有骂自己的父亲,而是很巧妙地转移了话题,写成了《祖国啊,父亲》,我当时给白涟漪打了一百分,白涟漪给我也打了一百分,还留言说真羡慕我有一个好父亲之类的。

你给白涟漪打了一百分,白涟漪很感谢你,可是老师却把她批评了一顿,说她跑题了,限期重写,可白涟漪却写不出来。写作老师明明知道白涟漪的父亲被判刑,还坚持要她写父亲,真不知道是什么心理。

喻言说,看来白涟漪自杀不是一个原因,不但有同学们的压力,也有来自老师的压力。邓冰说最大的原因是那践踏法律的"严打",不过,我的责任也很大,我明天去看看涟漪。邓冰这样说,柳影和喻言不由地交换了一下眼色,邓冰称呼白涟漪为涟漪,这和那纸条的署名LY就契合了。不过,这让喻言心中很不是滋味,因为暗恋白涟漪的是喻言。

喻言说我也去。

那我也去。柳影说我们一起去看看她。

邓冰说我想一个人去,我想和她单独说说话。邓冰这样说,喻言和柳影就不好再坚持了。喻言说我们不反对你明天去看白涟漪,但你今天不能走。喻言拉着邓冰,说你走了怎么和赖武谈判,你和赖武的恩怨还没有了结呢,我这是在执行梁先生的嘱托。邓冰被那张纸条弄得心情挺沉重,很不想去,但却在喻言的再三劝说下不得不走一趟。

在喻言的带领下,我们师兄弟几个都出动了,陪着邓冰去见赖武。

喻言、赖武、邓冰、张健和我一起来到老香樟树下。在师兄弟五个中,真正有恩怨的是赖武和邓冰,张健和邓冰已经化解了。喻言让赖武和邓冰单聊,大家在四处散步,把风。喻言围着树走了几圈,走着、走着就上了树。喻言上树可谓是轻车熟路,树还是那棵树,还是那么茂密,比当年又粗壮了。只是,那树上已经没有了人气,30年前曾经躺过的地方,痕迹全无。由于学校规定不能上树了,那树干经过风吹、日晒、雨淋显得更沧桑了,头顶的树枝上已经有了好几个鸟窝。

喻言心中又有些酸楚,他枕着随身所带的包包,躺在曾经位置,通过树叶望那蓝天,深深地吁了口气。喻言轻轻地闭上了眼睛,希望自己能睡一会儿,最好能做个旧梦。

在香樟树旁赖武和邓冰正在梳理他们的旧账,张健虽然没有直接参与,却竖起耳朵把两个人的谈话都听进去了。

当年,张媛媛是赖武的女友,可是,邓冰的钱包让张媛媛捡到了,还拾金不昧。邓冰在扔钱包时曾经宣称,如果是一个女生拾金不昧,他就是我心中的完美女生,就是我的追求对象。没想到,张媛媛不但有男朋友,而且男朋友还是同班同学赖武。如果邓冰打退堂鼓,天下就太平了,关键是邓冰如果放弃,他将再一次失去追求的目标。这目标可是五个钱包换来的,花了血本的,难道再扔五个钱包不成,邓冰不想放弃。邓冰曾经也有言在先,如果这女生有男朋友,又没结婚,那就公平竞争。现在张媛媛的男朋友是赖武,你就退却了,难道你怕了,难道你没有赖武优秀?最关键的是邓冰和赖武虽然是同学,并不是哥们儿,不但不是哥们儿,平常还互相看不惯,不是一路人。况且,赖武还放出风来,说他和张媛媛是天生的一对,谁也别想插一杠子,邓冰他是癞蛤蟆想吃天鹅肉。当然,这些话赖武是否说过无从考证,也许是好事的同学有意挑拨离间也未可知,因为大家都等着看好戏呢。大学生活其实也有无聊而枯燥的一面,不找点乐子怎么打发大把的时间呢。

赖武的话传到了邓冰的耳朵里,激发了他的斗志。邓冰曾经给好友喻言和张健说,这就别怪我不客气了,我死磕。邓冰、喻言、张健都是校园诗人,有三个火枪手之称,特别是喻言,通过邓冰的钱包认识了蓝翎,算是搭了邓冰追爱的顺风车,获得了邓冰钱包投资的红利,属于邓冰爱情投资的衍生品。喻言和蓝翎的进展突飞猛进,有诗做媒,喻言和蓝翎没有多久就进入佳境。邓冰要和赖武抢女朋友,喻言当然应该帮邓冰,喻言和张健自然而然就成了邓冰的同盟。

表面看来,这场竞争对邓冰不利。要挖墙脚,就需要大力气,就像下棋,这是后手棋。赖武算是先手得利,先下手为强嘛。可是后手有后手的好处,有后发优势,先发制人而后发制于人。邓冰是攻势,赖武是守势,守势的人往往会患得患失,动作变形。攻势的人手握主动权,我什么时候进攻,在什么方向上进攻,都让防守的人防不胜防。关键是邓冰有喻言和张健这样的同盟,这两个同盟都是校园诗人,在当时那可都是重量级的,相当于现代校园中的富二代或者团委副书记之类的。更重要的是同学们大部分是站在邓冰这边的,并不是邓冰挖墙脚是什么正义的行为深得人心,而是因为人心思变,想看热闹,巴不得邓冰和赖武搞出点事来。邓冰其实没有什么压力,因为邓冰没有成功不是新闻,邓冰成功了才是新闻;赖武守住了张媛媛不是新闻,守不住才是新闻。这样一分析就知道在邓冰和赖武的竞争中谁更有利了。

邓冰和赖武的角逐一直从本科延续到读研究生,双方都骑虎难下。这已经和爱情无关,争的完全是面子。在这漫长的角逐中,喻言和张健自始至终都站在邓冰一边,曾经多次给邓冰出谋划策。在这个过程中,给赖武打击最大的是一次诗社的活动。诗社的活动其实就是郊游,在一个风景优美的地方搞一次野餐,然后各自朗诵自己的诗歌,大家发表意见,评诗。

诗社活动前喻言把张健、邓冰叫到一起,提出邀请张媛媛参加诗社的活动。张健是诗社的秘书长,提出反对,认为校团委给诗社的活动经费有限,邀请蓝翎可以理解,蓝翎已经加入了诗社。张媛媛就不同了,又不写诗,也不懂诗,更不是诗社的会员,有什么理由要邀请张媛媛参加呢?喻言望望邓冰对张健说,邓冰是我们的哥们儿吧,我们要为哥们儿着想,明说了,邀请张媛媛就是为了给哥们儿邓冰创造机会。于是张健以发展新成员的理由通知了张媛媛。

赖武听说张媛媛要参加诗社的活动,不干了。赖武知道大事不好。那时候是80年代,一个男生会写诗,那对女生的杀伤力是极大的。赖武找到张健,提出要陪张媛媛参加活动,张健连忙告诉喻言,说喻言的安排被赖武看穿了。喻言笑了,说赖武不参加诗社的活动也就罢了,要是参加诗社的活动,邓冰的机会就真的来了。张健和邓冰都不明白,由赖武陪在张媛媛左右,邓冰哪来的机会。

赖武不写诗,也不懂诗,在评诗会上,他成了一个弱智,成了一个多余者,只剩丢人现眼了。在评诗会上,喻言还不怀好意地点名让赖武发言,赖武却支支吾吾地说不出来,极为尴尬。邓冰就不同了,邓冰不但朗诵了自己的诗,还即兴创作了一首,赢得大家的掌声。谈到对诗歌的理解,邓冰更是侃侃而谈,连喻言和张健都对他刮目相看,可见,邓冰做了多么充分的准备,发挥得多么出色。这样,邓冰和赖武这一对比,结果立现。据蓝翎后来说,张媛媛当时的眼睛都大了,对邓冰的敬佩之情溢于言表。那次诗社活动后,张媛媛在蓝翎那里没少打听邓冰的事,邓冰有戏了。

这次活动果然成了张媛媛和邓冰关系的转折点。张媛媛对赖武的不满和对邓冰的敬佩有了一个鲜明对比。这种对赖武的不满意就像慢性毒药一样,渐渐发挥着作用,天长日久腐蚀着赖武和张媛媛的情感基础。为了维持和张媛媛的关系,赖武疲惫而又伤神,但是,同学们却一直津津乐道,密切关注。

研究生毕业,张媛媛突然嫁给了邓冰,邓冰和赖武之争就此结束了。

没想到,邓冰和赖武的故事还没有完,在大家走上工作岗位后,赖武成了法官,邓冰是律师,在诉讼中赖武、张健和邓冰又成了一个可笑的三角关系。赖武终于掌握了主动,他让邓冰赢了官司,却让他失去了老婆。

17

喻言把赖武和邓冰的谈判地点选在香樟树下,是有所考虑的。对这个地点,赖武很不满意。赖武本来是现在的胜利者,可是,这个地点却记录了他过去的失败。按理说邓冰应该对这个地点满意,因为香樟树见证了邓冰曾经的胜利。但其实,邓冰对这个地方也不满意,因为这让他想起和前妻恋爱时的美好,可是过去的美好和现在的失败有了对比,就更加重了失败的分量。为此,喻言提出在香樟树下见面时,邓冰嘴里还嘀咕,那个地方是谈恋爱的地方,不是谈恩怨的地方。

邓冰当年就听说那香樟树的神奇功用了,只可惜自己没有一起上树的女朋友。为了追张媛媛,邓冰煞费苦心,也是一波三折。本来邀请张媛媛参加诗社的活动已经成功给自己身上贴了金,可后来在张媛媛面前揭发赖武偷书又给自己减了分。

赖武喜欢偷书,图书馆和新华书店的书他都偷过。那一段时间新华书店的小黑板上写出了书讯:

"弗洛伊德的《梦的解析》和《爱情心理学》已到,进货不多,购者从速。"

弗洛伊德在80年代的影响太大了,同学们立刻就排起了长队。喻言那天也在排队,可是赖武没有排队,大摇大摆地进了书店。喻言对赖武偷书的事早有耳闻,像弗洛伊德的《爱情心理学》这么时髦的书,赖武肯定不会放过的。喻言于是盯住了赖武,看他怎么偷书。

赖武并不去新书柜台,因为新书柜台有专人把守,购买者要排队,而以前上架的书是可以随便翻阅的。赖武在书架旁溜达,翻看着过去上架的旧书。但同时眼睛却盯着堆在书架旁没开封的纸包,辨认着包装纸上的文字。

但见赖武眼睛一亮,在一捆书上坐了下来,赖武发现了目标。赖武坐在那里用眼睛余光看书店的工作人员,手却在身后撕开了包装纸,就像在抠自己的屁股。一本书就这样抽了出来,正是《爱情心理学》。

书到手了,但人还在书店里,到手的书不能算你的,还是书店的。偷书最关键的是怎么藏书,然后把书带出去。一般情况下,偷书人都会把书藏进怀里,他们往往穿着劣质的风衣,就像一个特务,这自然会引起怀疑,十有八九被抓获。赖武不同,他不穿长风衣,却短打扮,书也不藏进怀里。赖武把书藏在袜子里,当然那袜子也不是普通的袜子,是踢球时穿的长筒棉袜。赖武把书塞进袜子里就像护腿一样。据说,赖武有一次偷了书就去踢球,书忘了拿出来,有同学正铲在他小腿上,同学还担心呢,赖武却从袜子里抽出一本书,说这就是书的好处呀。

赖武偷书的经过被喻言全部看在眼里,回去就告诉了邓冰。邓冰以为得计,就告诉了张媛媛。没想到张媛媛手里正拿着《爱情心理学》看,对邓冰的告密不屑一顾,甚至认为读书人偷书不算偷。

邓冰想抹黑赖武很不成功,反而起了坏作用。在很长一段时间张媛媛都不太搭理邓冰了,还讽刺邓冰是祖国的好儿童,连偷书都大惊小怪的。

邓冰和张媛媛真正有事是在研究生论文答辩结束后。喻言对邓冰说,拖了这么久,你和赖武的竞争该有个了结了。邓冰有些犯愁,不知道怎么了结。喻言提出选一个月圆之夜把张媛媛约出来,你们好好谈谈。邓冰对月圆之夜没有信心,觉得靠天吃饭没有保障。

读研期间,邓冰单独和张媛媛约会的事也时有发生,可是于事无补,没有实质性进展。

研究生生活其实也有枯燥无聊的一面。80年代过去就是一个时代过去了,一切都变得泾渭分明。学校还是那个学校,可是风气不同了,学校的文学社团活动越来越少,有些文学社团被校方取缔,大部分不再拨款,自生自灭。我们的诗社已经成了空架子,我们读了研,可是,在本科生中却迟迟没有找到诗社的接班人。我们见证了80年代的过去,迎接了90年代的到来。但连我们这些当事人也没想到80年代和90年代是那样不同。一夜之间,80年代的激情没有了,大家好像都有心事了,却有口说不出。

邓冰和赖武乐此不疲地为了张媛媛进行着一轮又一轮的争夺,好像两个人都沉浸在对张媛媛的追逐中,成了一种乐趣。而喻言显得失魂落魄的,因为蓝翎分到了遥远的云南。在失去蓝翎的日子里,喻言成了孤魂野鬼。学校的舞会也少了,在教室中规定不允许办舞会了,舞会可以在圆顶食堂办,但必须是周末,还要花钱买票,收入成了大厨们的奖金。为此,我们不知道和守门收票的大厨发生过多少次冲突。说起来在这个问题上,还是美术系的同学有办法，他们利用自己的专业能力，派一个同学买一张票，然后回到宿舍可以迅速伪造出来。这种"专业能力"让我们法律系的同学羡慕不已。

我们都在学校圆顶食堂跳过舞，几次后就腻歪了，因为食堂油腻的地面随时都能把人滑倒，即使不滑倒也让同学们觉得无法浪漫。可是，不去跳舞周末怎么度过？有时候跳舞并不完全是为了浪漫，跳舞可以化解心中的块垒。

周末舞会的舞曲也变了，总放革命歌曲，最多可以跳一下3步，却不能蹦迪斯科。有一天，郁闷的喻言和管音乐的大厨发生了冲突，他让大厨放一些快节奏的曲子，遭到了大厨的拒绝。大厨说学校有规定，只能慢节奏，不能快节奏。喻言搞不明白，学校为什么连跳舞的节奏也要管。好吧，慢节奏就慢节奏。喻言不知道在哪找到了一盘节奏十分慢的磁带。音乐一起，大厨不干了，说只有死了人才放这曲子，哪有跳舞放哀乐的。没想到同学们却觉得这曲子好，无论是男同学还是女同学都下场了，即便是没有舞伴的男生，也自动成了舞伴。喻言要拉着大厨下场跳舞，大厨不干，喻言说你看同学们多喜欢这曲子呀，都没有闲人了，我只有请你跳了。大厨气急败坏，坚决不跳。喻言于是就独舞，踩着哀乐的节奏，像一个幽灵。

圆顶食堂的"哀乐舞会"一下就火了，每到周末，同学们都冲向学校圆顶食堂去跳哀乐舞。大厨们虽然不喜欢，但收入一下就提高了一倍。大厨十分高兴，还免去了喻言的舞票。喻言总是在后半场去圆顶食堂跳舞，只跳那曲哀乐。有时有舞伴，有时没有舞伴，喻言总是跳在一种哀伤中，怀念着一个时代的逝去。

不去跳舞就去喝酒,这样我们师兄弟几个成了酒鬼,后来又变成了色鬼。喻言开始频繁地带女生上树,然后回来汇报他的艳遇。

应该说喻言的这些艳遇有一半是他想象的。在一个有月光的晚上,我曾经带着女朋友想去上树,没想到我听到了树上的哭声,等树上恸哭的人下来,我发现居然是喻言。我和女朋友躲在阴影里,望着喻言一个人远去,只能叹息。连喻言这么牛逼的人,也有偷偷哭的时候。

在校园内追逐女生成了我们的家常便饭,不追逐女生又能干什么?在这个过程中我们的心也越来越硬。很长时间,我们都并不喜欢自己所学的专业,可是,为了未来的生存不得不为之。

在研究生的三年中,我和邓冰、喻言住同一个宿舍。我和喻言都带女生在男生宿舍里过过夜。喻言时常会带着不同的女生来宿舍住,这些女生有时来一回,有时来两回,来来往往的不重样。喻言从来不给我们介绍那些女生,我们也不问,因为不介绍就很能说明问题了,喻言没把她们当成女朋友,只是一夜情有什么好介绍的呢。

有一天,喻言突然把外语系的查文英带进了宿舍,这引起了大家的轰动。查文英是谁?那可是赫赫有名,风骚漂亮的女生,据说和很多男人都上过床,这其中包括一些青年老师。喻言带查文英回宿舍后就把门重重地关上了。大家都在门口听动静,没过多久,动静就来了。那动静是疾风暴雨似的,搞得宿舍轰轰隆隆地响。喻言住上铺,他在上铺乱搞,床当然晃动得厉害,加上那床是铁架子的,晃动着伴随有重金属之声。而且一个铁架子床晃动,可以引起整个宿舍的连锁反应。因为床头有书桌,书桌上高高地摆满了书。床的猛烈晃动就像地震,把书震塌,书又砸着了暖水瓶,暖水瓶碎了,水淹了床下的鞋。当喻言送查文英走时,整个宿舍就像受了灾,一片狼藉。

喻言和查文英在男生宿舍大张旗鼓地做爱,这是显摆给我们看。特别是给邓冰看,他从大学到研究生一直和赖武你死我活地争夺张媛媛,从来没有和其他女生约会过,还是一个处男。喻言的嚣张让邓冰热血沸腾。当邓冰因为收拾宿舍对喻言表示不满时,喻言却说女人就是这么回事,我这是现身说法。你把张媛媛骗上树搞了,从此一顺百顺。到时候你就可以把张媛媛带到宿舍来搞,我帮你收拾宿舍。

其实,张媛媛一直号称自己是邓冰的二嫂。她总是嬉皮笑脸地对邓冰说,你大嫂蓝翎分配到云南了,只有二嫂我照顾你了。张媛媛这么说,就意味着自己是老二赖武的女人,让邓冰无从下手。于是,喻言在他们研究生毕业时就使了一坏,让邓冰把所谓的二嫂带上香樟树。

那天晚上确实是一个月圆之夜,喻言、张健和我把赖武约出去喝酒,邓冰却把张媛媛约出去上树。在酒席上赖武曾经问过多次,邓冰去哪了,喝酒不应该没有邓冰,咱们可是兄弟五个呀。喻言称邓冰二姨妈来了,他要好好陪陪,不管他,咱们喝。赖武却很疑惑,嘀咕着怎么从来都没听说邓冰还有个二姨妈呢。张健讽刺赖武,邓冰只能二姨妈来不可能有大姨妈来,邓冰不会有大姨妈的。我们还将他一军说,赖武你居然离不开邓冰了,邓冰不在连酒都不想喝,大家都是师兄弟,为什么还讲亲疏远近。赖武有苦难言。喻言那天要了四瓶老白干,一人一瓶。60度的老白干当时才一块多一

桃天

TAO YAO

瓶。一盘花生米才两毛钱,五斤猪头肉不到五块钱。那时候的物价确实便宜,但收入也低,这一顿饭就是喻言一个月的生活费了。可见,喻言为了帮邓冰不惜血本了。半瓶酒下肚,赖武就放开了,也把邓冰忘到九霄云外去了。

此时的邓冰没有到九霄云外,也没有去看什么二姨妈,而是带着二嫂张媛媛上了香樟树。

张媛媛上身穿了一件圆领的纯棉T恤,下身穿着牛仔布的宽大长裙。由于天气热,张媛媛显然没戴乳罩。邓冰看出来了,张媛媛胸前顶出两枚扣子样的点。在男生中有一个传说,穿牛仔软布长裙的女生一般都不穿内裤,这是夏天女生最喜欢的穿戴,南方的夏天温度能达到摄氏40度,女生这样穿既轻松凉快又不走光。为此,邓冰曾经向喻言求证,喻言却说小孩子别问大人的事,等你有女朋友就知道了。邓冰对喻言的回答很不满意。喻言后来又补充了一句说,只有和男朋友约会的女生才这样穿,邓冰不明白,约会还这么穿戴,既不显身材也不性感呀。

男生在夏天一般都穿大吊裆裤,军绿色。那裤子应该是从军裤中找到的剪裁灵感,街上有的卖,大学生很喜欢。夏天,邓冰他们就穿这样的裤子。邓冰不知道女生是不是穿内裤,但知道大部分男生在夏天是不穿内裤的。这吊裆裤的好处就是凉快,也不透点,走起路来裆下生风,吊儿郎当的,很舒服。

那天,邓冰把张媛媛约出来,看到张媛媛是传说中见男友的打扮,心中就咯噔了一下。喻言说只有和男友约会才这样打扮,那么张媛媛和自己出去这样打扮,难道对自己真有意吗?邓冰这样想着就有些心花怒放了。张媛媛问邓冰有什么事?邓冰说要送张媛媛礼物。张媛媛说都是自家人还送什么礼物呀,说着也就和邓冰走了。月圆之夜,两人走在校园内心情愉快,不知不觉就到了爱情山。在香樟树下张媛媛望着天上的月亮说,你送我什么礼物,快拿出来吧。

邓冰不说话,而是上了树,然后伸手拉张媛媛。张媛媛问上树干什么,你难道要送我天上的月亮?邓冰说你猜对了,上来吧,在这树上看月亮能看出花来。张媛媛就和邓冰上了树。两人面对面骑在树上,背靠树杈,保持着距离。张媛媛悠荡着双腿,抬头再看那月亮果然更大更亮了,银盘般的月亮有了水印样的花纹。张媛媛心情很好,感叹还有这样的好地方,问邓冰怎么发现的?邓冰说是喻言告诉他的,他和蓝翎经常上树。张媛媛恍然大悟,这就是传说中的爱情树呀,她和喻言就是经常在这树上过夜呀。张媛媛说着打量着树,说这树上虽好也没法睡呀。张媛媛像是明白了什么,指着邓冰嘻嘻笑了,说你把二嫂带上树有何居心?

邓冰有些难为情,为了让自己不至于太尴尬,就说,我给你朗诵一首诗吧。张媛媛说好呀,你是校园诗人嘛。于是,邓冰就朗诵了他那首叫《女生》的诗:

> 长发飘飘的女生
> 怀抱书籍与青春
> 走出那神秘灰色的小院子
> 穿过金色的草坪
> 走向那春醉的湖边
> 去看那白色的涟漪

裙裾上留下了灰色的柳影

阳光的金线已扯去了你脸上的茸毛

就像故乡待嫁的新娘

张媛媛说我不懂诗,但听起来还可以,蓝翎曾经给我念过喻言送她的诗,我听着就有些流氓。邓冰说我的诗不流氓吧?张媛媛回答还行。邓冰突然凑近了,抓住张媛媛的手说,我希望你能成为我待嫁的新娘。张媛媛抽出手说,我是你二嫂,不准胡来。邓冰知道自己再不胡来就不行了,既然都一起上树了,再不胡来那张媛媛就真成二嫂了。于是,邓冰把心一横,色胆包天,扑上去把张媛媛按倒在树干上。

开始,张媛媛还挣扎,邓冰就一口咬住了张媛媛胸前顶出两枚扣子样的乳头。傻逼邓冰是真咬而不是假咬,张媛媛疼得"哎哟"一声,躺在那里都不敢挣扎了。

张媛媛说你别咬,你别咬,我怕疼,我投降。

邓冰含含糊糊地说,我不咬,你别动,你要动我就咬,咬下来就是我的了。

张媛媛连连求饶,说我不动,我不动。张媛媛说不动就不敢动了,邓冰松开嘴,探上头去轻轻地在张媛媛的嘴唇上吻了一下,张媛媛没有反对。邓冰又吻了一下……邓冰一下一下地吻,让张媛媛着急,张媛媛猛地抱住了邓冰的头,如饥似渴地和邓冰热吻在了一起。邓冰感觉到有一股甜丝丝的气流从张媛媛的舌尖射出,一直钻进了自己的心窝,这让邓冰幸福得晕眩。被张媛媛吻得晕头转向的邓冰后来终于逃脱了张媛媛的狂吻,他把张媛媛的上衣向上一撸,双手贪婪地抓住了本来属于赖武的乳房,就像饿极的壮汉抓住了两个大馒头。馒头抓在手中是要吃的,邓冰再一次把嘴凑上去咬住了张媛媛的乳头。应该说这次邓冰不是咬,是含。邓冰含住了张媛媛的乳头,张媛媛一点都不会疼。张媛媛不疼也要呻吟,仿佛很疼似的,这让邓冰费解。邓冰嘟嘟囔囔道我没咬,你声唤啥?张媛媛就在邓冰的背上狠狠地掐了一把。邓冰倒吸了口凉气,就腾出一手去抓张媛媛的手。张媛媛的手四处躲着,邓冰就四处逮手,没逮住张媛媛的手,却触碰到了张媛媛那细嫩而又光滑的大腿。邓冰的手再也不愿意离开那里了,游移着,试探着顺着张媛媛的大腿向上。张媛媛仿佛被吓着了,连气也不敢出了,邓冰能明显感觉到张媛媛的呼吸停顿。邓冰的手终于到达了终点,张媛媛身体一下就软了,长长地叹了口气。

邓冰大惊失色,原来校园中的传说是真实的,穿这种裙子的女生真的没穿内裤。邓冰的手突然变得有灵性了,就像小时候在姥姥家池塘里摸鱼一样,那手机警而又充满灵感,无论草丛中躲藏着什么活物,都逃脱不了邓冰的小手。邓冰觉得自己的手小而无用,掌握不了那么大片的水,邓冰的手就在那里胡乱搅和着想浑水摸鱼。张媛媛在邓冰身下喊,手,手,把你的脏手拿开,我不要手……张媛媛不要手,邓冰却不知道张媛媛想要什么。邓冰有些犯难,手就开始犹豫了。这时,张媛媛的手没有犹豫,张媛媛的手准确无误地抓住了邓冰的硬物。邓冰觉得自己要大祸临头了,只是却不知道那大祸临头的内容。让邓冰没想到的是,并没有什么大祸临头,而是有一种像鸟儿找到了窝的归属感。那鸟窝中温润而又细腻,让邓冰把持不住,头晕目眩,就好像随时要跌下树去。这下邓冰老实了,一动也不敢动了。

张媛媛问,你现在怎么老实了?

邓冰回答,我怕。

张媛媛问,你怕啥?

邓冰说,我怕跌下树去。

张媛媛说,去死。张媛媛说着就像海浪一样开始汹涌澎湃,在邓冰身下颠簸如船。邓冰觉得更把持不住了,随时都可能翻船,随时都可能栽下树去。邓冰觉得双耳生风,树叶唰唰响,树枝翻天覆地,就像刮大风一样摇动。

邓冰喊,别动,不行了。

什么不行了?

要摔下去了。

我陪你一起摔下去。

要死人的。

我陪你一起死。

啊——

18

邓冰"啊"地一声惨叫,向树下坠落。邓冰没想到树有那么高,自己在空中坠落了很久、很久……就像要跌下无底深渊。不知过了多久,邓冰胆战心惊地睁开眼睛,发现自己还压在张媛媛身上。

邓冰问这是在树上还是树下?

树上呀。

刚才没有摔下去?

你摔下去了?

是呀。

我没有。

怎么会我一个人摔下去,我们不是在一起吗?

张媛媛无声地笑了,回答:那是假摔。

难道就像踢足球一样?

张媛媛笑了,问:你是第一次?

是。

原来你还是一个童男子。

现在不是了。

两个人下树后,回到人间,相互的身份完全改变了。邓冰拿不准自己和张媛媛在树上做爱后,是不是就算成功了。邓冰在下树后就去拉张媛媛的手,张媛媛没有拒绝。邓冰轻轻地喊了一声二嫂,我爱你。

张媛媛愣了一下,然后上去就给邓冰一个耳光。张媛媛骂,妈的,谁是你二嫂。

邓冰被打得眼冒金星,一时半会儿没回过味来。邓冰捂住脸颊问,你干吗打我?张媛媛瞪着邓冰问,你刚才喊我啥?邓冰说,二嫂呀,你不是喜欢我叫你二嫂吗。张媛媛又扬起了手,说哪有和二嫂在树上那样的,找抽呀你,乱伦。邓冰说,你过去一直都让我喊你二嫂的。张媛媛说,那是过去,现在你不能这样喊了。

邓冰问那喊啥?

喊个好听的。

喊啥呀?

你想喊啥?

我想喊娘。

天,那不行,太隆重了。

邓冰这次喊了声"婆娘。"张媛媛问,为什么不喊老婆?邓冰说,既是老婆也是娘,所以叫婆娘。张媛媛笑了,说虽然难听,意思还不错。

邓冰的成功也是同学们的成功,是喻言和张健的成功。多年以后,当赖武和邓冰在香樟树下算总账时,赖武还耿耿于怀,认为邓冰胜之不武。赖武指着香樟树说,这就是那棵传说中的爱情树吧?你当年把我女朋友张媛媛带上了树,然后把她搞定了,还用月亮做礼物,谁不知道女人在空中最脆弱,特别在上不沾天下不沾地的时候,你胜之不武呀。

邓冰很不愿意回忆和前妻的事，因为自己最终也是个失败者。邓冰有些理亏，望望香樟树说，在树上我并没有强迫她，是诗意征服了她。赖武笑了，带有讽刺意味地说，对，你在树上还朗诵了诗，这一切她都告诉我了。接着，他又很不服气地说，你当年不就是会写诗吗，我现在也写诗了，还出诗集呢。说到诗赖武有些得意，赖武说我出的诗集还是精装的，这次同学会我带来了，每个同学一本。邓冰望着赖武不知道如何表示，谈到诗邓冰有些含糊，因为邓冰早就不写诗了，那都是80年代的事了。让邓冰没想到的是一个最没有诗意的人却出了诗集，还精装。

赖武说你用一首诗把我女朋友搞定，我用一本诗集把你前妻搞定，我比你更隆重。

邓冰不想谈诗和诗集的事，他觉得有些亵渎诗意。虽然邓冰早就不写诗了，可心中给诗永远留下了一片净土。邓冰说我们的恩怨和诗没有关系，是你收受贿赂在先。

赖武说我算收受贿赂吗？不算。你那20多万算是对我失去爱情的补偿，这本来是我们的个人恩怨，你却举报我受贿，这是同学所为吗？

邓冰问赖武为什么收张健的钱。赖武说要公平竞争，我只收你的不收张健的就不公平了。邓冰说，赖武，你真是个无赖。

赖武嘿嘿笑了，说大家都是学法律的，学法律的首先要学会用法律的武器保护自己，然后才能保护别人；连自己都保护不了，怎么好意思通过收保护费保护别人呢。我为什么能从里面出来，取保候审，其实我早就给自己留下了后路，用法律的手段先把自己保护起来了。

邓冰说钱都收下了,你还留什么后路?你是个从来不顾后果的人。

赖武说,如果不留后路,我现在就不可能站在这里和你说话。其实,你们给我的钱我一分也没花,我把两张卡都交给了助手,还给她写了委托书,让她把这笔款存下来作为基金,将来对弱势群体进行法律援助。

赖武的这个说法让邓冰很吃惊,怎么会是这样?他赖武有这么崇高?赖武冷笑了一下,像是看穿了邓冰的疑问。赖武说,我可没有这么崇高,我私下告诉助理,钱没有我的授意一分都不能动。赖武说着就很得意了,一副肆无忌惮的样子。赖武说这都是被你们律师逼出来的,我收受了贿赂,不拿回家也不使用,让助手或者秘书保存,等诉讼时效过了或者时间长了没有后遗症了再说。其实那些贪官们都是这样干的。

邓冰说你这种无赖最好别当法官了,你让人绝望。

赖武笑着望望邓冰说,当然,法官我是不干了,我准备当律师,看来律师更适合我。要不了几年就会成为最牛的律师,因为法官都是我当年的同事。你曾经说"我的师兄遍天下",我要告诉你"我的老同事遍天下"。赖武感叹着,律师赚钱更容易,你那个案子标的是八千多万,如果赢了,你有可能拿到10%的诉讼代理费。也就是说你在这个案子里能赚八百万。我要是判张健赢,你到哪里要钱?他们一分钱也不会给你。你也知道,这个案子的法律问题很复杂,就看法官怎么判了,法官在这个案子中可以充分地使用自由裁量权。

邓冰问赖武为什么判我赢?

赖武嘿嘿奸笑着说,那是看张媛媛的面子。在案子审理中,我和张媛媛又重归于好了。我知道你和张媛媛迟早离婚,到时候那钱还不是分张媛媛一半,我和张媛媛结婚后,钱我也能花。

邓冰一下就被击溃了,溃不成军,他破口大骂,赖武我日你妈。邓冰愤怒地扑了上去。赖武却围着香樟树转圈。

张健在附近见两个人要打起来了,连忙把邓冰拉住。这时,喻言也从树上下来了,问怎么回事,怎么谈着谈着又激动了。

赖武说有什么激动的,我们是同学,我都是掏心窝子的话,绝不虚言假套。赖武叹了口气又说,当年在学校你不断挖我的墙角,我们又不是没打过架,还签过生死文书呢。结果呢,靠武力解决不了问题。

大学毕业那年,赖武和邓冰确实打过架。那次打架显得很江湖,是赖武发起的。本来,赖武拉着张媛媛考研究生就是为了近距离控制女朋友的,没想到邓冰也考上了同一个导师的研究生,又成了师兄弟。赖武知道后果很严重,他很生气,研究生要读三年,这啥时候是个头呀。赖武决定和邓冰决斗,来一次爷们儿的。那段时间正是本科生毕业等分配和派遣的时期,大家都闲极无聊,赖武的提议立刻在同学们中赢得了好评,大家都跟着摩拳擦掌地想看一场好戏。两个人在打架前还签了生死文书,是中文系全体男生讨论草拟。内容如下:

生死文书

赖武与邓冰因对张媛媛(注:为外语系一女生)的归属问题存有异议,决定采取比武单挑的方式最后解决。为了爱情决斗,这是动物最本真,最直接也是最合理的方式。同时,为了爱情决斗也是一个文人之所以称之为文人的前提。这样的例子古今中外比比皆是。比武不分类别,刀枪棍棒,拳掌腿脚,任凭比划。刀枪无眼,拳脚无情,各凭本事,各安天命,生死勿论。若有损伤,无论大伤,小伤,重伤,轻伤,内伤,外伤一律不支付医药费;若有致残,无论是腿断,手断,耳聋,眼瞎,都自认倒霉。特别是万一伤及睾丸、阴茎(注:俗称鸡巴)造成阳痿不举,那正好一了百了。

签署人:邓冰 赖武
见证人:中文系全体男生
1989年6月25日

为了保证公平合理,他们还请了体育系的同学当裁判,地点选在了足球场。那天同学们早早地吃了饭都往足球场赶,就像要去看一场十分重要的比赛。到了足球场大家围成一个圈,让赖武和邓冰在圈内比划。赖武和邓冰比划得倒也好看,一个白鹤亮翅,一个是毒蛇吐信,还扎着马步,架子特别诱人,有点儿武林高手过招的意思。开始,大家都站着,还充满激情地嗷嗷叫,希望赖武和邓冰拼个你死我活。一会儿,两个人比划着转圈,把看客们都转晕了,有的同学就干脆坐下了。

这时,赖武终于出手了,飞起一脚向邓冰踢去,邓冰连忙侧身躲过。赖武那架势本来是连环脚,第二脚还没踢出呢,只听"叭"的一声,赖武的裤带断了。赖武和邓冰平常穿的都是吊裆裤,裤腰宽大，裤带一断，裤子自然就掉了下来。赖武那狗日的确实没穿内裤，一只乌鸦扑棱棱一下就从裆里飞了出来。同学们先是一愣，然后就哈哈大笑起来。邓冰见状就扑了上去，一阵拳打脚踢。这时，裁判上来拉住了，说胜之不武，胜之不武。

邓冰被裁判拉住了，赖武才有喘息的机会。赖武把裤子提起来，把裤带接上。当两个人又拉开架势转圈时，谁都不敢轻举妄动了。赖武担心裤带，邓冰占了便宜赢了一局，不想前功尽弃。于是，打架就成了武打秀。两个人在那里左一圈右一圈地转，有的同学就假装打起了瞌睡，还抗议着打呼噜。最后有同学烦了，用手拍地。体育系的裁判不干了，上去，一人屁股上踢了一脚，说，还打个毬，我宣布不分输赢，平手。同学们就"轰"的一声散去，这决斗真没意思，不咸不淡的。

多年以后，邓冰和赖武在香樟树下谈判，三句话没说好，又要动手，结果两个人又围着香樟树转圈。喻言上去拦住了，说，行了，你们两个除了转圈没别的，干不出你死我活的事，还是冷静地好好谈吧。

19

赖武走到邓冰身边,拍拍打打,说冷静,要冷静。我的话还没有说完呢。赖武说据我所知,你和张媛媛离婚分配财产时好像不包括这个案子的诉讼代理费吧?邓冰悻悻然说,你怎么不说我把别墅留给了她,我住的是个三居室,你知道现在一套别墅价值多少?

喻言和张健见两个人又能说话了,便溜到了一边。

邓冰说你他妈的,别想占我前妻的便宜,你即便和张媛媛结婚也没用。那别墅是张媛媛的婚前财产。

赖武说我可没想霸占你前妻的别墅,我只霸占你前妻,我只要使用权。邓冰听赖武这样说又生气了。赖武摆摆手说,我们别说钱的事,钱算什么,钱对我们不成问题。我准备和你前妻张媛媛结婚,我还准备做你儿子的后爹,我们将来应该是亲戚,所以我们应该讲和。

邓冰翻着眼睛说,讲什么和,将来我绝对不和你来往,反正我也不准备当律师了。赖武说你不讲和也可以,那就别怪我不讲同学情义了。试想,我将来住你的别墅,睡你的前妻,欺负你的儿子,你怎么办?

邓冰又急了,骂,你他妈的……扑上去要和赖武拼命。喻言和张健又连忙冲过来拉架,喊着有话好好说,有话好好说。赖武说,我是想和邓冰讲和,他不干。邓冰指着赖武喊,你这个王八蛋,你敢动我儿子一根毫毛,我就和你拼命。喻言拉着邓冰,说谁敢动你的儿子,你儿子是我干儿子,没人敢动,没人敢动。

赖武说,邓冰我是好心好意的,我们讲和,我帮你养着儿子,视为己出。我会好好教育他让他成才。

赖武拿邓冰的儿子说事,算是拿住邓冰的七寸了。邓冰终于败下阵来,叹口气,有气无力地说,我希望你能善待我儿子,你最好别去教育他,更不用你培养他,我怕你又培养出一个白眼狼来。你也不要视为己出,当成亲生儿子养,我要把儿子的抚养权要回来,你不能反对。

赖武说也好,也好,最关键是我们要讲和。

邓冰说,如果你答应劝张媛媛把儿子的抚养权给我,我们就讲和。赖武笑笑说,我当然答应,我才不愿意替你养儿子呢。养虎为患的道理我懂。我和张媛媛可以再生一个,这是计划生育允许的。邓冰伸出手,说好吧,我们讲和了。

赖武握着邓冰的手,笑了。赖武说那好,你去公安局说明一下情况,证明我当时收你这笔钱确实是为了建立一个基金,为弱势群体提供法律援助的。邓冰说照你这样说,我不是成诬告了。赖武说你放心,不存在诬告问题,到时候你就说,那钱是你捐助的,几个同学就是要设立法律援助基金的,可是那笔钱捐助后使用情况不明,你怀疑被贪污了才举报的。这样对你对我都好,我不是受贿,你也不存在行贿,咱双赢。你是举报人,去公安局说明情况,说这是个误会,让公安局销案,我就彻底没事了,我现在还算是取保候审呢。公安局已经立案侦查这么久了,如果要追究我的刑事责任,早就依法移送检察机关审查起诉了,既然没有移送,那说明咱在公安局有人,干了这么长时间的法官,谁没有几个朋友呀。

赖武这样说让邓冰愣了一下,喻言和张健也恍然大悟了,原来赖武在这儿等着邓冰呢。赖武提出和邓冰讲和是为了让邓冰帮助洗清自己,赖武真是老谋深算。

邓冰说为什么要我去,张健也可以去呀?

赖武说你是举报人呀。邓冰说,你这是让我作伪证。赖武笑笑说,不要讲的这么难听,你这么作证,那笔钱就自然而然真成了弱势群体的法律援助基金了,谁也不敢私用了,这样算我们做了社会公益事业了。这是善举呀,否则那钱就是赃物,会被没收的。赖武说这事我们谁也不吃亏,你打赢了官司赚到了律师代理费却丢掉了老婆;我被立案调查曾经失去了自由却把初恋情人抢回来了。这件事后,我就辞职不干了,干律师了,当年我们一起考的律师资格,再去弄个律师执业证不难。

喻言和张健都望着邓冰,邓冰点头同意了赖武的条件。

赖武踌躇满志地走到香樟树旁,用手拍着香樟树说,我们的恩怨是从一个女生开始的,现在从一个女生结束了。为了一个女生我们争夺了这么多年,值吗? 邓冰不语。赖武说,我认为值,因为我最后胜利了。今晚我们就不参加集体活动了,我们去唱歌,我请客,庆祝一下。我们一起去"师妹舞厅",那里都是女生,我们挑最好的,让我们看看女生到底是什么东西。

喻言说,这不是嫖妓吗? 这不好吧。

赖武暧昧地说,什么嫖妓不嫖妓的,师妹舞厅里全是师妹,没有小姐。舞厅是咱们的一个校友开的,女生凭学生证才能入内,不收钱。

喻言骂骂咧咧的,狗日的,这也太不是东西了,这叫诱良为娼,把师妹都带坏了。

赖武说你错了,这恰恰是为了师妹好。现在打工挣钱多不容易呀,到舞厅陪人跳跳舞,一晚上少说也能挣几百。

邓冰说,跳着、跳着就开始卖身了。

赖武摊着手说,那就看自己了,自己要卖,不去舞厅也照样卖。你们不都是校园诗人吗?古代的诗人哪有不嫖妓的,可以说不嫖妓就没有中国的诗、词、歌、赋。赖武笑笑说我现在也写诗,今天晚上我们在一起唱唱歌,就是亲兄弟了。什么是亲兄弟?那就是一起写过诗的,同过窗的,嫖过娼的。嫖娼是男人认识女人最好的方式。只有嫖过娼的男人才是真正成熟的男人,而成熟的男人是可以战胜任何一个女人的。

晚饭后,兄弟五个就消失了。几个人出了校园,上了街。这件事是在香樟树下约好的,赖武让大家赌咒发誓,谁不去谁全家死绝。去"师妹舞厅"由赖武请客。

既然只去唱歌,那就没什么不能去的,其他的事情不干,或者说其他的事情到时候见机行事。

师妹舞厅是一个很高档的娱乐场所,出入歌舞厅的女孩只要有学生证,不要门票,没有学生证的无论男女,门票一百。老板在大学城开一家这样的歌舞厅,目的就是吸引周边的女大学生来"勤工助学"。敢来打工的女生当然都是自认为有姿色的,丑女是不敢来的。师妹舞厅装修高档,服务好,收费高,赖武看来是要破费了。

大厅里都是散座，热闹非凡，许多年轻人正在蹦迪，音乐震撼，让人站立不住，觉得心都要跳出来了。赖武找了一个远处的角落坐下，大家不由交换了一下眼色，难道赖武连个包厢都不舍得要？如果是这样，我们肯定是要撤退的，因为心脏受不了重金属音乐的撞击。赖武好像很理解我们的想法，大声喊着，放心，包厢已经订了，先在大厅坐一会儿，整个大厅里的女生随便挑，选上了再带到包厢去。张健有些发愁，整个大厅那么多女孩，穿戴各不相同，在音乐的节奏下狂舞，你分不清哪些是客人哪些是坐台小姐。赖武告诉大家，来这里面的女生没有客人，都是小姐，不，都是师妹。大家可不要以貌取人，你看那个很文静的吧，还戴着眼镜，说不定她是最火爆的，三句话不说就要求和你出台。

喻言说，这么乱怎么选呀。赖武让大家放心，一会儿就安静了。果然，不一会儿，音乐变了，轻柔、妩媚、浪漫，有男人开始请女生跳舞，没有被邀请的女生就和同伴女生跳。有人上台唱歌，歌声甜蜜柔软，就像邓丽君再世。喻言碰了一下邓冰，唱歌的女生原来是狐狸，邓冰的同床。

这时，赖武起身让大家去选，看上哪个就选哪个。喻言说：我就选"身材挺好的，说话爱笑的，走路摆腰的，穿衣最少的"。大家听了哈哈大笑，一起下了舞池。邓冰坐在那里没动，听着胡丽的歌声发呆。赖武在舞池中转悠，在一对女生身边停下，不走了。赖武张开双臂把两个女生都搂住了。那两个女生没有拒绝，笑嘻嘻的，说我们俩都要了？赖武说，都要了，都要了，双飞燕。喻言和张健站在一边有些发愣，他们被赖武的火爆方式吓住了。过了一阵儿才大胆地去选舞伴，喻言选了一位像吴亦静又不是吴亦静的，张健选了一位像吴月敏也不是吴月敏的,三个人开始在舞厅晃悠。

一曲结束,赖武、喻言、张健三个人带了四个女生回来,邓冰却坐在那里向舞台上张望,看那个唱歌的人。赖武见邓冰没有选女生,就把身边的一位顺手推了过去,发给了邓冰。邓冰有些意外,见喻言和张健身边都坐了一位,也不吭声,也不搭理身边的女生。

又是一曲邓丽君,还是狐狸在唱歌。不过,这次大家都没有去跳舞,起身去了赖武订好的包厢。

进了包厢一下就安静了下来,喻言不由吁了口气。在服务员上果盘的时候,赖武打开了随身所带的包,拿出了他的诗集。赖武在歌厅包厢里送诗集,这就有些不伦不类了,可是,赖武却有自己的一套说法,说古代谈诗都在妓院,我在歌厅给大家送诗集,是一种复古呀。赖武说着给喻言、张健、邓冰和我签名。赖武的诗集出版得确实精美,硬皮精装还带套,打开了每一页都印着诗,在几首诗之间还有插图。

诗集的扉页上写着"——献给初恋女友张媛媛。"

喻言说,看来赖武没少投成本呀。

张健望望喻言说,赖武为前女友出诗歌集,你为前女友出情书集,有异曲同工之妙。邓冰翻看着诗集却不吭声,郁闷着。

诗的力量很大呀,赖武对邓冰说。我当年不是败给了你,是败给了诗歌。当年你送她一首诗,如今我送她一本诗集。赖武望望邓冰,卖关子,你猜她什么表示?邓冰没理赖武。赖武惊讶着感叹,没想到她热泪盈眶,然后就和我重归于好了,还说当年后悔没有嫁给我。

邓冰的尴尬是可想而知的,可是又不知道说什么。邓冰翻着诗集就像翻看着他过去和前妻的苦日子。

赖武说,当时你老婆都献身了,那官司我还好意思让张健赢吗?我只有让你邓冰赢了。赖武又看看张健说,张健,你不怪我吧。

邓冰把诗集"叭"地搁在茶几上,站起来说,赖武,我已经忍你很久了,哪有你这么无耻的,你再说我就走了,咱们继续较劲,讲什么和呀。赖武连忙扶住邓冰,让邓冰坐下,不说了,不说了,我还以为你已经不在乎了呢,都是前妻了,还在乎个屁呀。

邓冰说那张媛媛都是你前女友了,你怎么还在乎?赖武说那不一样,她是我的初恋,是你从我手中夺过去的,所以我念念不忘。

喻言连忙拦住两个人,说谁都别谈论这个话题了,你们没有失败者,也没有胜利者。既然都是过去的事了,就不提了,咱来这里是干啥的,是来开心的,你们干吗呀。

这时,几个女生见赖武签名送书,都叫唤着,我也要,我也要,开始抢夺诗集。

赖武说你们又不读书,要我的诗集干什么?几个女生七嘴八舌的,谁说我们不读书,我们都是大学生呀,大学生不就是读书的嘛。赖武显得很得意,说,噢,我差点都忘了,你们都是师妹。几个女生就说,是师妹,是师妹,所以送书不能忘了师妹呀。赖武开玩笑地说,诗集可以送,就没有小费了。几个女生嘴里答应着,好呀,好呀,小费算啥……顺手却把抢到手的诗集放在了茶几上。赖武很没面子,就骂骂咧咧的,你们懂什么诗呀,去给老子跳艳舞去,跳好了我给小费;跳不好,你们给我小费。赖武选的那两位女生看起来是老手,什么话都没说就站了起来,迅速地把自己扒光,只剩下了三点式。音乐起来了,可赖武不干了,骂两位女生太敷衍了,衣服是根据音乐节奏一件一件脱的,哪有直接脱光的,傻逼。

两个女生就慌忙去穿衣服。赖武又骂,脱都脱了,还穿上干吗,只能越脱越少,哪有越脱越多的,傻逼。两位女生被赖武骂得无所适从了,开始随着音乐起舞。另外三个女生分别坐在大家身边,显得拘谨,一看就知道业务不熟练,连看都不敢看跳舞的女生,都抱着赖武的诗集阅读。其实也没有看进去,把赖武的诗集当成道具了,翻着书掩盖自己的窘迫。赖武望望喻言和张健身边的女生,喊,你们俩怎么回事,也去跳舞去。两个女生望望赖武不动,赖武就破口大骂,傻逼呀,快去呀,不去没有小费。

喻言实在看不过去了,说赖武,你妈的,我叫的女生不需要你出小费,不跳。赖武嘿嘿笑笑了,说,那喝酒,喝酒,说着端起桌上的啤酒自己干了。两个女生跳了一曲下来,赖武就给每人一百元,却不给其他女生。赖武说,不跳舞,没小费,没小费。看得出来,喻言身边的女生很失望,同时还有些羡慕。坐在邓冰身边的女生说,这几个女生今天是第一次来,还不习惯,然后端着杯子和赖武碰杯,说谢谢,谢谢师兄的小费。

赖武喝了,显得很得意,说这小费是跳舞的,还想不想要?两个女生异口同声地说,想呀。赖武问你们一次想要多少?女生回答,给多少要多少。

赖武瞪了她们一眼说,你们倒是不客气,我是说你们出台要多少小费?两个跳舞的女生愣了一下,然后笑了,说师兄是想带我们"上树"呀,好呀,一千吧。

20

喻言猛一听这"上树"二字,相当耳熟,却不想和自己当年"上树"之说联系起来。张健好像看穿了喻言的内心,直接问赖武"上树"是什么意思?赖武回答,上树就是上床。

啊!喻言的头"嗡"地一下,两眼发黑,真是要晕倒。张健望望喻言哈哈大笑起来,嘴上不说,眼里有话,"上树"在你喻言那里是永远的怀念,是初恋的记忆,现在已经演变成这个样子了,不知你老兄有什么感想。赖武见喻言有些发懵,又解释说,"鸡"飞上树是一个很好的比喻呀。

喻言不愿意去看张健的眼色,郁闷地望望身边的女生,问她们是不是也上树?女生不回答,都摇头晃脑,不置可否。跳艳舞的女生却替她们回答了,说要带她上树可比我们贵,她还是第一次。艳舞女生望望喻言,我一看师兄就是好人,来搞同学会的吧,你们总是怀念过去的女生,其实你们过去的女生都是老大妈了,见了更失望,还不如不见。要向前看,怀念过去的不如抓住眼前的。艳舞女生又望望喻言身边的那位说,师兄,你就照顾一下身边的师妹吧,她家庭有困难,和你上树总比和那些老板上树好。那些有钱人都不是东西,你们就不同了,至少不会乱来,毕竟是师兄呀。

喻言有些眼冒金星,为了掩盖自己的不适,独自又喝了一杯。

邓冰在一边其实已经喝多了,瞪着眼望着身边的女生,也不避讳了,邓冰问,你干什么不能挣钱,非要来这儿。

艳舞女有些生气,说师兄太没有水平了,我自己愿意来,关你屁事?邓冰不知道说啥才好。张健问,把出台叫上树,有什么典故吗?张健这是在戳喻言的心窝子。

艳舞女说,是上一届的上一届的上一届传下来的,说过去两个人好上了,找不到地方亲热,只能上树。据说那是一棵千年的香樟树,在校园内的爱情山上,我没有谈男朋友也没去过,也就没有上去过……上树演变到现在,有更多含义了我们把出台叫上树,显得有深意。不过,可不是真上树,只是一种说法,要想亲热还需要开房。

张健望望喻言,说上树成了黑话了,就像对切口。艳舞女笑笑说,是那个意思,大家都懂,约定俗成了。

艳舞女说着端起酒杯干了,把酒杯往茶几上重重一墩,说,身边淫荡的人太多,我们既然无法守护肉体的清白,就呵护好心灵吧;如果心灵也崩溃了,就做一个光明正大的妓女。

喻言说光明正大的妓女需要领营业执照,这在中国是不可能的。艳舞女说找男人嫁了是最好的营业执照。张健说谁会娶一个妓女做老婆?艳舞女说,有句口号不知道你听说过没有,找个妓女当老婆,总比你老婆去当妓女好。

邓冰说你这种言论太哲学了,累。我想问你,刚才在舞台上翻唱邓丽君那位也上树吗?

艳舞女说你是指狐狸呀,不太清楚,好像一般不和人家上树。她唱歌挣的就不少了,干吗上树呀。不是逼急了谁上树呀。这年月狗急了跳墙,人急了上树。上树之说很能表达我们的心情,所以才在圈内流行的。邓冰说你们还有圈子,难道是妓女圈?艳舞女瞪了邓冰一下道,这位师兄说话一点儿也不幽默。

喻言笑笑端起杯和邓冰意味深长地碰了一下,然后对艳舞女说,你能把那个唱歌的女生叫来吗?我给你一百小费。喻言顺手给了艳舞女一张钞票。艳舞女笑着接了,起身说,师兄不必客气,大家都是同学,是姐妹,出来勤工助学就是要互相帮助,绝不拆台。我去叫她,她一晚上只唱三首歌,不知道会不会已经走了。喻言说,那你快去。

半个小时后,艳舞女才带着狐狸来到包厢。狐狸见到邓冰和喻言很吃惊。随即说,我一般是不进客人包厢的,我只唱歌,不陪酒。这位同学说有熟人,我还想是谁呢,原来是同床呀。

艳舞女见狐狸这样说,就往赖武身边一靠,说看来我只有回到你身边了,人家的同床都来了。看得出邓冰有些紧张,喻言就跟邓冰和狐狸碰杯,暧昧地笑着,算安慰也算打趣。邓冰见喻言有些得意,就没安好心地问狐狸,喻言师兄的同床狐狸精来没?狐狸说,她才不来这种地方呢。人家爸爸去世,留下了一大笔钱,是属于有遗产继承的人,不需要勤工助学。喻言听狐狸这样说,得意地笑了,笑得很明亮也很开心。

包厢的服务员这时放了一首比较轻快的曲子,可以跳舞了。让人意外的是赖武过来首先请胡丽跳舞,胡丽望望邓冰,邓冰闭了下眼睛。胡丽就笑着说,对不起,师兄,我有舞伴了。赖武说,我和你的同床是兄弟,不分彼此的,可以共用一个女人,跳一个,跳一个。不由分说就把狐狸拉走了。张健望着赖武和胡丽跳舞时的腻歪劲,都说赖武有毛病,这辈子就是喜欢和邓冰抢女人。邓冰让张健别胡说,她哪是我的女人呀,只是同床而已。

狐狸和赖武跳完舞,端起酒杯和所有的人都喝了一杯。喝完酒她就要走,说只能陪师兄坐一会儿,还要赶场去唱歌。

赶什么场呀,陪师兄了,陪师兄了。赖武显得很有激情的样子,说你赶场唱歌挣多少钱,一晚上最多一千吧。赖武掏了一叠钱塞给胡丽,说这只有多没有少,拿着。胡丽不要。邓冰却从赖武手里接过钱塞进了狐狸的口袋,说不要白不要,这是他欠我的。赖武也说,对,对,是我欠他的,我欠他一个老婆,现在赔给他。胡丽说,我们是同床,不是老婆,你不要误会。赖武说,同床了就是老婆,这是事实上的婚姻。胡丽摇头,我和你说不清楚。胡丽端着酒杯敬赖武,谢谢师兄,谢谢师兄的小费。

邓冰有了胡丽就谁也不理会了,和胡丽在那里说悄悄话,其间赖武提意见,也被邓冰顶回去了,说我和同床说话,你瞎掺和啥呀。过了一会儿邓冰拉着胡丽就起身要走,赖武说啥意思,这么急着去上树?

胡丽说上啥树,我们去上床,我们是同床嘛,哈哈——

胡丽这样说,赖武就不好说什么了,赖武身边的女生也拉着赖武,说人家去上床你管得着嘛,啥叫"春宵一刻值千金"呀!赖武无奈,只有放邓冰离去。

邓冰和胡丽走出歌厅,顿时觉得天高地远,空气清新。邓冰长长地吁了口气说,我早想走了,就是找不到借口。胡丽说,不愿意还在那待着,活受罪。邓冰说,赖武其实是个无赖。胡丽说,就是,刚才和我跳舞手脚乱摸,什么玩意,把我当什么了。邓冰有些生气,说你等着,我去骂他。胡丽拉着邓冰,说算了,没有必要。邓冰就让胡丽赶紧走,再不走就赶不上场子了。胡丽笑着说,算了,我还赶什么场子呀,已经收了你的钱,今晚被你包了。邓冰还是劝胡丽去赶场子,这样可以多挣点。胡丽瞪了邓冰一眼,有了讽刺的意思。胡丽说师兄仿佛很崇高,很伟大呀,处处为别人着想。邓冰不好意思了,说别逼我,否则我伟大起来,一发不可收拾。胡丽开心地笑了,说好久没听到有人吹捧自己也这么清新脱俗了,这可都是80后的语言方式呀。

邓冰有些不服气,说80后算什么?80后是我们制造出来的。谁没年轻过,可80还没有老过呢。我们60后是最纯洁的一代。胡丽指着邓冰说,你居然敢说自己纯洁,瞧你那眼神里透着什么?邓冰问胡丽是什么?胡丽哈哈笑了,说是浑浊的欲望。邓冰揉了下眼睛,说你连这些都看得出来?那你还是去赶场子吧,省得我在你面前把持不住欲望。胡丽不干了,说邓冰不愿意和自己在一起,还说邓冰是想回去找那个坐台的师妹。邓冰见胡丽这样说,就拉胡丽入怀,说既然这样那你别去了。胡丽没有拒绝,接下来两个人就那样贴得很近地往前走,从身后看就像名副其实的情侣。

邓冰和胡丽回到校园,路过一个花坛,邓冰问胡丽喜欢什么花。胡丽调皮地回答,我喜欢两种花。邓冰说哪两种,我送给你。胡丽说话就露出了狐狸的本性,说第一种"有钱花",第二种"随便花"。

邓冰笑笑,望望胡丽说你真美。胡丽问我哪美?邓冰笑笑说,"想得美"。

胡丽笑了,去打邓冰。邓冰躲,胡丽追,两个人笑闹着不知不觉来到爱情山。在爱情山上,每一个隐蔽处都埋伏着奇兵,真是十面埋伏,草木皆兵。隐隐约约从四面还传来了歌声,那完全就是四面楚歌了。在"兵荒马乱"的爱情山上,邓冰和狐狸无处藏身,找不到一个可以落脚的地方。两个人来到香樟树旁,邓冰拉着胡丽要上树,胡丽不干了。

胡丽笑着问,你还真上树呀?邓冰回答,树上好玩,树上好玩。胡丽说好玩啥呀,脏死了。邓冰说,不脏,白天喻言还在树上睡了一觉呢。胡丽说,人类早就度过了原始阶段,从树上到地下了,你要反其道行之,带我上树我可不干。邓冰见胡丽不上树只有作罢,站在树下和胡丽说话。邓冰说,我们当年谈恋爱都是在树上的,多有诗意呀。胡丽摇头,说,时代不同了,校园内已经没有校园诗人了,哪来的诗意?谁还会和男朋友上树玩?你们写诗的都是疯子。邓冰有些无奈,叹了口气,说,没有校园诗人的校园就没有了校园爱情,连校园爱情都没有了,那校园该有多枯燥呀!胡丽说,你们60后就是喜欢怀旧。邓冰说,过去的校园爱情多纯洁呀,为爱情而爱情,什么都不用想。胡丽说,现在可现实得多了,过去校园诗人是女生追逐的对象,现在富二代是女生的目标。

邓冰问胡丽,要是两个同学好上了想亲热怎么办?胡丽哈哈大笑,觉得邓冰问这样的问题实在纯洁得不可思议。胡丽说你不是律师嘛,怎么会问这样的问题?邓冰说,律师怎么了,我学的专业是法律,又不是研究校园爱情的。胡丽告诉邓冰,现在的男女同学要想亲热,就去开房呀。反正不会带着女朋友上树过原始人生活了。有的就干脆租房子同居,这没什么稀奇的。我的理想就是找一个有钱的男朋友,在校外租套房子住,宿舍里太挤了,不是人住的,特别是夏天基本没法活。邓冰说你现在的收入,也完全可以在校外租房呀。胡丽说我租房干啥,一个人住在外头,没意思,我又不是那些坐台小姐,在外面租房好带客人出台。

邓冰觉得在爱情山谈论坐台小姐简直大煞风景,既然胡丽不愿上树,邓冰就带着胡丽离开了爱情山,回到了宾馆。邓冰还以为胡丽会拒绝和自己进宾馆房间,没想到胡丽连一句话都没说。胡丽进了房间就直奔卫生间了,说走了一大圈,一身的汗,要冲一下。还说,还是宾馆好呀,在宿舍冲个澡只能用盆子往头上浇。邓冰说那才叫洗澡呢,我们上学时都是这样的。胡丽说你们男生可以,女生会冲出病的,特别是来月经的时候。邓冰不语,无法和胡丽探讨这个问题。

胡丽在卫生间里洗澡,在流水的伴奏下,愉快地哼着歌。邓冰听着卫生间的动静,在房间里转悠,心中雷声滚滚的。不一会儿,胡丽就裹着浴巾出来了,手里还抱着脱下来的衣服,包括内衣内裤。胡丽就像回到了家,轻车熟路的,这让邓冰的内心风起云涌。胡丽把衣服丢在沙发上,也不看邓冰,就上了床,顺便就把房间的电视打开了。胡丽说你也去冲一下吧,身上有汗,腻歪死了。

邓冰站在床边看着胡丽发愣。胡丽望望邓冰,说,你愣啥呀,去冲澡呀,不冲澡不准上床。胡丽这句话给邓冰注入了能量,他忙不迭地向卫生间奔去。

没想到事情这么简单,邓冰犹在梦里。

邓冰从卫生间出来也裹了浴巾,也有意不穿衣服。邓冰把衣服往沙发上一撂,也不看胡丽,直接就上床钻进被窝,躺在了胡丽身边,两个人就像一对老夫老妻。接下来,要是不出意外一切都是顺理成章的,邓冰和胡丽上床做爱,这种结果平常而又枯燥,在芸芸众生中每天都会有成千上万的人干这种事。

可是,事情却没有你想象得那么简单,虽然都是做爱,可做爱的内涵不同,层次也大不一样。这其中包含的人性问题很复杂。简单地区分一下,做爱分为三个层次:为爱而性,为性而性,为目的而性。相爱的人做爱,那是幸福人生;相识的人做爱,那是游戏人生;为了某种目的做爱,那是出卖人生;而出卖人生的不是"鸡"便是"鸭"。可见,都是做爱,档次不同性质又是完全不一样的。最怕的是这三个层次的混搭,这就成了性的扭曲。

邓冰和胡丽谈不上爱,应该算是相识的人,如果他们简单地上床做爱,也就是一种成人游戏而已。可是,邓冰却不这么认为,邓冰对胡丽是有想法的,有某种认真的成分。在邓冰看来,一个离过婚的老男人,如果真能娶到胡丽这样的少妻,无疑是一件美事。当然,按照恋爱的过程,这个时期上床早了点,但对成年的男人来说,先上床后恋爱也属正常。上了床当然也不一定最终有结果,但不上床连开始都没有,还奢谈什么结果。这就像一枚印章,盖上了和没有盖上那是有本质区别的。可是,胡丽想法却是不一样的,由于她和邓冰是在歌厅相遇,本来是要赶场唱歌的,可是赖武却支付了一千多块钱的小费,这钱就把胡丽的时间购买了,这就有了买卖的成分。由于胡丽在歌厅工作,她知道价码。给一千多块钱购买的不仅仅是胡丽赶场唱歌的时间,还有某种意味深长的暗示。这种暗示对胡丽起作用了,这也许和胡丽曾经的某种经历有关。

21

当邓冰在床上充满激情地拥抱着胡丽时,胡丽并没有拒绝;当邓冰开始热吻胡丽时,胡丽却把脸扭到了一边。这让邓冰诧异同时也让邓冰生气。一个女人在床上不让一个男人热吻,这是对男人的轻慢和蔑视。开始,邓冰还以为胡丽害羞,可是胡丽却没有拒绝邓冰亲吻其他部位,比如胡丽的乳房。可是,当邓冰再一次去热吻胡丽嘴唇时,胡丽把嘴再一次躲开了,并且说了一句让邓冰大吃一惊的话。

胡丽说,要搞就搞,不要耍流氓。

这句话让邓冰蒙羞,让邓冰气馁。邓冰急了,气急败坏地说,不让吻,我怎么搞。

两个人的对话把一切都剥开了,这才是体无完肤,这才是赤身裸体。撕去了温情脉脉的做爱,就成了一种暴力,是对双方身心健康的伤害。邓冰无法和胡丽这样做爱,他再一次去寻找胡丽的热唇。胡丽这次的反抗更彻底了,她不但拒绝了邓冰的热吻而且将邓冰猛地推开,邓冰差点滚下床去。胡丽有些愤怒了,说有人曾经给我两千,我都没让他吻,别说你才给一千了。

胡丽这话基本上就亮出了自己的身份和身价,也说明了和邓冰的关系。如果邓冰这时清醒过来,重新定位自己和胡丽的关系,那么,邓冰也就多了一次嫖妓的经历。可是,邓冰根本没有把胡丽和妓女联系在一起,或者说不愿意把自己和嫖客联系在一起。邓冰还在垂死挣扎,他有气无力地说,我吻你和钱没关系。

胡丽冷笑着问,和什么有关系?邓冰有些怯懦地说,这和感情有关系。

哈哈——你不会说爱上我了吧?胡丽不知道哪来的气,也气急败坏地说,你们这些臭男人,总是打着爱情的旗号,寻找一些免费的午餐。世界上是没有免费的午餐的。

邓冰躺在那里一点力气也没有了。胡丽主动摸了一下邓冰的下面,没想到什么也没有捞到,邓冰疲软着如无一物。胡丽说你是性无能?

你才是性无能呢。邓冰拨开胡丽的手说,不让吻,我没有感觉。邓冰望望胡丽无可奈何地说,既然你把我们的关系定位成买卖关系,那我再给你一千,你让我吻吧。邓冰都有些可怜巴巴的了。

吻是不能卖的。胡丽斩钉截铁地说,吻是纯洁的,有感情的,吻会把灵魂带走。吻,你买不到,我也卖不了。真挚的吻你更是永远也买不到,那象征着爱情。性是可以用钱买到的,否则,世界上就不会有那么多红灯区了。

邓冰说能用钱购买的性是肮脏的。

胡丽说我可以出卖肉体,绝不出卖灵魂。

那就算了,你走吧。邓冰有气无力地说,我虽然有钱,但我不想购买一次性经历。胡丽说,要不你就飞吻吧。

飞吻?邓冰不解。

胡丽说你就想象着你爱的人,然后在心中飞吻。邓冰有些蔑视地望望胡丽,你是说我和你做爱,想象着另外一个女人,我有病呀。胡丽说我不在乎。邓冰说我在乎。邓冰把被子裹了裹,好像要保护自己。邓冰说你走吧,我不想再见到你了。

胡丽就下床了。胡丽再也没说话,下床穿衣服,赤裸裸地面对着邓冰,一点都不顾及什么,就像一段人体视频。胡丽站着先穿上身,然后坐在椅子上再穿下身。在穿下身时又先穿丝袜,然后再穿内裤……邓冰望着胡丽穿戴,在胡丽抬腿穿丝袜时,胡丽暴露了一切,不知道是有意还是无意。邓冰真想冲上去把胡丽扳倒,只是邓冰自己的武器不听指挥。邓冰终于还是没有跳起来,灵魂和肉体暂时分裂,指挥系统失灵了。

胡丽临走时,愤怒地从包里掏出了那一叠钱,摔在沙发上。邓冰问胡丽什么意思?胡丽说把钱还你,你什么都没干,我凭什么收你的钱。

邓冰一下就崩溃了,喊着滚,滚,你给我马不停蹄地滚。

邓冰的喊声伴随着"嘭"的关门声,胡丽飘然而去。邓冰沮丧极了,在床上发疯,咬牙切齿地把被子抛到床下,嘴里刻毒地骂着:你为什么这样对我,你让我今夜如何安睡。

邓冰一夜的怪梦,在梦中胡丽真变成了有火红色尾巴的狐狸,用一种狡猾的目光望着自己。那目光说是勾引又像是胆怯,总之就是不好好看人。狐狸将嘴向邓冰凑过来,还开口说话了。狐狸说,邓冰你真想吻我吗?那你就吻吧。狐狸张开鲜血淋淋的尖嘴,就像刚偷吃了谁家的鸡。邓冰一下就被惊醒了。

天已经麻麻亮,邓冰起床下楼,开着车走了。

早餐时,大家都问邓冰呢,邓冰呢?喻言说邓冰走了。大家就起哄,说邓冰怎么能走呢,同学会还没有完呀。柳影说,邓冰应该去看白涟漪了。

啊!同学们闷了半天,不吭声,后来康大叔说话了,他说,既然是同学会,白涟漪也是同学,她也应该参加这个聚会。

吴月敏不无悲切地说,可惜她来不了。康大叔说她来不了,我们去呀。

就是,既然邓冰都去了,我们也可以去。同学们望着柳影七嘴八舌。有人说,班长,你决定吧。柳影望望喻言,喻言向柳影点了点头。柳影说好吧,既然大家都想看看白涟漪,我们今天就改变活动内容,去看看白涟漪。

青松岗墓园内,邓冰正在给白涟漪烧纸,黑色的纸灰在微风中舒卷着,就像飞舞的黑色之花。在邓冰的记忆中青松岗墓园曾经很空旷的,当年白涟漪埋在一隅,显得孤独而又凄凉。30年过去了,墓园已经爆满,在白涟漪的四周有无数个用水泥修筑的大墓,一人多高的墓碑耸立在那里,颇为气派。相比来说,白涟漪的坟头已经很小了,只剩下一个小土堆,显得可怜而又寒酸。可是,在那土堆上却开满野菊花,清淡明亮。一棵土生土长的梧桐树也很茂盛,为白涟漪遮挡阳光,留下了一片绿荫。

邓冰坐在白涟漪的墓碑旁,那只是一块刻着白涟漪名字的木板。30年的风吹日晒,木板已开始腐朽,白涟漪的名字只是隐隐约约的。可见白涟漪的墓已经很久没有人管了,白涟漪的父母不知道是否还在人世。邓冰一边给白涟漪烧着纸钱,一边唠唠叨叨地说话。邓冰说现在才来看你,真的是对不起。你那纸条我保存到现在,它是我最美好的回忆,也是我心中的慰藉……我今后会经常来看你的,我还会为你修墓,再立新碑。我会把你那纸条和那首叫《女生》的诗刻在碑的背面。

邓冰从怀里掏出了旧时的写作练习本,旧纸条正夹在那首叫《女生》的诗页里。

同学们来到墓园时,邓冰正举着写作练习本在白涟漪的坟茔前大声高颂。当大家走近邓冰时,邓冰泪水出来了。邓冰把写作练习本打开了递给喻言。邓冰说你看看,她早就在我的写作练习本上留下过LY的署名了。

就是邓冰的那篇《父亲》,白涟漪曾经给邓冰改过错别字,并在散文后有一段评语,最后一句是:我真羡慕你有一个好父亲。署名为LY,时间为1985年11月2日。

喻言将写作练习本递给柳影。柳影看看说,怪不得白涟漪说用LY的署名邓冰能看明白呢,原来是这样。

邓冰说我当时根本就没注意到这个署名呀。柳影摇摇头,叹了口气道,如果我没有说错,当时大家彼此批改作业都是用字母署名的,这是我们那个时代大学生通用的标志。柳影望望喻言问,你当时注意到我在你写作练习本上的署名没?

喻言摇头说没注意,是怎么署名的,也用LY? 柳影笑笑说不,我当时给你的署名是MM。喻言问为什么是MM? 柳影有些羞涩地解释道,就是妹妹的意思。

喻言拍着脑袋说,你们女生也太那个了,这让男生怎么猜? 柳影说你们男生也实在太粗心了,只会学抽烟、喝酒、谈女生,做男子汉状,可是你们一点也不懂女生的细腻和多情。邓冰拿回写作练习本,和旧纸条一起点燃。

邓冰说,白涟漪我终于明白了你纸条的含义,只是迟了30年……

回到宾馆,邓冰把自己关在房间里不出来。喻言去敲邓冰的门都敲不开。喻言喊,你他妈的再不开门,我就撞开了。邓冰只有爬起来给喻言开门,打开门才发现张健也跟在后面。

喻言和张健进来,说,你在房间干什么,不会想不开吧。邓冰说有什么想不开的,我把过去的故事画一个句号,面向未来。喻言和张健听邓冰这样说就放心了,哈哈笑着在房间里四处溜达。喻言随手翻看放在茶几上赖武送的诗集,在赖武诗集的扉页上邓冰题写了一首新诗:

> 那个也会写诗的鸟人
> 喜欢在歌厅辱骂师妹
> 喊叫声能把歌声淹没
> 挥舞着的粉红色钞票
> 甩在姑娘那苍白的脸上
> 他居然自费出了诗集
> 用来羞辱曾经的诗人

邓冰多年没写诗后再一次执笔,居然写得挺有意思,特别是最后两句。邓冰说有感而发,有感而发。喻言朗诵道:他居然自费出了诗集,用来羞辱曾经的诗人。

张健说这两句确实有点意思,这是代表我们三个人发出的声音。这也代表了曾经的校园诗人向那些附庸风雅者愤怒地断喝。喻言提醒邓冰，对于赖武这样的人，你最好还是留点神，他现在和你讲和，一个主要目的让你去作伪证，让公安局销案，为他洗清污点。你要先把儿子的抚养权要回来再去作证，否则你作了证要不回儿子，到时候受伤的还是你。你的儿子在他手上，将来你就永世不得翻身了。张健悄悄来到邓冰身边，把自己的手机递给了邓冰，让邓冰听听。原来张健把赖武和邓冰的谈话都录音了，真不愧是律师呀。张健说，他不是让你去作证吗，这是最好的证据。这种败类如果不受到法律的制裁，我也不想干律师了。可是，我不干律师又能干什么。你不干可以，你已经挣够了，我还不行呀，那案子是你胜诉了，我没有赚到钱呀。

邓冰表示谢谢两位师兄的好意，和赖武之间的恩恩怨怨自己会处理好的。接着他感叹说，我这辈子算是白过了，从来没有得到过爱情。为了张媛媛我和赖武那个狗日的竞争，争来争去争的是面子。现在我算明白了，这和爱情无关。我争到了面子，却失去了里子。

喻言说，爱情迟早会来的，你可以和胡丽发展发展呀。

邓冰斩钉截铁地回答，不可能。喻言问为什么？邓冰不说原因，只是说不要因为狐狸，影响你和狐狸精的发展，我知道你对吴亦静有点意思了，她的确是个好女生。张健不明白两人说的是什么，狐狸和狐狸精都被他们碰到了，真有福分。

22

大学聚会本来应该像一曲交响乐,应该激情澎湃,斗志昂扬,毕竟大家都30年没见了。可是邓冰的一张纸条把一切都改变了,整个同学会的气氛变得沉郁低落,有一种沉重和内疚攫住了大家的心。生命有不能承受之轻也有不能承受之重。不过,既然是同学会,大家是来放轻松的,是来"出轨"的,哪怕是生活中有很多不愉快,也希望暂时忘却,回到放空世俗的青春年代去。

这样,同学会就需要喜事了。

别说,喜事还真的来了。就在喻言和张健在邓冰房间说话时,康大叔敲门进来了。

让人吃惊的是康大叔挽着柳影。康大叔嘿嘿乐着,左胳膊夹着柳影的手臂,右手抚摸着柳影的手背,得意、满足,牛逼得让人生气。再看柳影,正做少女状,娇羞的样子就像偷吃了谁家的苹果。康大叔说,你们几个都在呀,我和柳影正四处找你们呢。邓冰没好气地说,你还找我们干啥,一看就知道已经勾搭成奸,不需要我们拉皮条了。柳影骂,你邓冰是狗嘴里吐不出象牙,有本事你也去勾搭成奸一个呀。邓冰说我没本事,我哪有那本事呀。接着叹了口气说,喻言那同学会的标语要改改了,应该叫:"同学会,玩暧昧,搞成一对算一对"。康大叔嘿嘿笑着说,你们俩都别打嘴仗了,我和柳影是认真的,是要结婚的。

邓冰问真的假的,你康大叔真的是未婚青年,你可不能骗人家小姑娘。康达说,我不是未婚青年,我是离异青年,怎么,不行吗?康达拍了一下邓冰,说咱们彼此彼此嘛,都离婚了。我在大学中就暗恋柳影了,当时吧,比较自卑,不敢表达,也不敢参与竞争。当年你和喻言为了柳影打赌,我只能成为一个旁观者。别不信呀,有日记为证。这次同学会我豁出去了,把旧日记给柳影看了,柳影很感动。没想到我大获成功,也不枉我花钱搞这个同学会了。

邓冰说,看来你搞这个同学会是有目的的,是为了你的柳影,我们都是陪衬呀。康达说,也不能完全这样说,同学们见面不是很高兴嘛。

张健问康达,找我们有什么指示?康达说指示不敢,我找你们想让你们为我张罗一下,趁着同学们都在,我和柳影想搞一个订婚仪式。

喻言说,定什么婚呀,刚好同学们都在,就搞一个结婚仪式吧,省得你们俩非法同居。康大叔说结婚恐怕太仓促吧,什么都没有准备,办结婚证也来不及呀。喻言说,谁规定非要先领证再搞结婚仪式,你先搞婚礼再领证也是一样的。张健说对,对,农村都是这样,在家里拜了堂就算结婚了,有的连结婚证都不领也过了一辈子,生了一大堆。

邓冰说倒着来吧,反正你们已经倒着来了。柳影问我们怎么倒着来了?邓冰说,这不是明摆着的嘛,你们俩昨夜肯定先入洞了。柳影骂邓冰你真流氓。康大叔得意地哈哈大笑,说邓冰真是洞若观火,洞若观火呀。喻言说,你们先入洞……房,再举行婚礼,然后领证,这确实是完全倒着来。邓冰冷笑着说,喻言总结的对,这就叫倒行逆施,倒行逆施。柳影瞪着邓冰,什么话到你嘴里就变味了,你喊着要和我马上结婚,挨了我一巴掌,是不是被拒绝过,吃醋了,心里不是滋味吧。邓冰嘿嘿笑,说看来康大叔我俩也要成为情敌了。康大叔连连摆手,我不是你的情敌,你的情敌是赖武,谁摊上你这样的情敌谁倒霉,你是死磕型的人才,我怕,我还想和柳影过几年安生日子呢。张健说,是呀,好好过吧,争取早生贵子,万一有个一男半女的,我们可以当干爹。邓冰说,康大叔的身体没问题,把一个女人肚子搞大不费吹灰之力,只是柳影同学还行吗?你那二亩薄地……柳影冷笑着,说你邓冰咋知道我不行,你试过呀?柳影这样说话把大家都逗乐了,柳影觉得这是往自己身上抹黑,就"呸"了一下,说让邓冰气糊涂了。

康大叔和柳影在同学会上举行结婚仪式,这无疑成了同学会的压轴戏。婚礼由喻言主持,大红的囍字贴在了学校宾馆的正面墙上,四处摆满了鲜花,康大叔和柳影胸前都挂了大红花,那大红花是红绸子扎的,大得耀眼,比头还大,戴上显得头小花大。桌子上都摆着糖果和花生,同学们兴致勃勃看康大叔和柳影表演。

在结婚进行曲中,两个人来到了台上。

喻言从幕后突然出现在大家面前。他穿了一套黑袍,打扮成了神父,这让同学们大笑不止。当康大叔和柳影来到喻言面前时,喻言煞有介事地问:康达同学,你愿意娶柳影同学为妻,做柳影同学的小火车,永远不出轨吗?

康大叔:我愿意。

喻言:柳影同学,你愿意嫁康达同学为夫,做康达同学的美人鱼,永远不劈腿吗?

柳影:我愿意。

喻言:现在,请新郎、新娘交换手机,互相扫一扫,加微信,并且告知QQ和微信密码。

同学们大笑。喻言说这年月搞外遇都是通过互联网完成的,QQ和微信聊天是最主要的方式。把彼此的密码告诉对方,对方随时可以检查聊天记录,这是防止出轨和劈腿的最好方式之一。

然后喻言突然换了腔调,喊:一拜天地,二拜同学,夫妻对拜,牵入洞房。

康大叔和柳影便根据喻言的喊叫互拜。

有同学喊:你这是啥仪式,到底是西式的还是中式的?

喻言回答:这叫中西合璧。

拜完天地,康大叔牵着柳影就上楼。楼上康大叔的房间也早已经布置成了洞房,从门上到床上到处都贴了红。邓冰就喊,昨天晚上不是已经进过洞房了吗?大中午的还真进洞房呀,陪我们喝酒吧。

有人就喊,这叫回锅肉,回锅肉呀。

在同学们哄笑中,康大叔说,昨天是非典型入洞房,属于演练,今天才是正式入洞房。同学们自便吧,都吃好喝好。

邓冰就骂,妈的,大中午就睡下了。张健说你就别操他们的心了,既然都是第二春,还是抓紧时间为好。

这时,邓冰的手机响了,是不认识的号码,他没接就把电话按了。一会儿,那电话又来了,邓冰嘴里嘀咕着,见鬼,肯定是垃圾电话,不是房屋中介就是卖保险的。喻言说,这是找骂呢!邓冰接了电话,本想训斥对方两句,不成想对方是有经验的电话骚扰者,根本不让你说话,就只顾说起来。

"你好,谢谢你接电话,我叫白涟漪,工号201,给你打电话是想告诉你,我们公司有一款新的保险产品……"

邓冰没有听清对方说的是什么保险公司,也没有心情听明白是什么产品,但是这个名字让他五雷轰顶。邓冰连忙问你叫什么?对方回答我叫白涟漪,"白"色的"白",水中"涟漪"的"涟漪",我们公司……邓冰就骂了一句,他妈的,你谁呀,没有这样开玩笑的,这是在人家伤口上撒盐,大家都是同学,做人要厚道。

没想到对方却说,先生,你怎么能骂人呢!你可以对我们的产品不感兴趣,你也可以挂电话,但你不可以骂人。邓冰气不打一处来,愤怒地吼道,我骂你怎么了,你傻逼呀!然后就把电话挂了。

喻言见邓冰暴跳如雷的样子,说什么人呀,有能力把你气成这样。邓冰说,不知道哪个王八蛋,说她是白涟漪,哪有这样开玩笑的。喻言说这确实有些过了,借死人开玩笑。肯定是参加同学会的某位同学,以白涟漪的名义给你打电话,绝非善类。

不久,电话又响了,邓冰看看来电,还是刚才那个号码。邓冰说真是遇到鬼了,没完没了的。邓冰接电话,还没说话,对方就劈头盖脸地一顿骂,骂完了还说邓冰素质低下,我只不过给你打了一个电话,你怎么这样骂人呢!这下邓冰火大了,大声地骂,我操你大爷!然后把电话又挂了。

不久,电话又响了。喻言说不要接了,没必要给对方回骂你的机会。这是哪位傻逼?你回拨这个电话,谁的电话响就是谁,找到他,按在地上打,肯定是男的,这家伙是男扮女声。这时,电话又响了,邓冰观察了一下大家,大家都兴高采烈的样子,没发现有同学打电话。

电话一直不断地响,邓冰再也没接。喻言听着烦,说开振动,让他打。邓冰的手机就在口袋里不停地振动,喻言也向同学们张望,确实没有发现打电话的。

喻言望望邓冰,说难道白涟漪又复活了?邓冰听喻言这样说,脸一下就白了,连忙把手机关了。喻言见状嘿嘿笑了,说你邓冰也太逗了,白涟漪怎么可能复活,只有可能转世投胎。她来找你了,上辈子你欠的,让你这辈子还。喻言的这种说法让邓冰极为烦恼,说喻言我们还是哥们吗?你这是不想让我吃饭了。喻言不好意思地笑笑,说开玩笑,开玩笑。喻言说,你想世界这么大,中国人这么多,重名的多了去了,比方你邓冰这个名字,在全中国怎么着也有几万,我喻言这名字老爸取得比较牛逼,但是全中国也应该有几十上百吧。所以,给你打电话的白涟漪只是一个普通的女孩,在一家保险公司卖保险,老板逼着她给陌生人打电话推销新产品,她又不能不打,其实已经很郁闷了,可是你又骂了人家。白涟漪当然不敢和老板急,却敢和你急,反正也见不到你。

邓冰说我又不是故意的,我还以为是哪位同学开玩笑呢。你说世界上哪有这么巧的事,我正为白涟漪伤心,却突然来了一个卖保险的自称白涟漪,亵渎,对我是极大的亵渎。我挂了电话,她还没完没了地打,他妈的,死磕。喻言说你碰到了一个较真的女孩,也许是80后,被父母惯坏了,吃不了半点亏,咽不下这口气,非要和你理论。

23

邓冰觉得窝囊,被一个卖保险的盯上了,居然只能躲避,拿她没办法,连手机也不敢开了。关键是她的名字,叫白涟漪。白涟漪怎么能和卖保险的联系在一起呢。

邓冰望望喻言说,我凭什么要关机呀,要是谁有事找我怎么办?要是我儿子邓小水给我打电话怎么办?邓冰说着连忙把手机又打开了。

邓冰打开手机,无数个短信进来了,邓冰看看短信,都是关机时的来电提醒,有十几条。也就是说在邓冰关机的几十分钟内,那个叫白涟漪的按了十几次重拨键,愤怒的情绪就像子弹通过无线的信号向邓冰射来。这个叫白涟漪的,和自己的那位区别咋这么大呢?邓冰想想自己的白涟漪,如果她也有这么犟的性格,就不会自杀了。邓冰想着,心中还是痛得慌,脸上就没有了笑容。

邓冰独自生了会儿闷气,毅然拿起手机准备拨过去,好好和卖保险的白涟漪理论理论。喻言见邓冰要打电话,就把邓冰的手按住了。喻言端起酒杯说,来我敬你,你和一个卖保险的较什么劲呀,她只是一个不相干的人。

吴月敏坐在邓冰身边,听喻言这么说,不干了。吴月敏端起了酒杯,说邓冰我敬你一杯,我敬重你是一个有情有义的汉子。白涟漪虽然已经走了30年,却不是一个不相干的人,她是你的初恋。一个连初恋都忘记的人,肯定是一个无情无义的人。吴月敏说着恨恨地剜了喻言一眼,不像有的人,人家念了他30年,他却把人家拱手相让了,吴月敏说着向楼上望望。吴月敏说我为白涟漪高兴,她在九泉之下若是有知,肯定会感受到幸福的。吴月敏这样说话就是指桑骂槐,可是喻言无法接话,只能装糊涂。因为两个人谈论的根本不是一个白涟漪。吴月敏喝了一杯酒,还在感叹,邓冰你真是一个有情有意的,一张纸条能保存30年。

喻言说,是呀,邓冰比我有情有义多了,我辈汗颜呀。然后又坏坏地说,不过吴月敏你别忘了,邓冰保存的虽然是白涟漪的纸条,心中想的却是柳影。喻言也向楼上望望,没想到这都没有感动人家,人家还是急急忙忙嫁了。邓冰听喻言这样说,连忙打断了喻言,说你没喝醉吧,不要乱说,我去给白涟漪打个电话,把事情解释清楚。邓冰说着离席了。

吴月敏望着邓冰的背影脸上现出了惊恐。吴月敏望望喻言说,你们是哥们儿,最好带他去看医生,这样下去不得了。吴月敏的意思是邓冰精神有问题。喻言望望吴月敏不知道该怎么解释,索性恶作剧地说,要打就让他打,都是较真的人,看他能理论出什么名堂。吴月敏见喻言这么说,觉得喻言也有问题了,端着酒杯去找高红萍喝酒去了。两个人嘀嘀咕咕的,都向正打电话的邓冰张望,说邓冰最近是够背的,刚刚离婚,本来想找点儿精神寄托,没想到寄托没找到,找到了一堆沉重。

高红萍说,邓冰为什么离婚你们知道吗?大家不响。高红萍说邓冰戴了绿帽子。吴月敏说有些耳闻,邓冰老婆不是大学教授吗？高红萍说大学教授怎么了，就不出轨了？这事在校园内都闹开了。吴月敏问高红萍从哪听来的小道消息。高红萍说，你没进邓冰的微信朋友圈吧，他在朋友圈中都公开了，我女儿也回家告诉过我，我女儿正在读邓冰前妻的研究生。吴月敏就大惊小怪喊，哇，你女儿真读研究生了！高红萍笑，说有什么好惊讶的，我们这个年龄在农村都当奶奶了。吴月敏就叹气，人生苦短呀，还没怎么过呢，妈的，就老了。

邓冰还在那里打电话，打着打着，声音就大了，暴跳如雷的。张健醉醺醺地过来问喻言，邓冰和谁吵架？喻言说和白涟漪。张健长长地叹了口气，说，理解，理解，打个电话聊聊，都30年没见了。

不一会儿，整个同学会上都知道邓冰正在给白涟漪打电话。说什么的都有，已经喝醉的同学说可以理解，没有喝醉的说邓冰是神经病，只有喻言知道内情，也觉得可笑。

邓冰气呼呼地把电话挂了，来到桌子旁坐下，骂世界上还有这样的傻逼，还非要我道歉，我为什么要向她道歉呀。喻言说，让你不要理她，你非要打电话。张健却醉醺醺地说道歉是应该的，都是你的错，都是你的错，道歉是应该的，是应该的，都30年了，道歉太晚了，你把电话给我，我也向她道个歉。

喻言望着醉醺醺的张健，说关你什么事，你道什么歉，喝酒，喝酒。张健说，当年嘲笑白涟漪也有我的份，我不应该道歉吗？喻言把张健推走了，说要道歉单独去，最好见面道歉。张健说也是，那就当面道歉，当面道歉。赖武笑话张健，说，你傻逼呀，喻言让你去死。张健骂赖武说，你他妈的去死。赖武说你不死怎么能见到白涟漪。张健觉得赖武说得有理，就去找喻言评理，喻言不想理会张健，装着没听到。喻言对邓冰说，搞完这个同学会，你就死心了，也该好好过日子了，随便找个女人再婚，再把儿子的抚养权要回来，过那种世俗而又踏实的生活，挺好。邓冰把手机放进口袋，端起酒杯和喻言干了。

喻言放下酒杯就要了邓冰的车钥匙，邓冰也不问喻言开车去干什么，就把车钥匙给了他。喻言让邓冰少喝点，然后拿起钥匙就走了。在学校宾馆门前，吴亦静正笑吟吟地等着喻言呢，原来喻言已经和吴亦静约好了，要带她去乐器店买新琵琶，旧的不是和喻言拥抱时摔坏了嘛。

喻言给吴亦静买琵琶花了一万多，这让吴亦静有些不好意思。喻言问喜欢吗？吴亦静说喜欢，原来的才六千多，这把比那把好。喻言问上一把是谁买的呀？吴亦静回答是爸爸买的。喻言问是爸爸好还是我好呀？吴亦静说当然是你好了，我爸爸早死了。喻言被噎了一下，说那就没有可比性了。吴亦静说，我爸爸不像话，早早地去了，扔下我和妈妈没个男人管。遇到你，小女子很开心，又有男人管了，女人没有男人管是很可悲的。喻言说你这是恋父情结，不过，我可取代不了你父亲。吴亦静说知道，知道，你比父亲还亲呢。

回到学校后，喻言和吴亦静在校园的草坪上合影，找了一个路过的老师帮忙。那老师十分热情，拍完了还抱着相机欣赏，说真好，很和谐，一看就是一家人。喻言听他这样说很得意。没想到那人临走了又说了句，你女儿真漂亮。喻言愣了一下，脸上的笑就没有了。吴亦静见状嘿嘿乐了，然后拉住喻言的手，说走吧，到你房间试试琴。喻言这才从郁闷中缓过来。

到了房间,喻言往沙发上一坐,有些厚颜无耻地说,来,给爷谈个小曲。吴亦静倒很配合,笑着深深作了一揖,问,爷想听什么呀,小女子定让爷满意。喻言对琵琶曲不熟悉,只知道最著名的《十面埋伏》之类,可现在弹那曲子显然不合时宜。不过,吴亦静没有再问喻言,却弹了《霸王卸甲》。吴亦静弹得好,抑扬顿挫,铮铮有声,时而铿锵激越,时而温情款款。尤其在温情款款时,吴亦静也含情脉脉地望着喻言,让喻言如醉如痴,心旌荡漾。

喻言嘴里念叨着好一曲《霸王卸甲》,好一曲《霸王卸甲》,不由地就脱了外套,随口诵出白居易的《琵琶行》来:

轻拢慢捻抹复挑,初为霓裳后六幺。
大弦嘈嘈如急雨,小弦切切如私语。
嘈嘈切切错杂弹,大珠小珠落玉盘。
间关莺语花底滑,幽咽泉流冰下难。
冰泉冷涩弦凝绝,凝绝不通声暂歇。
别有幽愁暗恨生,此时无声胜有声……

吴亦静停下弹奏,眼波荡漾地望着喻言。喻言说,怎么不弹了?吴亦静说,此时无声胜有声呀,你真的太有才了。喻言说,我有什么才,你更有才,弹得那么好。吴亦静说你的配诗真好。我们曾经搞了一个晚会,想用琵琶伴奏,朗诵《琵琶行》,居然没一个能配好的。我们简直是绝配。

喻言不太冷静地望望吴亦静说,真的是绝配?

真的是绝配。吴亦静放下琵琶,说着移步到喻言身边。喻言还煞有介事地说,绝配怎么配?吴亦静就扑了过来,双手一下抱住了喻言的脖子,有些恶狠狠地吻了一下,说就这样配。喻言几乎喘不过气来了。

喻言对吴亦静的动作没有任何抵抗,他只能双手搭在她的肩头,举手投降。吴亦静双手急切地拉扯喻言的衣裤,然后,然后猛然将喻言的裤子向下一撸,喻言可能还"哦"了一声,双手下意识地去找裤子,可是裤子已经到了脚踝处了,来不及了。喻言也不知道吴亦静什么时候脱去了她自己的裤子,将喻言顶在墙上,就站在那里,双腿猛然夹住了喻言的腰,然后直接进入。

喻言又惊叫一声,嘟囔了一句:流氓。

喻言知道这时候再不有所表示就不厚道了。他腾出双手,很迅速地伸进吴亦静的后背,将她乳罩解开了,然后双手捂住了吴亦静的乳房。吴亦静还年轻,未婚,没生过孩子。当一个女人的乳房曾经成一个孩子的饭碗后,那就成了男人的剩饭。被孩子蹂躏过后的乳房就失去了神秘感,也就失去了审美价值,所以哺乳期的女人可以在光天化日下敞开怀喂奶,丈夫也不以为忤,因为男人也懒得看。喻言是坚决反对母乳喂养的。吴亦静的乳房很有弹性,也大、饱满,应该是真的。喻言知道现在的假乳房太多,许多女人把硅胶塞进去用来欺骗男人。

喻言含住吴亦静的乳房,如饥似渴的。吴亦静问,好吗?喻言嘟嘟囔囔地说不出话。吴亦静又问,好吗?然后在那里激情饱满地运动。

喻言就喊:流氓、流氓、啊,流氓……

24

同学会就这样结束了,可谓硕果累累。康大叔是召集人,他当然是满意而归。喻言在这次同学会中居然收获了一个90后,不知道该喜还是该忧。男同学基本上对他是羡慕嫉妒恨,女同学却不屑一顾。邓冰就不同了,LY,也就是白涟漪成了永远的怀念。另外一个不相干的白涟漪不断地骚扰他,让邓冰气恼。

最后一天吴亦静时常伴随喻言左右,挽着喻言在同学们面前大摇大摆。女生们议论纷纷的,说:"60后老公90后新娘,不是流氓就是色狼",60后要hold住90后,需要三有:有钱,有权,有身体。他喻言能有多少钱?权力就更谈不上了,关键他喻言有身体吗?有他好受的。不过,男生说,找90后有什么了不起,别忘了还有82岁娶28滴。招集人康大叔和柳影沉浸在新婚的蜜月中,根本没有精力关注喻言了。喻言挽着吴亦静在大家眼前晃来晃去,这样一来,男同学们对过去的女同学就更没什么兴趣了。

同学会还没最后结束,有些同学就先走了,特别是女生,走的就更多了,或许想回家在老公那里找温柔才是最实际的。其实,最后半天同学会已经没啥意思了,男同学就聚在一起斗地主,打麻将。情场上无作为,想在赌场上捞一把。

喻言被吴亦静缠着,无法搞赌博。吴亦静说,情场得意赌场失意,怕喻言输。喻言就得意地挽着吴亦静四处走,去参观校园。吴亦静打扮得花枝招展的,喻言有些怯,怕碰到过去的老师,而吴亦静好像无所谓。喻言问吴亦静怕不怕?吴亦静说怕啥。喻言说你不怕见到了我过去的老师。吴亦静说,我才不怕呢,是你老师也不是我老师。再说人家见我们在一起,根本不会怀疑我们的关系。喻言问怎么讲,吴亦静说肯定以为我们是父女。

喻言不语,心中却翻江倒海的。吴亦静说,你知道我为什么和你好吗?

喻言回答,因为我帅,因为我老,因为我老帅、老帅的。吴亦静皱了下鼻子,不响。

那你为什么和我好,喻言问,我像你前男友?吴亦静说才不是呢,因为,因为你像我老爸。喻言说你有恋父情结。吴亦静,女孩有恋父情结,男孩有恋母情结,这都正常。你确实像我老爸,我老爸几年前死了,我就没有安全感了,遇到你我立刻就有安全感了,你说怪不怪。喻言说你老爸也是秃顶?吴亦静说,这和头发没有关系,是感觉像。吴亦静还说,关键不是外表年轻,是内在年轻。喻言说是呀,我有一颗很年轻的内心呀。吴亦静说我也不关心你的内心,我只关心你的内力,嘿嘿。吴亦静一坏笑,喻言就知道吴亦静所说的内力指什么了。他很不服气,说,到目前为止我好像表现还可以吧,并不衰呀。吴亦静说一般般,也没有感觉多强硬。喻言说你们女人就是难侍候,软硬都不吃,温柔了嫌疲软,强硬了嫌野蛮,还是做女人好,女人全是优点:妖的叫美女,刁的叫才女,木的叫淑女,男人婆叫超女;蔫的叫温柔,凶的叫直爽,傻的叫阳光,狠的叫冷艳,土的叫端庄,怪的叫个性,嫩的叫靓丽,弱得叫小鸟依人,牛的叫傲雪凌风,闲的叫追求自我,老的叫风韵犹存。

吴亦静笑笑说,看来你的记忆力还没有退化,在网上过目不忘呀。喻言说,那当然,我又没老。吴亦静说,没老就好,你现在要是老了,我怎么办呐。你们男人嘛,说穿了也就是女性用品,如果现在就老了,那我用什么。喻言说你也忒狠了,不把男人当人看。吴亦静说,是不是后悔了,60后找我们90后,将来我们生个孩子,他叫你爷爷可别怪我。喻言说我们男人现在地位是下降了,不过我们至少将来还能知道自己的孩子姓什么,可是你们女人就不同了,你的孩子姓什么还是未知数呢?吴亦静回一句,哼哼,是喔,我们女人是不知道自己的孩子姓什么,但是,我的孩子肯定是我亲生的,你的孩子就未必了……

喻言有些不爽,不响了。吴亦静说,咱斗嘴不带生气的。喻言说我才不生气呢,我文斗不行,就武斗,真刀真枪地干。吴亦静一哂,说那咱找擂台去。喻言恶狠狠地说,我还收拾不了你了,小样的,回宾馆大战三百回合。吴亦静就笑了,说90后女生才不怕60后的文艺老流氓呢。

两个人回到宾馆就做爱,吴亦静表现得还是很主动,这让喻言吃不消。喻言过去和前妻做爱,都是自己主动,前妻吃不消,现在换了吴亦静,一切都反过来了。喻言硬把吴亦静按到下面,本想牛逼一回,逞一时之能,不想吴亦静的手机响了。

吴亦静为了纪念老爸,把老爸生前的照片放在手机屏上了,只要一来电话,吴亦静老爸的照片就一闪一闪的,这让喻言心里很不是滋味。喻言在吴亦静身上,那手机又闪了,仿佛吴亦静的死老爸还能发出声音,喊:狐狸,狐狸,狐狸……这是手机设定的来电报名。

吴亦静说，不管她，是狐狸的电话。

喻言却不行了，觉得后背发凉，败下阵来。吴亦静说，咦，你怎么突然不行了。喻言说就怪你那个死老爸，他一喊我就不行了。你现在有了我，能不能把你老爸的照片换了。他不该挂在你的手机屏幕上，他只能挂在你家的堂屋里，供上，再烧一炷香。吴亦静说，好吧，只要你表现好，我就换成你的照片，让你取代我老爸。吴亦静这样说让喻言有种怪怪的感觉，总觉得不对劲。吴亦静说，来，咱继续。喻言说我不行了，吃过饭再说。吴亦静不高兴，说你不能把人家扔到半空中，上不着天，下不着地的，特别不爽。喻言说这不是有特殊情况嘛，谁让你老爸来干扰我们的。吴亦静说，这可不能怪我老爸，是狐狸打来的。

两个人起床后，邓冰来了。邓冰说吃饭了，吃饭去。喻言说，我正要补补身体。邓冰说，妈的，显摆什么呀。喻言苦笑一下摇摇头，说我可不是显摆，我哪还有力气显摆呀。

吃饭的时候，喻言闷头吃肉喝汤，连酒也不喝了。吴亦静坐在喻言身边冷笑，说性能力又不行，还那么爱吃肉。喻言很郁闷地把筷子放下了，说咱补充炮弹的时候能不能不提哑炮的事。吴亦静嘿嘿嘿地在那里偷笑。邓冰见两个人打情骂俏，很是羡慕。

吃完饭，喻言让吴亦静自己去宾馆看电视，他准备和同学斗地主，说要给吴亦静赢点钱买花衣裳。吴亦静撅着嘴不悦，说你别想躲我，反正我一般都是晚上9点准时做爱。喻言听吴亦静这样说，话音不对，就问，你准时做爱，没有我的时候呢？吴亦静说，没有你也就罢了，有了你就要过正常生活。喻言问要是我还没回来呢？吴亦静就笑，你问我干什么，自己看着办？不就是一个男性……用品吗,到哪找不到。喻言觉得头大,吃不消,干脆不去了。

同学会后,吴亦静拉着箱子住进了喻言家,说现在没什么课了,主要是找工作,要四处面试,在学校离市区远,借住几日没问题吧。喻言很想说有问题,可又说不出,于是坏笑了一下,说借住可以,咱别提一日几日的,我受不了。吴亦静说放心,我不白住,我给你煲汤,给你做饭。喻言又坏笑着说,我不是这个意思。吴亦静问那啥意思?吴亦静蓦地懂了,哈哈笑着去打喻言,骂你个文艺老流氓,就是嘴上的功夫。一日几日不行,那就几日一日吧。我不会让你夜夜笙歌的,我还要慢慢用,一次性报废了,我将来不是要守活寡。吴亦静问每周一歌如何?喻言听吴亦静这样说,嘴就硬了,说每周一歌也忒少了,怎么着也得唱山(三)歌吧。吴亦静又嘿嘿笑了,说光嘴硬不行,到时候又败下阵来。

第二天,吴亦静出门面试,脆生生地喊,老公,咱家的钥匙呢,给我一把,否则你不在家我就进不了门了。喻言愣了一下,又不好不给,只有把钥匙给吴亦静一把。吴亦静出门向喻言挥手,说在家乖一点,我很快就回来了。喻言见吴亦静出门了,心下暗自嘀咕,我这不是引狼入室嘛。随即又想,我既然是单身,既然想第二春,这第二春真来了,我应该高兴才对。

喻言和吴亦静在校园里拍了不少照片,其中一张效果较好,喻言很满意。那张照片两个人背靠背恬静地坐在草坪上,都笑望镜头。那张照片喻言百看不厌,最后把照片设为自己的办公室电脑屏保了,在暂时不用电脑的时间段,那照片就在电脑屏上。同事见到喻言和吴亦静的合影,都纷纷夸奖喻言的女儿是真美女。开始喻言还否认,说不是我女儿,是……

同事就大惊小怪的喊,不是你女儿才怪,总不可能是儿媳妇吧,哈哈,这不成了"扒灰"了。有同事说喻总你就别谦虚了,你女儿真漂亮,真漂亮。喻言懒得理同事,端着茶杯去添水,几个同事就在那里议论。一个说,一个秃顶的老男人和一个如花似玉的女孩合影,还放在电脑的保护屏上,这明摆着是女儿嘛,要是小三谁那么傻,这不是暴露目标嘛。另一个说,喻总都离婚了,啥小三不小三的,不怕的。

喻言是一个心胸开阔的人,听到同事议论也不解释,心想我爱和谁合影就和谁合影,关你们屁事,爱说说去。喻言不但没有把照片换下来,连笔记本的保护屏也换上了这张合影。喻言像是在和谁赌气,和谁赌气呢,喻言也说不清楚,反正心里有点堵。

也是有感而发,喻言就写博客,叫《论同学的各种关系》,总结起来有10条,如下:

1、男同学和女同学的关系。

男同学和女同学的关系是同学之间的首要关系。男同学见了女同学,说的第一句话往往是:你怎么一点没有变化呀,还是那么漂亮,我的神呀。女同学往往会表现得比较谦虚,还不好意思,显然是假话却是一句好话,心中很受用。有的男生会更大胆一些,会声称当年暗恋过对方,这有些大言不惭了,但却是最热情的安慰。每个同学都不可能返回学生时代了,暗恋与不暗恋没有现实意义的。所有对往事的回忆都是为了证明现在的存在以及我在对方心中的位置。同学会上男女同学见面,都在心中比较着,原先有些姿色自视甚高的女同学，现在竟然如此庸常。当年被拒绝的追求者，这个时候会感谢女同学的，因为当年的拒绝使自己争了口气，最后终成大器。

在同学中还有一枚资深美女，也许至今单身，表现得心平气和，淡定、悠然，这样的女同学很容易成为男同学的最新"偶像"。这种女同学大家都会去爱护，她成了过去女生共同留下的青春靓影，也是男同学心中剩下的最后一抹亮色。当然，也有女同学带着孙子参加同学会的，见了男同学就让孙子叫爷爷，这是在给男同学添堵，男同学会避之唯恐不及。

2、初恋情人之间的同学关系。

同学会上总是有同学默默地哼着一首旧歌："只要你过得比我好……"你是谁？这个"你"当然是有所指的，这个"你"只有特定的一个，是过去的初恋或者是情窦初开时对"你"的一个闪念。过去的"你"已经三十年没见了，你过得好吗？如果"你"真是初恋的情人，现在就是名副其实的老情人了。所以，同学聚会最想见的不是老同学而是老情人。你见老情人，没有老情人的同学怎么办？那就看你见老情人，看你一见之下的反应，看你百感交集，看你感叹嗟呼。于是，大家都不亦乐乎。在同学中曾经有过初恋的当然不只一对，看不完的。

还有暗恋的呢，暗恋的如今再见，借着酒劲也敢吐露真情了。

只是一切都晚了，一个是他人之妻，为人母；一个是他人之夫，为人父。只有几十年前的情意还在，还留在心中。当两个人见到的一瞬间，真是恍如隔世。同学聚会见老情人其实不会有什么结果的，牵一发而动全身呀。那就不要结果，在聚会中弥补曾经的一些遗憾，让故事继续发展，让故事永久流传。

初恋情人相见是同学会上最有看头的重头戏，也是最有故事的。不管当年是怎么分手的，也不论当年是怎么错过的，现在见面就是亲人。时间让恩恩怨怨都酝酿成了"亲情"。这种同学关系是同学中最美丽的也是最牢不可破的。感情胜过兄妹。

3、有钱和没钱的同学关系

有钱的同学在同学会上往往比较低调，否则会招人恨，招来骂。有钱的同学其实很喜欢搞同学会，这是他们显摆的最好时候，也许这个有钱的同学当年在同学中并不优秀也不被同学们看好，可如今人家是大款了。同学们当面可能显得不卑不亢的，其实私下里几个知己会聊他的发家史。

没钱的同学在同学会上反而很嚣张，有种流氓无产者的气象。这时有钱的同学会很谦虚谨慎，看着没钱的同学的嚣张和跋扈，心平气和地享受着自己的成功，即便成了靶子，也会装逼地微笑面对。因为肉已经吃进肚子里了，反正是吐不出来的。没钱的同学无论怎么嚣张，最后也不能打土豪分田地在同学会上搞均贫富。在同学会要结束的时候，除了每人一册的通讯录外，往往私下第一个扫微信号码加朋友圈的是没钱的同学。同学会后联系是要加强的，哪怕沾一点财气呢。

4、有权和有钱的同学关系

有钱和有权的同学关系往往很暧昧。钱这个时候见到权，就像面团见到酵母，它们的结合往往会使面团发酵。这是因为钱权交易永远是这个世界上最艳丽的恶之花。无论全世界怎么反腐，也无法阻挡钱权交易的步伐。特别是在同学之间，钱权交易是最安全的一种存在方式，是收成丰厚的生态园。开始，有钱的同学为了让钱更多会巴结有权的同学，当有了一次钱权交易之后，事情开始变化，权开始离不开钱了，为了保住自己的权，有权的同学会加强和有钱同学的关系，成为利益和命运的共同体。在同学会上有钱同学见到有权的同学眼神会闪烁，不太打招呼，他们的交往往往显得很神秘，他们愿意在私下谈事，不让其他同学参与。他们也喜欢搞同学会，有钱的同学希望和当权者进行链接，而有权的希望自己的权力产生经济效益。

5、大官和小官的同学关系。

大官和小官之间的同学关系是相对的，不是绝对的。也许这次见面此同学是彼同学的上级，而下次见面却正好相反。当大官和当小官跟一个人的能力没有必然联系，和机遇、命运有关。一个没有什么能力的人可能当了大官，一个很有能力的人说不定永远得不到提拔。既然要当官必然有大有小，这在同学中就会产生芥蒂。当大官的有些高高在上，当小官的会心中不服。如果是上下级关系同学就不是同学了，那是领导；如果不是上下级关系，同学之间的心中会产生戒备。误解大多由此而引发，如果当大官的同学怀有同学情谊，则会被同学们奉为楷模；如果自以为是，必然被同学们唾弃。当小官的同学会对自身处境颇有微词，于是经常要向大官同学发难和挑战，这是为了维持同学之间的尊严和平等的秩序，对大官同学的位置不会产生任何影响。

当大官的同学被同学们称为大官人，当小官的同学被称为小官人。加了一个"人"字，这就有些嬉戏的成分了，其实是提醒当官的同学要做人，不要装孙子。

6、事业有成和一事无成的同学关系

事业有成不一定是当了官的，也不一定是有钱的，事业有成专指那些各行各业的文化名流和科技精英，这些同学在社会上有知名度，一举一动都会被社会关注。其中有些是大学教授，但并不是每一个大学教授都算是事业有成。因为，任何一个同学只要留校教书，混了三十年，都能混一个大学教授，教授在这里只是一个教书的职称。

事业有成的同学格外被同学们看重，这是因为在每一个同学心中都有一本账，有钱的同学说不定哪天一盆水打倒，破产了，万贯家私也就付之东流了；有权的同学不可能一辈子有权，退休后也会被打回原形，其中腐败分子说不定还有牢狱之灾。况且，有钱就有铜臭气，有权自然有官僚作风，这都是同学不喜欢的。唯独事业有成的同学却得到大家的尊敬。因为知识永远不会退休，专业也永远不会破产。年龄越高成就越大，最后必成大师。这些事业有成的同学原来往往学习成绩不是最好的。当年学习好的同学，现在大多都不谈学习了，更谈不上学问，只会对社会现象侃侃而谈发发牢骚，一不留神就进入庸常岁月，可谓是一事无成。这些同学见到当官的同学会口无遮拦，讽刺挖苦；见到有钱的同学会嘲讽轻慢，唯独见到事业有成的同学会谦虚谨慎起来，只能回忆自己当年的学习成就聊以自慰了。

7、国内和国外的同学关系

在同学中往往会有一些人出国了，这在现在已属正常，出国与否看自己的喜好。在80年代那就不一样了，那些自以为是的，那些野心勃勃的往往会出国。不管出国干啥，是洗盘子还是打零工，只要出国了就是最牛的，把出国当成事业成功的标志。有些同学出国后确实奋发图强拿了博士学位，被国外的大机构聘用，然后衣锦还乡，人前显贵。可是，那些专业原本是文、史、哲的同学起哄出国，却断了文脉，在国外也就混个温饱，在这个过程中不知道招了多少白眼。

随着中国人民生活水平的不断提高，国家经济飞速发展，那些在国外的同学回来参加同学会，一见之下居然老泪纵横，百感交集。那些当年出国的心比天高的同学并不比国内的同学发展好，这都是出国耽误的。同学会见面聊起天，会发现国外的同学还没有国内的同学去的国家多。在出国的同学中还有一些特殊人群，比方，那些搞民运的，靠国外一些可疑的组织救济过日子，连同学会都不能参加了，最后只能终老他乡；那些卷款潜逃的同学，除了坐牢就再也回不了国了。

人们都说80年代出国是聪明绝顶的；90年代出国是成绩最好的，新世纪出国是不想参加高考的。总之，千万别把出国当回事。

8、"左派"和"右派"的同学关系

在同学关系中本来绝少政治色彩，可是当同学聚齐后难免不谈论国事。况且，议论时事政治已经成了中国人的习惯，无论是公园遛弯的老大爷还是出租车司机，谈起时事政治来都能口若悬河，这成了中国人生活的常态。同学之间也一样，只要话题一开，立即就会热火朝天。观点往往分为两派，一群是"左派"，一群是"右派"。"右派"往往是那些生活不如意者，张口就骂，先是骂这个世道，人心不古，世风日下；然后骂贪官，骂有钱人；最后开始议论政体。这部分同学往往会揭历史的伤疤，拿过去"文革"和"反右"说事。"左派"的同学往往是那些事业有成者，拿改革开放反驳"右派"。认为中国共产党的纠偏能力是全世界政党中最强的，你无法想象一个能发动"文革"，搞"反右"斗争的政党，在几十年之后能带领人民走上一条国富民强的康庄大道，让中国十三亿人过上了小康生活，让中国的经济总量成为世界第二。

双方的论争可谓是唇枪舌剑，在最激烈的时候可能会拳脚相向。不过，当谈到国际关系时，无论"右派"还是"左派"又都成了"爱国派"，双方握手言和，一致对外，共同认为钓鱼岛是中国的。

一个奇怪的现象是"左派"不一定是党员，"右派"却恰恰是当年的学生会干部或者学生老党员。党员和非党员在同学中已经没什么政治色彩了，因为大家都知道，当年入党是为了分配好工作，这和现在入党是为了考公务员一样。

女同学在男同学谈论家国大事时往往插不上嘴，她们中的一部分会去谈论子女，一些奶奶辈的会谈论子女的女子。

9、大城市和小城市的同学关系。

同学的来历是他身上的印记，在入学时一眼就能看出来。有同学是农村来的，有的是城市来的。农村来的同学往往朴实，城市来的同学显得现代。在学习上农村来的同学刻苦，城市来的同学聪明。刻苦和聪明在一个班级中相遇，学习成绩难分伯仲。在大学同学中基本上找不到农村和城市之间冲突的案例，好像大家都小心翼翼地维护着这种平衡关系。如果谁拿农村和城市的差异说事，必然被群起而攻之。随着时间的推移，待到毕业时，无论是农村的同学还是城市的同学，他们身上的城乡差别和印记开始模糊，被知识抹平了，成了看不出来历的同学。

可是，大学毕业后，同学们天各一方。有的去了首都，有的去了沿海，有的去了大城市，有的去了小城市，80年代大学毕业分配本来去农村的很少，可是1989年过后，进入90代就不一样了，大学毕业回乡养猪的大有人在。几十年过去，在大城市生活和在小城市生活的同学，身上的印记又有了。我所说的大城市指的是省会以上的城市，小城市是指地区以下的城市。在小城市生活的同学显得平凡，有一种悠然自得的平静，长期生活在小城市没有什么压力，人的视野就窄了，格局也小了，没有了生机勃勃的激情，却有了小市民状态。生活在大城市便现出了浮躁，浮躁是因为大城市的生活压力。你想呀，在小城市买一套房在大城市最多买一个卫生间。人有了压力身上便显现出了勃勃事业心。当这两种同学相遇时该斗嘴还会斗嘴，该斗酒也会斗酒，可是心性不同，再也找不到学生时期那种共同话题，恰同学少年，一起向前看的状态了。同学会后，各自回到自己的生活轨迹中，时间一长，同学什么就都成了一个传说。

10、汉族和少数民族的同学关系

在大学同学中如果班上有少数民族的同学，那是一件让同学们兴奋的事。如果这位同学还是女生，是一位卓玛，是一位古丽，或者是阿诗玛，那更是同学们的幸福。少数民族的同学是同学中的奇花异草，她们会被女生围拢，成了女生们问寒问暖的对象；她们也会吸引男生的目光，让男生心中蠢蠢欲动。只是，男生们欣赏着却没有谁勇敢地去采摘。这样，要不了多久，这朵"古丽"（花）就被外班的同民族的男生摘去了。同班的男生遗憾还是遗憾的，但这种遗憾也是暂时的，大家会把他们这么一对当成一道别样的风景。同学们会关心着他们的风俗民情，想象着他们的生活状态。在假期他们会给同学们带来意想不到的小礼物，那都是同学们没见过的，会让同学们大惊小怪一阵。

少数民族同学在大学毕业后往往就消失了，消失在他们的山林或者他们的庭院。也许他们也会生活在城市，可是他们却自成一体。有男生或者女生会在旅游途中，在他们所在的城市寻找他们，可是找到的概率很小。

在同学会上他们的出现会给同学带来意想不到的惊喜，只是他们的样子比汉族同学变化得更大，几乎认不出来了。当然，她也许会带上另外一个小古丽出现在同学们面前，这是她的女儿，又来到同一所大学读书了。这稍稍会安慰一下同学们的心。

邓冰看了喻言的博客，就去了喻言家，说那《论同学的多重关系》总结得还是比较到位的，有10条，干脆就叫《论同学的十大关系》得了。喻言不语，顾左右而言他。两个人聊着天，邓冰就看到了喻言笔记本上的照片，就问喻言两个人感觉如何？喻言回答道，好，好是好，就是有点累。邓冰就说，那就悠着点。喻言笑而不答。邓冰说还是你好，第二春了，我就不行了，儿子还小。喻言说你应该把儿子接回家玩玩，这对你有好处。邓冰说他要上学，只有周末了。

邓冰和儿子周末玩得很愉快，早晨他和儿子一起锻炼身体，起来打长拳。拳法还是大学时上体育课学的,和赖武决斗时用过。当时其他同学把体育课只当体育课上了,邓冰却上了心,下来还向体育老师请教,每天都勤练。他时刻准备着挑战赖武,来一个男人间的较量,不能不做些准备。邓冰当时虽然算不上童子功,却算得上童男功。如今,邓冰晨练还比划那套旧拳,只不过现在没有什么功利性,心无目标,这拳练得就不是武功了,是套路,是艺技,无力道,动作不一定到位却圆熟。邓冰拳练得久了,熟能生巧,更流畅,有了可看性,却不实用,成了典型的花拳绣腿。邓冰早晨练拳,让儿子帮助拍照片。邓冰让儿子躺在地下拍,儿子不明白,邓冰笑笑把相机从儿子手中拿过来,说老爸教你看世界的角度。邓冰给儿子拍,让儿子做一个跳跃的动作。邓冰就躺在地上端起了相机,喊预备跳。邓小水蹦了一下,邓冰"咔咔咔"一个连拍。邓冰让邓小水看照片效果,邓小水"哇"地叫了起来,说我怎么跳这么高,都快跳到楼上了。邓冰说这就是看世界的角度,有时候不能完全相信自己的眼睛,被表面现象所迷惑,要了解事物的本质。邓小水不明白。邓冰又说,这是视觉效果,你看那电影里的武林高手,好像能飞檐走壁,其实也没跳多高。邓小水说那电影都是骗人的?邓冰说那是为了视觉效果,也不叫骗人。邓冰把相机递给儿子,说你也躺下拍,我打拳时你就不断按快门,连拍,看看老爸是不是武林高手。邓小水却不愿意躺下,说把衣服弄脏了妈妈要打。邓冰只有给儿子找来一张塑料布,儿子这才愿意躺着。邓冰恨恨地说,你妈打你,你和老爸过好不好?邓小水笑了,说和老爸在一起不用去上学吗?要是天天让我玩,我就和老爸过了。邓冰不语。

邓小水只想玩,不想学习,不想做作业,不想在周末上各种补习班,可是邓小水没办法,张媛媛绝对不能让儿子输在起跑线上,报各种各样的补习班,钱当然还是邓冰出。张媛媛只要一个电话,邓冰连个屁都不敢放。邓小水说只要不上学就和老爸过,邓冰知道这是不可能的,所以邓小水这样说,邓冰只有不语,心里郁闷。

邓小水在邓冰处不讲吃不讲喝,只买光碟,买奥特曼的光碟,奥特曼的玩具,还有怪兽。那些玩具有电动的,有能拆卸的。邓小水把奥特曼和怪兽摆满一床,就像一个大的阅兵场。邓小水很狡猾,玩具从来不拿到妈妈那边,最多带一个最爱的。这些东西如果让张媛媛发现,必然全部扫进垃圾箱;放在邓冰这就不同了,无论是奥特曼还是怪兽都不会受到人为的干扰,他们自相残杀着,下次邓小水来还可以检阅。

邓冰练拳的照片效果很好,飞跃的动作都在树枝上,像个武林高手,轻功了得。邓冰把照片发到QQ和微信的朋友圈,引起了轰动。同学们评论很多,说没想到邓冰还有武功,拳打得这么好。赖武留言说,邓冰的武功高强,在同学中能和邓冰一争高下的寥寥无几,也只有我赖武。在学校我们比过武,这同学们都知道,那次比武我和邓冰是不分上下的,打了个平手。赖武听起来是在吹捧邓冰实际上是在吹捧自己。有同学就起哄,说你大学时和邓冰不分雌雄,现在再比一下,你肯定在邓冰之下。赖武说我和邓冰是兄弟,不用分雌雄了。赖武的说法有点扯淡,很多同学都发笑,在留言中出现了各种各样怪笑的表情。喻言通过私聊问邓冰,从留言的内容看赖武是真想讲和呀,你就去作个证,把他的案子撤了吧,大家都是同学。邓冰不回。喻言又留言说,你邓冰整天劈腿,韧带还拉得开吗?邓冰回复说还行,拉得开。喻言问那照片是谁的作品,邓冰又不语了。喻言赞扬照片不谈邓冰的武功,这说明喻言很了解邓冰,邓冰所谓的武功不值一提。喻言又问照片是谁拍的,邓冰回答是邓小水。喻言留言说,操,我干儿子都有摄影作品了。

25

晚上,喻言给邓冰打电话,想让邓冰把邓小水带来玩玩,一起吃个饭,给邓小水买点什么。可是,邓冰的电话居然是一个女人接的。这让喻言很意外,难道邓冰有情况了?难道邓冰也引狼入室了,连电话都被拦接了?邓冰是律师,有很敏感的自我保护意识,电话更是视为隐私。邓冰和张媛媛结婚多年,从来不让张媛媛碰自己的电话。喻言和邓冰才几天没见,难道就彻底向一个女人缴械投降了?喻言握着电话不语,接电话者却喂喂地呼叫。喻言只有说我找邓冰。对方回答,邓冰是谁?喻言说我打的难道不是邓冰的电话?对方说这个你要去问邓冰,我怎么知道。喻言说我没打错呀,都是根据储存号码一键搞定,号码也用多年了。对方突然就喊叫起来,说邓冰还是个男人吗?和一个小女子较劲。喻言不明白,觉得挺奇怪的。喻言说你难道是邓冰女朋友,小夫妻吵架不记仇嘛。对方说谁是他女朋友,谁找他谁倒霉。喻言说那你是谁,怎么接邓冰的电话?对方说是邓冰用呼叫转移把所有的电话都转移给我了。喻言说,那你是他的秘书吧。对方说不是,他多变态呀,成为他的秘书就更倒霉了。他每天有几十个电话通过呼叫转移到我手机上,我都快疯了。喻言不明白什么情况,说告诉邓冰让他回电话,然后把电话挂了。不一会儿,邓冰的电话来了,说你刚才给我打电话了？喻言说你什么意思，我的电话也让女秘书接。邓冰说屁的女秘书，是那个卖保险的白涟漪，她真不是东西。喻言问，她又打骚扰电话了？邓冰说，不是她打的，是她捣的鬼。我现在一小时要接到20多个电话，都是要买我房子的。我什么时候要卖房了？后来才知道，这个叫白涟漪的把我的电话挂在了网上，说我要破产，有房子便宜出售，低于市场价100万。这样就有无数个电话打进来，气死我了，关机又怕有事，不关机骚扰电话不断。她以为我没招儿制她，我把电话设定了呼叫转移，都转移到她的手机上了。一天有几十个垃圾骚扰电话，够她受的。她这叫搬起石头砸自己的脚。喻言明白是怎么回事了，说你转移垃圾电话，怎么把我的电话也当垃圾转移了？邓冰说不是故意的，我去了厕所，你的电话就来了，响几声只要不接就转移了。喻言说你也是的，和一个卖保险的较什么真儿呀，不要耽误大事。邓冰说我现在没有什么大事呀，把儿子的抚养权要过来是头等大事，其他的都是小事。我有的是时间，不怕她和我较劲，谁怕谁呀，咱死磕！谁让她叫白涟漪的，白涟漪是她叫的吗？她把白涟漪的名字玷污了，我不修理她修理谁。

真不知道邓冰是和死人较劲还是和活人较劲。邓冰要回儿子抚养权的事进展不太顺利。赖武还以为能当张媛媛的家，可以动员张媛媛放弃邓小水的抚养权，没想到不但没有劝动张媛媛放弃抚养权，连自己也差点被张媛媛扫地出门了。张媛媛说，你是不是嫌弃我儿子，既然你无法接受我儿子，我也就无法接受你。赖武说我没有这个意思。张媛媛问那你是怎么个意思呢？赖武有苦说不出，又不能说和邓冰狼狈为奸的事。张媛媛说，我还不知道你赖武,你是看着我和邓冰的儿子堵得慌吧。你个自私自利小肚鸡肠的男人!你走吧,想明白了再来找我,要么就娘俩儿一起要,要么一个也别要。赖武只有暂时作罢,当天晚上赖武极为卖力地讨好张媛媛。赖武说,我明白你这是对我好,买一送一嘛。张媛媛被逗乐了。

邓冰听了赖武的汇报可谓是五味杂陈,既失望又欣慰。赖武说此事只能从长计议,我们达成的共识不会改变的。赖武这么坚定地帮邓冰当然是为自己考虑,这是一举三得:既娶了张媛媛当老婆,又甩掉了拖油瓶,顺便和邓冰还做了交易。张媛媛肯定比邓冰更了解赖武,早把赖武看透了,赖武干事总是事半功倍,把利益都算尽了。

当时,赖武作为法官在审理邓冰代理的案子时就是这样干的。他把张媛媛约到了咖啡馆,说这案子法官有极大的自由裁量权,我可以判邓冰赢,也可以判张健赢,反正都是自己的同学,判谁赢都无所谓。当时,张媛媛就问赖武,怎么才能让邓冰赢呢?赖武很流氓地说,那就看你张媛媛的表现了。张媛媛说,你他妈的什么意思,想把我潜规则了?赖武笑了,说什么叫潜规则呀,咱谁跟谁呀,你本来就是我的,毕业的时候被邓冰带上了树,我一直不服气。邓冰能勾引我女朋友,我就能勾引他老婆。张媛媛听赖武这样说,说赖武是无赖。赖武说无赖和赖武你张媛媛随便叫,在大学时只要我一偷书,你就叫我无赖,还打我,可是那书都让你拿去了。我偷书,你看书,这不,成就了一个大学教授。你能成为一个教授,也有我的功劳。赖武说着去摸张媛媛的手,张媛媛没有怎么拒绝,她习惯了赖武在自己面前耍无赖。邓冰就不同了,从来不在张媛媛面前耍无赖,干什么都一板一眼的,包括做爱。赖武不一样,那句"邓冰能勾引我女朋友,我就能勾引他的老婆",让张媛媛很有感觉,这其中有性感、赖皮、野蛮、调戏,张媛媛不能自持了。当然,这还不足以让张媛媛委身赖武。张媛媛当时顺便说了一句,你赖武除了耍无赖还会干什么?赖武说邓冰会的我都会,他会写诗,我也能写诗。赖武说着从包里拿出一本诗集递给张媛媛。张媛媛翻开扉页:"献给初恋女友张媛媛",一排粉红色的字。张媛媛看了就有些感动。赖武说邓冰可以为你写一首诗,我可以为你写一本诗集。

在案子审理的过程中,赖武和张媛媛来往频繁,这当然被律师张健发现了。现在的律师鼻子灵着呢,胜过私家侦探。张健派人跟踪了赖武和张媛媛,把两个人在一起亲密接触的情景都拍了下来。张健本来想拿这些照片和赖武做交易,没想到赖武见了照片,火冒三丈,立刻就结案了,判张健输。赖武义愤填膺地指责张健,居然用这种下三滥的办法,靠跟踪拍摄想胁迫本法官,没门儿!完全违背了三个人约定的"以法律为准绳,以事实为依据"的公平诉讼之原则。

张健只有上诉,在二审时把赖武和张媛媛的照片向法官出示了,向中级人民法院说明赖武和此案有利害关系,希望二审发回重审,让赖武回避。可是,中院没有采纳,认为赖武和张媛媛之间属于私人关系,他们的关系和本案没有直接的因果关系,不符合发回重审的构成要件。张健很想揭发赖武收受贿赂,可自己是行贿方,闹出来也脱不了干系。二审败诉后,张健眼见大势已去,只有把照片寄给了邓冰。邓冰当然无法咽下这口气,但邓冰也很理性,在案子的执行程序完成后,800万代理费到手了,才举报了赖武。

邓冰举报赖武受贿,自己是行贿者,还作证。赖武为此被刑事拘留,后来取保候审,而邓冰也因为行贿受到了暂停律师执业的处罚,又因为举报算立功表现,才免于被追究刑事责任。不过,邓冰只举报了自己贿赂赖武的事,没有提张健的贿赂,为此张健心存感激,最后张健和邓冰和好如初了。

邓冰经常周末去接儿子,张媛媛当然拦不住,因为这是邓冰作为爸爸的权利。不过,张媛媛却很生硬地警告邓冰,怎么着也别想抢走我儿子。邓冰说你和赖武苟且的时候怎么不想想儿子,儿子是我的。张媛媛说笑话,儿子是从我肚子里出来的,怎么就是你的了。邓冰不由想起了一句话,就说,从提款机里取的钱能归提款机吗?还不是谁插入归谁。张媛媛笑笑说,真不要脸,这种网上小儿科的话你也拿来用,这说明你十分不靠谱,我敢把儿子交给你吗?你既然用网语来和我讲理,那我问你,如果车上坐着我和你,这车是谁的?邓冰说当然谁买的是谁的。张媛媛说,错!车不是你的也不是我的,是"如果"的。邓冰愣了一下,说你这是和我玩脑筋急转弯呀。张媛媛说,你那银行卡和取款机的比喻难道不是脑筋急转弯?

邓冰说,既然说不通,咱们就打官司。张媛媛说打官司我也不怕你。我知道你是律师,你懂法律,难道我是法盲?邓冰说,别忘了你是过错方。张媛媛说孩子的抚养权和谁对谁错没关系,这要看孩子和谁在一起更有利于成长。

其实,邓冰现在的状况应该更适合带孩子。他赋闲在家,律师事务所也不去了,正好开车接送孩子上课。可是,张媛媛不愿意把孩子的抚养权交给邓冰,好像抚养权交给了邓冰,就失去了孩子。张媛媛其实很忙,她要备课,上课,带研究生,每天要接送邓小水上学,回到家还要辅导邓小水作业,周末还要送邓小水去上各种辅导班,忙得不可开交。邓小水又调皮,不服管,经常和张媛媛发生冲突。每次冲突张媛媛就给邓冰打电话,大骂邓冰不是东西,不知道是什么基因,生下这么一个调皮捣蛋的家伙。除了给邓冰电话,还有就是做祈祷,张媛媛离婚后有了信仰,心中有"主"了。张媛媛把一个受难耶稣供在家里,整天用红布盖着。耶稣前还供有果品,祈祷时也上香。这种中西合璧的祈祷方式,发生在张媛媛身上让人费解。张媛媛是大学教授,属于知识分子,应该懂得各种信仰的仪式是有区别的。她把耶稣如观音菩萨那样供奉着有点不伦不类。可张媛媛有一套自己的理论:所谓信仰不就是为了给内心寻找一块地方吗?用什么仪式不重要,重要的是这个仪式适合自己,能使内心得到安宁和平静。

  邓小水觉得老妈十分可笑,自从和老爸分开住之后,老妈就开始求助这个钉在十字架上的人。邓小水觉得他自己一直在受苦受难,连自己都保护不了,怎么能保佑别人?于是他决定帮助老妈一下,让老妈得到一些真正的保佑。邓小水挑了一个他认为最有力量的奥特曼玩具,偷偷把那受难耶稣换了。再见老妈祈祷时,他在那里暗暗得意,觉得这下老妈的祈祷肯定管用了,奥特曼可以打败所有的怪兽,也包括老妈心中的怪兽。张媛媛对着主祈祷,没想到主早已离去,耶稣换成了奥特曼。张媛媛整整拜了一周,周日打扫卫生时才发现。发现后,愤怒是可想而知的。邓小水你这个混蛋,张媛媛咆哮着冲向邓小水,一把揪住了邓小水的耳朵,按倒在地,挥舞的巴掌就像乌鸦煽动的翅膀。邓小水尖叫着挣扎,然后在地上打滚撒泼,最后用头猛地撞向张媛媛。张媛媛仰面倒地,邓小水爬起来冲出门去。

应该说邓小水和张媛媛的这次冲突是史无前例的。邓小水居然敢用头撞老妈,然后还离家出走。

邓小水哭着跑到小区门口,在小卖部给老爸打电话,没想到电话是一个女人接的。这个女人不是别人,就是卖保险的白涟漪,邓冰的电话都呼叫转移了。邓小水说我找老爸。女人问,你老爸是谁?邓小水说我老爸是邓冰。女人说你老爸不是东西,他欺负我。邓小水听对方这样说,觉得耳熟,因为老妈和老爸吵架时,老妈也骂老爸不是东西。邓小水有了这个判断,就认定这个女的是老爸的女朋友。邓小水说我老爸欺负你,你还和我老爸在一起干啥?女人说我才没有和他在一起呢。邓小水说你们不在一起怎么能接我老爸的电话?女人不响。白涟漪一时无法向一个孩子解释她为什么接了邓冰的电话。接下来,白涟漪和邓小水进行了长达十几分钟的通话。

26

白涟漪是保险产品推销人,当然能说会道。邓小水挨了打需要找人诉苦。既然老爸正忙,找老爸的女朋友说说知心话也是可以的。况且,老爸的女朋友声音这么好听,比老妈的声音温柔多了。邓小水首先向白涟漪诉说了自己的委屈,说自己完全是好心好意,没想到老妈恩将仇报,还打人,所以我用头撞了老妈,我忍无可忍。邓小水说,我决定不和老妈过了,我要和老爸过。邓小水的故事把白涟漪逗得哈哈大笑,一扫这几天的郁闷心情。她这几天可没少接到邓冰呼叫转移的骚扰电话,很想停机,可是如果停机了,自己的业务马上就会受到影响。于是每一个电话白涟漪都要接。对一个保险产品推销员来说,陌生的电话才是潜在的客户呀。白涟漪说,这几天她才痛切地体会到,人们都骂卖保险的最烦人完全是错误的,房屋中介才是世界上最可恶最烦人的。

接着,白涟漪问邓小水多大了,邓小水回答得很具体,说七岁半了,上二年级。白涟漪觉得这个七岁半的孩子实在是太可爱了,完全是个小大人。白涟漪在电话中替邓小水说话,说这是妈妈的不对。妈妈有妈妈的信仰,邓小水有邓小水的信仰,邓小水更相信奥特曼,这无可厚非。邓小水说老妈实在是愚昧,居然相信一个被钉在十字架上的人能帮她。白涟漪说,就是,那个人只能受苦受难,帮不了别人。这样,邓小水对白涟漪就产生了好感,觉得这个阿姨不错,讲道理,在这个世界上讲道理的大人真不多呀,特别是讲道理的女人更少。邓小水让白涟漪转告老爸,让老爸来接我,我就在大学城别墅区大门口等。白涟漪说你老爸不在,出去办事了。邓小水说,你来接我也可以。

邓小水这个要求让白涟漪倒吸了口凉气。白涟漪心中一个闪念,邓冰固然非常可恶,他的儿子却十分可爱。如果他找不到儿子,他会怎么样,那还不急疯了。这几天白涟漪被邓冰的呼叫转移弄得心力交瘁,就差没去买一个"呼死你"去报复邓冰了,但她也知道了邓冰不是善荏,如果你用"呼死你",人家也用"呼死你",这样一来大家都会"被呼死"。现在好了,邓冰的儿子送上门了,有了这个"把柄",还怕他不乞求姑奶奶饶命,不把呼叫转移取消?白涟漪想到这里不由得心花怒放,当即决定开车去接邓小水。她让邓小水在小区门前等着。

白涟漪开着自己的红色QQ去接邓小水的时候,邓小水正和小卖部守公共电话的老大妈讨价还价。老大妈要邓小水付五块钱,邓小水说四块行不行?老大妈说四块就四块,先欠一块。邓小水说我没钱,让我妈给。老大妈说要是你妈不承认怎么办?邓小水说我给你打欠条,让我妈给。邓小水刚把欠条写完,白涟漪就到了。邓小水没有多说什么,就像老熟人一样毫不犹豫地上了车。邓小水一上车就开始埋怨老爸,说老爸太吝啬了,让自己女朋友开球球,他开宝马。白涟漪笑着说这不叫球球,这叫QQ。关于球球和QQ的问题两个人掰扯了半天。最后两个人达成了共识,邓小水负责说服老爸给白涟漪换新车,也要换一辆宝马。白涟漪很高兴,把QQ开得飞快,好像已经开上了宝马一样。白涟漪没有把邓小水送到邓冰处,她也不知道邓冰住在哪里。她把邓小水拉到了自己的出租屋。邓小水问老爸到哪去了,白涟漪说你老爸出差了,我带你玩。邓小水说这样不好吧,我还是应该找我老爸。白涟漪说如果你实在是想找爸爸,我就带你去。他出差在外地,我们一起去找他。邓小水说,那可不行,我明天还要上课呢。白涟漪说,没事,跟老师请两天假。邓小水高兴地跳了起来,说老爸、老妈已经很久没带我出去玩了。

接下来邓小水让白涟漪联系老爸,自己就很安静地躺在白涟漪的床上看少儿频道的奥特曼动画片了。不久,邓小水就睡着了。

就在邓小水安静地睡在一个姑娘的床上做美梦时,他的爸爸邓冰、妈妈张媛媛已经急疯了。

邓小水哭着跑出门,张媛媛并没有放在心上。邓小水的反抗让张媛媛暗暗心惊,看来,邓小水长大了,不能随便动手了。等她从最初的愤怒中清醒过来,似乎明白了儿子的一片苦心。张媛媛决定出去找找他,带他去吃麦当劳,这是儿子的最爱,然后在麦当劳向儿子道歉。可是,张媛媛却找不到邓小水了。她在小区门口被小卖部的李阿姨叫住了,说你儿子打的欠条,打了五块钱的电话。张媛媛问邓小水给谁打的电话?李阿姨说谁知道,你可以查看电话号码。张媛媛查看了一下电话号码,知道是邓冰的,就顺手把钱给了。张媛媛问邓小水呢?李阿姨说被一个姑娘接走了。张媛媛当即就不爽了,他不来接让女朋友接,险恶用心一目了然,这是让女朋友和邓小水先熟悉,为今后改变身份成为后妈做准备。张媛媛当即拨通了邓冰的电话,这次电话没有呼叫转移。张媛媛说,你接邓小水怎么也不打声招呼?邓冰说我没有接邓小水呀。张媛媛说,我知道你没接,你派一个小妖精接的。邓冰说,这不可能,我不可能让别人接孩子的。张媛媛说你少来这一套,没安好心,是不是又打歪主意了,偷。邓冰说你别瞎说,我的儿子我正大光明地要,干吗要偷,只有你这种人才会去"偷"。

这个"偷"字是很伤人的,张媛媛一下就崩溃了,大声喊道,邓冰你今天不把邓小水送回来,我和你没完,说完就把电话摔了。李阿姨不干了,说张老师,你儿子真的打了五块钱,我一点都没多算。张媛媛又甩了两块钱,头也不回地走了。

不久,邓冰想起张媛媛的电话,觉得不太对劲,就打电话给张媛媛,问邓小水回家没?张媛媛说你少来这一套,马上把邓小水送回来,明天还要上课呢。邓冰说我真没有接邓小水。张媛媛不语。邓冰不断地喂喂地呼叫,张媛媛一直不响。突然,张媛媛"啊"的一声大叫,说出事了,出大事了……邓冰问出啥事了?张媛媛有些说不出话来,断断续续地说邓小水被一个女人领走了,不会是人贩子吧?

什么?邓冰觉得事态严重,挂断电话拿起车钥匙就冲出了门。

在张媛媛小区门前,李阿姨向邓冰讲了事情的经过,还说电话肯定打了五块钱,我一点都没多收。打完电话邓小水就和一个女人走了,那个女人开了一辆红色的车。邓冰问你能记住车牌号吗?李阿姨说我记那个干什么?张媛媛问什么车你知道吗?李阿姨说我不认识什么车,反正是小汽车。她停在路边,我也看不见牌子。张媛媛问邓冰,邓小水给你打电话说了什么?邓冰说我根本没有接到邓小水的电话,我……邓冰想起了自己的电话都呼叫转移给白涟漪了,可他没敢说,而是问张媛媛,邓小水给我打电话有什么事?张媛媛张了张嘴,也没敢说自己打了孩子,表现得相当心虚。邓冰见状突然咆哮着问,到底怎么回事?张媛媛见邓冰发飙了,只有承认打了邓小水,又说他太淘气了,我……

邓冰没有再理会张媛媛,转身离去。张媛媛无助地说你去哪呀,要把儿子找回来呀。邓冰说你把儿子打跑了,要是跑丢了我和你没完。

邓冰在车上给喻言打电话,让喻言赶快来一趟,说出大事了,你干儿子失踪了,可能被那个卖保险的拐走了。喻言听邓冰这样说,知道事态严重,连忙来找邓冰。邓冰在屋里乱转,方寸大乱。为了让邓冰冷静下来,不要太紧张,喻言煞有介事地替邓冰分析了一下情况,觉得事情是可控的。喻言认为白涟漪是卖保险的,不是卖儿童的,从卖保险到卖儿童这种业务转型还是比较困难的。即便白涟漪觉得卖保险太难,还受气,还被人呼叫转移,决心转型变成卖儿童的,但她是个体经营,这就不那么可怕了。拐卖儿童最怕是团伙,个体户还是比较好对付的。邓冰听喻言这样说,瞪了他一眼,说着急抽丫的。

喻言看出了邓冰的愤怒,说你不要瞪着我,你先把呼叫转移取消了。当初就不该和那个叫白涟漪的玩儿,现在出事了吧。邓冰摆摆手说,咱现在不是讨论责任的时候。喻言说,你先取消呼叫转移,然后给白涟漪打电话,探明情况再说下一步。

白涟漪接了电话,喻言让邓冰用免提。白涟漪接到邓冰的电话有些得意,问邓冰,先生你找我有什么事吗?邓冰尽量平静地说,我儿子是不是在你那儿?白涟漪说你儿子呀,是一位叫邓小水的小朋友吗？邓冰说是，你把我儿子弄到你那儿什么意思？白涟漪说，你儿子很聪明，要是把他卖了，可以卖个好价钱。邓冰讨好地说你的业务是卖保险的又不是拐卖儿童的，卖儿童不是好玩的。白涟漪说卖保险的怎么了，卖保险的就不是人？卖保险的你就可以随便欺负随便骂？卖保险的就不能兼职卖一回人呀，卖人来钱多快呀。邓冰有些急了，我劝你别卖人，那是犯法的。根据中华人民共和国刑法第二百四十条，拐卖妇女儿童的，处五年以上十年以下有期徒刑，并处罚金。你卖儿童是要坐牢的。

白涟漪一下就火了，说，我知道你是律师，很懂法是吧？那好，你去报警吧！如果是那样我让你一辈子见不到儿子。邓冰愣住了，不语。白涟漪问怎么不吭声了，你不是牛逼吗？你不是懂法吗？说着把电话挂了。

喻言说你怎么能这样和她说话呢，你把她惹火了，邓小水真会有危险的。邓冰恨恨地说，她要把邓小水卖了，我让她坐一辈子牢。喻言说，你还是律师呢，怎么遇到事就这样不冷静。就算她坐了一辈子牢，被枪毙了，可是邓小水却没了。现在是救人要紧，她不是说邓小水能卖个好价钱吗？咱给她一倍的价钱，是不是，咱把邓小水买回来。

邓冰望望喻言说，还是你高。这样一来，她就不是拐卖妇女儿童罪了，她就成绑架罪了。根据中华人民共和国刑法第二百三十九条规定，以勒索财物为目的绑架他人的，或者绑架他人作为人质的，处十年以上有期徒刑或者无期徒刑，并处罚金或者没收财产；拐卖儿童罪、绑架罪，要数罪并罚，真够她坐一辈子的牢了。

喻言皱了下眉头说，我看你有律师职业病了。你别想着怎去惩罚人家,你应该想着怎么救人,惩罚她是下一步的事。邓冰又给白涟漪打电话,可是白涟漪就是不接。邓冰拿着手机无助地望着喻言,怎么办,怎么办,现在怎么办?喻言说她不接电话,给她发短信。就说一切好商量,过去都是我的错,孩子是无辜的,只要你把孩子放了,什么条件都可以答应。白涟漪回短信了,说邓小水真可爱,批评爸爸不像话,只会自己开宝马让女朋友开QQ,还让爸爸给阿姨买宝马呢。邓冰看看短信说,她要宝马。喻言说她要天马都行,只要把邓小水放了。喻言看看短信,说白涟漪什么时候成你女朋友了,你他妈的肯定是把人家办了,答应的事情没兑现,人家才把邓小水接走扣留当人质了。我在这不是瞎着急嘛,原来你和白涟漪是人民内部矛盾。

邓冰说这哪跟哪呀,我和那个卖保险的连面都没有见着。邓小水给我打电话,我在看电视没听到,结果呼叫转移了,是她接的,邓小水就以为是我的女朋友了。喻言说也是呀,有哪个女人能接老爸的电话呢,只能是老爸的女朋友。看来邓小水渴望有一个后妈呀,否则不会去她那儿,这样看来邓小水没有什么危险,他只不过是替你去相亲了。邓冰说瞎扯淡,别瞎起哄好不好。我让你来是为我处理正事的,不是让你来捣乱的。喻言把邓冰的手机抢了过来,说你也太磨叽了。喻言开始给白涟漪发短信。

喻言:咱一家人不说两家话,这事过后我就把宝马过户到你名下,再买一辆奔驰,这样咱家宝马、奔驰就全了。

白涟漪:谁要你的旧车,要买就买新的。

喻言:好的,给你买新奔驰,老公我开旧宝马。

白涟漪:扯淡!你是谁老公,不要脸。

喻言:对,对,是我邓冰不要脸,儿子什么时候给我送回来呀?
白涟漪:想见儿子没门儿。
然后,白涟漪的手机就关机了。

27

喻言把手机扔到沙发上,说这个女人不好对付,软硬不吃。邓冰说干脆报警吧。喻言说你现在报警,警方一时半会儿也找不到她。一辆不知道什么牌照的车,让警方怎么排查?到天亮也找不出来。邓冰猛然拍了一下头说,刚才通话时她说开的是QQ,只要警方排查本市所有的QQ车,就能找到白涟漪,叫白涟漪的不会太多吧?喻言说要是白涟漪是外地人呢,她来本市打工,租房,你一时半会儿到哪找她?还有,要是这个车牌也是外地的呢……就算有几个白涟漪,查出几个地址,也只是身份证地址,再确定某一个白涟漪现在居住在什么地方,这需要多少时间?所以,与其舍近求远,不如我们抓住手里的线索。白涟漪现在至少不会对邓小水下毒手。邓小水今天晚上还是安全的。邓冰显得很无奈,说今天晚上邓小水肯定是找不到了。喻言说我们现在只有等待,也许白涟漪的手机没电了,一个小时后再打电话。

邓冰和喻言坐在沙发上看电视,死等。这期间张媛媛还来了电话,邓冰见是张媛媛的不敢接。喻言说要把张媛媛稳住,省得她一急又节外生枝。就说邓小水已经找到了,让她自己没事洗洗睡,或者找赖武约会。邓冰瞪着喻言,喻言有些不好意思,打了一下自己的嘴巴,说对不起我说漏嘴了,一不小心触动了你的旧伤。喻言闭嘴后靠在沙发上再也没说话。邓冰拿着遥控看电视,一个台接一个台地换。喻言也懒得和邓冰抢遥控,靠在那儿睡着了。邓冰望望喻言,冷笑了一下,自言自语地说,妈的,干爹和亲爹就是不一样,他还能睡着。没想到喻言却嘟嘟囔囔地说,我睡了么?我这是在思考如何救我干儿子。邓冰不好意思,说你没睡呀。

不久,邓冰就被某一个台的法制节目吸引了。这个节目播报了一个案例,说福建的两个人贩子将一名4岁的男孩拐走后,带着男孩四处寻找买主。整整6天的时间里,步行近400公里。在旷野中小男孩走不动了,人贩子就打,就这样边走边打,孩子都奄奄一息了。最后,小男孩实在是走不动了,人贩子拳脚相加,后来小男孩活活累死了。

邓冰看着节目老泪纵横,他把喻言打醒了,让喻言看电视。喻言了解情节后,说,这些人贩子太可恶了,枪毙十回也不解气。邓冰说邓小水会不会挨打,会不会也在野地里走。喻言提醒邓冰再给白涟漪打个电话试试,看她开机没有。邓冰急忙给白涟漪打电话,没想到白涟漪的电话真的通了。白涟漪说,邓先生大半夜的还不睡呀。邓冰说我怎么能睡着,你把儿子还给我,我就能睡着了。白涟漪说我把儿子还给你,我就睡不着了。邓冰说我求你了,你什么条件我都答应,只要你把儿子还给我。白涟漪说没想到大律师也会求人了,你不报警抓我了?邓冰说我从来就没想报警,多大点儿事呀?我相信你是好人,心地善良,不会伤害一个孩子的。白涟漪说,行了,你就别给我灌迷魂汤了,我是不吃这一套的。这世道,人心不古,江湖险恶,一不留神就会中招。邓冰附和着,就是,就是。白涟漪说你不是要孩子嘛,那你就来接吧。邓冰欣喜若狂,问到哪接呀?白涟漪说你到我家来接吧。邓冰问你家在哪呀?白涟漪不语,显得很犹豫。邓冰说你要是怕我带警察抓你,就换个地方,我不想知道你家的地址。白涟漪冷笑了一下,说你还是想带警察来抓我是吧?邓冰连忙说我不是这个意思,不是这意思。白涟漪说你带警察来抓我吧,我把地点告诉你。

你误会了,误会了。邓冰问,你在哪呀?

白涟漪答,在青松岗墓园。

什么?邓冰愣了,说你开什么玩笑,深更半夜的你带我儿子跑到老坟地干什么?你会把孩子吓坏的。邓冰眼前出现了恐怖的画面,邓小水没有累死,却被吓死了。

白涟漪在电话中冷笑,说你接不接呀,你来吗?

邓冰说我接,我当然接,别说老坟地,就是上刀山下火海我也去接。只是,青松岗墓园那么大,我到哪个方位和你碰面呀?

白涟漪说,我家住在青松岗墓园西北角。我家的房子是新修的,一座新坟,门前立有墓碑,刻着白涟漪的名字。全称是"初恋女友白涟漪之墓"几个大字,没有落款。在墓碑后还刻有一首写得很感人的抒情诗。你就到白涟漪的墓碑前接孩子吧。

邓冰听白涟漪这样说,不由得浑身起了层鸡皮疙瘩。邓冰颤声问,你是人是鬼?

白涟漪笑笑,声音阴森森地,说我是人也是鬼,人鬼情未了呀,嘿嘿。

邓冰吓得把手机一下就扔了,手在空中不断地甩动,好像有什么不洁的东西沾在手上了。喻言捡起手机,说世界上还有这种事,真有鬼了,我就不信。邓冰说,这事也太邪门了,那白涟漪的坟我前不久才修好的,难道真是修坟引来了鬼?

扯淡,我就不信。喻言说,咱去看个究竟,不怕她装神弄鬼。

邓冰有些犹豫。

喻言说你难道不想救邓小水了?

邓冰一听要救儿子,心中又起了一股豪气。邓冰说走,怕个球,为了儿子,见鬼捉鬼,见神打神,他妈的。

于是,邓冰开车带着喻言去青松岗墓园。

邓冰开着宝马在郊外的旷野中奔驰,雄赳赳气昂昂的。为了壮胆,邓冰把音响开得很大,听的是贝多芬的交响曲。乡间公路没有路灯,漆黑一片,有些雾霾,射出去的车灯刺破雾霾,就像两把长剑,显得十分自信。邓冰开车的表情有些癫狂,就像中邪了一样。喻言提醒邓冰慢点儿。邓冰说慢个锤子,又没有摄像头。话音未落,突然,在漆黑的路面上出现了一辆马车。由于马车没有后灯,又加上有雾霾,在宝马车灯的视距外根本看不到,发现时,刹车已经来不及了,宝马直接撞在马车上。那马车被撞,马受惊,不但没有停下来,反而向前一路狂奔。

邓冰下车看看车头,右车灯撞瞎了。邓冰说我追尾了,我的全部责任。喻言说什么责任不责任的,你没看到马车逃逸了吗?说不定是一个违法乱纪的马车呢。邓冰说难道是盗墓贼。喻言笑邓冰是无聊小说看多了,让邓冰追上去看看。邓冰加大油门去追那马车,由于撞坏了右大灯,宝马车在漆黑的路上就没有刚才自信了,成了独眼龙。邓冰开着车没多久就追上了马车,那马车停在了路边,马车上空空如也,马却站在那里喘息。邓冰骂了一句,说一辆空马车在公路上乱跑,这不是害人嘛,把我车灯也撞坏了。喻言说走吧,肯定是农民的马车,套了车,马没拴,马跑了,失去赶车人的马车在公路上只能自由驰骋了。

邓冰觉得后背发凉,这半夜三更的,一辆空马车。这时,邓冰的手机响了,是白涟漪的。白涟漪问邓冰到哪了,邓冰说在路上,快到了。白涟漪说咋这么慢呀,不是开宝马吗?邓冰说路上撞了一辆马车。白涟漪就嘿嘿笑,说好玩,宝马撞骏马,谁怕谁呀,然后就挂了电话。邓冰扔掉电话,继续向青松岗墓园开,速度就不敢再快了。车开进墓园的沙石路上,卷起的尘灰在夜晚显得相当孤独。邓冰将车开到了白涟漪的墓碑前,在车灯的照耀下,墓碑上白涟漪三个字格外刺眼。喻言说这就是你前不久为她立的墓碑。邓冰点点头,说算是还个愿吧。

两个人没敢下车。邓冰没有熄火,也不拉手刹,做随时逃跑的准备。两个人睁大眼睛四处张望,整个墓园漆黑一片,什么都看不见。喻言和邓冰都是在城市长大的孩子,从来没有见过这么黑的夜晚。小学课本上形容夜晚的黑是伸手不见五指,邓冰还试验过,无论再黑的夜晚伸出的手都能看到。邓冰还跟同学说课本上瞎写,扯淡,哪有那么黑的夜。这回邓冰算是见识了什么叫伸手不见五指了。在这么漆黑的夜晚,要是远处真出现一盏灯,那就更吓人了。两个人都不敢向四处看了,只看车灯照射的前方。眼前的墓地在车灯下鬼鬼祟祟的,没有人影,只有在夜色中泛起的旋风,就像小鬼在黑夜里散步。这座昔日的墓地至今也没有守墓人,墓地里没有绿化也没有鲜花,野草纵横,一切都是自然状态,像穷鬼的家园。有钱人是不在这里安葬的。房地产公司专门为有钱人开发了高档陵园,要十几万,也可以贷款。死人住,需要活人月供。

邓冰给白涟漪打电话,说我们到了,你在哪呀?白涟漪笑笑说,我在睡觉呢。邓冰问你在哪睡觉呀?白涟漪回答我在你脚下地里睡觉呀,你下来吧。邓冰说你开什么玩笑,你在地下睡觉,我怎么能下去,天各一方呀。白涟漪说你知道天各一方,还去墓地干什么?邓冰说我接我儿子呀。白涟漪说,你儿子正陪我睡呢。

什么?邓冰有些抓狂。邓冰喊,你她妈的把我儿子埋了,我操。白涟漪说一个大律师,真没口德,动不动就爆粗口,好了,不和你玩儿了。我要搂着你儿子睡了,明天你儿子还要上课呢。邓冰喊,你说什么呀,你这个疯子,你把我儿子怎么样了,你……无论邓冰怎么喊叫,白涟漪再也没有了动静,早把电话挂了。当邓冰再拨白涟漪的电话时,白涟漪的手机又关机了。

邓冰彻底崩溃了,猛地一踩油门,向白涟漪的墓碑撞去。只听轰地一响,眼前一黑,车撞在墓碑上。那墓碑是邓冰亲自立的,是上好的大理石,这一撞之下,墓碑居然岿然不动,邓冰的另外一个车灯却撞瞎了。邓冰咆哮着按动了汽车喇叭,加着油门喊,我撞死你,我撞死你……

汽车呼啸着和墓碑顶牛,墓碑却岿然不动。喻言连忙拉住了手刹,说邓冰你干什么,你疯了,冷静一点,冷静一点。这时,车载调频收音机却意外地被邓冰触动了,一个童声合唱团在歌唱:

> 每天晚上当我在小床上祈祷
> 想着那个从天上往下看的人
> 我们在地上生活中所有的痛苦
> 每一滴落下的眼泪都会升到天上

你告诉我一个小男孩永远不可以做的事情
怎么可能指望一个这么小的孩子
我想只要有爱就可以做很多事情
比如安慰一点耶稣

邓冰听到这稚气的童声歌唱，立刻连一点声音也没有了，仿佛只要发出了声音就会把这天籁之声抹去了，就会把那歌唱的小天使吓跑。

加油耶稣，你不要担心
如果从天上看这个世界不美好
有了你的爱就可以梦想
就可以拥有一点天堂
——在这下面
可以拥有一点天堂
——即使在这下面
可以拥有一点天堂

当我在做晨祷
为妹妹和爸爸祈祷
为在旁边一直支持我的妈妈祈祷
她朝我微笑　她给我巨大的幸福
然后我想所有那些孩子
他们不像我一样幸福

没有受到关爱　艰难地成长
所有这一切对耶稣来说都非常痛苦

加油耶稣　你不要担心
如果从天上看这个世界不美好
有了你的爱就可以梦想
就可以在这下面拥有一点天堂
很重要　一个小男孩的祈祷
很重要　因为在他的心里有美好
这份美好给主一个微笑
这份美好可以拯救世界

加油耶稣　你不要担心
如果从天上看这个世界不美好
有了你的爱就可以梦想
可以拥有一点天堂——在这下面
可以拥有一点天堂——即使在这下面

两个人就这样在黑暗中听完了,喻言说真是百听不厌。Forza Gesu《加油耶稣》,DeaKids音乐会,2010年意大利Antoniano(安东尼亚诺)小合唱团。邓冰问你什么时候听到的这首歌?喻言说我早就听过了,你难道没有听到过。邓冰回答,没有,这是我第一次听。喻言说,我有碟,回去借你听听。邓冰说,我是无神论者,不信上帝,也不信鬼神,可是这歌声可以驱魔,可以辟邪。

桃天

TAO YAO

喻言说,走吧,邓小水肯定不在这里,我们被白涟漪放了鸽子。邓冰说哪来的鸽子,我们分明被白涟漪下了套,两个老狐狸被一个小丫头套住了。她肯定在家搂着我儿子睡觉,却把老子引到老坟地里发疯。喻言说你有这样的认识说明你脑子还算正常,没有中邪。邓冰说这个不要脸的东西,不要弄脏了我儿子的身子。喻言说,看你说的,这说明你心中还有邪念。

28

邓冰发动了车子,可是却没有了车灯。邓冰在白涟漪墓地前调了个头,然后沿着来时的沙土路往回走。邓冰说,这下好了,只有摸黑开了。喻言说能开就不错了,要是一般的车子,经你这一撞,肯定发动不了,我们只有在这坟地里过夜了。

由于没有车灯,车开得很慢,邓冰瞪大眼睛仔细地辨认着前方的道路,可是什么也看不清楚,前方只是一片漆黑。喻言鼓励邓冰说,出了坟地上了公路就好了,我们至少还有后灯,不会被追尾,进市区就有路灯了。邓冰说关键是现在我们怎么开出坟地,完全看不到路。喻言说慢慢开,这坟地四周平坦,没有断崖,最多撞上谁的墓碑。你连白涟漪的墓碑都撞了还怕撞别人的,不怕。邓冰就向前开,可是开了好一阵也看不到任何亮光,这说明离人间还远着呢。

邓冰把车停下了,说实在是看不清楚,这车没法开。这时,两个人突然听到车后有动静,就像长长的叹息,两个人的汗毛一下就竖了起来。邓冰骂,他妈的,什么声音?邓冰的声音洪亮且含着惊恐,完全是为自己壮胆。喻言向车后张望,却什么也看不到。邓冰连忙向前开,车后的动静也跟着移动,踢踢踏踏像是马蹄声脆。邓冰慢,那声音就慢,邓冰快,那声音就快,无法甩脱。邓冰一个急刹车停下了,那声音也兀然停了下来,没有任何犹豫。邓冰说,我们不能走了,这是鬼撑路,再走就见阎王了,出了墓地可都是悬崖。喻言说那就停下,等天亮,我们不要出车门,不管是人是鬼天一亮就真相大白了。

邓冰和喻言在车里,车后的叹息声一阵紧一阵松,期间还伴随着踏步踩脚的声音,好像催促着邓冰向前走。邓冰和喻言坐在车上连大气都不敢出,等待天亮。

不久,天就亮了,前方渐渐显出了车辙。坟地里的车辙很乱,通向每一个墓碑前,都是活人来祭奠时留下的旧迹。最新的车辙都是邓冰留下的,漫无目标,紊乱、缠绕、犹豫不定,基本上是在方圆上千平方米的地方打转。喻言说你开了一夜完全是在压麦场,怎么开也出不了坟地。喻言再向后看,愣了,一辆马车停在邓冰的车后。喻言说,我操,真是遇到鬼了,那辆迷路的马车跟了我们一夜。邓冰问什么马车,喻言说就是你撞的那辆马车呀。

天越来越亮了,邓冰才敢向后张望,果然是那辆马车。邓冰说这一夜都是这破马车在捣乱。邓冰已经能看清前方的路了,邓冰说,我让你跟,不信甩不掉你。邓冰猛地一踩油门,汽车呼啸着向前奔去。喻言向车后张望,发现那马车也跟着汽车狂奔,紧追不舍。由于墓园里的路况实在太差,汽车根本无法甩掉马车。

一辆小汽车后紧跟着一辆无人的空马车,它们在晨曦中,在墓地里追逐,就像来至另外一个世界。如果这时被一位迷信的农民发现,他一定会说自己遇到了真正的鬼。只是,当汽车上了公路,一切都不一样了,宝马飞也似的向前奔驰,骏马虽然也撒开四蹄追赶,可是当然是无法追上的。喻言向后张望,没有几分钟,骏马连个影子都没有了。喻言说这马我看是疯了,干吗要追我们。邓冰显得很有成就感,说,就算是一辆撞坏的宝马,也能跑过一辆骏马,哪怕它是千里马。

此时,白涟漪开着自己的QQ正送邓小水回家。白涟漪将邓小水送到张媛媛的小区门前。临走时,白涟漪把邓小水喊住了,让邓小水的小嘴亲一下阿姨。邓小水就在白涟漪的脸上亲了一下,然后含羞跑远了。两个人的告别是那样亲密,就像真正的母子。

邓冰进了市区没有回宿舍,直接到城关派出所报了案。邓冰去报案喻言没有提出异议,白涟漪让两个人在坟地里转了一夜,邓小水却不知道身在何处,不报案实在不行了。可是,作为律师的邓冰,以什么罪状报案却让他颇费思量,是以绑架罪还是以拐卖妇女儿童罪呢?喻言对邓冰的踌躇很不满,认为怎么立案是警察的事,怎么定罪是法院的事,你邓冰只管报案就是了。可是,邓冰不这样看,以什么罪报案直接影响到警察对案子的重视程度,影响到法院今后的判决。

邓冰决定以绑架罪报案。报案之前他先给警察了一个名片,把自己的身份亮了出来,言外之意是说,我是律师,我是懂法的,你可不能像打发老百姓那样打发我,任何不认真不作为的行为都将被投诉。并且,邓冰还问了做笔录警察的姓名,这引起了警察的不悦,只是指了指桌子上的标牌。邓冰见上面写着:张力为。警察张力为拿着邓冰的名片看了看,轻慢地扔到了桌子上,算是表达了自己的情绪。邓冰就说,张警官,我的儿子被绑架了。张警官一听绑架案是大案,不敢怠慢,迅速拿起了笔和纸,开始做笔录。

邓冰的故事很复杂,总不能从呼叫转移说起吧。为了让张警官明白,邓冰把案情说得尽量简单明确,只把儿子邓小水被骗走的事实告诉了警察。最后邓冰说,根据刑法第二百三十九条的规定,有下列情形之一的,应当立案:(1)以勒索财物为目的绑架他人的;(2)绑架他人作为人质的;(3)以勒索财物为目的偷盗婴幼儿的。绑架罪是行为犯罪,行为人只要实施了上述三种情形之一的行为,就应当立案侦查。我儿子被绑架应该属于第一种情形,应该立案。

张警官问邓冰,对方要了多少钱?邓冰回答,对方要一辆宝马,就算是我开的那辆5系的宝马,价值也在50万以上。警察问,对方是通过什么渠道索要财物的?邓冰把手机递给了警察,说是通过手机短信。警察开始看短信,准备誊抄在笔录上。警察看着看着皱起了眉头,问这是你的手机吗?邓冰肯定地回答当然是,不是我的是谁的。警察问这是你和对方的往来短信吗?邓冰说是呀。警察就把手机扔给了邓冰。说你这是什么呀,让我白忙活了一场。你这分明是和老婆扯皮怄气,报什么案呀。你一个律师是懂法的,不要因为你自己的私事动用公共资源。我们的警力本来就不够,忙得要死,哪有时间管你家里的私事。邓冰听警察这样说,愣了,去看手机短信。

咱一家人不说两家话,这事过后我就把宝马过户到你名下,再买一辆奔驰,这样咱家宝马、奔驰就全了。

谁要你的旧车,要买就买新的。

好的,给你买新奔驰,老公我开旧宝马。

扯淡!你是谁老公,不要脸。

是,是,我邓冰不要脸,儿子什么时候给我送回来呀?

想见儿子没门儿……

邓冰看完短信气不打一处出,喻言这傻逼,哪有这样和白涟漪谈判的。邓冰连忙向警察解释,说这短信不是我发的,是孩子的干爹发的,当时是为了稳住犯罪嫌疑人。你如果不信,我把孩子他干爹叫来,他和我一夜没睡,我们开着车去墓地交换孩子,可是犯罪嫌疑人骗了我们,放了我们的鸽子,害得我们在墓地转悠了一夜。孩子他干爹困了,在车上睡呢。

警察说,通过这短信说明,你这是家庭内部矛盾。你难道告你老婆绑架自己的孩子?邓冰说她不是我老婆,我们根本就没有见过。再说,我和老婆也离婚了。警察说,这我就明白了,你和老婆离婚了,前妻不让你探望孩子,你就告前妻绑架。你是一个律师应该明白,这是民事纠纷。邓冰说孩子不是前妻绑架的,孩子他亲妈还在家里着急呢。孩子是另外一个女人绑架的。警察看看邓冰,说孩子是小三绑架的?邓冰连忙摇头,说不是,不是,拿起电话就打给了张媛媛。邓冰对警察说,我打电话给孩子他妈,让她给你说明事情的经过,我用免提。

邓冰拨通了张媛媛的电话,开口就让张媛媛跟警察说明邓小水被绑架的经过。不料张媛媛居然在电话里说,邓小水什么时候被绑架了?邓冰有些气急败坏了,说不是你告诉我邓小水被拐走了吗?张媛媛说,邓冰你什么意思,神经病,邓小水不是你大清早送回来的吗?我已经把他送学校了,你去报什么案呀,纯属脑残,有病。邓冰说,你才有病呢,我在坟地里转了一夜,你在家倒是很舒服。张媛媛说,你在坟地里瞎转悠什么?你真应该去看心理医生了……两个人在电话中吵了起来。

　　张警官望着邓冰,态度就变了,变得和蔼可亲起来。张警官说,没关系,没关系,你找孩子累了,回去休息休息。张警官起身把邓冰往外让,说你回去先休息吧,报案的事不急。邓冰急了,说我儿子被绑架了,怎么不急呢。张警官说,好的,好的,你回去先休息一下,你儿子正在上课,好好的,没有谁绑架他,放了学他就去见你了。邓冰不依不饶,说即便是找到了,即便不是绑架,这拐骗的事实也是存在的。根据刑法第二百六十二条规定:拐骗不满十四周岁的未成年人,脱离家庭或者监护人的,处五年以下有期徒刑或者拘役,是拐骗儿童罪。

　　邓冰和张警官在派出所门前争论,正路过的一个警官站住了,问怎么回事?张警官见是同事,就十分神秘地眨眨眼,说没事,没事,然后附在他耳边说,一个精神病患者。那警官一听,不由大声骂了一句,我靠,神经病怎么跑到我们派出所了,送医院,送医院呀,他的家人呢?那警官声音洪亮,邓冰听到了就瞪着眼睛喊,你才是神经病呢,你什么态度呀。那警官还说,这个神经病有暴力倾向,你小心点。说着就跑进派出所拿出了电警棍,说对付精神病没别的办法,要首先让他安静下来,在精神病院治疗也需要电击,这电警棍杵到身上,一样能达到电击的效果。邓冰见警官拿着电警棍对着自己来了,连忙向一边躲。警棍的头上放着电,嗤嗤地响着就像一条吐出毒信的蛇。邓冰一边躲一边喊,警察打人了,警察打人了!喊着向自己的车跑去。手持电警棍的警官嘿嘿笑了,对张警官说,你看,神经病都怕电击,跑了吧,跑了吧。见邓冰跑了,他们也不追,说对付这样的只能用电棍,咱们可没时间接待他们,忙着呢,耗不起。

邓冰气急败坏地上了车,"嘭"的一声关上车门。喻言闭着眼睛问,案报了?邓冰突然冒出一句民国国骂,娘希屁,他们不但不立案,还要用电警棍打我。喻言吃了一惊,说哪有这样的人民警察,找他去。邓冰说还不是怪你,你给白涟漪发的啥短信,人家把绑匪当成孩子他妈了。喻言说,他们真笨,这不是为了稳住白涟漪嘛。警察的判断力真差,怎么可能是孩子他妈呢,最多也就是个小三嘛。邓冰骂,操你大爷,都是被你弄乱的。邓冰骂着"呼"地一下把车开出多远,让喻言撞了一下头。

喻言问邓冰,咱就这样走了,不报案了,邓小水怎么办?邓冰说,邓小水上课去了,报个球案。喻言一听邓小水找到了,把身体往后一靠说,送我回家,我困了。说着头一歪,睡了。

邓冰把车径直开到喻言家,也没有回去,倒在喻言家的沙发上就睡着了。

29

事情过后,邓冰一气之下把张媛媛告上了法庭。邓冰拿出了张媛媛不适合做监护人的证据,那就是打骂虐待未成年人,致使孩子离家出走,险遭人贩子拐卖。张媛媛反驳说,一个做父亲的把孩子偷偷接走,谎称被拐走,孩子送回来了,又去报案,这一切行为难道是正常人所为?这样不靠谱的爸爸,我能把孩子给他抚养吗?张媛媛还说邓冰精神有问题,和一个死去了30年的初恋女友打电话诉说衷肠。法官很好奇,说30年前的死人还能和你通话,什么情况?邓冰很郁闷,解释不清楚,又不能说和一个同名同姓的卖保险的较劲,更不能说呼叫转移的事,否则邓小水离家出走的责任就要自己承担。邓冰只有对法官说,别说离去了30年,就是和古人对话也是正常的。你上过坟吗,在墓碑旁和死去的人对话,那是一种心灵的对话,这是一种仪式,是一种宗教。没文化。邓冰的本意是说张媛媛没文化,这是他和张媛媛吵架常用的武器。张媛媛是教授,很在乎这点,可是邓冰在法庭上这样说,所指不明确,容易让法官误会。所以,法官咳嗽了一下,显得有些尴尬。邓冰的解释当然得不到法官的认可,法官很严谨,认为在墓碑前与亲人对话和打电话给死去的人通话完全是两码事。

法官进行了调解,却调解无效,邓冰和张媛媛都不接受调解。

这样，只有择日宣判了。

要回儿子的抚养权进展不顺利，邓冰去找喻言商量。邓冰看到电脑上喻言和吴亦静的合影，很感慨，说还是你动作快，我该怎么办？我们这个年龄段的男人确实应该在感情上尽快找到归宿，否则老了就有问题。人老了必须有老伴，而老伴需要亲情来维系，要培养出亲情没有二十年以上的婚姻是不行的。喻言笑邓冰想得实在是太远了，什么亲情不亲情的，我们现在需要一个美女过正常的性生活，也就是说我们需要的是爱情。爱情是什么？有人说爱情就是审美和性，这很精辟。我以为还要互相懂得，相互欣赏，互相滋润。邓冰说，维系男女之间的关系年轻时靠性靠爱情，老时就靠亲情了。喻言说，抓住每一个现在就是抓住永远，我从来不把人生分成阶段。你可以在网上试试。邓冰不屑道，我对网上的没有信心。我还是喜欢在现实中寻觅。如果找不到，我就独自终老一生。我要邓小水的抚养权就是为找不到爱情做准备的，大不了和儿子过一辈子。

喻言问起要回抚养权的进展，邓冰摇头，说还没有宣判，也没有必胜的把握。张媛媛太厉害了，连我给白涟漪打电话都知道，这说明我身边有张媛媛的间谍。喻言说你在同学会上给白涟漪打电话，张媛媛不可能不知道。邓冰说别以为我不知道是谁，高红萍的女儿正读张媛媛的研究生，肯定是女儿听老妈说的，又报告给了自己导师。

张媛媛居然在法庭上说我是神经病，给一个死人打电话，弄得法官对我都另眼相看了。喻言说，那你就把事情的经过说出来呀。那不是死人，那是个卖保险的，我可以给你证明。邓冰说我要是这样解释，估计法官就真相信我是神经病了，莫名其妙地和一个卖保险的较劲不是神经病是什么？喻言乐了，说你有这样的认识，就说明还不是神经病。邓冰叹气，有些话说不明白。

喻言说你这都是闲的，给你找点事干就好了。你最近反正也没事，去参加我们杂志社的招聘会吧。邓冰问参加招聘会对我有什么好处？喻言说，你傻呀，在招聘会上有多少美女呀！如果有你看上的，我就把她招聘了，是不是……邓冰一拍脑门，说还是师兄想得周到呀。喻言说我让杂志社聘你为法律顾问，招聘的时候你就随我去，这样就冠冕堂皇了。邓冰问你们杂志社难道没有法律顾问？喻言回答怎么可能没有，那是前任社长的关系；前任退休了，我们当然可以换。邓冰听喻言这样说话显得有些牛逼，就问喻言是不是当官了。喻言说我才不干呢，上面找我谈话让我当社长，我就推荐了过去的小兄弟。邓冰笑着说，我知道你是怎么想的，不当社长就没有责任，轻松。社长又是你曾经的手下，你就可以垂帘听政。你他妈的是最狡猾的。喻言笑笑说，什么都瞒不过你。我们杂志社聘你为法律顾问，你那法律顾问费可要比前任减半，这样我在社委会上一句话就行了。邓冰说你那点小钱我根本就看不上，就当我们的酒钱吧。

邓冰知道喻言不是一个自私自利的人，但也不是一个毫不利己、专门利人的家伙，他去搞招聘肯定还有其他目的。

喻言好像看出了邓冰的疑问，说我去给杂志社招聘，也是无奈。现在你的小嫂子像疯狗似的四处递简历找工作，我看十有八九都没戏。她年轻漂亮，比较招人，这样误打误撞的我怕被哪个王八蛋骗了。现在找工作太难了，即便献了身没有关系也很难成功。我负责杂志社的招聘,到时候可以和其他单位搞勾兑,互通有无,这样也就把你小嫂子的问题解决了。邓冰看看喻言说,看来你这次是认真的,都逼我喊小嫂子了。喻言说,当然是认真的。

喻言主动提出要去为杂志社招聘人才,的确让人意外。平常你要派给他这种活儿,喻言肯定眼一瞪,不但不去,说不定还骂娘。喻言是杂志社的一霸,虽然只是一个不管事的副总编,可是现社长兼总编却是喻言当年手下的记者,也是喻言一手推上去的。这样,喻言在杂志社说话就很管用了。

喻言决定负责杂志社的招聘确实是为了帮吴亦静找工作。吴亦静想去歌舞团,喻言把杂志社和歌舞团的名额来个互相调剂,吴亦静的工作也就有门了。当然,这只是喻言的一种设想,能不能成功还要看情况。不过,吴亦静知道了喻言的用意后却很感动,说,等把工作搞定了咱们就领证结婚。

喻言听吴亦静这样说心里很受用,说你真的决定托付终身了,不担心我老得不中用了?吴亦静说担心呀,肯定担心,所以要赶快结婚要孩子,省得到时候你真老得不中用了,让我断子绝孙。吴亦静这个90后说话就是这样,用的都是狠词,单刀直入。这种说话风格让喻言吃不消也让他欲罢不能。喻言把吴亦静按倒在床上,说现在就播种。吴亦静喊着强奸了,强奸了,嘴里喊着身上也不反抗,反而配合着喻言。

这一次吴亦静达到了高潮,满脸潮红,晕头转向。让吴亦静没想到的是,喻言还没有结束的意思。吴亦静不行了,求饶。喻言这才停止运动,趴在吴亦静身上气咻咻地说,你真以为我不行了,我没这金刚钻哪敢揽瓷器活,不给你点儿厉害不知道马王爷长三只眼睛。吴亦静说,你是不是吃了伟哥?喻言说我才不吃那玩意呢,那是找死。吴亦静说,你要是吃伟哥,我就不要你了,现在靠伟哥,将来就完了。喻言说放心吧,哥本来就是伟大的哥,到了八十岁还能把你的肚子搞大。吴亦静就摸着喻言光秃秃的前额不说话,用拇指在喻言头顶上划问号。喻言说这和头发没有关系。吴亦静说,明天去参加招聘会还是戴顶帽子吧,我和同学要去你招聘点的。喻言说你不就和胡丽去嘛。吴亦静说其他同学也有可能去,你显得年轻,我脸上有光呀。喻言说你明天只管去市歌舞团递简历,按照程序走,到时候我自有安排。

第二天,喻言和邓冰都去了招聘会现场。在树荫处的太阳伞下,喻言穿了一身白色休闲装,果然戴了顶新的棒球帽,显得年轻了许多。喻言仰在躺椅上,旁边的小桌上放着各式冷饮。邓冰坐在喻言身边望着像农贸市场一样的招聘会现场,有些百感交集。

招聘会现场人头攒动,到处都是巨大横幅和标语,它们悬挂半空,上书"××单位欢迎你参加人才招聘会"之类。在每一个招聘点都会有大学生排队,地上到处散落着招聘须知和大学生的简历。众多应聘的大学生抱着简历在人群中挤来挤去,神情焦灼,忧心忡忡。

在杂志社的招聘展台,工作人员正收同学们的简历。邓冰看着人群说,怎么这么多人没饭吃呀,这和我们当年毕业完全不一样。喻言说你就睁大眼睛吧,看能给谁一碗饭吃,你现在就是救世主。邓冰说我才不是呢,喻总你是,杂志社就一个编制,却要招聘5个,这是为什么?喻言说,那一个编制就是一个胡萝卜,一群驴子有了这个胡萝卜就好带了,最终把编制给谁呢,大家努力吧。我们杂志社缺年轻记者,反正年轻人能跑,用几年再说。邓冰说你们杂志社真黑。喻言说大家都是这样,虽然上不了编,得到了锻炼也是好的,有了工作经历将来再找工作也就不难了。再说,聘任制的待遇也不差呀,五险一金都有,跳槽时可以随着自己走。

吴亦静和胡丽在各招聘点前飞快地发放着自己的简历,两个人来到市歌舞团招聘处时,已有三排长队了。

两个人在稍微短的一个队列后面站好。就听见一个女高音喊,大家都排好队,我再说一遍,有特殊特长的站右边,本科以上学历的站左边,有博士文凭的站中间。这女高音过去显然是歌舞团的台柱子,现在可能不唱了当领导了,声音洪亮,很有穿透力。吴亦静四处张望一下,对胡丽说咱俩混进博士队伍了。胡丽说博士怎么了,也只是一个初级阶段。为了缓解今年的就业压力,教育部出台新学位制度了。吴亦静吃了一惊,说我怎么没听说?胡丽说,博士学位毕业后可继续攻读壮士,壮士毕业可攻读勇士,勇士毕业可攻读猛士,读完还可攻读圣斗士,毕业后如仍找不到工作的,请攻读股市,然后直接拿烈士学位。吴亦静听胡丽这样说哈哈大笑。

女高音又拍拍手,说大家安静了。她说话有些不耐烦,好像对自己的嗓子被浪费在招聘会上很不爽。

胡丽举起了手,喊老师,我能站在有特殊特长那边吗?大家都知道,所谓特殊特长,指的是人脉和社会关系。女高音不耐烦地说,你随便,站哪边都一样。胡丽认真地说,怎么能一样呢?没有社会关系靠真才实学,有社会关系靠人脉,这个不能随便站队,绝对不能随便。女高音盯了胡丽一眼,见胡丽很年轻,就走过来了,问你是大本还是博士？胡丽一挺胸脯说，我是大博（波）。胡丽此话一出自觉失口，引得大家哈哈大笑。吴亦静偷偷掐了胡丽一下，胡丽不好意思地也偷偷笑了。女高音有些尴尬，正色道，这位同学，你有博士文凭吗？吴亦静和胡丽都一愣。胡丽说我一直在问你呀，没有博士文凭也没有特殊特长在哪儿排队？女高音指着左边的队伍说，那边。

吴亦静连忙拉着胡丽向本科队伍跑去。

吴亦静和胡丽的心态是不一样的。胡丽完全是一种捣乱的心态，不抱希望。吴亦静就不一样了，喻言已经向她交代过了，先把简历递上去，他自有安排。喻言怎么安排吴亦静不知道，但是，让胡丽这样闹下去，吴亦静担心连简历人家都不收了。

吴亦静和胡丽排了一个多小时队才把简历递上。在这个过程中胡丽几次要走都被吴亦静拉住了。胡丽不想在这浪费时间，吴亦静却想让胡丽陪着，胡丽无奈。两个人终于递上简历正准备离开时，胡丽突然惊讶地瞪大了眼睛，见女高音正烦躁地擦着头上的汗，抓起桌上几大叠简历抛向废纸箱，这其中就包括胡丽和吴亦静刚刚递上的。胡丽冲上去喊，老师，你怎么把我们的简历都扔了呀？女高音瞥了胡丽一眼，冷笑一声，说我们这次招聘不考虑本科生的。女高音说着把手里的简历继续抛向垃圾箱。

胡丽激动地说，你知道准备这些简历，我们花了多少心思吗？中英文版本，又是设计，又是打印，光复印费就好几百块，这可都是从牙缝里省出来的，你怎么能说扔就扔了呢？女高音冷冷地，你不就是那个有"大波"文凭的本科生嘛，我对大波不感兴趣，谁感兴趣你找谁去，别耽误我招聘。有同学听女高音这样说，"哄"的一声笑起来。胡丽恼羞成怒地喊起来,什么,我耽误你招聘,那你就是耽误我们的前程,你凭什么扔掉我们的简历?胡丽也是唱歌的,声音比女高音还要高了。女高音说,怎么,你想闹事啊。胡丽说不是我闹事,是你对我们太不尊重。

30

胡丽和女高音吵起来,许多大学生都围了上来。一听简历连看都不看就被扔了,一下就惹了众怒。特殊特长就够让人腻味了,这下可找到了发泄的渠道。吴亦静没敢闹,却也没有阻止胡丽闹,吴亦静心想要是他们真把简历扔了,那喻言再有能耐也帮不了自己。胡丽吵架可谓是抓住了重点,只有一句话,随意扔简历,没有最起码的尊重,拿我们大学生不当人。女高音说话比唱歌还快,像冲锋枪突突突的。说你希望我拿你当什么,当太阳,当小皇帝,当掌上明珠?那是在你们家,父母爱把你当什么都行。在我这儿,你就是一个求职者,要摆正自己的位置。你知道今年的应届毕业生有多少吗?700多万,大约有100多万找不到工作。加上往年的,全国有200多万大学生找不到工作,我们单位只要三个人,一下收了这么多简历,你说我该怎样处理?我与其费劲地搬回去再扔,还不如就现在扔了算。

围观的大学生面面相觑,不知道说什么好。

胡丽说,没人非要你恩赐一个工作,我们只是要求最起码的尊重。女高音不耐烦地说,怎么不尊重你了,人家农民工要求什么尊重了,还不是干得好好的。其实都是混口饭吃,是到该放下身段的时候了。胡丽质问道,什么意思,难道我们上了大学,还不如农民工了？女高音说从某种意义上说还真不如农民工好用。一个男生突然愤怒了，说太伤自尊了，我这四年学白上了，照你这样说，我还不如和乡亲们去打工呢。另外一个男生喊道，说这话的人完全是没事找抽型。围观者群情激愤，许多男生摩拳擦掌的，局势就要失控，要不是歌舞团的王团长赶到，还不知道出什么事呢。王团长当着大家的面严厉批评了女高音，让女高音把所有的简历都收好，承诺无论能不能参加面试都会给每位递简历的同学一个回复，这是对同学们最起码的尊重。王团长这样说才把事情平息了下来。

这样，胡丽就大获全胜了，和吴亦静离开市歌舞团的招聘点后还意气风发的。吴亦静说胡丽是个惹事精，胡丽说早就看不惯那女高音的德性了。她当着大家的面把简历扔了，这不是找抽嘛，谁看了不生气。吴亦静说其实那些简历拿回去也是扔。胡丽说那是肯定的，我也就出口气。两个人说着话来到了喻言的招聘点，胡丽本来要和吴亦静一起在喻言那坐会儿的，但见邓冰在场，就不愿坐了，说去找刘陵她们。吴亦静见状也不好留了。喻言见了吴亦静，连忙让她坐下，把冷饮也递到了手里。邓冰望望吴亦静说，待遇很高呀。吴亦静笑，悄声问邓冰，你和胡丽到底是怎么回事，谁也不理谁。邓冰不语。

让吴亦静没想到的是，市歌舞团的王团长突然来到了喻言的招聘点，看得出来王团长和喻言已经很熟了。喻言就介绍吴亦静和王团长认识。邓冰见状连忙起身，说我去转转。喻言就给王团长介绍邓冰，说是我们的法律顾问。邓冰跟王团长打了个招呼就离开了。喻言望着吴亦静说，她一心要去你们团，你看……王团长打量了一下吴亦静说，欢迎、欢迎呀，简历递了没有？吴亦静说递了,就怕被你们那个女高音扔了。王团长不好意思地笑了,说我们那个女高音唱歌还可以,一接触社会就不行了。她主动提出来来招聘,还不是为了自己的外甥女。我看她是误判了形势,当着同学们的面扔简历,她就不怕被这群狼崽子撕碎了。看来王团长不知道吴亦静就是刚才带头闹事的。喻言说这么多简历拿回去也是扔。王团长说你拿回去随便扔,但你不能当着人家的面扔。吴亦静说你们真会给每个递简历的回复?王团长说那当然,就是修理一下女高音,让她回复,长点记性。喻言对吴亦静说,听到没有,将来你真去了歌舞团,可不能在王团长面前使性子。王团长笑笑,悄声问喻言,江涛把简历递给你了?王团长说话很轻,吴亦静也不知道这个江涛何许人。喻言拍拍公文包,说王团长放心,单独放着呢。王团长望望吴亦静,说把你的简历再给我一份。吴亦静连忙把简历给了王团长。王团长也把简历放进了自己随身的文件夹里。王团长对吴亦静说,你就等着面试通知吧。

  王团长刚走,吴亦静就问江涛是谁,喻言说是他侄儿。俩人正说着话邓冰冲了回来,喊,喻言,快去看美女,美女都脱光了卖啦。喻言一下从椅子上弹了起来,问美女脱光了,在哪呢?见吴亦静正望着自己,又连忙掩饰,骂邓冰大惊小怪的,什么美女不美女的。吴亦静瞪了一眼,说一听到美女脱光了就激动,你没见过美女脱光吗?回去我脱光了好好让你看。邓冰听吴亦静这样说话,有些不好意思。邓冰说那你们在,我去看看,我回家可没有美女脱光了看。吴亦静拉着喻言,说我们也去看看。喻言十分虚伪地说我就不去了,不去了吧。吴亦静说,可能是我们女子十二乐坊的几个疯子在搞怪,咱还是去看看吧。喻言这才起身。

三个人循着喊声来到了一个简易的展示台边。在激荡奔放的音乐声中，七八个女孩戴着各色羽毛面具正热歌劲舞，也不是脱光了，只不过穿得少点，不过，每个人少的方式不同，有三点式的比基尼，也有超短裙，还有吊带小背心和短到大腿根的小热裤。她们伸胳膊踢腿，扭腰送胯，热情诱惑，性感迷人。那腰间的号码牌晃来晃去的，真有点推销自己的意思了。

密密麻麻的围观者不时发出尖叫，一些学生随着音乐晃动脑袋，摇摆着身体。三个人越过众人，挤到最前边。吴亦静瞪大眼睛，盯着台上的女生们仔细端详。

音乐猛地停止，跳舞的众面具女孩停止舞动，排成一队在台上袅娜地站好，各色羽毛面具后的面容神秘莫测。台下爆发一阵嘘声和尖叫声。邓冰对喻言兴致勃勃地喊，那个好，那个好，我喜欢那个小红狐狸。喻言戴着墨镜，抱着胳膊，在吴亦静面前不好表态。喻言这时发现王团长也站在不远处，似乎也盯上了小红狐狸。

戴着小红狐狸面具的1号站了出来，她拿起旁边桌上的麦克风，对台下众人一鞠躬说，感谢各位的捧场，今天台上的八位佳丽都是莘莘学子中的优秀代表，为了一个共同的目标——找工作，我们站在舞台上展示自己，口号是：秀出自己，赢得未来。欢迎各界有识之士与众佳丽进一步洽谈。台下众人一片掌声和嘘声。有男生说不就找工作嘛，至于这么大张旗鼓的。没想到王团长道，这没什么不好，这样展示自己说明她们自信，也确实是推销自己的好办法。邓冰喊，我看好1号，我和1号谈。喻言笑着说你谈，你放心谈，你谈好了我们签合同。有人喊，我要5号，5号我要你。

整个场面混乱，喊声嘈杂，有的是招聘者，有的其实就是学生，吆喝着我要，我要，我还要，完全是起哄。吴亦静悄悄对喻言说，1号是胡丽，5号是刘陵，邓冰喊着要胡丽，到时候可别后悔。喻言望望邓冰暗笑。

台上，戴着火红狐狸面具的1号举起话筒，镇定地说，请大家安静，现在进入下一环节，众佳丽分别进行自我介绍，就先从我开始吧。本人是今年音乐学院声乐专业毕业，兰心蕙质，品正貌端，多年来两耳不闻窗外事，一心只读圣贤书，光阴似流水，岁月催人老，我感情无靠，工作无果，无奈之下寻觅有缘人，如能助我找到工作者，我愿与你比翼双飞……

众人哗然，纷纷议论。有人大声质问1号，你这是找工作？还是求包养。邓冰替1号说话了，说哥们儿不要说得太难听，大家都知道，一旦毕业了，就像麦子到了节气，成不成熟，都一刀割了，这些女同学也是无奈。1号说，你以为我愿意吗？这都是被逼出来的，我自销，总比我自杀好。众人哄笑。面具女1号开始发放简历，说欢迎免费领取。众佳丽也开始发放自己的简历。王团长伸手要简历，1号连忙双手奉上，说我是学声乐的，去你们歌舞团专业很对口。王团长接过简历，说好，好，咱们面试时谈。其他女生听1号说是歌舞团的王团长，都来递简历。王团长见自己被认出来了，收了简历就离开了。这时，众人兴奋地拥上前去抢简历，像抢彩票似的。有的就是学生，自己还找不到工作呢，却要抢1号的简历。邓冰也伸着手要，可是1号面具女就是不给邓冰，不但1号不给邓冰，5号女生也不给，递到手边又收回去了，这让邓冰生气。喻言碰碰邓冰说，你要简历干什么？邓冰说万一适合杂志社呢。喻言说，你得了吧,都是音乐学院的,我们要招编辑记者,要文学院、新闻、传媒学院的。邓冰望望吴亦静,说音乐学院的,你认识她们吗?吴亦静说戴着面具怎么认识,音乐学院的同学多了。吴亦静说完偷偷笑。

这场音乐劲舞秀是自发组织的,当然没有报批,也没有交场地费,所以城管就不干了,出动了十几个人来治理。就听有人喊,城管来了,城管来了。台上的佳丽一下就慌了神,呼啦一下就散了。

邓冰凑上去想揭胡丽的面具,说小狐狸,让我看看你长得啥样。胡丽一把将邓冰推开了。邓冰还不死心,笑嘻嘻地说,让我看看到底是美女还是恐龙,要是美女,哥就直接带走啦。胡丽惊慌失措地抵挡,用手去捂面具,简历却掉了一地。这时,5号挡在了1号面前,瞪着邓冰说,你要是揭开了面具,可要负责,不要后悔。邓冰说有这么严重吗,这又不是揭新娘的盖头。喻言歪着头,站在旁边始终笑眯眯的。5号拉着1号转身就走。邓冰喊,美女,别跑啊。邓冰看着1号的背影,迅速消失在人群里,他怅然若失地叹口气,俯身拾起一张1号的简历,看了,愤愤地把简历捏成一团扔到地上,说真倒霉。喻言和吴亦静哈哈大笑。喻言说让你别去凑热闹你非去,怪谁。邓冰望望吴亦静,你知道是谁,故意不告诉我。吴亦静笑着说,你总是被表面现象所蒙蔽。邓冰说那身材、那台风、那口才,怎么会是她呢。吴亦静说是她怎么了,她可是经常在歌舞厅主持节目的,早锻炼出来了。邓冰摇摇头,十分受打击的样子,然后和喻言一起往回走。

招聘会现场人来人往,三个人一路上被各种各样的人拦截。

除了众多大学生抱着简历来来往往无目标的奔波外,还有各色小商小贩散布在应聘的人群中。吴亦静突然被一个女孩拦住,那女孩故作玄虚地喊,丽人坊,丽人坊,失传千年的神奇美容术,教你瞬间麻雀变凤凰,为你赢得高薪,钓得金龟婿。吴亦静瞪了女孩一眼,说我已经有金龟婿了,走开。那女孩也不觉为忤,又去拦另外的女孩去了。邓冰笑着问吴亦静谁是你的金龟婿?吴亦静挽着喻言的胳膊做甜蜜状,说当然是我们的喻总了。

没想到这时一个男人突然把喻总拦住了,男人是妖道的打扮,说话声情并茂的,说你还在为脱发烦恼吗?请使用我祖传秘方,万能生发王,人生烦恼一扫光。看来这家伙是冲着喻言的秃顶来的。喻言不悦,瞪着眼说,滚蛋。邓冰哂笑着望望喻言的秃顶,说你的帽子呢?喻言说戴帽子太热,扔在招聘点了。

这时,另外一个男人却拦住了邓冰,手里举着一本书,说这是《应聘秘笈十式》,国内著名学者联名推荐的,已有上万名失业者通过本秘笈改变了命运。本秘笈将告诉你十种面试必杀技,买一本吧,改变命运的时刻到了。邓冰瞪了小贩一眼,说你怎么知道我失业了?

小贩说我看先生印堂发黑,不是死爹,就是失业。

邓冰火了,正要发作,没想到吴亦静感兴趣了。吴亦静问有十种面试方式呀,管用吗?书贩子放弃邓冰,立刻眉飞色舞地给吴亦静讲解,说当然管用!我告诉你呀,第一式:软面,说穿了就是软磨硬泡套近乎;第二式:苦面,苦苦相求装苦逼;第三式:假面,虚情假意拉关系;第四式:强面,强取豪夺装霸气,没通知面试,但是爷来了,反正咱光脚的不怕穿鞋的;第五式……吴亦静夺过一本书说,行了,我回去自己看,多少钱？小贩回答五元。吴亦静当即给小贩付了钱。小贩开张了,十分得意,给吴亦静找着钱,嘴却没停,喊着五元,五元了,只要五元钱就能改变你的命运呀,走过、路过、不要错过呀。

31

三个人继续向前走,邓冰郁闷着,喻言也不爽,都是被这些小贩闹得。只有吴亦静兴致勃勃地边走边翻阅刚买的书。喻言说靠这书你能找到工作?吴亦静说当然不行,找工作靠老公,但有了这书,面试时也许能给我灵感。这时,人群中一个发髻高挽,身着职业套装,长相标致,手拎公文包的女子突然拦住了三人的去路。她凑到邓冰面前,激情四射地说,先生,先生,不要灰心,不要丧气,是玫瑰总要绽放,没有工作不要紧,没有爱人不要紧,最要紧的是人生要有保障。我们永康保险公司专门针对失业者推出了一个险种,没有工作你的生活也会有保障……

书贩子见了卖保险的,表情夸张面露惊恐,高喊一声:卖保险的来了,快跑啊。

整个招聘现场的人群就像一个正在有序游动的鱼群,一遇风吹草动就会惊慌失措。书贩一声喊,被惊扰的人群条件反射,"呼啦"一声四散跑开了,保险女身边的人群消失得干干净净,只有喻言一行没跑。保险女孤零零地站在原地,有些悲伤地望着喻言一行三人,说别跑啊,保险是下雨时为你撑开的伞,下雪时为你燃起的火。

邓冰对卖保险的没有好印象,也心有余悸,望望喻言说,又是卖保险的。喻言很同情地望望邓冰,然后随口问了句,小姐你的工号是多少?保险女笑得很灿烂,说一看先生就是保险受益人。工号呀,我是你二姨。

什么,你是谁二姨?邓冰瞪着眼睛,想骂人。保险女连忙解释说,我的工号是:54121。喻言又问你贵姓呀?保险女没有回答喻言,却拿出了名片递给了喻言,在给邓冰时,邓冰却不客气地拒绝了。喻言接过名片一看之下,大吃一惊。保险女居然叫白涟漪。

接下来喻言应对得非常冷静,他不知道此白涟漪是不是彼白涟漪,也不相信世界上有这么巧的事,于是就把白涟漪往杂志社招聘点引。

喻言果然老奸巨猾,这要换着邓冰肯定会大惊小怪,当场把人吓跑。喻言对白涟漪说,我最近正准备给自己买几份保险,你能随我们去那边坐会儿吗?喻言指指不远处的杂志社招聘点。白涟漪十分愉快地答应了。邓冰还以为喻言真买保险,在一边有意坏事,说你喻总单位把社保都交齐了,你还买什么保险。白涟漪说这位先生你不能这样说,保险和社保不冲突,保险不但是一种保障,还是一种理财产品,有投资价值。

喻言没有理会两个人的争论,径直来到招聘点。喻言请白涟漪坐下,然后说从你的面相看,你最近正和一个人发生争执。白涟漪望望喻言又看看招聘点,说你这是招聘点还是算命先生的八卦地摊呀,你不是要买保险嘛,怎么给我算起命来。喻言含而不露,还用中指和拇指眯着眼在那招算,这让邓冰觉得十分扯淡,离远了去看递简历的学生。吴亦静以为喻言对这位卖保险的有什么企图,冷眼旁观。喻言盯住白涟漪的脸说,不急,我先给你看看相,要是准了你给我打折。白涟漪就昂起了头,满含微笑,素面朝天,说我遇到"搞人"了,你说,要是你真说准了,我给你打折。喻言说你最近命里克水。

白涟漪摇头不懂。

喻言又在那掐算,说,哇,还不是一个水,是二水,这二水加在一起就是"冰"字,你最近和一个叫"冰"字的人有冲突。白涟漪听喻言这么说,脸色大变,自己冲口而出:邓冰。

喻言望望站在一边的邓冰就笑了,说这就对了,真是天意呀。

白涟漪大惊小怪地说,看来先生不是"搞人"真乃"高人"也,最近我确实遇到一个叫邓冰的,哈哈……克水,有道理。

邓冰正望着交简历的学生,对喻言装神弄鬼没太上心。喻言拉着邓冰到白涟漪面前,说我给你们介绍一下。邓冰向后缩,说我又不买保险,没必要介绍。白涟漪望望邓冰,说看来这位先生对我们这一行有偏见呀。邓冰说我天不怕地不怕,就怕卖保险的打电话。喻言笑笑说,你也许和这位卖保险的神交已久,还是认识一下吧。

邓冰摇头。白涟漪却很热情,把手伸出来了,说你好!邓冰不伸手。

喻言对邓冰说你要是不认识一下会后悔的。邓冰不解。喻言就把名片递给了邓冰。邓冰一看名片傻眼了,问你是哪个白涟漪?喻言说一个白涟漪就够你受的了,你还要几个白涟漪。喻言向白涟漪介绍,说如果我判断没错,你们应该是认识的,这位先生就叫邓冰。这下白涟漪的脸色真变了,嘴里说着什么二水不二水的,我不认识,起身要走。喻言说你最好不要走,把事情谈清楚。

邓冰冲上来一把就抓住了白涟漪的手,说真是苍天有眼,山不转水转,水不转二人转,我不管你是人是鬼,在光天化日之下我让你原形毕露,今天你别想逃出我的手掌心。走吧,跟我到公安局去。

白涟漪很冷静,说请你放开,否则我喊非礼了。邓冰说我就非礼你怎么样?邓冰咬牙切齿,手抓得更紧了。白涟漪说你要非礼也不能在这儿呀,咱换个地方。喻言和吴亦静听白涟漪这样说"嘿"的一声笑了。吴亦静不明白到底是怎么回事,笑着拉了邓冰一下,说别这样,有话好好说,即便是被骗了色,你也不算吃亏,这位姐姐可是美女呀。喻言被吴亦静的骗色说逗乐了,说邓冰你放开她,她跑不了。邓冰这才放开手。吴亦静望望白涟漪说,两个你都骗了色,那你可不能走,这事要说清楚。白涟漪说骗什么色呀,我的口味有这么重吗?

邓冰放开白涟漪却不离其左右,生怕姓白的跑了。喻言说咱们先谈谈那天晚上的事吧。白涟漪好奇地问,那天晚上你也去了?喻言说当然去了,邓小水是我干儿子,你说我去不去。白涟漪说邓小水真是个乖孩子,我要是有这么聪明的儿子就好了,我愿意当他干妈。吴亦静说,你少来,我是他干妈。你想和我抢老公,妄想。你要当就当后妈。喻言哈哈笑。喻言一听就明白,白涟漪是在套磁,夸奖邓小水聪明是为了讨好邓冰。吴亦静在一边听不明白,还以为对喻言感兴趣呢。

邓冰却不领情,瞪着白涟漪,说你少来这一套,那天晚上你把我儿子怎么样了?白涟漪说那还能怎么样?他以为我是你女朋友,就搂着我睡了一夜。吴亦静感叹道,哇,先把儿子拿下了,为当后妈做准备。邓冰说你真不是东西,你在家里睡大觉,让我们在墓地里呆了一夜。白涟漪说,邓先生咱们都是成年人了,"人在江湖漂,哪有不挨刀,既然陪我玩,挨刀也别恼,要是玩不起,就别江湖漂。"喻言伸出大拇指说,你牛,你真牛,把我们俩玩得团团转。我就不明白了,难道你也认识30年前的白涟漪?你咋那么门儿清?

白涟漪回答,我不认识,就是那天我给爷爷过周年上坟,路过那个叫白涟漪的坟头,见那坟是新修的,碑是新立的,上面的红字那么鲜艳,我心就"咯噔"了一声。当时,我也是好奇,还到墓碑前看了看,发现背面有一首情诗写得很好。我当时还感慨呢,将来要是我死了,有人能给我写情诗刻在墓碑上,我死也瞑目了。那天晚上要修理邓先生,没有别的好办法,就想起了白涟漪的坟,真是天作之合,不把邓先生吓尿才怪了,哈哈……白涟漪说起那晚上的事还十分得意,并不认为自己用词不当。白涟漪兴高采烈,忘乎所以,说我半夜三更把邓先生指使到墓地,夜里我不知道笑醒了多少次。好一个姓邓的冰,我管你是二水还是小水,这下你知道姑奶奶的厉害了吧,让你呼叫转移。既然恶气出了,也就够了,所以第二天就把邓小水送回去了。

看来卖保险的白涟漪是个话痨,说着自己的恶作剧还得意忘形,完全忘了还有受害人在身边,也不想想邓冰和喻言的感受。喻言说你知道那个白涟漪和邓冰是什么关系吗?白涟漪摇头。喻言说,那个白涟漪30年前就暗恋邓冰了,邓冰现在才知道,知道也晚了,白涟漪当年为此还自杀了。邓冰那个后悔呀,自责呀,就去为白涟漪立了新碑,诗也是邓冰新刻的。在这时你以白涟漪的名义给邓冰打电话,还推销保险,你说邓冰不生气吗?

白涟漪望望邓冰,一下子不知说什么好,只自言自语地说,世界上还有这么巧的事,太不可思议了。

邓冰愤怒地说,你以为修理了我们就没事了,我要起诉你,让你受到法律的制裁。白涟漪冷笑了一下说,我知道你是律师,邓小水都告诉我了。邓先生还是冷静一些,我带邓小水到我那儿住了一夜又没有恶意,好吃好睡的,就像他亲妈一样。吴亦静说想当亲妈是不可能了,当后妈努力一下有可能。邓冰说什么妈都当不上,只有去坐牢。白涟漪不解,问邓先生你告我什么呢?邓冰说根据刑法第二百六十二条规定:拐骗不满十四周岁的未成年人,脱离家庭或者监护人的,处五年以下有期徒刑或者拘役,是拐骗儿童罪。白涟漪愣了一下,说还有这种罪,无聊。邓冰得意地望望白涟漪,怎么样,怕了,后悔了? 后悔也来不及了,谁让你被我碰到了呢,法网恢恢,疏而不漏呀。邓冰显得有些得意了。

白涟漪有些不屑地望望邓冰,说你真要告我?邓冰说那当然,除非你半夜三更也到墓地住一晚。白涟漪说如果你告我,我也会举报你。邓冰有些莫名其妙,说你举报我什么?白涟漪望望喻言和吴亦静,说你们俩先回避一下,我有话和邓先生单独谈。吴亦静见状拉着喻言就走。吴亦静说,他们的故事,真的很有趣,这是缘分呀,现实版的人鬼情未了呀,说不定这个白涟漪就是30年前的那个白涟漪投胎。这前世修来的姻缘,上辈子不能在一起,这辈子在一起,在一起,在一起……吴亦静说着唱起来。喻言说,你是不是看穿越剧看多了。吴亦静说你别看他们现在吵得不可开交,一个喊起诉一个喊举报,多大点事呀,我看他们俩有夫妻相。喻言不语。

喻言和吴亦静在招聘会现场溜达,碰到了胡丽和刘陵。俩人还在疯狂地四处递简历。吴亦静让她们留点,今年下半年还有招聘会呢。胡丽说你有名副其实的同床帮忙,我可没有,只能四处撒网,有枣没枣打两竿子。吴亦静说那你就把邓冰也拉上床,名副其实了呗。胡丽说我才不拉呢,他那么"硌"人,受不了。喻言不愿听女人谈上床的事,独自往前走,想溜。吴亦静却扔下胡丽和刘陵追上来,挽着喻言的胳膊说,干吗扔下我不管?喻言说你们女生说悄悄话,我又不好意思听。吴亦静说也没有什么悄悄话,不就是让胡丽把邓冰拉上床嘛。喻言说你也是的,一会儿让胡丽把邓冰拉上床,一会儿又说邓冰和白涟漪是前世修来的,真是见什么人说什么话呀。吴亦静说还不是为你那哥们儿着想,好歹让他有个着落呀。俩人说着闲话,回到杂志社招聘点,发现邓冰一个人呆坐在那里,白涟漪不知去向。

喻言问白涟漪呢,你把她放走了?邓冰手里捏了张白涟漪的名片,说她跑不了。喻言和吴亦静互相望望,吴亦静说卖保险的就是厉害,三寸不烂之舌不知道怎么说服邓冰的,居然既往不咎把她无罪释放了。喻言笑。邓冰却不语,还是呆坐着。喻言问邓冰和白涟漪谈的情况,邓冰也不说,就像是被点了穴似的,自言自语地,不可能呀,不可能。喻言问什么不可能?邓冰也不回答。吴亦静就说任何事情皆有可能。邓冰望望吴亦静大惊小怪地说,真的?吴亦静说当然是真的。两个人在那一惊一乍地打哑谜,说的完全不是一回事。

招聘会过后,邓冰就没有了消息。喻言为了吴亦静工作的事忙着勾兑,也没顾上邓冰。

吴亦静找工作的事进展很顺利,她已经参加了面试,让喻言没想到的是胡丽也接到了歌舞团的面试通知书。这样,吴亦静和胡丽两个好朋友就手拉手地一起去面试了,虽然成了竞争对手,可各有各的路子,两个人也不设防。吴亦静在面试中表现得不尽人意,上去有些慌,还有口误,出了错。一般情况下面试的程序是这样的,要先报告一下,算是和考官打招呼,考官示意,考生再上台,然后5分钟的自我陈述,5分钟的问答,最后5分钟是演讲时间也就是表决心,这样整个面试就完了,考官立刻打分,统计后当场宣布。

吴亦静一进门就报告道:报告考生,我是6号考官,本人已经准备完毕,请求上床。

这么一句简单的话,吴亦静全说错了,自己是考生不是考官,她把自己的身份搞错了,更为严重的是把"上台"说成"上床"了。本来是上台介绍自己,接受考官的提问,演讲,你请求"上床"是什么意思。在场的人哄堂大笑。本来按照程序,考官会回答,允许上台。可吴亦静请求的是"上床",考官憋了半天,终于说了一句,允许上……上哪考官没有说,你就看着办吧,反正面试现场没有床。

相比来说胡丽就不同了,由于在歌厅当主持人,有了锻炼,在面试时表现不错,落落大方,台风很好。可是,面试过后胡丽的分数并没有超过吴亦静,胡丽排在了第五,吴亦静排第二,女高音的外甥女排第一。面试者有十五人,只选五人入围,在五人中最终聘用三人。

在五个入围中,吴亦静是喻言和王团长相互调剂的结果,王团长的侄子进喻言的杂志社,吴亦静进歌舞团。吴亦静又是第二名,所以被录用是肯定的。女高音的外甥女是第一名,女高音在歌舞团树大根深,准备比较充分,外甥女被录用也没有问题。这样三个名额中两个也就定了,唯一的一个名额,那就是三、四、五名最后竞争。胡丽是第五名,没有优势,也不占先机,这样胡丽就有些危险,如果不继续努力被淘汰是肯定的。

32

这天,吴亦静因为工作的事找到胡丽,替胡丽着急。胡丽自己好像并不着急,表现得就像一个狡猾的狐狸。胡丽对吴亦静说,别看我排在最后,那第三个录用的说不定就是我。吴亦静说你在递简历时对去歌舞团一点都不抱希望,还和女高音吵架,现在又信心满满,我迷幻了。胡丽说我开始确实没抱什么希望,可那天艳舞表演被王团长看上了,我当时就给了他一张简历,没想到他居然让我去面试了。吴亦静神情暧昧地问,在之前没偷偷见过?胡丽笑,说什么都逃不过你的眼睛。吴亦静说那当然,你是狐狸我可是狐狸精呀。狐狸说就在咖啡馆见了一面,说先见个面,跳舞时的台风不错,就是没见到真面目。吴亦静笑,谈的不错吧,先以身相许了?胡丽说,没有,被录用了再说。吴亦静说现在是关键时期,再不出招就不行了。胡丽笑着望望吴亦静说,你不会让我现在就把王团长拉上床吧。吴亦静笑。胡丽神秘地说,还没到时候,上床是撒手锏,是绝招,不到万不得已不能用,上了床将来在歌舞团也没好处,万一被他老婆知道了,本姑娘很被动。吴亦静说,那你还有什么招?

胡丽说我准备请王团长吃饭,到时候你和喻言作陪怎么样?吴亦静摇头,说请吃饭恐怕不管用,喻言和王团长互相调剂,谁也不欠谁的,他不会再因为你给喻言面子的。胡丽说,我已经打听过了,王团长的小舅子江永川是城关派出所的所长,就是他儿子江涛要进喻言的杂志社。吴亦静恍然大悟,那就是说王团长是江永川的姐夫。胡丽表情很丰富地说,王团长这个姑父比亲大爷还卖力呢,有枕边风呀。吴亦静摇头,说这关系太复杂了,我听着就头晕,这和你搞定王团长有什么关系呀。胡丽神秘一笑,说当然有关系了,我干爹不是桃李满天下嘛。他有一个弟子在市公安局当副局长,刚好是江永川的顶头上司。如果我干爹给弟子打个电话,让副局长请王团长和江所长吃饭呢。吴亦静愣了一下,说我懂了,姓江的要讨好副局长,就会做姐夫的工作,这事就靠谱了。吴亦静说着望望胡丽笑了,说你干爹对你真好呀。胡丽说干爹嘛,既是爹又要能干活。吴亦静听胡丽这样说哈哈大笑起来。吴亦静听起来这能干活挺暧昧呀。胡丽说你想歪了吧,女流氓。喻言的年龄和你亲爹的年龄也差不多吧。吴亦静说喻言他不是干爹,他就是亲爹。胡丽说,完了,完了,爹这个称号不能用了,都被你转换了身份。吴亦静说这样看来由于你干爹的存在,你就不用向王团长以身相许了,到头来王团长是竹篮打水一场空。王团长好可怜呀。胡丽打了一下吴亦静,说你什么意思呀,就希望我羊入虎口,被王团长潜规则了。吴亦静问能不能透露一下你那位神秘干爹的基本情况?胡丽说不能,你可能认识呢。我答应过干爹,绝不暴露他的身份。吴亦静说是不是为了干妈呀?胡丽说这和干妈没关系,干爹和干妈感情不好。吴亦静做恍然大悟状,你不会自动升级,取而代之吧。胡丽打了吴亦静一下说,去你的。胡丽叹了口气说,干爹有风度有气质,虽然年龄大些,但确实对我好,我恨不能和他私奔。吴亦静瘪了瘪嘴,不语。

胡丽请客是在大富翁酒楼VIP888包厢。大富翁酒楼是一个海鲜大酒楼,喻言和吴亦静提前到了,被包厢的豪华"电"了一下。喻言说在这吃饭,一顿下来得一万以上,胡丽看来是要出血了。吴亦静说这都是为了找工作呀,不过,胡丽请客有干爹找人买单。喻言望望吴亦静问是什么性质的干爹。吴亦静笑,说胡丽来了你问她。喻言感叹当今社会干爹成了最暧昧的称号了。

王团长和小舅子江永川都来了,公安局的副局长却一直没有露面。江永川一落座就声明,说这顿饭我请了,主要是感谢喻总给了犬子一个机会,他的理想就是当一个记者呀。喻言问贵公子怎么不去报社?江永川说他不想当新闻记者,他要当有思想的文化记者。喻言笑笑说你儿子还真有思想。胡丽对江永川说,今天是我请客,这可不是打麻将,还兴拦胡呀。我要感谢王团长给我一个机会,我的理想是去歌舞团当歌星。王团长对喻言说,看来我们有口福了,都争着请客,要不咱今天一顿明天再吃一顿。喻言笑说,同意。

胡丽点菜,海参、鲍鱼、龙虾、刺身都上了。酒是胡丽带来的,两瓶茅台,两瓶红酒。计划六个人,那位公安局副局长、胡丽、喻言、吴亦静、王团长和他小舅子。可是,上首的位置一直空着,神秘的副局长一直没来,都要上菜了还没来。胡丽就拿着手机打电话,胡丽打电话有意用免提,把手机当对讲机用。这样,大家都能听到。副局长说,我正在参加市里的群众路线教育实践活动,还不知道什么时候能结束,一时半会儿没办法离开呀,你们先吃吧。胡丽说你来吃饭就是走群众路线呀,人家江所长都来了。副局长问哪个江所长呀？胡丽回答，就是城关派出所的江所长呀。副局长就说，你把电话给他。胡丽就把电话给江所长。江永川开始还莫名其妙，一听是刘副局长，一下就站起来了。江永川说，刘局，你好。刘副局长说，我还在开会可能来不了，胡丽同学的事你要多关照，她是我导师的干女儿，也就是我亲师妹。江永川说那当然，那当然。刘副局长说你也知道，现在要求我们"照镜子、正衣冠、洗洗澡、治治病"，要一鼓作气，确保取得群众满意的实效。我正在"洗澡"呢。江所长说没关系，你继续洗，继续洗，那是大事。胡丽听到刘副局长正在洗澡，不干了，一把把电话抢过来，说刘局你在和谁洗澡呀，我这么大的事你都不来。刘副局长说我讲的"洗澡"不是你想的"洗澡"，现在形势逼人，不能大吃大喝，严格控制三公消费。胡丽说咱这不是三公消费，咱这是私人请客。刘局长说，对，对，是私人请客，你就陪江所长好好吃吧，到时候会有人去买单的。

　　胡丽挂掉电话，江永川说现在当官日子不好过，官不聊生呀。刘局说的洗澡可没有泡温泉舒服，那是要脱一层皮的。胡丽说有这么严重呀，那水也太热了。大家哈哈大笑。喻言说你们90后还真不懂政治，别难为刘局了。我们这样更好，私人聚会，不是公款吃喝。在这样的酒楼，说不定会被网友拍下来，发到网上，刘副局长就危险了。江永川说，私人聚会，拍也没用，我们就放开整，反正刘局已经找好买单的了，不吃白不吃，放心，我们吃的肯定不是公款。吴亦静问江所长，你们领导都在洗澡，你怎么不洗。江所长说我们下面这些小虾米也就走走过场，洗个淋浴也就过了。刘局他们就不一样了，那是要大洗特洗的，先搓背，不搓出二两泥是不行的；再桑拿，要把汗都要蒸出来。喻言说江所长你也要小心，这次是苍蝇、老虎一起打。江永川哈哈一笑,说打苍蝇、老虎俺没发言权,要是捉鸡我还是有经验的。江永川这样说把大家都逗乐了。

没想到来VIP888包厢给胡丽买单的不是别人,是赖武。开始喻言还问呢,说老二你怎么来了。赖武笑了,说刘局让我来买单呀。胡丽冷笑了一下,说我还以为是个大款呢,原来是你。喻言说我们这位赖大法官可比大款有实力,多少大款都拜倒在他的石榴裙下。大家一听都哈哈大笑。赖武也笑了,说老大你不能这样说师弟,我可是纯爷们儿。喻言就把赖武介绍给王团长和他小舅子,大家寒暄过后就算认识了。赖武开始放松下来,要账单看了看,然后对服务员说,就按他们上过的,我也来一套。我刚好没吃饭,大家都不是外人,我要陪大家好好喝几杯。

本来饭局要结束了,赖武是来买单的。可是,他要继续喝,把饭局一下就延长了。由于喻言、王团长和小舅子都是利害关系人,大家比较客气,山珍海味吃了不少,酒却没有放开。两瓶红酒只喝了一瓶,两瓶茅台也只喝了半瓶。赖武来了就不一样了,他是刘局派来买单的,买单的人自己要点什么菜那是理所当然,要喝几杯谁也不能拒绝。江所长肯定不能拒绝,来代表刘局买单的人和刘局肯定关系不一般。喻言和赖武是同学,谁不知道谁呀,肯定也拒绝不了。王团长和赖武也没有什么利害关系,更能放开了。这样饭局就变成了酒场,这时才真正开始了。赖武的到来就像荷塘里钻进了一条泥鳅,搞得荷叶跳弹,荷花乱颤。赖武一碗海参小米粥下肚,便来了豪气,把添酒器倒满了道,来晚了该罚三杯,俺吃上一盏如何。大家都叫好。

赖武就一饮而尽。吃了这盏,赖武也就有说话的权利了。他又倒了一盏,提着,打通关。走了一圈,赖武来到胡丽面前,问咱是老熟人了怎么喝?胡丽说你和他们怎么喝,咱们就怎么喝。赖武叫了声好,和胡丽碰了一饮而尽。本来胡丽和吴亦静都是喝红酒的,赖武这一闹都换了白酒。白酒下肚,人的感觉就不一样了,都放开了。江所长也提着添酒器开始打通关,到了赖武身边坐下就开始套近乎,说法官是警察的衣食父母,警察忙半天最后都要看法官的,能不能判,判多少年,那都是法官说了算,要是不判我们警察就白忙活了。赖武就说,我不准备当法官了,我要当律师。法官实在是太清贫了,如果有当事人表示一下,法官收也不好,不收也不好;还是律师好,该收多少收多少,明码实价。江所长摇头,表示自己也了解一些情况,都说法官是爷,律师是孙子。赖武说这么个穷爷不当也罢,弄不好就被孙子告了,你知道为什么我今天要来买单吗?我是还刘局的情。赖武此话一出大家立刻就安静了下来。赖武说我这法官爷就是被律师孙子举报的,我不但被停了职,还成了犯罪嫌疑人,取保候审。要不是刘局够朋友帮忙上下打点,我就可能有牢狱之灾了。好了,市局现在侦查终结了,认为没有犯罪事实,也不需要移送检察机关起诉,不追究刑事责任,将案子撤销了。赖武说着起身从包里拿出了一份公函,说市局把撤销案子的法律文书都发给我了,我没事了。赖武说这么多,其实是给喻言听的,只是让江永川一时回不过神来,毕竟两个人是第一次见面呀。

赖武说为了感谢刘局我一直想请刘局吃个饭,他总是忙,安排不过来,今天突然给我打了个电话,说他师妹请客,让我来买个单,就算是请他的客了。赖武望望胡丽说,原来刘局的师妹就是你呀,按理说我们也是师兄妹呀。胡丽说,都是师兄,有些师兄管用,有些师兄不管用。赖武说,那我争取也管用,今天是个开始。胡丽笑了一下,不语。赖武又望望喻言,我也没想到是你在这吃饭,早知道我直接安排了。喻言要过赖武的公函看了,说这就好了,大家都是同学,没必要搞得太僵。邓冰去市局给你作证了吧?赖武说是呀,我们既然达成了协议,就要履行。喻言说你答应为他要回儿子的抚养权,怎么样了?赖武得意地笑了,说张媛媛那人犟,来硬的根本不行,邓冰不是提起诉讼了吗,没用,这种案子法官也希望庭外和解,最后还要靠我做张媛媛的民事工作。我是苦口婆心,死缠烂打,终于把张媛媛说动了。我告诉张媛媛,如果没有邓冰到市公安局作证,我的案子就不可能销案,就有可能坐牢,难道你就看着一个无怨无悔爱你一辈子的人去坐牢?喻言听赖武这样一个老男人当众谈论爱情,连忙把脸扭到一边,替他难为情。

赖武和喻言说话,为了不冷落王团长和江所长,喻言指使吴亦静和王团长多喝几杯。吴亦静就拉着胡丽和王团长喝。吴亦静和胡丽开始喝的是红酒,现在改白酒了,这让王团长和江所长有了激情,四个人喝乱了,胡丽和王团长当着小舅子面还喝了交杯酒。吴亦静和江永川开玩笑,说不能回去告诉大姐。江所长哈哈笑,说不会的,这是男人在外面的事。

那边四个人喝乱酒,这边赖武和喻言也干了一个。赖武继续显摆自己的功劳,说我告诉张媛媛,儿子的抚养权给邓冰,也不用转学,还在你的眼皮底下,只不过让邓冰接送上学而已,你有什么担心的。儿子是你亲生的,有血缘关系,这谁也抢不走,有没有抚养权没有意义,等到邓小水满18岁成为完全行为能力人了,抚养权就自动消失了。到那时候什么你的我的,儿子是大家的,他想去看谁就去看谁。喻言频频点头,说当法官的就是不一样,很会做人思想工作。赖武有些得意地笑了,说那当然,法官的一大任务就是庭外调解,不到万不得已是不判决的。

33

喻言和赖武又碰了一个,喻言有些不放心地问了一句,现在张媛媛已经同意把儿子的抚养权给邓冰了?赖武很肯定地说那当然,我已经让张媛媛在协议书上签了字,只等邓冰签字后提供给法官,这个案子就算结了。喻言有些激动,问邓冰知不知道这事,赖武说他还不知道呢,这还是今天下午的事。赖武说我上午收到了市局的撤案通知书,下午把张媛媛关在家里继续做思想工作,大家要讲诚信。喻言拍着赖武的肩膀说,还不知道邓冰怎么感谢你呢。邓冰离婚后状态极差,律师也不愿意干了,一心要培养儿子,否则就没有人生目标了,现在好了,他有事干了。赖武摇头,我真不明白一个著名律师为什么非要去当奶爸。喻言望望赖武,说这是你们法律界的事,也许你能让邓冰回心转意,重新建立对法律的信心。赖武眯缝着眼睛,说我有这么大的能耐?喻言说你有,你当然有这个能耐,你都把张媛媛拿下了,还有什么事办不到的。

喻言说咱们把邓冰叫来怎么样?赖武说,好呀。喻言说把他叫来庆贺一下,你和邓冰都值得庆贺呀。赖武说对,让他来,让他来,他应该请客。喻言说,对,对,让他买单,一万多块钱对他来说不算什么。赖武说你打电话,打电话。喻言就打电话给邓冰,赖武连忙拎着添酒器给王团长和江所长敬酒,说不好意思我们同学过去的一些破事,聊多了,怠慢,怠慢。王团长说这正常,我们同学之间的破事就更多了,都是搞艺术的,今天你老婆和他睡,明天他女儿又和你有事,乱得很。胡丽和吴亦静却在那里叽叽咕咕地说着什么,看得出把邓冰叫来胡丽有些不满意,可是又不好真阻拦,因为这是喻言把邓冰叫来的。

邓冰来了,大家都吃了一惊。邓冰显得心事重重,人也瘦了一圈,有些颓废。吴亦静说邓大律师,这才几天没见,你的减肥成效显著呀。邓冰苦笑一下,说我从来不减肥,我本来就不肥。吴亦静说你过去有点肥,还是现在好,玉树临风的像一个少年。邓冰说你才是少女呢。吴亦静说我本来就是少女呀。吴亦静本来想夸夸邓冰,活跃气氛,邓冰却不领情。喻言把邓冰拉着向王团长和江所长介绍,结果江所长要邓冰按照赖武的方式,先吃一盏然后说话。邓冰也不客气,说没问题,让服务员上碗面条,吃了再喝。赖武拦着服务员,说上什么面条呀,按照今晚每个人的正常标准上。赖武说今天你可要买单,我已经做通了张媛媛的工作,她已经同意把儿子的抚养权给你了。邓冰听到了这个消息,立刻站了起来,说感谢,感谢赖大法官。邓冰握着赖武的手,说我请客,我请客,咱们真是相逢一笑泯恩仇呀。

邓冰高兴了一下,然后又叹了口气,说这个时候把儿子的抚养权要过来,我还真不知道怎么办。看来邓冰的心事很重,喻言还以为要回了邓小水的抚养权,邓冰就应该一扫雾霾,彻底地欢欣鼓舞了呢。喻言不明白邓冰所说的"这个时候"是什么时候,说邓冰怎么搞得像女人的"月月舒"一样。大家就哈哈大笑。喻言说该放下的都放下,儿子的监护权都要回来了,为什么还犯愁,喝,一醉解千愁。

不过,邓冰那天并没有喝醉,因为没有酒了。邓冰要酒,酒店里说没有茅台,只有水井坊。大家都说不喝混酒。邓冰要去街上买茅台,大家就说假的多,还是算了。关键是王团长和江所长基本到位了,赖武喝得猛也不行了。邓冰就去买单,胡丽却不干了。胡丽说今天是我请客,怎么让邓大律师买单呢?邓冰不明白怎么是胡丽请客,说有男人在怎能让女人买单呢。两个人争执不下。赖武有些醉了,说胡丽请王团长由刘局买单,我请刘局当然是我买单,邓律师请赖大法官算是替我买单,胡丽不同意邓冰买单,这个问题有些乱了。

江所长说这个单谁也别买了,我有办法。说着江永川掏出手机,拨了一个号码,然后对着手机说,小张,今晚扫黄的成果如何?哦,好,好,你了解一下有没有愿意私了的,送一个到大富翁酒店来给我买单,好的,VIP888包厢,我等着。江所长挂了电话,得意地把手机放进了口袋,说刘局是我的领导,我们还是在体制内解决吧。买单的事大家就别操心了,等会儿有人来买。大家不由哄笑起来,议论纷纷的,说还有这样的事,扫黄还能扫出一个买单的。江所长说,凡是要私了的,那肯定是不想曝光。这种事,有几种人愿意花钱私了,我们也是根据嫖娼者身份来定。一是政府官员,这事搞出来,政治生命也就没有了,会成为政敌的靶子,网友吐槽的对象;二是大学教授,这事曝光了,为人师表,颜面无存,怎么面对弟子;三是明星,这事曝光了,就是丑闻,歌星会影响他们卖唱片,影星会影响票房和收视率。总之,要找那些有钱还要面子的。社会闲杂人等和自由职业者都不会私了。喻言不解,问他们就不要脸面了?

江所长说我们抓住嫖娼的,一般的也就是罚款,社会闲杂人等才不肯花几倍的罚款私了呢,自由职业者挣钱没有谱,时多时少,他们把钱看得比较重,名声无所谓,说不定还巴不得出名呢,管他是好名声还是坏名声呢。当然,说相声的也不行,他们本来就是耍赖起家的,说自己喝醉了,不知道干了啥,你曝光了也没有用,下次上台说相声,观众还更爱听了。

江所长正说着话,服务员带着一个穿警服的悄然进了包间。那警察直接来到江所长身边,和江所长耳语,看来是刚才打电话的小张。邓冰看那小张好像在哪见过,可是喝多了有些犯迷糊,一时也想不起来。其实这小张不是别人正是张力为,邓冰因儿子失踪向他报过案的。江所长听张力为说着,笑着不断点头,说让他进来吧,张力为便去了。江所长说今晚扫黄抓住了一个教授,今晚的单就让他买了。大家都张大了嘴,吴亦静还问了一句,是哪个大学的教授呀?话音未落,包厢的门又开了,警察张力为在前,那人在后。那人刚一露面,喻言、邓冰和赖武都惊呆了,那教授居然是自己的导师梁石秋。一瞬间,三个弟子不约而同连忙低下了头,装没看见。吴亦静似乎觉得来人面熟,不由"咦"了一声,只是那声音还没有发出来,就被喻言制止了。喻言的手在桌子底下一把捏住了吴亦静的大腿,吴亦静疼得吸着凉气,噤若寒蝉,不敢出声了。

梁教授突然看到了三个弟子,脸色刷的一下就变了。梁教授见弟子低头,自己也低下了头,相互装着不认识。

胡丽望着梁教授失声叫了一声,干爹……梁教授装着没听到,向胡丽示意噤声,胡丽愣了一下,就借故去卫生间了。喻言等三兄弟不知听到胡丽叫干爹没有,反正吴亦静听到了。当时,吴亦静见到梁教授觉得面熟,被喻言挡了,见喻言等都低着头,大概明白了几分。喻言这是给导师面子也是给自己面子,特别是在王团长和江所长面前。不过,喻言都低着头,吴亦静却没有低头,望着梁教授去收款台,胡丽和梁教授碰面时所有的过程都被吴亦静看在眼里。当胡丽失口叫干爹时,吴亦静心里还抽了一下。吴亦静望望王团长和江所长,见两人并没有太在意,才吁了口气。接下来吴亦静看到梁教授向胡丽使眼色,胡丽去卫生间,梁教授买单。整个过程,梁教授一句话都没说,径直从服务员手里接过账单,刷卡,悄然而去。

饭局就此结束。喻言、邓冰和赖武都散了,都闭口不谈见到导师的事,各怀心事。吴亦静也没有向胡丽提梁教授的事,胡丽自然也不言,一切都和以前一样,就像什么都没有发生一样。只是,吴亦静心里知道胡丽的干爹是谁了。

后来,吴亦静被市歌舞团录用,欢欢喜喜签了合同。离正式毕业还有一段时间,吴亦静就开始上班了。当然也不是正式上班,算是试用,和实习差不多,也就是单位提前用一用,等拿到毕业证了才能去正式报到。

胡丽却没有那么幸运,没有被录用。歌舞团的答复是编制有限,名额已满,遗憾。胡丽好像也没多沮丧,原本就没抱多大的希望。胡丽也争取了,没有成功,该放下就放下。有多少同学参加了面试后被刷下来的,这对一个正找工作的大学生来说太正常了。况且对胡丽这样的同学,早就不缺钱了,在歌舞厅唱歌也能养活自己,找工作的事慢慢来吧。

吴亦静去歌舞团实习要搬进单位的单身宿舍住,只有周末才能回来,这让喻言很高兴。天天在一起喻言有些吃不消,"每周一歌"是喻言喜欢的节奏。不过,喻言也有些担心,歌舞团的奶油小生太多,吴亦静涉世不深,会不会受到诱惑也未可知。临行了,喻言给吴亦静修书一封,名为《出师表》,算是现代版,半真半假的,当然有嬉戏的成分。如下:

同居多日了,而中途别离,今人欲横流,敌人虎视眈眈,你又当离我实习,此诚危急存亡之秋也,然我爱你未改初衷,一生只等你一人,盖爱你青春靓丽,欲与你长相厮守也。你宜守身如玉,以绝第三者之念,谨慎一切舞会饭局,不宜乱喝饮料,以防春药失身。穿着打扮,保守为好,吊带短裙,不宜太露。若有男性骚扰及拦路劫色者,宜报警关其禁闭,以惩天下好色之徒,不宜惹骚,使绿帽戴我头上。牡丹卡、金穗卡、龙卡、购物卡等,皆放拉杆箱夹层,内存足够,你尽管放心消费。我以为人生之事,事无大小,都需金钱,金钱开道,必能顺风顺水,全都搞定。

歌舞团小生多,且多年轻英俊,口舌伶俐,能歌善舞,人称少妇杀手,所以你得特加防范。我以为凡遇到抱琴接弦之事,不宜找他们,必能使他无机可乘,无手可下。亲女生,远男生,此女可长相厮守也;亲男生,远女生,此女必被唾弃也。你在时,每与你论此事,未尝不叹息痛恨于不守节操之女也。波斯猫、狮子犬、金丝鸟、绿鹦鹉,此乃最佳之宠物,愿你亲之信之,则你我之情,牢不可破也。我非大富,混迹于文场,苟全性命于小康,不求流芳于百世。

你不嫌我二婚有子，委身于我，几顾我于温柔之榻，撩我入缱绻之乡，由是难忘，遂尽全力宠幸于你，然许你未来婚姻。金屋藏娇，销魂于梦醒之际，快乐于床笫之间，尔来两月有余矣。前妻知我风流，怕我续弦，若再生儿女，共分家产，故派儿子以盯梢，被盯以来，夙夜忧叹。你已行踪暴露，暂别离时，当养精蓄锐，只盼早领结婚证书，生米煮成熟饭，早日怀胎，早生儿女，续我香火，承我家业。此我所以疼你爱你更甚也。至于未来生活，尽管放心，房子车子存款一个不少也。今当别离，临表涕泣，不知所云。

喻言于凌晨草就

吴亦静给胡丽看，胡丽说这是我看到的最好的一个版本，网上还有各种版本。吴亦静不无骄傲地说，那当然，你看是谁写的。胡丽说从文字里可以看出这是对你不放心呢。吴亦静说有啥不放心的，他帮我找到了工作，等我拿到毕业证就嫁给他。胡丽吃惊地望望吴亦静，说你还真嫁呀，我还以为你用用就算了——大叔级别的有利用价值，长相厮守就免了吧，不能白头到老的。他比你大二十多岁呢，到时候你还年轻，他就翘辫子了，你守活寡呀。吴亦静瞪了胡丽一眼，你懂什么呀，我就是要找个比我大的，男人的一生分三个阶段，就如三级火箭。第一个阶段从二十岁到三十五岁，这十五年是初级阶段，事业刚刚起步，再加上要娶妻生子，基本上干不成什么有价值的事。第二个阶段从三十五岁到五十岁，这十五年才是男人成事的时候，正所谓如日中天。第三个阶段五十五岁到七十岁，这十五年是人生的收官阶段，要准备退休或者已经退休了，退休后的日子要安排，退休后的日子要习惯。这个阶段的男人心态很重要，有一个好的心态，在老年阶段会很幸福，还可以得瑟一下，活到八十岁没问题。关键是有很多掌过权的，退休后猛地闲下来，无所事事，就抑郁了。为什么现在男人活过八十岁的比例那么低，这就是心态问题。我认为男人在四十到六十岁之间是最有价值的年龄，这就像吃甘蔗，根部老的啃不动，梢子不甜还发腥，只有中间部分最好。咱两头都不要，就吃中间部分。胡丽被吴亦静的甘蔗说震撼了，没想到吴亦静对男人有如此研究。

不过，胡丽还是觉得大二十岁太多了，要是十多岁还可以。吴亦静就举出了孙中山，鲁迅，徐悲鸿的例子。孙中山比宋庆龄大二十七岁，鲁迅比许广平大十七岁，徐悲鸿比廖静文大二十八岁，就别说八十二岁娶二十八的了。女人要嫁的是男人的价值，而不是男人的年龄。杨绛老奶奶已经一百多岁了，现在还能写东西呢，钱锺书虽然去了，可她还活在钱先生的精神里，谁也没说杨绛老奶奶老无所依呀。老了关键要有钱，有了经济基础还怕老太太我过不好？实在不行了再找个比自己小的老伴，有啥呀。

胡丽认为吴亦静说得热闹，嫁个大叔，老爸、老妈同意吗？吴亦静笑笑说，你也知道我老爸去世了，我老妈当年嫁我老爸，就比我老爸小十五岁，那可是在八十年代呀。虽说我老爸比我老妈走得早，可给我老妈留下了一笔遗产，够我老妈颐养天年的。我老妈现在是琴棋书画样样来，还要剪纸去申遗，想出书可自费，出国也是常事。我老妈这60后能在80年代找个比她大十五岁的，我这90后为什么不能在新世纪找一个比自己大二十多岁的呢，青出于蓝胜于蓝嘛。吴亦静末了在胡丽耳边悄悄说，女人一闭经对男人一点兴趣都没有了,没有欲望。也不做爱,光伺候着,却百无一用,要男人干什么,添堵呀。胡丽听吴亦静这样说嘿嘿笑,说吴亦静是实用主义,看来我要向你学习了。

这是胡丽和吴亦静饭局后第一次聊天。不过,两个人并没有提起梁石秋买单私了的事,可见即便是闺蜜有些话题也是不能碰的。后来,两个人见面就越来越少了,吴亦静要到歌舞团上班,胡丽要忙着继续找工作,挣钱。表面上胡丽好像对没能去歌舞团不在意,实际上两个人的心已经有了隔阂。谁让两个人是竞争对手呢,这都是没办法的事。

34

吴亦静周末回到喻言那里,向喻言宣布,领了毕业证就去领结婚证,然后带喻言回家见丈母娘。喻言一听先是高兴,然后又愁得睡不着了。喻言当然不怕丈母娘反对,现在的家长哪个能当子女的家?他只怕给未来的丈母娘留下不好的印象,自己毕竟比吴亦静大二十多岁,和未来的丈母娘年龄差不多呀。怎么把自己捯饬得年轻一些成了喻言今后努力的重点和方向,特别是这秃顶,真是让喻言伤透了脑筋,总不能戴假发套吧。戴假发不但掩饰不了自己的年龄,还显示了自己的不自信。

为了见未来的丈母娘,喻言决定做些准备工作。喻言留起了胡子,这让吴亦静大感不解,这不是更显老嘛。喻言却说留胡子是为了更年轻。吴亦静说你留胡子不但不年轻,至少比实际年龄又老了十岁,还是刮了吧。喻言说,非也,非也,老是为了年轻,年轻也会老。吴亦静觉得喻言有些装神弄鬼,不知道要搞什么名堂。喻言见吴亦静望着自己犯傻,才说,我现在留胡子自有妙用,你将来就知道了。反正你不在我身边,留起胡子显老,不会招惹小姑娘,你更放心了。

几星期过后,喻言的胡子没了,头发却长了出来。吴亦静惊呆了,问喻言是怎么弄的,喻言笑而不答。

喻言有了浓密的黑发后,喜欢在小区里挽着吴亦静散步了,只要吴亦静回来喻言就拉着去。碰到懂礼貌的小朋友了,就会打招呼喊叔叔阿姨,喻言就美得不得了。喻言和吴亦静疯狂地在小区各种有花有草的地方拍照,选了一张满意的,把原来屏保的那张换了。同事见了都说,这喻总的女儿越来越成熟了,和喻总在一起简直像兄妹呀。喻言听了这话很受用。虽然大家还坚持把喻言和吴亦静当成父女,但已经说像兄妹了,这说明喻言的努力有了明显的效果了。

当然,喻言的满头黑发也不是没有一点问题,比方说在做爱时,吴亦静有抓头发的习惯,特别是在高潮要来临时,吴亦静就会一把揪住头发不放。原来没有头发也就算了,吴亦静最多逮着耳朵之类的东西扭着不放大呼小叫的。可是,现在不同了,吴亦静往往能一把抓住头发,她不知道喻言头发金贵,一抓下来,手里就有了一把头发。下次喻言就不让吴亦静抓头发了,在吴亦静急不可耐的关键时刻,喻言就躲。在这一抓一躲之时,就很影响兴致。搞男女关系一败兴就会影响质量,做爱质量有问题就直接影响两个人的感情,日常的不和谐就出来了。吴亦静就和喻言理论,说是你的头发重要还是我重要,喻言总不能说吴亦静连自己的头发都不如,那也太伤感情了。于是,下次做爱时喻言就戴上帽子,吴亦静就更不干了,说,你啥意思,下面戴帽子上面也戴帽子,你滴水不漏呀。

喻言哭笑不得。

邓冰和儿子一起来看喻言,父子俩也大吃一惊。喻言就像一个大学生,返老还童了。邓小水望望喻言,故意喊大哥不喊干爹,这让喻言十分得意。邓冰摸摸喻言的头发,说这确实不是假发,是真毛。喻言说肯定是真毛,而且都是我身上的毛。不瞒你说,我是花了代价才把自己捯饬成这样的。邓冰问怎么捯饬的,喻言说吴亦静问我,我都没说,告诉你无妨。其实很简单,做个手术,把胡子移到头上,胡子就变成了头发。一个毛囊十几块,我总共移了5千多个毛囊,花了五六万。

邓冰狐疑说这行吗,人们说胡子眉毛一把抓,没听说过胡子头发一把抓的。喻言说这都是科学,都是自己身上的东西,没有排异性,要是我移你的胡子那肯定就不行了,就像器官移植需要配对了。邓冰说,万一你将来又需要胡子了怎么办,毛囊都移了,胡子肯定再也长不出来了,你老了没有胡子,有了孙子他不喊你爷爷,小手也没有胡子抓,岂不遗憾?少了天伦之乐。喻言说这是没办法的事,先顾一头儿吧。邓冰坏笑了一下,说那就不应该移胡子。喻言问那移什么?邓冰说可以移屌毛,那地方一般人也看不见,移了也不知道。喻言骂了一句,说你邓冰真不是东西。邓冰呵呵大笑。

喻言又说,我不是没考虑当爷爷后没胡子的尴尬。可是,眼前最迫切的不是当爷爷而是当爸爸。我将来和吴亦静肯定会再生一个,儿子或者女儿抓着我胡子喊爷爷岂不尴尬!邓冰说怪不得你要留胡子呢,原来是为了头发。喻言说这秃顶也太受刺激了,师妹叫大叔,孩子叫爷爷,这怎么受得了,我这都是为了新的生活呀。而且,带你小嫂子出去都说是我女儿,这不是骂我为老不尊嘛。邓冰说,有了头发难道就不是为老不尊了?

邓小水插嘴说,大哥,你给我找了新嫂子?漂亮不漂亮?喻言就在邓小水头上拍了一下,你个坏蛋,和你爹一个德性,坏。我给你找的不是小嫂子,是小干妈。你还是叫我干爹吧,不要叫我大哥,你叫我大哥,我就没有干儿子了,难道让你老爸喊我干爹,这就乱了。邓冰说你喻言占我便宜是吧。邓小水说,干爹不是喜欢年轻嘛,我下次来连大哥也不喊了,叫小弟,你不就更年轻了。喻言就一把将邓小水抱起来,说你是有意的吧,气老子。邓小水咯咯大笑,喊着干爹饶命,喻言这才把邓小水放下,邓小水连忙闪了。

喻言望着不远处的邓小水问抚养权的事,手续办没有?邓冰答还没有呢。喻言不解,问不是你签字后往法官那一递就结案了吗。邓冰苦着脸说我有些犹豫了。喻言问为什么,邓冰答我有一件事没了结,如果现在把邓小水的抚养权要过来,万一我有个三长两短邓小水怎么办。喻言不知道邓冰说的三长两短指的是什么。邓冰为了邓小水的抚养权和张媛媛打官司,张媛媛好不容易同意了,他却犹豫不决,不愿签字了,这让喻言不明白。喻言告诉邓冰,赖武打电话了,让我给他做证,说为孩子的抚养权之事,他费了九牛二虎之力才说动了张媛媛,现在你磨磨蹭蹭不肯签字,要是张媛媛再反悔了不能怪他。

邓冰说我没有怪他的意思。

这样看来,邓冰肯定是有事瞒着喻言,可当着孩子的面喻言也无法深究。既然邓冰不说,也许有不说的道理吧,喻言不想再问,两个人带着邓小水去吃饭了。

邓冰所说有一件事没了结,其实还是和白涟漪有关。和喻言吃饭时,邓冰几次想说都没能开口,因为邓小水在身边随时插话,一时无法说清楚。

白涟漪这个名字本来是邓冰过去的影子,是邓冰青年时代的一抹桃色。这个影子被邓冰夹在写作练习本里,封存在记忆的深处。可是,邓冰一不小心打开了这段记忆,白涟漪这个名字随风而出,任性、飘忽、不可捉摸。这就像打开了潘多拉的盒子,你可以打开却不可控制。这个名字先从记忆深处出来,在邓冰的感情世界里徘徊,踯躅,使邓冰内疚,沮丧,伤感;然后,这个名字又莫名其妙出现在电话中,在虚拟空间里开始和邓冰纠缠不休,主宰了邓冰的喜怒哀乐;最后,这个叫白涟漪的人从虚拟空间出现在现实里,出现在邓冰的面前,让他措手不及。

在招聘会上和白涟漪相遇,邓冰想用法律的武器,一举击垮她,让她从自己生活中消失,没想到白涟漪也拿起了法律的武器向邓冰反击。当邓冰祭出刑法第二百六十二条,以拐骗儿童罪为武器打击白涟漪时,白涟漪却举起了刑法第一百三十三条,交通肇事罪来反击邓冰。

白涟漪说,如果你告我,我也会举报你。

邓冰莫名其妙,问白涟漪举报什么?白涟漪说举报你交通肇事逃逸。邓冰觉得好笑,说,我什么时候交通事故逃逸了。白涟漪说就在那天晚上,你记不记得撞过一辆马车。邓冰说我确实撞过一辆马车,可是那是一辆空马车。白涟漪说你以为那是一辆空马车,其实那是一辆有人的马车。那个马车当时正常行驶,赶马车的正在打瞌睡。那本来是一个菜农最惬意的时候,一车菜卖完了,赶着马车回郊区的家。也许马车夫正做美梦呢,可是你在郊区的路上超速行驶,把那辆马车撞了。那匹识途的老马在黑夜里被你突然一撞,马车上又没有安全带,可怜马车夫在睡梦中被抛下路沟,一头栽在岩石上,脑浆迸裂,而受惊的马却撒开四蹄一路狂奔而去。

邓冰觉得很奇怪,说你又没在现场,怎么会知道这些的。白涟漪鬼魅地一笑,说,我不是你死去多年的初恋情人嘛,我晚上在那个世界,白天在这个世界。人世间晚上发生的一切事情我都知道。邓冰望望天上的太阳,说你少在光天化日下给我装神弄鬼,信口雌黄,否则我对你不客气了。白涟漪笑了,说告诉你吧,我这是在交通新闻上看到的,你不看交通新闻吗?我最喜欢看了,交通新闻尽是交通事故的报道,摄像头回放,比任何电视剧都好看。马车被撞的案例网上也有,你可以上网查查。目前,交警正在展开调查,希望有目击者。邓冰狡猾地一笑,说你怎么知道我就是那位撞击马车的人?白涟漪说我们当时有通话录音,我和你所有的通话都有录音,我知道你是律师,因为孩子也许你会找我麻烦,我不得不防。我把孩子带走后,我们的通话和短信都保存了。在那个晚上,你是不是给我打过电话,我问你"到哪了?"你回答"在路上,快到了"。我说"咋这么慢呀,不是开宝马吗?"你说"路上撞了一辆马车"。我嘿嘿笑了一下,说"好玩,宝马撞骏马,谁怕谁呀。"这段电话录音我听了好几遍了,都能背下来了。

邓冰说即便是这样,当时没有目击证人,在那段郊外的路上也没有摄像头,你怎么能证明我撞的那辆马车就是死人的那辆马车呢?白涟漪说那天晚上,只有一辆马车被撞,时间和路段都和你撞的那辆马车一致。警察正在调查,只要我一举报,警察马上可以锁定你,根据他们掌握的证据完全能证明你是肇事者。你的车灯肯定撞坏了吧,在路上应该还留下了车灯的碎片和刹车的痕迹,在马车上还会有你撞击时残留的车漆,所有的蛛丝马迹都会拍成照片或者收集编号保存在警方的保险柜里,这些都是警方的证据。这一切只要和你修车的记录做一下比对就可以了。

邓冰听白涟漪这样说,有些绝望,非常无力地辩驳,可是,我撞的马车是空马车呀。白涟漪说,那是一辆有人的马车,你撞了马车后,停车检查自己的车,马受惊了却不会停下,等你追上马车,马车夫已经躺在路沟里了,马车上自然就空无一人了。

邓冰有些愤怒地望望白涟漪。这个白涟漪不但会卖保险,还挺有分析能力的,就像一个侦探。她完全是一个谜,神秘,可疑。邓冰没有打算去解开这个谜,甚至还躲避着她,可她突然出现在了邓冰的面前,十分妖冶,像一个魅影,充满了灾难的气息,要让邓冰吃苦头。白涟漪见邓冰不语,说你也不用害怕,只要我不举报,警察很难找到你。正如你说的,当时没有目击证人,也没有摄像头,警察就根据那些碎片很难破案。邓冰沉着脸,说,你为什么不举报我?白涟漪说因为我是你初恋的情人呀。邓冰说你别胡扯了,你只不过是和我初恋的情人同名而已。白涟漪笑,说那不一定,说不定我就是那个白涟漪,投胎后又来找你的。你这个负心汉,我为了找你,可谓是"上穷碧落下黄泉"了,可你居然不认我。

邓冰说行了,行了,说说你的条件,我怎么做你才能替我永远守住这个秘密。白涟漪嘻嘻笑了,有些含情脉脉地望望邓冰,反问道,你说呢?邓冰望望白涟漪,气急败坏地说,你别这样色迷迷地看着我好不好,像个妖精似的,我受不了。白涟漪妖冶地笑了,说我是妖精,你就是唐僧了,妖精都喜欢吃唐僧肉。白涟漪向邓冰逼近了一步,还用舌头舔了下嘴唇,这让邓冰连连后退。白涟漪哈哈笑了,说你真怕我吃了你呀。白涟漪眼睛不断向邓冰放着电,说,我这是色迷迷么,我这是含情脉脉呀。邓冰说我们正谈正事,你严肃点好不好。白涟漪风情万种地说,我就是在和你谈正事呀,只要你答应我一个条件,我就替你保密。邓冰说别说一个条件,就是十个条件都行。白涟漪说,我只有一个条件。

邓冰问什么条件?白涟漪回答,让我吃你的唐僧肉,哈哈。

35

邓冰有些愤怒,开始出言不逊,骂白涟漪是疯婆子,还骂了一些不好听的话。白涟漪也不生气,就那样笑眯眯地或者色迷迷地望着邓冰。白涟漪说你也算是一个知识分子了,一点都不理性,还会骂大街。邓冰说我不是骂大街,我骂大街了吗?我是骂你,你这个不要脸的东西。

白涟漪望着邓冰,笑着说,骂够没有,骂够我走了。邓冰有些急了,可怜巴巴地说,你别走呀,我们还在谈正事呢。白涟漪说,我不是说得很明白了么,只要你答应我一个条件,我就替你保守秘密。邓冰说,你那叫什么条件呀,总不能真把我蒸了吃吧,你以为我真是唐僧肉呀。白涟漪摇着头,说你的情商实在太低了,不解风情。

邓冰说,你到底要我怎么样?

白涟漪说,娶我。你娶我当老婆,我就替你保密。

什么,什么?邓冰不敢相信自己的耳朵,认为白涟漪还在取乐,说行了,我已经服你了,你就别再修理我了。咱们说正经的,你开个价吧。白涟漪说,除非你娶我,否则我没义务替你保守秘密。你娶了我,我肯定会守口如瓶。你想呀,谁会让老公吃官司呢。邓冰望望这个白涟漪,基本上拿她没有什么办法。邓冰说你这么漂亮,也不是嫁不出去,干嘛要这样逼婚。白涟漪又神秘地笑了,这种笑让邓冰心里没底。白涟漪说我看上了你呗,你气质不凡,文质彬彬的,又是名牌大学毕业的研究生,著名律师,有钱有社会地位,这种人本来早就有主了,你居然还离异了,孩子还那么可爱,你说这种人多难找呀?我们90后就是喜欢你这样的。再说,你有爱心还为人实在……

打住,打住,邓冰喊,我们又不认识,你怎么知道我为人实在?

白涟漪笑笑说,你要是为人不实在,那天晚上我怎么能把你骗到墓地去?

邓冰说你少提这个,你这是说我傻呗。白涟漪笑了,说傻是傻,却傻得可爱。你关键是一个有情有义的人,那个白涟漪你30年了都没放下。古代守孝才3年,你守了30年,多不容易呀!

邓冰生气却不知道气从何出。白涟漪俏皮地笑了,说我的理想就是要找个律师当老公。我曾经也想当律师,可是参加过无数次司法考试都没考上,无奈中才去卖保险的,找个当律师的老公也算是实现自己的理想了。

邓冰说其实我已经不是律师了,我已经停业了。白涟漪说停业了将来还可以再从业呀。再说你这么成功,有宝马有住房有别墅肯定还有钱,即便什么都不干,下半辈子也能幸福愉快有尊严的生活。我嫁了你这辈子就衣食无忧了,生活质量没有问题。嫁给你我也不用卖这倒霉的保险了,也就不会受人白眼了,更不会被人家用呼叫转移修理。白涟漪嗔责地望望邓冰,然后笑着说,哈哈,嫁给你比卖什么保险都保险。

邓冰望着白涟漪,很迷糊,不知道白涟漪天上一句地下一句,哪句真哪句假。

邓冰说你干嘛非要这样，我们又没有感情。白涟漪深情地说，谁说我们没有感情，我们上辈子都有感情了，已经修了两辈子的情了。白涟漪说，邓大律师，要是这两辈子的情你都不负责任，我不举报你才怪，让你个负心人去坐牢。

邓冰彻底被白涟漪击垮了。为了稳住白涟漪，他最后说，这事让我考虑考虑，毕竟是婚姻大事呀。白涟漪笑了，还是笑得很鬼魅，说考虑当然可以，我等你的消息。白涟漪说完就走了，消失在人群中。邓冰站在那里犹在梦中，一直等到喻言和吴亦静散步回来，邓冰都没有还魂。

根据白涟漪的说法，邓冰回到家就开始研究自己的这次交通事故。这时，邓冰收到了白涟漪发来的短信，是一个网络链接。邓冰根据这个网络链接，找到了交通事故的有关报道。报道其实很简单：警察接到报案，早晨8点30分有人在公路边的路沟里发现了尸体。警方初步认定，死者是从路上摔下路沟，头先着地，撞到岩石，颅骨破损，最后失血过多死亡。根据法医鉴定，死者应该是在早晨8点左右死亡的，在摔下路沟时没有任何反应，双手抱胸，赶车用的长鞭还抱在怀里。可见，死者是突然被甩下路沟的，这说明马车当时速度极快。这种快来得突然，属于马车失控，马匹受惊造成的，马车夫根本没有反应的时间就被甩下了车。

造成马匹受惊，马车失控的原因无法确定。警方分析，这可能是一个交通事故，马车被撞，肇事车辆逃逸。当然，也不排除汽车突然鸣号造成的马匹受惊。家属认为，那匹老马经常进城，早已习惯汽车喇叭,从来没有受过惊。家属认定是马车被撞,造成马惊人摔,撞马车者逃跑。家属强烈要求警方找到肇事车辆,严惩肇事者,还死者一个公道。

邓冰仔细研究了一下案情,发现交通事故路段和自己撞击马车的路段完全符合。也就是说自己当时撞了一个有人的马车,而不是空马车。这么一想邓冰一下子真是丢掉了七魂八魄。

警方确实正在展开调查,并在征集目击者,死者的家属和警方都留下了电话号码。邓冰按照警方侦查的程序设想,警方可以根据遗留在公路上的车灯碎片,确定这是一辆宝马车,可以根据马车上留下的漆痕,确认车的颜色。警方可以调取全市所有的宝马4S店的修车记录,特别是换过前车大灯的车辆,找到这辆肇事车辆。邓冰想到自己正好在宝马4S店换过前车大灯,而且还走了保险。为了走保险邓冰当时在修车前还把车对着马路牙子顶了一下,向保险公司报案说自己操作失误,在踩刹车时误踩了油门。保险公司接受了报案。车在4S店修了5天,邓冰一分钱没花就把车修好了。

白涟漪如果不举报,可能不会引起警察的注意,而如果她举报,警察马上就能找到自己,到时候在证据面前不承认也不行。如果承认自己是肇事者,水落石出之时自己还要面临骗保的起诉。邓冰这样一分析,心一下就揪紧了。

邓冰连忙研究了一下刑法第一百三十三条,"违反交通运输管理法规,因而发生重大事故,致人重伤、死亡或者使公私财产遭受重大损失的,处三年以下有期徒刑或者拘役;交通运输肇事后逃逸或者有其他特别恶劣情节的,处三年以上七年以下有期徒刑;因逃逸致人死亡的,处七年以上有期徒刑。"

邓冰觉得大祸临头了,自己在省道上超速行驶,当时车速至少在每小时140公里,省道的限速是每小时60至80公里,自己超速在50%以上,撞击马车属于追尾,应该负全责,然后逃逸致人死亡。根据刑法第一百三十三条逃逸致人死亡可以判7年以上有期徒刑,以上是多少呢?有期徒刑在单独处罚时最高15年,也就是说交通肇事逃逸致人死亡最多可以判15年。

让邓冰不解的是,事故已经过去这么久了,警察居然一直没有破案,没有找到肇事车。这个案子并不复杂,其实就是一个简单的交通事故,只要警察按部就班地排查全市的宝马4S店,马上就会水落石出。为什么警察没有破案呢,邓冰百思不解。最后,邓冰决定主动出击,去了解警方的调查进度。如果发现警方已经开始怀疑自己,就在警方确定前马上投案自首,争取宽大处理。自己并不是有意肇事逃逸,这一点有喻言为自己作证。

邓冰是律师,他知道如何合法地了解这个案子的进展。邓冰根据家属留下的电话号码,给家属拨通了电话。邓冰告诉受害者家属,自己是一个律师,得知家中出了交通事故,现在还没有找到肇事者,愿意对其进行法律援助。电话是一个妇女接的,听说邓冰要为她免费打官司,三句话没有说完就开始哭诉,说孩子他爹死得冤呀,让我们孤儿寡母的怎么过呀。邓冰安慰了一下受害者家属,问明了地址,约定了见面的时间,准备好委托代理文件,开车去见受害者家属。

这是一个叫马头镇的地方,邓冰沿着那天晚上走过的路又走了一遍。邓冰的车速很慢,观看着沿路的情况。整个路上交通十分混乱,农用车、摩托车、小汽车,当然还有马车,各种机动车和非机动车混在一起,在马路上你追我赶。由于邓冰车速慢,一些农用车不断地超邓冰的车还猛按喇叭。去马头镇自然要经过青松岗墓园,邓冰向墓园望望,怅然一叹,踩着油门过去了。

邓冰在马头镇打听受害者家,问到马车被撞的那家住什么地方,镇上的人都知道。听说有律师要免费帮助打官司,门口早早地就围了一群村民,大家见了邓冰七嘴八舌的,说可怜得很,你就帮帮孤儿寡母吧,好人会有好报的。

受害人叫郭子,就是那个马车夫。邓冰进门就看到一个寡妇和两个戴孝的孩子。女孩9岁,男孩才4岁。由于过度伤心,寡妇脸上已经被悲伤之犁划拉了无数遍。邓冰很想安慰一下她,可是她的哭泣让邓冰无所适从。车夫早晨8点钟才死亡,自己撞上马车是凌晨2点钟,这中间有6个多小时,如果及早发现,进行施救,马车夫就死不了。邓冰想到这点心上被重重一击,有一种懊悔从心底里升了上来。望着孤儿寡母,邓冰陷入一种深深的自责中。

这时,有村民站在门口劝,说郭子家的,人家律师来帮你了,你别光哭呀,把冤屈好好给律师说,人家好为你做主。郭子家的用手胡乱擦了把脸,把泪水抹到衣袖上,对邓冰说,邓律师呀,你说天下有这样的事吗,孩子他爹被撞死了才赔一万块钱。你说我们农民就这么不值钱,一条命才值一万块钱。

邓冰听郭子家的这样说,有些糊涂了。说肇事车辆不是没有找到吗,谁赔的钱?郭子家的说,那么大个车在十字路口把俺家的马当场撞死,把马车撞得稀巴烂,怎么说肇事车辆没有找到呢?邻居甲插话说,郭子家的,你别把律师说糊涂了,肇事车辆可以说找到了,也可以说没找到。邓冰听邻居这样说更糊涂了。另外一个年轻人说,你们别七嘴八舌的,越说人家律师越不明白。是这样的,撞人的车辆逃逸了,撞马车的是一辆大公交车,在十字路口马车被撞得人仰马翻的,公交车司机被当场抓获,赔了一万块钱,那是赔马车的钱。邻居乙说,拉倒吧,还人仰马翻呢,公交车撞马车时,马车上没有人,只能说车毁人亡。邻居甲就哈哈笑,明明没人,你却说车毁人亡。邓冰快被这群村民弄疯了,说你们就别用成语了,这事我基本听明白了,这是两起交通事故,倒霉的马车先后被撞了两次:第一次撞马车的肇事车没找到却致人死亡;第二次撞空马车的是公交车,人家赔了一万元。村民都点头称是,嗯哪,还是律师说得明白。

邓冰让郭子家的在委托书上签了字按了手印,并申明免费为郭子家寻找肇事者打官司,然后就告辞了。邓冰告诉郭子家的,他将直接去找管这个案子的交警,先全面了解一下情况,下次再来。在村民的簇拥下邓冰离开了马头镇,有些逃之夭夭的感觉。

管这个案子的交警有一个奇怪的名字,叫路安全,看来是命里注定要成为一个维护交通安全的交警。见了邓冰路交警很高兴,说他们早该请个律师了,就是怕花钱。我们无法和家属沟通呀,他们就知道上访,说我们破案不力,也不听我们解释。邓冰说我是法律援助,不收任何代理费。路交警说,这就好,这就好。路交警拿出了一些档案卷宗,说你是律师,有权了解案情。这个案子其实很简单:一辆马车在早晨上班高峰时进城,在十字路口闯了红灯,和一辆公交车相撞,马车被撞散架,马匹当场被撞死,可是,现场居然没有发现赶马车的人。家属确认了马车是自己家的,可是孩子他爹却不见了。后来,有人报案在郊区的路沟里发现了一具尸体,家属认定是赶车人。公交公司赔偿了马车的钱,不可能对死人履行赔偿责任,因为公交车再有能耐也不可能一撞之下,把赶马车的人撞飞到十几公里的郊外。

邓冰不由问,这到底是怎么回事呢?路交警说,这不难判断,早晨,一个农民赶着马车进城,路上车水马龙的,十分混乱,马匹受惊,奔跑中将赶车的农民摔下路沟,死亡。失去驾驭的马车继续向城里奔驰。马又不认识红绿灯,在没有赶车人控制的情况下,在十字路口闯了红灯,最后造成车毁马翻。

应该承认,路交警的这个判断合情合理,可是,马车为什么受惊的呢?路交警说,这也是我们和家属的分歧点。家属认为马车是被撞受惊,我们认为马车受惊的原因太多了,被撞受惊只是一种可能。比方:突然的汽车喇叭声,看到了自己害怕的东西。你当年看过一个叫《青松岭》的电影吗,马匹见到树桩子也会受惊,还有公马见到母马也会拼命追赶,所以我们只能判断为意外受惊。

邓冰问,如果真是马车被撞致人死亡呢?路交警说,那要找出证据,当时,马路上人很多,如果被撞肯定有目击者,可是完全没有人看到马车被撞,只有人看到一辆空马车向城里狂奔。家属要求我们找到撞击马车的肇事者,我们到哪找去。

邓冰说没有目击证人,难道马路上没有一点蛛丝马迹,难道马车上没有留下什么痕迹?如果马车真的被撞,是应该有刹车痕迹的,可能还有撞击的遗留物。路交警说,我们勘察了整个路面,那条路上刹车痕迹实在太多,各种车辆的碎片都有。在死者的前后5公里内,我们发现了十几道刹车痕迹,也发现了汽车车灯的碎片,甚至在那散架的马车上我们也发现了两种不同的车漆，一种是公交车的，还有一种车漆鉴定出来是银色的宝马车漆，路上发现的车灯碎片也有宝马的。这也许可以证明，马车在路上确实曾经被撞过，可是，我们面对这些蛛丝马迹却无法展开调查。

邓冰说有了这些蛛丝马迹为什么还不能展开调查呢？路交警说马车上有两种车漆，说明马车曾经和一辆宝马剐蹭过，在什么路段什么时候剐蹭的无法判断；路上有好几种车辆的碎片，包括一辆宝马的车灯碎片，可这无法证明就是和马车相撞留下的。邓冰说，完全可以对全市的宝马4S店进行排查，看看谁在这个时间段换过宝马车灯，并且喷了车漆；也许还可以排查一下保险公司，看看有没有宝马车出过险。路交警望望邓冰笑了，说看来你只能当律师，不能当侦探，你不懂犯罪心理学。你想呀，任何一个交通肇事逃逸者都不会去4S店修车，更不用说还冠冕堂皇地向保险公司报案理赔了。如果真有车辆撞击了马车逃逸，全市有那么多汽车修理厂，在哪个厂不能修车；也可以去外地修车，你难道去查全国的汽车修理厂？这是不可能的，我们也没有这个警力。

36

邓冰回到家里,把整个案情又梳理了一遍。在凌晨2点多钟,邓冰在郊区的公路上与马车相撞。邓冰停车查看自己的车辆,马车受惊向前一路狂奔,赶车人就在这时摔下路沟。邓冰开车追上马车,发现马车空无一人。邓冰超越马车,然后拐向青松岗墓园。马车跟随邓冰的汽车尾灯也去了青松岗墓园,并且在墓园跟踪邓冰一直到天亮。邓冰离开青松岗墓园,马车继续跟随,上了公路,邓冰加速回城,马车狂追不舍。邓冰进城去派出所报案,马车在十字路口闯红灯和公交车相撞,车毁马亡。

邓冰将那天晚上的事回忆一遍后,不由暗暗心惊,明白了那匹老马为什么要追踪自己了。在漆黑的夜晚,它失去了前进的方向,只有跟踪一个亮光走。或者它本来就是一匹神马呀,谁撞了它,它就追谁,这是要为主人讨回公道。只是,再聪明的马也搞不明白人类设置的红绿灯,更不懂还有交通规则。

这么复杂的案情,除了当事人谁弄得明白?交警判断马车早晨进城受惊,却完全忽略了头天夜里马车回家时发生的变故。邓冰撞了马车,却没有发现赶车人摔下路沟。邓冰走保险把车修好了,完全是在不知情的状态下进行的。邓冰当然知道交通事故逃逸的处罚力度,他不会逃逸也不敢逃逸;如果逃逸也不敢走保险在宝马4S店修车。警察根据逻辑推理，还研究了犯罪心理学，去寻找事件的本质，却恰恰忽略了事情的表面。邓冰的所作所为成了一种最高级的隐藏，这是邓冰自己也没有料到的。这样看来，邓冰能不能逃避法律制裁，关键就在白涟漪了。她是唯一了解线索的人，只要她去举报，整个因果链就成立了。要想让白涟漪闭上嘴，只有两个办法：一是杀了她，二是娶了她。杀人邓冰没有这个胆量，难道只有娶她这条路了？邓冰觉得这事比较荒唐。可不是嘛，邓冰把白涟漪从旧时的写作练习本里放出来后，荒唐的事就一件接着一件。

邓冰给白涟漪打电话，对方接到邓冰的电话兴高采烈的，问，你考虑好了？邓冰嘟嘟囔囔地不置可否，约白涟漪见面。邓冰原计划请白涟漪在外面吃个饭，好好谈谈，看通过金钱能不能解决问题，可是白涟漪却说在外面吃太浪费，都是自家人，不必要这么铺张。白涟漪还说，我去你家，亲自动手，让你尝尝我的厨艺，也算是认认门。

放下电话邓冰眼前出现了幻觉，自己成了绵羊，眼见着大灰狼向自己逼近，自己却不能逃跑。邓冰对自己的这种幻觉深恶痛绝。邓冰自认为算是一个老江湖了，也是情场老手，为什么面对白涟漪的咄咄逼人，自己却显得如此不堪。我为什么是绵羊，我为什么不能是猛虎？大灰狼要一口把我吞下，我为什么不能把大灰狼咬死？可是，邓冰在心中又痛苦地感觉到，自己没有底气，自己有把柄抓在对方手里。邓冰无法雄壮起来，只能任人宰割。邓冰仿佛看到一只可怜的绵羊在狼面前无从反抗。

白涟漪很快就来了，一进门就将邓冰抱住了，还喊老公。邓冰想躲没有躲开,说这才是第二次见面,是不是太快了。白涟漪说还快呀,太慢了!我们上辈子的情意,这辈子才在一起,还快呢!你浪费了我的前世,在这个轮回你可要对得起我。邓冰不愿意把眼前的白涟漪和过去的白涟漪混为一谈,很严肃地告诉她,如果再提过去的那个,你就走吧。白涟漪笑了。连忙说,好的,好的,不提了,再也不提了。那都是咱过去的事,咱只顾眼前,只管眼前。白涟漪进屋参观了邓冰的房子。这是一套三室两厅,有160多平米。白涟漪看着乐得嘴都合不拢了,哇,这么大的房子,我干一辈子也买不起,真是干得好不如嫁得好呀,看来非你不嫁了。邓冰没有接茬,这个白涟漪直打直上的真让人吃不消。白涟漪完全是把邓冰的家当成自己的了,直奔卧室,啧啧称奇。白涟漪说真有品位,还是仿古的红木家具呢。那红木架子床上铺现代弹簧软床垫,中西合璧呀。这种床睡着有安全感,过去小姐太太都愿意睡这种床,私密性很好,挂蚊帐也方便。邓冰在客厅没有搭腔,心想老子这床可不是仿古家具,分明就是一件古物,捡漏了,才花了十几万,很有收藏价值。当初,喻言说你这床我不敢睡,还不知道是哪家的老寡妇睡过。邓冰说为什么是老寡妇,为什么不是一位年轻漂亮的小姐睡过。我这是和古代的一位小姐同床呀,林黛玉或者薛宝钗,金陵十二钗的任何一个都好。

　　白涟漪从卧室直奔厨房,开始翻箱倒柜,就像一个熟练的家庭主妇。白涟漪一边在厨房忙着还一边赞叹,表扬邓冰橱柜颜色选得好,简直就是为我专门定制的;冰箱也够大,双开门西门子的;瓷砖是亚光的,还防滑;餐桌可以坐8个人吃饭……

　　邓冰懒得理她,让白涟漪在厨房忙,自己坐在客厅看着电视,游手好闲得就像一个真正的老爷。可不就是老爷嘛,眼前突然来了一个女人,坚决要求伺候自己一辈子,真不知道这一切是真是假。

白涟漪的厨艺确实不错,弄了几个小菜色香味俱全的。邓冰就开了一瓶红酒,本来想夸几句,可是白涟漪在那里自卖自夸,邓冰就不吭声了。白涟漪号称自己进得了厨房,出得了厅堂,上得了婚床。邓冰说没看出来。白涟漪说眼前就是事实呀。邓冰坏坏地一笑,为了活跃气氛,就说什么事实呀,我们可没试过。白涟漪哈哈笑了,说看不出你还有不少花花肠子,吃过饭就上床让你试试。邓冰说,我可不想试,代价忒大了。白涟漪端着红酒杯和邓冰碰了一下,暧昧地说你不想试,我可是要试的。邓冰不语。

吃过饭后,白涟漪借助一点点的酒劲,很快就把邓冰拖上了床。白涟漪把邓冰剥了个精光,就像剥一只宰杀过的羊。白涟漪趴在邓冰身上忙碌着,像一个赤身裸体的山鬼。白涟漪真的开始吃唐僧肉了,只是无论怎么努力,邓冰都没有反应。邓冰开始还以为自己的小弟弟会很没出息,离婚后就没碰过女人了,只要见到女人就会自然地勃起。结果,白涟漪把吹、拉、弹、唱十八般武艺都用上了,邓冰的下面沉默着就像一枚冬眠的蚕豆。邓冰对自己的小弟弟很满意,心想这是一种无声的反抗呀,这是作为绵羊最伟大的品质。白涟漪就问邓冰,你这病难道是天生的?邓冰回答得斩钉截铁,你才有病,我儿子都上小学了,我有什么病。白涟漪用手托着邓冰的小弟弟,说你这东西就像扶不起的阿斗还敢说没病。邓冰说,我只对自己爱的女人才有所反应,才能有所作为。

邓冰的这句话就有些伤人了。白涟漪沮丧地翻身从邓冰身上下来,躺在那里喘着粗气。白涟漪说,我以为把你拉上床,扒光了,做成了好事,就万事大吉了,没想到你如此有定力,把我拒之门外。邓冰这时都没有忘记自己嘴上的功夫,说我并不是把你拒之门外,我是三过家门而不入。白涟漪呵呵大笑,打了邓冰一下又叹了口气,说我知道你恨我,我把你折腾得够呛,不但拐骗了你的儿子,还把你半夜三更骗到墓地,害你撞死了人。我说过永远都会保守秘密,我今天来就是负荆请罪的。邓冰说有你这样负荆请罪的吗?你怎么负荆了,你这分明是来吃人的。

白涟漪坐起来打开了床头灯,暗淡的灯光播撒了一些粉红的气息。白涟漪拿过随身所带的包,打开了,从包里拿出了一卷绳子。这是一堆红色的绳子,猛地拿出来还有些光彩夺目的喜庆感。除了绳子还有一根花色繁多的软鞭。那软鞭就像一条小花蛇,在床上游动,吐出火红的信子。白涟漪说我把绳子和鞭子都带来了,准备把自己捆了,负荆请罪让你鞭打。你看,这都是我用一套崭新的床上用品制作的,红色的纯棉床单拧成了棉绳,繁花似锦的被面辫成了鞭子。邓冰望着这一床东西,不由冷笑了,说你这是真的假的,如果你有诚意,把自己绑了我看看。

白涟漪便笑着开始捆绑自己。看得出来白涟漪捆绑自己的动作很熟练。她用一根红绳先绑住了左脚踝,然后缠绕在床尾的左边廊柱上;她用另外一根红绳绑住了右脚踝,缠绕在床尾右边的廊柱上。两条腿被绑住后,她开始绑左腕,左腕绑在了床头左边的廊柱上,在廊柱上白涟漪居然还打了一个美丽的蝴蝶结。这样,只剩下右手了,邓冰很好奇,不知道白涟漪用什么办法用右手把右手绑了。结果,白涟漪用嘴,用牙齿帮忙,还真成功地将右腕绑在了床头右边的廊柱上。这样,白涟漪完成了自己的捆绑。自始至终,邓冰都没有帮忙,而是歪在一边好奇地看热闹。这是名副其实的作茧自缚呀。白涟漪把自己绑在了邓冰家的红木大床上,躺在那里成了一个赤裸的"大"字,这裸体的大字看起来已经没有任何反抗能力了,一匹狼变成了羊。

白涟漪望着邓冰说,我这是真正的负荆请罪吧。我把自己交给你了,鞭子就在你身边,你可以惩罚我,这是你的权利。邓冰操起鞭子,在空中挥舞着,能听到鞭子在空中嗤嗤地嘶叫。邓冰望望眼前的白涟漪,说我还真想抽你一顿。白涟漪说那你就抽吧,我等着呢。邓冰就在白涟漪身上轻轻地抽了一鞭子。这一鞭子邓冰没敢用劲,就像一次暧昧的抚摸。白涟漪吃吃笑了。邓冰问你笑什么?白涟漪说,痒痒。你小弟弟不给力,手上也没力,难道你就是一个衰人。邓冰有些气恼,他妈的,真抽了一下,这次手上用劲了。白涟漪"哎哟"一声,全身抽搐了一下,只是那哎哟之声也许开始是因为疼痛而呻吟,到了尾声就变成了因为快乐而欢呼了;或者说"哎"因为疼痛而起始,"哟"因为快乐而尾声。这也许就是痛并快乐着吧,这是一种享受。邓冰也许被白涟漪的享受激怒了,高高地扬起了手中的鞭子,呼啸着向白涟漪的身上扑去。这次,白涟漪真被打疼了,嘴里已经不是哎哟或者咿咿呀呀的呻吟了,变成了惨叫。只是白涟漪的惨叫却有了一种气势,有了大无畏的气概。

白涟漪惨叫着喊,打吧,打不死的吴琼花。白涟漪这是在咒骂邓冰了,自己摇身一变成了红色娘子军中的女战士,而邓冰就是挥舞着鞭子的南霸天。既然是南霸天,那还有什么客气的呢?南霸天要有南霸天的样子,南霸天的鞭子完全是无情的。邓冰看到自己手中的鞭子落在白涟漪的裸体上,瞬间就变成了一道红色的印记。邓冰几乎被那印记迷住了,手中的鞭子不再盲目,而是开始有了准确的目的。邓冰横着一鞭,竖着一鞭,斜着一鞭,侧着一鞭,一会就在白涟漪的身上抽出了一个红色的米字。

在这期间,白涟漪嘴里的革命战士也在不断转换,由吴琼花变成了白毛女,又从白毛女变成了江姐。邓冰就由南霸天变成了黄世仁,又从黄世仁变成了叛徒甫志高。这样打下去让邓冰气馁,一旦气馁就有些气喘了,打人的人就显出疲惫。邓冰打累了,有些上气不接下气,而白涟漪有了英雄主义附体,却有些视死如归,意犹未尽了。邓冰不由想起了一句格言:"要想征服一个人的肉体,首先要征服他的精神。"邓冰接下来的鞭子用力少了,嘴里却有了另外一条鞭子。邓冰喊道,你个女特务,我打死你;你个卡布兰,我让你刺杀列宁,我让你刺杀革命领袖……邓冰把白涟漪置换成了电影《列宁在1918》中的女特务,而且是一个外国的女特务。

这一招果然很管用,白涟漪开始诅咒,骂邓冰是土匪、强盗、流氓。骂着骂着,邓冰手中的软鞭再也举不起来了,下身的肉棍却举了起来。邓冰恶毒地冲上去,手持肉棍,直捣黄龙。

啊,流氓!

37

  白涟漪几乎惨叫了一声,然后在邓冰身下浑身筛糠,颠簸如一个秋千。可不是秋千嘛,白涟漪四肢被捆,所有的晃动都被固定了,成了一种可控的运动。只是邓冰在这种可控中自己却不可控了,没有多久就被身下的肉体秋千架摇出了元神,趴那不动了。

  当邓冰从盥洗间洗澡回来,已经很清醒了。他被眼前的一切惊呆了。白涟漪遍体鳞伤地躺在床上,四肢被缚,眼睛紧闭,就像一个被强暴致死的人。邓冰小心翼翼用手去试白涟漪的鼻息,没想到白涟漪突然睁开了眼睛,第一句话却是:邓冰,你个强奸犯。

  这句话对一个律师来说是真正的鞭子,那鞭子是致命的,抽在邓冰身上让他打了一个寒噤。不过,邓冰是要反抗的,正如白涟漪被鞭打时也要反抗一样。邓冰说,你才是强奸犯呢,是你把我扒光的,是你动手把自己绑在床上的。白涟漪不语,用牙齿咬住了左手边的蝴蝶结,用力一扭头就把左手边的蝴蝶结拉开了,白涟漪的左手瞬间就获得了解放。接下来白涟漪用左手解开了右手。双手都获得解放的白涟漪从包里拿出了手机,对着自己的身体一阵猛拍,这其中还有对着还未松绑的双脚拍的特写。邓冰骂白涟漪有病,自己的裸体也拍,万一泄露出去,你还要脸吗?白涟漪说,我这是受难图呀。耶稣被钉在十字架上,我被绑在古老的中式雕花大床上。中国女性被鞭打,被凌辱,被踩躏的时代还在继续。邓冰说,你拉倒吧,中国女性在床上的事永远也成不了宗教。白涟漪说,本女子没想让人顶礼膜拜,我这是在搜集你强暴我的证据。

邓冰望望白涟漪,四肢冰凉。邓冰突然觉得白涟漪是一个不可控的人,有一种不可琢磨的神秘色彩。和白涟漪在一起,你不知道下一秒钟她会想什么,也不知道明天会发生什么。白涟漪说,就两条路:要不我去公安局报案,告你强奸罪;要不我们一起去民政局,去领结婚证。这两条路摆在你面前,你自己选。邓冰说,结婚这么大的事,我总要考虑考虑吧,你这是逼婚。白涟漪哈哈笑了,说就是逼婚了,你看着办。我当然给你时间,白涟漪看了一下表说,明天12点前,我在家等你的电话。要是你同意结婚我就带着户口本,我们在民政局门前见;要是你不同意结婚,那我就直接去公安局。邓冰说,能不能多给我一点时间?白涟漪回答,不能,我也是参加过司法考试的,强奸案是有时效的。我要是等十天半月的再去告你,警察都会骂我神经病。邓冰望着白涟漪穿衣服,收拾那些红绳子,然后拎着包开门而去。邓冰有些绝望,虽然恨之,可心中却希望白涟漪别走,再谈谈。

白涟漪离开后,邓冰连忙研究了一下强奸罪的法律条款。根据刑法第二百三十六条,以暴力、胁迫或者其他手段强奸妇女的,处三年以上十年以下有期徒刑。致使被害人重伤、死亡或者造成其他严重后果的,处十年以上有期徒刑、无期徒刑或者死刑。

如果白涟漪真去报案,自己就是以暴力、胁迫手段强奸妇女。绑在床上进行鞭打,当然是以暴力和胁迫手段了。在法庭上你说原告是自己把自己绑在床上的,哪个法官都不会采信,还很可能会激怒法官。对于那些自以为是的法官来说,他会认为这是对他的侮辱,是在考验他的智商。邓冰知道中国的法律是重视情节的,同样的损害结果,情节严重者从重惩罚。根据白涟漪的照片和身上的伤痕,法官完全可以认定强奸的情节严重。如果白涟漪不但报案,而且还曝光,自己就成了一个变态者,一个心理阴暗的人,网友会群起而攻之,这将直接影响到法官的判决,到那时自己不但要身败名裂,而且会被重判。三年以上十年以下,有可能会判十年。

最关键的是白涟漪告发邓冰强奸后,她还会举报邓冰交通肇事逃逸。强奸罪加上肇事逃逸罪,数罪并罚,邓冰差不多要坐20年的牢。邓冰现年51岁,要是坐20年的牢,出来就70多了。到那时候儿子邓小水还会认邓冰这个劳改犯爹嘛。要是真坐了牢,那还要回儿子的抚养权干什么,要回来也带不了。这也就是张媛媛同意把儿子的抚养权给邓冰,邓冰却迟迟不签字,不办手续的原因。

看来,只有一条路了,那就是妥协,乖乖就范,听从白涟漪安排。

邓冰把心一横,决定第二天和白涟漪领结婚证。先过了眼前这一关再说,领了结婚证就不存在强奸罪了,先把强奸罪的事搪塞过去再说。邓冰独自冷笑了一下,不就是领结婚证吗,那张纸其实没什么作用,只是一个契约,一纸合同。既然对方要逼婚,结婚就不是邓冰真实意思的表达,能结婚也可以离婚。对一个律师来说,这是最简单的法律问题。

后来,当邓冰把自己和白涟漪的结婚证摆在喻言面前时,喻言拿着结婚证翻来覆去地看,不敢相信自己的眼睛。邓冰的"闪婚"让喻言一时无法理解。喻言问邓冰是不是泡妞泡成老公了,把人家办了,脱不了手了吧。邓冰对喻言说,我那天没有喝醉呀,怎么会干出那样的事呢。喻言问你干了什么惊天动地的事?不就是那个卖保险的主动送上门,你们喝了酒,上了床,做了爱嘛,这有什么了不起,不值一提!对于成年男女来说,这是日常生活呀。喻言还说,你心中不忿,只不过觉得这不是泡妞,是被"妞泡",有些委屈而已,将来习惯了就好了。像你这样的60后,事业有成,经济收入丰厚,离异,典型的钻石王老五,将来被80、90、00后妞"泡"是常有的事。

邓冰说,这可没有泡妞那么简单,这不是做爱,这是在做恨。邓冰的"做恨"说倒是让喻言觉得新鲜。在喻言的追问下,邓冰把事情的经过原原本本地告诉了喻言。邓冰把闪婚的原因归结为规避强奸罪,不过没有向喻言透露交通肇事逃逸的事。邓冰是律师,即便是最好的哥们儿,什么事能说,什么事不能说,什么事什么时间说,邓冰心里还是明白的。这是一个律师的职业敏感。

喻言说看来白涟漪的性取向有些问题,最起码有虐情的倾向。不过,将来你要是习惯了,还是挺刺激挺好玩的。邓冰说看来你也有些变态了,回家把你的吴亦静捆起来鞭打一次看看。喻言说那我不敢,要是鞭打也是我被鞭打。喻言笑着望望邓冰,说既然已经领了结婚证,那你就是新婚呀,我们还是要祝贺一下的。要不要我把同学们都聚齐了,办一下,大家热闹热闹……邓冰咆哮着喊,办你的脑袋,我必须离婚。我平生最恨的是被逼干一件事。她实在忒变态了,我们领结婚证后她居然又消失了,这都十几天了一点消息都没有。喻言笑了,神情怪异,说担心她了吧。既然你对新婚妻子牵肠挂肚的,那你就给她打电话呀。邓冰斩钉截铁地说,我不可能给她打电话,我还没有那么贱,她把我搞惨了,我才不会主动给她打电话呢。邓冰又瞪了喻言一眼,说我从来没有承认她是我的妻子。喻言说你承不承认都没用,你们已经是合法的了。喻言为师弟着急,说,这也不是个事呀,你和她领了结婚证,她又突然消失了,这很邪门。喻言还说,她会不会又有什么新的阴谋?邓冰承认这也是自己最担心的。邓冰百思不解,说我怎么也想不出她还能出什么幺蛾子,该出的都出了,连结婚证都领了,她还要干什么。喻言点着头,说是呀,她还要什么呢,阴谋夺取你的财产?可是你的房子、车子、存款都是婚前财产,她想夺也夺不到。邓冰不住摇头,说要是钱能解决问题,我也就没必要和她领结婚证了。我当时就是想用钱解决的,我出二十万她都不干。

喻言窃笑着说太少,太少了。突然,他恍然大悟,拍着腿说,看来她就是回来了,你也不能和她在一起过日子。邓冰问喻言为什么?喻言说,她和你是合法夫妻,如果你死了,你的财产她就有继承权了。喻言这样说让邓冰脸色大变。喻言说将来她在你碗里下那种慢性药,慢慢毒死你。你看过张艺谋的电影《满城尽带黄金甲》了吧,周润发和巩俐演的。邓冰知道喻言又拿自己开涮了,嘴里硬是说不怕,心里却在打鼓。喻言还说,你千万别买保险,特别是那种意外伤害险之类的。她找个人开车把你撞死,到时候她也是受益人。她是卖保险的,知道怎么获利。邓冰几乎被喻言说崩溃了,说你他妈的办畅销杂志办出病了,什么都往邪处想,尽是吓人的故事,照你这么说,这个世界也忒黑暗了。

喻言见邓冰真怕了,就嘿嘿笑。邓冰说,她迟早会出现的,她要是两年都不出现,我就去报案,确认她失踪。要是她失踪了才好呢,这事也就了结了。邓冰望望喻言,说你突然来找我有什么事呀,不是专门来吓我的吧。喻言这才想起了找邓冰的目的。喻言拍着脑袋,说只顾听你的变态故事了,把找你的事给忘了。我今天找你是谈导师的事。喻言从随身的包里拿出了一封信,说这是梁老师写给我们的,你看看。

信是写给喻言、邓冰和赖武的。梁石秋那天嫖妓被抓,其实,作为弟子大家从那天过后就再也没提起这事,没想到梁石秋却耿耿于怀。梁石秋不但没有忘记,事情还在心中不断发酵,渐渐渗透出了毒液,时间越长毒性越大。最后,梁石秋竟然离家出走了。

38

梁石秋是著名教授,是学术带头人,身上还有研究课题,还带着博士和硕士研究生。这么一个德高望重的教授怎么会离家出走呢?这让校领导和在校的弟子百思不解。梁石秋离家出走当然没有给学校说出原因,只给学校留了一张纸条,把工作交代了,声称走了,去远方。从此,梁石秋和学校断绝了联系,手机再也打不通了,这让学校莫名其妙。梁石秋虽然退休了,可返聘后还招研究生。梁石秋的弟子就像一群无头苍蝇,找学校要导师,论文还等着指导呢。

学校找到梁石秋的家,师母也不知道向学校以及众弟子怎么解释,因为老伴离家出走,人们很容易想到是家庭问题,可是,师母却闹不明白自己究竟错在哪里。师母也拿出了一张纸条,纸条内容和给学校的差不多,说走了,今后自己保重。这样,学生找学校要人,学校向师母要人,师母又向学校要人,结果弄成了一锅粥。这事不知道啥时候又被媒体知道了,关于老教授离家出走的故事不久就见诸了报端,一时被炒得沸沸扬扬。各种说法都有,可又不确实。甚至有网站声称梁石秋教授叛逃到国外去了。学校又连忙出来辟谣,说梁教授研究的是中国法学,不涉及国家机密,叛逃到国外有什么用呢。

梁石秋离家出走没有给任何人说明原因,却给喻言、邓冰、赖武三位弟子写了一封信。在梁石秋的生活中比这三位弟子重要的人物多了去了,他只单单给这三位弟子写信,可见嫖妓的事暴露后对梁石秋的打击有多大。

梁石秋给喻言们的信内容大致如下:

那天晚上对我来说是一个极其黑暗的夜晚,我对你们的师母说有应酬,然后独自走进了那个叫"师妹"的歌舞厅……长期以来我的欲望泛滥成灾,蠢蠢欲动,无论是肉体的还是精神的。我那欲望的火焰无法泯灭,我想放纵,我要精神自由。我绝望地在校园内行走,把目光投向那些自认为陌生的漂亮女生。其实在校园内哪有什么陌生女生,当我稍微张望一下后,人家就会主动喊梁老师,向我打招呼。

可见,在校园内我连欣赏一个女人的权利都没有,更别说其他了。因为我是一个教授,我要为人师表,我要庄重,我不能现出男性暧昧之笑,那样会被学生称为老不尊。我更不能向弟子下手。我是一个有妇之夫,向弟子下手只能会闹出丑闻,那样会让我声名狼藉,臭名昭著。

其实,我知道肉体的欲望来自精神的冲动,肉体可以暂时得到满足,可是精神上的自由我却无法满足。作为教授和学术带头人,我有开不完的会,看不完的论文,做不完的学术报告。各种活动表面占用了我的时间,实际上占有了我精神的自由空间。那些无聊的会议充斥着陈词滥调,那些跳梁小丑用一种主旋律的政治口号式的语言去阐述学术,这让你无从反驳，因为他们占据着所谓的政治道德高地。我觉得疲惫、压抑、窒息，我要呐喊，我要挣脱，我不要精神的束缚，可是解决的办法很少。

这种间歇性的精神需求，最后只能走向肉体的发泄，或者说当精神压抑到一定的时候，我只能落实在肉体上。肉体的发泄之后能让精神空虚起来，这种空虚使我暂时摆脱精神压抑。这种生活已经持续了几年，"索性沉到底吧！不入地狱，哪见佛性，人生原是一个复杂的迷宫。"这是郁达夫嫖妓后的自我安慰。

就在我乐此不疲自以为得计之时，没想到被扫黄者抓住。在这一点上我认为西方国家要人道得多：妓女是合法的，领执照，定期检查身体，管理科学。可是，妓女在中国是被法律禁止的，但法律禁止不等于没有妓女，这样，中国就成了全世界暗娼最多的国家。

扫黄的结果只能把人逼向两条路：一条是犯罪的道路，另外一条就是放弃道德的坚守向女弟子下手。为什么现在校园内会出现那么多所谓的师生恋，为什么男人要抛弃结发妻子，我觉得这都是被逼无奈。男人的欲望是洪水猛兽，你硬堵是不行的，要疏通，要给人发泄欲望的路径。面对欲望一个男人如果不去犯罪，不去放弃责任和应承担的义务，其实去找小姐满足一下欲望是可行的第三条路。可是，我却在第三条路上身陷泥沼。那天被扫黄者抓住后，作为一个法学教授我只能去私了，去帮警察买单。我无法拿起法律的武器来捍卫自己的尊严，想想真是莫大的讽刺呀。

如果我是一个三无人员，无单位，无名气，无老婆，警察也只能把人关几天释放。可见，这个社会怕无赖。当你一无所有的时候上帝也拿你没有办法；当你还要脸面时，当你还需要担当时，你将付出很大的代价。在这个社会上，嫖妓本身也是丑闻，是舆论谴责的对象，可能比搞女弟子还严重。

扫黄是一种可恶的以权谋私行为，扫黄的结果就是罚款，嫖妓违法，罚款后就可放行，这其实是用金钱购买了法律的尊严。这正应了那句话："法律看起来足够公正，金钱可诱使其倾斜。"私了，只不过多出些钱，这是对坚守人格尊严者的惩罚，也是对法律的亵渎。

什么教授，什么学术带头人，什么著名法学家，都见鬼去吧！我要自由，我要挣脱。中国只是一个"法制"国家而不是"法治"国家，有法律制度却无法实现用法律制度治理国家。解决不了"人治"，就不可能实现依法治国的"法制"。法律是公共意志，在中国却可能被个人的权威制约，这就使得权大于法，这就使得当权者个人的权力凌驾于法律之上。所谓权大于法，这个权是私权，是当权者。

特别是在审判程序，领导机关指导法院办案，内部请示，上级先定后审，在中国司法审判中已经成了惯例，已经是高于法定程序的"最主要的程序"了。越是大案、敏感的案件，越会这样干。中国的开庭审判是一种虚假的表演，在法庭上的法官只是按写好的剧本在演戏，甚至不能说错一句台词。原因何在？是因为当权者把法院当成了自己的工具，成了贯彻他意图的工具。法院工具化的后果，就是政策比法律大，权力比法律大，所谓"严打"搞运动很方便。执法的稳定性和公平性在这样的环境下完全被忽略了。这就是中国律师很难真正发挥作用的原因，这就是中国的法官普遍缺乏基本的职业责任感的原因，这就是中国的法院95%以上的案件不会当庭宣判的原因……

你们看我又扯远了，还是说我自己吧。

你们的师母比我大三岁，常言说"女大三抱金砖"。我和你师母结婚是通过"父母之命，媒妁之言"。我家在农村，属于工农兵大学生。我们这一代人最听党的话，当然也听父母的话。对于父母的婚姻安排我当年没有提出反对，你师母年轻时还是挺漂亮的，在当地是远近闻名的美人（这一点有照片为证），她还是大队支书的女儿呢。我能被推荐上大学，多亏了她的父亲。当他家向我父亲提亲时，我父亲受宠若惊，立刻就答应了这门亲事。大学毕业留校后，我就回老家完婚了。你师母成熟而又懂事，把我伺候得无微不至，我以为这辈子都不会背叛她的，没想到我老了却守不住自己了。特别是在她闭经后，我反而蠢蠢欲动了，再一次焕发了青春。

作为一个有妇之夫，我无法在配偶身上得到肉体的满足，肉体的欲望使自己的内心无法平息，我知道这是动物的本能，这种间歇性的欲望来临之后，我就像一个发情的野兽，在内心中嗥叫如狼。我知道我需要去找一个女人了。可是，我不明白一个60多岁的老男人为什么还有如此强烈的生理欲望，我为什么还像年轻时那样，在没有女人的日子里心中充满了恐慌。这让我又找到了上个世纪三年自然灾害时期的那种饥饿感，吃了上顿没有下顿，心中没有着落。

常言说"家中有粮心中不慌"，我们已经进入小康社会，家中有粮是一种常态。可是，无论我家中有多少粮，我还是惶惶不可终日，因为我需要另外一种粮食，那就是女人。也许我不能说没有女人，我也有女人，可是你师母只是性别意义上的女人。她早已闭经，这意味着彻底关闭了迎接男人的大门，她已经不能满足我的生理需求了。

于是，在一些漆黑的夜晚我独自走出校园，去寻找能发泄我欲望的地方……

那天晚上，没想到碰到了你们三个。你们像三座大山一样压在我的心上，让我坐立不安。在阳光明媚的时候，我走进校园，就会觉得每一个同学和老师都不怀好意地向我微笑，也许所有的同学和老师都知道了我的丑事。

我没有能力确保上你们保守秘密，也没有勇气消灭我自己，只能选择逃避。我只能走第四条路，放弃现有的一切，离家出走。

我将去一个风景如画的乡村，租一个院子，带上一位姑娘，找一个健硕的农妇做保姆，过田园牧歌的生活。将来这位姑娘将继承我所有的财产。我有两套房子，其中一套归你们师母，另外一套将赠予我的姑娘。我著作的出版权也归我的姑娘所有，有关法律手续我委托邓冰同学代理，他是著名律师嘛（委托书附后）。我有一笔可观的存款，够我们过下半辈子的。这是我的私房钱,这其中有稿费,各种讲学的出场费,法律顾问费,还有一些案子的代理费,这些钱积少成多数目可观。我的工资卡在你们师母手里,加上她自己的退休金,她完全可以活得很好,这些钱她花不完,金钱对她没有意义。唯一不放心的是身边没有人照顾,孩子都在国外,我就委托你们在她生活不能自理的时候给她找一个保姆。

我就这样离去,不需要和她办理离婚手续了。她没有过错,我无法和她离婚。她是一个农村人,离婚对她的伤害是她无法承受的。

请不要寻找我,几年后,你们可以让师母去报我失踪,有关法律手续由邓冰同学办理,这在法律上没有问题。教授不当了,学术带头人不要了,所有的身外之物都放弃,我想换一种活法,虽然我已经不再年轻,可我还有激情。从今以后我要为自由活着,这是我的第二春,这才是我幸福的人生。

邓冰看完信,不由得感慨万千。这种方式也许是导师最好的选择,这总比他一次次地去嫖妓被抓好,总比他勾引女弟子在校园内闹出丑闻好。导师这是自我救赎。

信是写给喻言、邓冰和赖武的,喻言把赖武也叫来了。赖武看过信,不由"哇"地叫出声来,说我们导师很潮呀,完全就是一个少年的所作所为:带一个漂亮的姑娘,还要找一个壮硕的农妇做保姆,这也忒酷了。喻言说一个少年做不到这一点,因为没有这个能力。少年只能向一个姑娘透支未来,可这种透支和许诺往往是空头支票。导师就不一样了,他把自己的姑娘未来都安排好了。邓冰拿着委托书直摇头,把房子和著作权都留给她了。房子就不说了,著作权的稿费可不是小数字。导师也算是著作等身了,如果导师去世,他的著作权在死后50年才进入公有领域,也就是说著作权在死后50年内都归他的姑娘。邓冰不由问,这姑娘是谁呢?喻言说这个你就不用操心了,将来这位姑娘迟早会来找你的,她手里必然有导师为她签署的有关文件。

这时,赖武说了一句让喻言和邓冰都吃惊的话。赖武说你们关心的是导师的身外之物,俗,俗不可耐。其实对于导师来说这一切都不重要,重要的是他自由了,他可以解脱了。邓冰和喻言再看赖武,发现他脸上少了那种无赖表情。作为同学,赖武在喻言和邓冰心目中是真正的无赖,没想到在谈起导师时,赖武居然隐现出了法官的庄严。

赖武说作为一个教授,每年有多少案例摆在他面前呀,而这些案子又有多少是法律问题。你邓冰说律师在法官面前是孙子,这话有道理,可是法官也不是爷,真正的爷是法官的上级领导。你们知道吗,导师曾经代理过一个案子,我是主审法官。就法律问题来说导师肯定赢,可是我的上级领导内定了,我只能根据领导的意思判决,这是做法官的"潜规则"。导师对所谓的"人治"是有深刻体会的。赖武说,还有一个案例:一个法院院长,得了绝症后,将法院的审判绝密资料交给了被告。这个被告将这些材料转交给了《中国青年报》,没想到发表了,这可是一个重磅炸弹。

邓冰点头说,我看到报纸了,轰动一时。

赖武说在这个案例中,被告获刑时所有办案法官、庭长、审判委员会委员、院长都认为无罪。二审的合议庭法官也认为无罪，但他被判了五年，为什么？因为上级领导内定要这样判。法官愿意这样做吗？难道中国的法官都是软骨头？不是，作为一个在审判台上主审的法官，即使从基本的尊严出发，他也不愿意当这个傀儡，更不愿意完全违背自己的意志在判决书上签名。可是，你没有办法，四川一个法官曾经把大盖帽一摔，说如果不审好这个案子我就不当法官了。他没有按上级的意见判，结果没几个月就被免职了。我们高喊要独立审判，法官要忠于事实忠于法律，但是真正按法律和事实办案的法官，当不了法院院长，连庭长都当不了，可能连法院都待不住。

赖武突然大倒苦水，这让邓冰和喻言都很吃惊。赖武说我坚决不当法官了，当律师。当律师至少还可以混碗饭吃，无论输赢代理费是要收的，挣钱没问题。赖武望望邓冰说，当法官收钱太危险，说不定还要坐牢。邓冰不语。喻言望望邓冰，没想到导师的一封信让赖武发了这么多感慨。喻言说法官有法官的苦，律师有律师的难，其实最苦最难的是老百姓。

最后，三个同学各怀心事地离去了，不过三个人也达成了共识，信由喻言暂时保管，不宜公开，特别是对媒体更不能公开，否则媒体还不知道会编出什么故事来。一个近70岁的著名教授和一个姑娘私奔，这也太吸引人眼球了。

39

邓冰回到家还在想导师嫖妓的事,邓冰觉得作为弟子自己白活了,导师能潇洒走一回,而自己却麻烦缠身,潇洒不得。

邓冰正在冥思,突然电话响了。喻言来电就想聊聊,对导师嫖妓怎么看,看来这事儿对他刺激也不小。邓冰说我很同情导师,这是人之常情。一个文明国家并不一定要宣布嫖妓违法,关键是你法律禁止嫖妓,照样到处是妓女,法律就失去了效力,也就没有了尊严,这样的法律只会被一些执法者利用,比方:所谓的私了,导师就是一例。这也是导师愤怒的原因之一。

喻言听邓冰这样说,就在电话中笑了,说导师其实没有必要太看重我们的感受。其实,这就不是一个事。日本作家渡边淳一的《男人这东西》你看过吧,我觉得分析得比较好。他认为由于男女生理上的差别,使得男性在性行为上处于施予地位,女性处于接受地位。这种施与和接受的分工,让他们在性活动中扮演着不同的角色。相形之下,男性的性模式显得直截了当、冲动、热烈;只要有合适的机会,就想图一时之快,很少会去考虑对方是什么样的女性。而女性通常会在众多的施予者中进行挑选。这在精子与卵子的结合中亦表现得十分明显。在显微镜下,卵子总是安安静静地待在一处,精子则是积极进攻的一方,争先恐后地游向卵子,其中游得最快的往往会成为最后的胜利者。精子具有无条件地冲向卵子、进入卵子的本能,而卵子则有从无数的追求者中选择出一个候选者的本能,这就是性的原理。这种生理上的构造,决定了男人在性活动中既是主导者也是征服者,常常因为欲望和好奇心驱使,踏上未知的征程;一旦得手,就会将注意力转移到陌生的异性身上,为下一次征服做准备。某种程度上,男人在性方面就像是一个猎手和探险家,他们对陌生的女性及肉体,抱有强烈的好奇心,哪怕冒着一定的风险,也乐于挑战。所以对男人来说,即使身边守着一位年轻美貌的娇妻,有时候还是情不自禁地想接触其他女性。渡边淳一认为,男人强烈的性冲动并不会简单地为女方外貌所左右。很多时候对男人来说最关键的是新鲜感,男人为这种对新鲜感的渴望所驱使,有时虽然新结识的女性远远不及自己的妻子,但仅仅因为她有未知性,所以会极大地吸引了他们的注意力。而在各种形式的婚外性行为中,嫖妓由于既不用付出情感,也无须事后负责,直接、简单、高效,所以选者甚众。

邓冰因喻言的这番话笑起来,邓冰说你是在为导师开脱还是为将来自己嫖妓找理论根据。我本人不喜欢嫖妓,但我也不反对别人嫖妓。比方,你喻言嫖妓我就一点不会大惊小怪。喻言说我才没有力气嫖妓呢,我交公粮都不够。邓冰说我最近看了《金赛性学报告》,作者阿尔弗雷德·金赛和他的同事们搜集了一万八千多个与人类性行为及性倾向有关的访谈案例,然后梳理成书。由于省略了送礼物、看电影、逛街、聚餐、旅游等约会细节,大多数男性认为嫖妓比与任何其他姑娘交合都更加便宜。根据行情,美国人一次嫖妓只需花几十美元,而追求一个普通女性所花费的金钱和时间就多得多,要命的是最后还不一定能成功。各阶层的男性中都有人觉得,嫖妓比追求一个姑娘更省事。

喻言说我不喜欢嫖妓,原因很简单,害怕染病。邓冰说那就戴上安全套呀。喻言说戴上安全套就不叫做爱了,隔着一层,根本达不到水乳交融的状态。邓冰连忙拦住了喻言的话。邓冰说你身边有女人,我可是一个单身汉,你说得太感性还让不让我睡觉了。喻言在电话中嘿嘿笑,问你的新婚妻子还没有消息吗?邓冰听喻言问白涟漪,气就来了,说我没有老婆,你别说了。邓冰把电话挂了。

邓冰一个人躺在床上,想着自己的人生三件大事。这三件大事就像三座大山压在心上。一是那荒唐的婚姻,这婚姻必须解除;二是交通肇事案,这事让邓冰觉得棘手,也必须面对;三是儿子的抚养权问题,邓小水的抚养权只能暂时放弃,只有把交通肇事案解决了,才能去要儿子的抚养权。

关于那交通肇事案是自首还是不自首呢?邓冰是不甘心去自首的,谁愿意主动去坐牢。可是,不自首又要封住白涟漪的口,那只有和白涟漪成为一对真正的夫妻。这种夫妻生活是扭曲的,不正常的,面对白涟漪邓冰下半辈子都抬不起头。这三件事缠绕在一起,让邓冰无所适从,纠结得很。邓冰甚至觉得这一切只是一个梦,一个噩梦。那个叫白涟漪的所谓新婚妻子走了20多天了,音讯全无。邓冰暗下决心,白涟漪什么时候出现就什么时候离婚,所谓的强奸案的诉讼时效已经过期,必须离婚。离婚后再解决交通肇事的问题。

然后,邓冰给张媛媛打电话,让张媛媛放心,邓小水的抚养权他暂时不要了。张媛媛说你说要就要,不想要就不要了,哪有那么好的事;你不要也得要,把儿子接走。邓冰说你放心吧,我已经去公安局把赖武的案子销了,赖武没事了,你可以和赖武名正言顺地在一起苟且了。张媛媛被邓冰的"苟且说"惹火了,在电话中骂邓冰是王八蛋,说和你在一起难道就不是苟且。爬到树上干那事不是苟且?光天化日之下在男生宿舍乱搞不是苟且?深更半夜把我带进男生宿舍过夜难道不是苟且……

邓冰连忙把电话挂了,再说下去张媛媛不知道还说什么难听的呢,她会把邓冰认为最美好最有意思的事全部涂黑。

当年,邓冰和张媛媛上树后,两个人就越来越亲密了。一天中午邓冰就把张媛媛带到了男生宿舍,当时就喻言一个人在。邓冰牛逼哄哄地对喻言说,你出去一下,我和张媛媛有点事。喻言望着张媛媛和邓冰,觉得日头从西边出来了,有些怀疑。邓冰说你望啥望,只有你能在宿舍搞地震,我就不能搞。喻言站起来说,我操,你搞,我出去听你搞。喻言出去了,张媛媛问邓冰在宿舍搞地震是啥意思?邓冰就把喻言带着女生在宿舍搞地震的事说了。张媛媛气得掐邓冰,说邓冰好的不学。张媛媛一掐,邓冰就故意叫唤;张媛媛就追打,邓冰就躲避,结果把宿舍真搞乱了,床呀、脸盆呀、饭碗呀,乱响。门外听房的喻言就有意咳嗽,这让张媛媛羞愧难当。邓冰就顺势把张媛媛按在床上了,说反正已经有动静了,我们没干什么他们也以为我们干什么了,那就干脆干点什么。张媛媛不干,邓冰把张媛媛的裤子扒下来了,霸王硬上弓,吓得张媛媛不敢吭声。邓冰还真得手了,只是张媛媛咬牙切齿地不出声,邓冰一会儿就不行了。邓冰不咸不淡地起身,又让张媛媛很不尽兴。当两个人穿戴整齐后,邓冰有意把铁架子床摇得乱响,把喻言书桌上摞了几层的书用手拨拉塌了,制造了一个作案现场。张媛媛说邓冰有病,生怕人家不知道似的。邓冰说我已经郁闷了一生,你就让我扬眉吐气一日吧。宿舍我们不用收拾,让喻言整理。当邓冰带着张媛媛离开宿舍时,喻言望着混乱的宿舍干瞪眼。邓冰又做牛逼状,对喻言说,把宿舍收拾好,然后扬长而去。

邓冰一个人躺在床上,想起这个故事不由笑了,吁了口气。长期以来,邓冰都是被张媛媛压迫着的。这是邓冰和张媛媛在一起时为数不多的能扬眉吐气的一次。邓冰离婚后,也不敢惹张媛媛,更不敢和张媛媛正面发生冲突。张媛媛一发疯就是一场战争,说不定还会打上门来,邓冰吃不消。一般邓冰是见好就收,嘴上得点便宜就连忙挂电话。邓冰算是在张媛媛面前稍微出了口气,准备洗洗睡,已经很久没有好好睡一觉了,出了口闷气觉得心头很舒坦。还有,导师的出走也让邓冰为之一畅,就好像自己私奔了一样。邓冰不由想起了那首诗:"生命诚可贵,爱情价更高,若为自由故,二者皆可抛。"导师好呀,什么也没有抛弃,生命会更充沛,爱情会更甜蜜,却也得到了自由。

邓冰脑子里盘旋着关于生命呀,爱情呀,自由呀之类的概念,如果没人打扰,他会在这些概念的催眠下进入梦乡,那或许是一个美梦。可是,这时邓冰听到了门响,不是敲门,而是开锁的声音。邓冰吓一跳,难道是张媛媛打上门了,可是锁芯已经换了呀。门被打开了,邓冰问谁?一个声音回答,老公,是我。邓冰还没反应过来,白涟漪便出现在卧室的门前。邓冰不记得白涟漪什么时候有家里钥匙的。邓冰望着白涟漪就像面对一个陌生人。邓冰问你找谁?白涟漪笑了,说我谁都不找,我回家。邓冰说这哪是你家,这是我家,你走错了。白涟漪说是你家就是我家,因为你是我老公。邓冰说谁是你老公,我才刚离婚不久,我的前妻叫张媛媛。白涟漪说张媛媛是你前妻,我是你现妻,这是有法律保障的。邓冰听白涟漪这样说,立即就不干了,说你是我老婆?这世界上有这样的老婆吗?一去二十多天没有音讯。白涟漪笑了,说你为我担心了,你为我担心为什么不给我打电话?邓冰说我才不给你打电话呢,你最好是永远消失。白涟漪说你怎么这样恨我,我不是已经负荆请罪了吗?这二十多天我去疗伤了。

邓冰对"疗伤说"不太明白,白涟漪说着就把自己脱光了,邓冰嘴里咦咦地叫着,说你要干什么。白涟漪已经赤身裸体地跳上了床。白涟漪站在了邓冰身边,说你真够狠的,看我身上的伤痕。邓冰在灯光下再看白涟漪的裸体,在她身上有一个大大的米字,右乳一点,左乳一撇;右腿一撇,左腿一捺,中心位置是那朵黑色的菊花。那米字在白涟漪白皙的肉身上散发着黯然的光芒,歌颂着曾经的暴力。邓冰被白涟漪的伤痕吓住了,不由用手去抚摸了一下,问疼吗?白涟漪说不疼了,好了伤疤忘了痛的。邓冰说对不起,我当时为什么下手这么狠呢。白涟漪说你肯定把我当前妻了,她背叛了你。白涟漪这样说让邓冰不爽,眉头就皱起来了。白涟漪连忙说或者你把我当荡妇了,把我当潘金莲了。邓冰说要是把你当潘金莲就好了,我其实喜欢荡妇的。你不是荡妇,你算是一个好人。白涟漪便骑在了邓冰身上,说我本来就是一个好人,一个好女人,不信你试试。邓冰说我不试,万一又告我强奸怎么办。白涟漪说不会的,我们现在是合法夫妻,有结婚证的,你随便怎么样都不是强奸了。邓冰觉得白涟漪说得有理,都领了证了,当然不算强奸了,要证明丈夫强奸妻子,是一个非常困难的法律问题。

就这样邓冰上面的心一软,下面的东西就硬了。白涟漪骑在邓冰身上,也不客气,把邓冰办了。整个过程邓冰没怎么用力,微闭着眼睛,沉醉、安逸、自在、不累,简直就是一种享受,这是和张媛媛在一起完全不同的感觉。邓冰和张媛媛每次做爱简直是一个大工程,洗呀、漱呀,要准备很久,而且都是邓冰出力伺候张媛媛,吭哧吭哧的,每次都是大汗淋漓。邓冰被白涟漪伺候了一次觉得挺受用,完事后安然入眠。

早晨醒来邓冰望望躺在身边的白涟漪,感觉荒诞。老天爷这是怎么了,凭空非要送给我一个女人来,你拦都拦不住。这个女人也叫白涟漪,难道是老天给我的补偿。白涟漪一丝不挂,还在沉睡,身上的米字好像不怎么明显了,昨晚在灯光下有点触目惊心,没想到在白天反而没那么显眼了。灯光这东西很厉害,能让一个满脸麻子的人变成油光水滑的美女,怪不得著名演员出镜什么不带也要带上灯光师呢,所有的美与丑都是在光线中显现的。邓冰用手轻轻去描白涟漪身上的米字,把白涟漪弄醒了。白涟漪望望邓冰,说你醒了,我去给你做饭。邓冰说别急,我们谈谈。白涟漪便趴在了邓冰的胸前,像一个温柔的老婆那样,小鸟依人地说,老公有什么吩咐,小女子一定照办。邓冰叹了口气,说难道我们就这样过下去了,这是粉饰太平嘛。白涟漪说,就这样过了呀!我这么好的女人永远属于你了。邓冰不语。白涟漪把毛巾被掀开,把自己摊平又说,你看我脱了衣服一身伤痕,谁还要我,所以我死活都是你的了。邓冰听白涟漪这样说,很不爽。邓冰最恨有人要挟自己,被一种似是而非的威胁利诱方式拿住的感觉十分不好。邓冰还在白涟漪的身上划着米字,说我们这么粗砺的经历,怎么能过下去呢?怎么能如夫妻那样举案齐眉,卿卿我我呢?我们之间无法和温馨联系在一起的。

白涟漪说你什么意思,我们都这样了你还不安心。邓冰说我们还是离婚吧。白涟漪说我不离婚,我好不容易把自己嫁出去了,还没有过小日子呢,我为什么离婚。邓冰说我们这样的婚姻是不合法的,这完全不是我的意思表示。白涟漪说不是你的意思表示,谁也没把你绑去领结婚证。邓冰说我们是怎么领的结婚证难道你不知道吗,我是被逼无奈。白涟漪冷笑了一下,说你以为我的伤好了,就不怕告你强奸了是吧,别忘了你还有肇事逃逸的事呢。邓冰从床上一跃就起来了,说我就知道你会来这一套。我提出离婚你就会去举报我,我不怕,我去自首。我宁肯去坐牢也不会在你的要挟下过日子。

白涟漪见邓冰火了,连忙说只要你不和我离婚,我永远都不会去举报你,也不会要挟你,这个家还是你当。邓冰气急败坏地说,废话,我的家难道让你当。你说永远都不举报我,你的"永远"是以不离婚为前提的。如果我提出离婚呢,你还是要去举报我。说到底我们的婚姻是在你的要挟下维持的,是没有感情基础的。我不结束这种婚姻,无法活下去。白涟漪说你真狠,我们好赖也是一夜夫妻了。常言说一夜夫妻百日恩,我们可以试试呀,先结婚后恋爱也是可以的。

邓冰不语。邓冰知道这件事要想迅速解决是不可能的,要想离婚首先要去自首,要在白涟漪举报之前自首,否则就不算自首了。《刑法》第六十七条,犯罪以后自动投案,如实供述自己的罪行的,是自首。对于自首的犯罪分子,可以从轻或者减轻处罚。其中,犯罪较轻的,可以免除处罚。这样看来,自首和不自首是两个性质的问题,在量刑上是不一样的。要想被从宽处罚,必须自首,而且要赶在白涟漪去举报前自首。这样,离婚这件事就只能等等了,在自首之前要先稳住白涟漪。

于是,邓冰就换了一个笑脸,说你让我好好想想,你去做饭吧。白涟漪以为自己说服了邓冰,欢天喜地地去做早餐了。

饭后,邓冰出门了,甚至还给白涟漪打了个招呼,说我出门有事,你在家吧。白涟漪说我在家打扫卫生,太脏了,一个单身男人的日子总是乱七八糟的。邓冰心想你爱怎么打扫就怎么打扫,就当清洁工用。我去自首后,然后再和你离婚。

邓冰明白交通事故逃逸属于从重情节,要想减轻这个从重情节,就要证明自己不是故意逃逸,再加上自首这个从轻及减轻处罚的要件,自己虽然不能完全逃脱被追究刑事责任,但是,在量刑上就不会从重了,最好的结果能达到免除处罚。不过,毕竟是死了人的,能争取一个缓期执行也是可以接受的。当然,重点在民事赔偿上,只要不坐牢,拿出一百万赔偿给家属,邓冰我也是能够接受的。

邓冰在去自首的路上心情很放松。把这件事从心中搬去,我邓冰就可以满腔热忱地去迎接新生活了。我要向导师学习,他能带一个姑娘去过田园牧歌的生活,我为什么不能?导师能自我救赎,我也要自我救赎。

还是那个叫路安全的交警。路安全还是那么热情,对于邓律师的到来一点都不觉得意外。路安全给邓冰泡了茶,在邓冰落座后就开始向邓冰介绍案情。路安全所有的介绍和上一次大同小异,最后总结了一句话:这个案子我看可以结案了。路安全还说,这个案子不可能再有新的情况了,我们还有很多案子,警力有限。邓律师,你也是敬业的。你可以向家属复命了,不要让他们再上访了。因为他们的上访,我两个月都没拿到奖金了。

邓冰等交警路安全说完,才说,这个案子确实能结案了,家属不会再上访了,你从下个月就可以领奖金了。我这次来的目的就是结案的,因为我就是犯罪嫌疑人,我是来自首的。路安全愣了一下,说你自首,你为什么自首?邓冰说你管辖的这起交通肇事案,其实,事出有因,那马车是我撞的。路安全望望邓冰不知道怎么表示,一个律师,原本是为了法律援助来了解案情的,这转眼间就成肇事者了。路安全不由拿起了笔,问:

你什么时间撞的马车?

凌晨2点钟。

在什么路段?

省道210,青松岗墓园段。

路安全不由停下了笔,这不对呀,你凌晨2点撞的马车,可是车上的人是早晨8点死亡的,那马车也是早晨8点多出现在省道210上的。据目击者说,马车受惊向城内一路狂奔,最后,在十字路口闯红灯被公共汽车撞死,这和你撞马车的时间对不上呀。

邓冰说,那马车是我凌晨2点撞的,然后马车跟踪追击一直到青松岗墓园,在墓园我和马车都迷路了,天亮了我才回城。马车又追着我回城,然后在十字路口被撞死的。

路安全有些疑惑地望着邓冰,问:

你凌晨2点去郊外干什么?

我去青松岗墓园。

你半夜三更去墓地干啥?

我去救孩子。

你的孩子半夜去墓地玩?

他被人绑架了。

什么?绑架案!

40

路安全"叭"地放下了笔,说有问题了,有问题了,你这是刑事案件。我可是交警,你应该先去派出所报案。绑架案可是大案,先刑事后民事呀。邓冰回答,我已经去派出所报案了,可是,他们不但不立案侦查,还用电警棍把我打出来了,骂我神经病。路安全又愣了一下,说你可以举报他们不作为,这是哪个派出所,也太不像话了。邓冰说是城关派出所,那个接待我的警官叫张力为。路安全"哦"了一声说张力为呀,我认识,他们所长叫江永川。邓冰愣了一下,心想江永川不就是那天晚上一起喝酒的江所长嘛。吃了一万多,导师私下买的单,还有那个小张警察,当时喝多了就觉得那小张警察面熟,可想不起来在哪见过,终于想起来了,原来就是张力为。路安全见邓冰不语,便拿起了电话,说找张力为,然后两个人在那说了一阵闲话,完了,路安全望望面前的邓冰,说有一个案子我想问你一下,前不久是不是有一个律师去你那报案呀,说是孩子被人绑架了,半夜三更开车去墓地救孩子……

不知道张力为怎么回答的,路安全显然吃了一惊,望望邓冰,把电话捂上了,声音也小了,这显然是让邓冰回避。邓冰见状连忙起身走到了窗边,去看风景。

当邓冰见路安全挂了电话,再次坐到路安全面前时,路安全的态度变得意味深长起来。路安全说你这个案子很复杂,你应该先去派出所报案,你那个绑架案立案后再到我这自首。邓冰问为什么?路安全有些语重心长了,说你是律师呀,也是懂法律的,你首先要证明为什么半夜开车去墓地?你说是因为孩子被绑架了,绑架案是大案,派出所一定会立案。派出所如果立案了,这就证明你半夜去墓地是事实,也就确定了半夜三更去墓地的合理性,那也就证明了你交通肇事的可能,有了这个可能,然后再确认你交通肇事的时间。你撞马车,马车追了你,你和马车在墓地迷路,然后早晨8点离开墓地,来到省道210上,再然后你恼羞成怒就把赶马车的人撞飞了,然后摔死在路沟里。你这不仅仅是交通肇事,还是故意杀人呀。

邓冰说我可不是故意撞的,我也不是在早晨8点把人撞飞的,是半夜2点把人撞飞的。路安全说法医鉴定的结果是在8点死亡的。邓冰道,也就说我2点撞的,8点才死。路安全说,那赶车人生命力也忒旺盛了,在路沟里折腾了6个小时才死呀。马车夫在路沟里垂死挣扎,那么马车怎么会跟踪追击你到墓地呢?你这个推理不合理,不能说那匹马主动跟踪你的吧。邓冰回答那马就是主动跟踪我的。路安全摇头,你把马神化了。那是一匹给农民拉车的走马又不是天马,哪有那么神。邓冰说那确实是一匹神马呀,谁撞它它就跟踪谁。路安全说什么神马呀……我还有事,先不和你探讨了。你先回去吧,先去派出所报案。他们如果立案了,我就采信你的口供。邓冰还想说什么,路安全说你是律师,你是知道的,在法理上有一条这样的规则:某案必须以另案为依据时,某案要先终止调查,等待另案的调查结果。

邓冰对交警另眼相看了,这么绕口的法理规则他也能说出来,交警不简单呀。邓冰很郁闷地离开了,路安全所说的"某案必须以另案为依据时,某案要先终止调查,等待另案的调查结果"的确是一个法理原则,可是不能生搬硬套呀。交通肇事案和绑架案是两回事,没有绑架案也可能发生交通肇事案,没有因果关系的。只要证明那天晚上2点开车在省道上就可以了,至于去干什么,那就另当别论,无论去干什么都有可能发生交通事故。邓冰觉得这个交警懂一点法理,就学会了胡搅蛮缠,把人都搅糊涂了。

路安全让邓冰去派出所要立案手续完全是不可能的,绑架案已经终结,孩子已经被放回,还立什么案。邓冰如果继续去报案,只能是拐骗儿童案。邓冰想想这个也难立案,到时候白涟漪拿出结婚证,说是邓小水的后妈,这拐骗儿童罪也不成立了。

邓冰知道这个路安全是在踢皮球,把皮球踢给张力为了。如果邓冰再去找张力为,那电警棍等着呢。派出所的立案手续是不可能拿到了,只有找证人了。喻言可以证明那天晚上的事,白涟漪也可以证明,她手里不是还有短信和电话录音嘛。

邓冰要证明自己有罪,这不是一件容易的事。在这世界上证明自己无罪难,要证明自己有罪那就更难了,因为这不符合人之常情,一般的人不能理解。邓冰为了救赎自己,走上了一条证明自己有罪的道路。这条路走的人少了,就不成其一条路。这也不是一条普通人能走的路……

邓冰回到家,白涟漪把午饭都准备好了,汤已经煲好,菜也洗净,单等邓冰进门就炒菜。邓冰去交警队自首不成,本来心情不好,见白涟漪把午饭准备得这么丰盛,心情稍微好些。他对白涟漪说,你搞这么多菜我们两个吃不完,我再叫一个朋友来。白涟漪听邓冰这样说欢天喜地的,邓冰居然让自己见人了,这说明事情正向好的方向发展。

于是,邓冰给喻言打电话,让喻言来家里吃饭。喻言说你又不会做饭,家里能有什么吃的,要不你出来咱们吃火锅,嘴都淡出鸟来了。邓冰说你来吧,都准备好了,一桌菜呢,还煲了汤。喻言说难道你家来了田螺姑娘。邓冰说没有田螺姑娘,有涟漪姑娘。喻言"哦"了一下,问是哪条河里的涟漪。邓冰答,是生命的长河。喻言又问是白色的还是绿色的?邓冰回答是白色的。喻言又问是30前的还是30年后的。邓冰就骂开了,你他妈的来不来,丫尽是废话。喻言说来,怎么不来,无论是30年前的还是30年后的,我都有兴趣见见。

喻言到了邓冰家,一股的人间烟火味,觉得很温暖,很熨帖。白涟漪一身的家庭主妇打扮,在厨房和餐厅之间穿梭。白涟漪见了喻言,笑笑,不知道说什么好。喻言见了白涟漪大方地拱手一揖,说恭喜,恭喜,听邓冰说你们已经领证了,可迟迟没喝上喜酒。今天这顿不会是喜酒吧,要是喜酒我可不依,就这样把我打发了可不行。邓冰说你他妈的真是话痨。白涟漪说欢迎喻言先生光临,家常便饭,要喝喜酒等着吧,我们会请你的。邓冰说什么喜酒不喜酒的,让你来吃顿饭,你还有非分要求。喻言说,没有酒我可不干。邓冰就拿出了一瓶茅台。喻言望望酒,接到手里看看,说好,还是2005年的酒,咱把它干掉。

白涟漪在厨房忙着,喻言向邓冰眨眨眼说,这么快就过上了,不错呀。邓冰说什么过上了,我们是要离婚的。喻言说离什么离呀,将就用吧,用习惯了就好了。看着比张媛媛贤惠多了。邓冰说鞋是否合脚只有自己才知道。

邓冰和喻言吃了一顿可口的午餐。没想到白涟漪的厨艺了得,把两个男人都吃高兴了,也喝高兴了。一瓶酒两个人正合适。酒足饭饱之后,白涟漪去厨房收拾。喻言喝着茶说,有道是女人要抓住男人的心,首先要让他的食道舒服;男人要抓住女人的心,首先让她的阴道舒服。男人吃舒服了也就心安了,女人搞舒服了也就心定了。这个叫白涟漪的这么死心塌地伺候你的食道,这说明你把她的阴道也伺候好了,你们是天生一对呀,哈哈。

邓冰说你吃舒服了也喝安逸了,我找你来是有事的。喻言说我就知道没有免费的午餐,你说吧,有什么事要我帮忙的。除了向我借钱,其他的事我都赴汤蹈火。邓冰说你真他妈的够哥们儿,咱们说正经的,还记得我们那天晚上去青松岗墓地的事吗?喻言望望厨房里的白涟漪,说该饶人处且饶人,都过了这么长时间了,你还提这事干什么。邓冰说那天晚上我们撞了一辆马车,还以为是空马车,其实那马车上有人,那人被我撞飞了,摔死在路沟里。这事我本来不想告诉你,我以为我可以搞定,可是现在无法搞定了,只能求助你。

喻言说这事我可以证明,车上肯定没有人,那人不是你撞死的。

邓冰说我不是让你做伪证,明明车上有人,我让你实事求是地证明车上有人。

喻言说我实事求是,我没有看到人。

邓冰说你没有看到人不等于车上就没人。喻言说我没看到人怎么证明车上有人。邓冰急了,说,你怎么这么糊涂,我是让你证明我撞死人了,不是让你证明我没撞死人。

喻言越听越糊涂,就骂,谁糊涂呀,难道撞死了人还能发奖金,简直是扯淡。喻言觉得邓冰有问题了,什么情况,居然世界上还有这样的傻逼,简直是神经病。

邓冰说我今天去自首了,可是傻逼交警不采信我的口供,他非要我先拿到绑架案的立案通知,我没有办法,只有求助你来给我证明。那天晚上2点钟,我撞了一辆马车,撞飞了赶马车的人。喻言说我反正没看到车上有人,那鸟人怎么飞的我也没看到,我要说看到了才是做伪证呢。喻言望望邓冰的脸色,说你酒量不行了呀,我们俩才喝一瓶你就醉了,你这不是假酒吧,我都有些头晕了。

此时,白涟漪正在餐厅擦桌子,听邓冰说上午去自首了,大吃一惊。白涟漪冲到邓冰面前大声道,你是傻呀还是真傻呀,你为什么要去自首,你不怕坐牢吗?邓冰说我也不愿意坐牢,可是事情已经出了就要勇敢地面对。白涟漪说,要不是我们在招聘会上碰上了,我不说,你永远都不会知道马车上有人,反正我这辈子都不会说的。看在你儿子的分上,我也绝不会去举报你的,要是你坐牢了,你儿子怎么办,他那么可爱。

邓冰说我可不愿意在你的胁迫下过日子。

喻言听了听两个人的对话,初步判断是夫妻之间的事情。夫妻之间出问题外人是无法插言也是无法解决的。喻言决定离开,回去睡午觉。正巧这时接到了吴亦静的电话,说我回来了,怎么不见人,又野哪去了。喻言欢欣鼓舞地说你终于回来了,我在邓冰家蹭饭呢。吴亦静说邓冰还会做饭?喻言说邓冰不行,他老婆行。

吴亦静意外,说他不是离婚了吗?喻言说是新婚妻子。吴亦静在电话中就有些大惊小怪的,这么快呀,闪婚呀,和谁呀?喻言望望邓冰和白涟漪,说回去给你说。吴亦静说你快回来吧,我也有事告诉你。

喻言就起身和邓冰告别,说两口子是人民内部矛盾,什么坐牢呀,举报呀,又不是"文化大革命",我走了,吴亦静回来了。邓冰说你别走呀,那事我还没有说清楚呢。喻言道,说不清楚,你现在的状态不对,酒醒了再说。邓冰说我没有醉。喻言说我醉了,我要回去睡觉。邓冰骂,就这点酒量还自称酒鬼,丢人。

喻言急不可耐地离开了邓冰家。

喻言回到家见到吴亦静就毫不犹豫地扑上去了,吴亦静喊着别别别,第三个"别"字还没有出口,就被喻言在门口把衣服扒了。说久别重逢,久别重逢……吴亦静说你喝酒了,你喝酒了。喻言说我们是久别重逢,关喝不喝酒鸟事……吴亦静说什么呀,我才走了多久呀,就是久别重逢了。喻言说你这次去基层慰问演出怎么这么长时间?吴亦静坏笑着,说,不长呀,不长呀。两个人说着话手脚都没有停,不久俩人就一丝不挂了。喻言把吴亦静抱在怀里,觉得滑溜溜的,就说你的皮肤真好呀,就像一条鱼。吴亦静让喻言抱着,却把脸扭向一边,说你喝酒了,酒色不能混搭,否则就成酒色之徒了。喻言说我就是酒色之徒,怎么了,我愿意。什么叫酒色之徒,有酒无色无趣,有色无酒不猛。吴亦静说,"酒是穿肠毒药,色是刮骨钢刀",就你这身板还能耍几次流氓,你还是悠着点吧,我还想多用几年呢。喻言说,"今朝有酒今朝醉,明日愁来明日愁,人生自古谁无死,留取丹心照你身。"

哈哈,这是什么乱七八糟的呀,吴亦静笑得很开心。其实,吴亦静年轻,早被喻言撩拨得欲火中烧了。吴亦静出去演出的这段时间,喻言算是守身如玉了,积攒起来的子弹充足,两个人的战争进行了一个多小时。

41

战斗结束后,喻言和吴亦静躺在床上都起不来了。喻言有些昏昏然,想睡;吴亦静推了喻言一下,说别上床像狼一样,完事像猪一样,不准睡。喻言说,你上床像疯了一样,叫起来像要命了一样,高潮像断气了一样,如此凶狠,我被你榨干了,元气大伤,肯定要困。怪不得人家都说,女人上半身是诱饵,下半身是陷阱呢。吴亦静笑,随手打开了电视,喻言说你开电视干啥,有意吵我吧。电视有啥看的,一开电视就觉得社会和谐,人民幸福,载歌载舞,国泰民安。其实呢,现在中国问题大了。吴亦静说你上网太多了,网上的都是社会黑暗,官员腐败,恶势力横行,民不聊生,仿佛中国马上就要灭亡似的。喻言说我又没有开电脑,是你开的电视。吴亦静说我开电视是看这个,吴亦静调到电视购物频道。喻言说这个更不看了,那上面的东西不能买,假货多。吴亦静说那你给我买下面的。喻言说又不是过年过节买什么东西呀。吴亦静说一个大的纪念日就要来了。喻言不明白什么纪念日。吴亦静说咱们的结婚纪念日呀。喻言说还没结婚哪来的纪念日。吴亦静说,我毕业证已拿,该拿结婚证了。喻言说好呀。吴亦静把手伸开了,说都要结婚了,我手上可还没戒指呀。喻言笑,常言说试金可以用火,试女人可以用金,试男人可以用女人。我还没试呢,你就伸出手了。吴亦静说什么金不金的,我不要金的,我要钻戒。

喻言见吴亦静要不高兴了,连忙说没问题,没问题。

吴亦静说,我们明天就去领结婚证,然后去买钻戒。喻言说你这样义无反顾地要嫁给我,让我很感动,可是我不能就这样去领结婚证,领证前应该见见丈母娘。吴亦静说,我还以为你很愿意先领后见呢。喻言说一定要先见后领,否则你妈不服气,不经家长同意就嫁给我,好像我拐骗了她的女儿。吴亦静说看来你还挺有担当的。喻言说这不是担当不担当的问题,这是对你妈妈的尊重。好不容易把女儿养大,人家连声招呼都不打就娶走了,这不合适。吴亦静有些感动,说你真是一个成熟的好男人,还是你想得周到。那先买钻戒,然后我带你去见丈母娘,回来领证。

喻言有些忐忑地说你妈不会反对吧?吴亦静笑了,说还是不自信吧。喻言嘿嘿干笑着说这不是自信不自信的问题。吴亦静说在我们家是我做主,我妈听我的。只有我包办她的婚姻,没有她包办我的婚姻的。喻言说不懂你的意思。吴亦静说我爸去世了,我妈也在找男朋友呀。喻言说,那要尽快见,否则多一个不靠谱的后老丈人,岂不更麻烦。吴亦静说无论我妈同不同意,我们都把证领了。喻言说你太给力了。吴亦静说主要是看在你还能给力的分上。

就先领结婚证还是先见丈母娘的问题俩人达成共识,算是皆大欢喜。说到了邓冰的婚姻,吴亦静不由得问,邓冰和谁闪婚了?

白涟漪,你见过的。

人鬼情未了。

是现在的白涟漪。

那个卖保险的呀,我早就说过他们有夫妻相。没想到他还走到咱们前面了。

还不知道能不能过下去呢,邓冰闹着要离婚。

什么?刚结婚就离,不是性无能就是性侵。总之,肯定是性生活不和谐。是不是邓冰在这方面也不行呀?

什么叫也不行呀,我难道还不行?扯淡,你真是三句话不离本行,这和性生活无关。

吴亦静打了喻言一下,你说话注意点,性生活是我的本行吗?我又没有做性生意。吴亦静这样说,两个人都哈哈大笑起来。喻言问吴亦静你在电话中说有事告诉我,什么事?吴亦静说,我的闺蜜胡丽失踪了。

喻言大吃一惊。吴亦静说,胡丽毕业离校后就停机了,换手机也没有告诉我新号码,我们失联了。喻言说,肯定是找工作的事,你被歌舞团录用了,她却被淘汰了,她可能有些迁怒于你,和你绝交了。吴亦静说,不会的,歌舞团找工作失败,确实对胡丽打击很大,虽然她在我面前装着无所谓,可我还是能感觉到她的绝望,毕竟花了大力气志在必得的。可是,这和我没关系呀,我也帮她的忙了,我真希望她能被录用呀,两个人做伴多好。

吴亦静说,我觉得另有原因。喻言问什么原因。吴亦静沉了沉,说出了一个秘密。吴亦静说你知道胡丽的干爹是谁吗?喻言摇头。吴亦静说,不是别人就是梁教授。喻言一下就坐了起来,说你可不能乱讲。吴亦静说,那天替警察买单的就是梁教授吧。当时你们都低着头,装着不认识。我抬头看了一眼,正见胡丽和梁教授相遇的一幕。当时胡丽极为意外,好像还喊了声干爹,只是梁教授装着没听到,还向胡丽使了个眼色,胡丽就借故去卫生间了。这事我本来不想告诉你,最近我听同学说我们学校法学院的梁教授离家出走了,碰巧现在胡丽也失踪了,我不得不把这两个人联系在一起来想了。喻言想起了导师的信,那信上说要带着自己的姑娘去过田园牧歌的生活,这个姑娘难道是胡丽。喻言没敢把梁教授的信说出来,如果是那样不就证实了吴亦静的怀疑了吗。喻言让吴亦静别乱说,万一真是那样也要保密,这事不能被媒体知道了,否则又是一场风雨,还不知道会演绎出什么故事呢。

其实,喻言和吴亦静都不能肯定梁教授真带着胡丽私奔了,那只是一个猜测。在喻言的心目中梁教授带领一个姑娘去过田园牧歌的生活是浪漫的,这个姑娘不能具体,更不能是自己认识的某位,要是那样就不美好了。后来,喻言和邓冰见面时也没有提起此事,如果把这个猜想告诉了邓冰,邓冰对胡丽的印象会更加幻灭。喻言只是问邓冰和白涟漪的日子过得如何,邓冰还是那句话,我们是要离婚的。喻言无语。

中午,白涟漪突然给喻言打电话,说要见见。喻言就让白涟漪到办公室来了。白涟漪见到喻言就哭了,这让喻言无所适从。白涟漪求喻言好好劝劝邓冰,说你是邓冰最好的哥们儿,他非要去自首,还要逼我去给他作证。

其实,喻言一直没有弄明白这事的前因后果,听白涟漪一讲,他彻底明白了。眼前的这位白涟漪肯定用交通肇事逃逸来逼婚,邓冰被逼无奈和白涟漪结婚,可是觉得今后的日子没法过,又提出离婚。白涟漪又拿邓冰交通肇事逃逸逼其不离婚。最后,邓冰被逼无奈干脆去自首,可是交警又不采纳他的口供,他只能找白涟漪

桃天

TAO YAO

和喻言作证……

喻言太了解邓冰了,邓冰是一个心中不能放事的人。他要自由自在地生活,不能憋屈,还要讲死理,一条路走到黑,八头牛都拉不回来。白涟漪先是逼婚,后又逼不离婚,以为抓住邓冰的把柄就能维持这段婚姻,可是邓冰又不愿服帖,宁肯去自首也要挣脱一切羁绊。

喻言叹了口气问白涟漪,你真爱邓冰吗?白涟漪望望喻言,说我不爱他就不和他结婚了。喻言说爱不爱和婚姻没有关系。白涟漪说,我们是不打不成交,我和他有缘分。这个过程你也是知道的。喻言说他心中有结,这个心结不解开,你们是无法过下去的。邓冰这个人我很了解,是一个崇尚自由的人,你剥夺了他的自由,他肯定要反抗。

白涟漪不明白喻言说什么,白涟漪说我没有剥夺他的自由呀,他想去哪就去哪呀。喻言说我说的这种自由是一种内心的自由。如果你真爱他,你就不要再用这种手段逼他。

我也不想逼他,是他逼我。我会把他当神一样供着,把他伺候得好好的。

喻言挥了下手说,我打个比方,如果你们真的离婚了,你也能做到不去举报他吗?

白涟漪愣住了,不语。

如果你能做到即便是离婚也可以不举报他,这说明你真爱上他了;否则那不是爱,那是自私,是为了自己。

白涟漪想了想说,即便离婚,我也不会举报他的;毕竟是夫妻一场,邓小水还小。

喻言突然站了起来,说那好,这话你要当着邓冰的面讲,你这样告诉邓冰,说不定就把他的心结解开了。

于是,喻言给邓冰打了一个电话,让他来办公室,有急事。邓冰起先还不愿意来,喻言说你是我们的法律顾问,现在有事,你敢不来,那是违约的。邓冰笑了,说你想见面就见,不要动不动就拿违约说事。邓冰来到喻言办公室,见白涟漪在,愣了。

喻言望望邓冰又瞄了一眼白涟漪,说今天让你来,就是想谈谈你那个交通肇事案。邓冰说那个案子我已经想清楚了,去投案自首,争取宽大处理。喻言说难道你真的想坐牢。邓冰说谁也不愿意坐牢,可是事情出来了,就必须面对。白涟漪泪眼婆娑地说,邓冰,这样,我不逼你了,你也别去自首了;你要是想离婚我们马上离婚。我们离了婚,我也不会去举报你的。

邓冰听白涟漪这样说,有些感动了。说谢谢你,你是一个好女人,这一段时间我们在一起,你把我照顾得无微不至,说实话我过去从来没有享过这样的福。喻言说那不就结了,你们好好过日子,干吗去坐牢?白涟漪说我们好好过日子吧,把邓小水要过来,我带他,将来我再给邓小水生一个妹妹,这样咱就儿女双全了。邓冰叹了口气说,既然你这么通情达理,人心都是肉长的,我们反正也领了结婚证,那就试试吧,算是先结婚后恋爱。白涟漪听邓冰这样说,欢天喜地上去抱住了邓冰,还捧着邓冰的脸亲了一下。

喻言连忙把头转到一边,说这就对了,这么好的女人你还"作"什么呀,好好过日子吧。

邓冰沉了沉说,不过,我还是要去自首的。

喻言和白涟漪都吃了一惊,这是为什么呀。

邓冰望望喻言说,你们听我讲,我不想背着一条人命过下辈子,我想无忧无虑的生活。邓冰望望白涟漪,说,把事情了结,咱们就无忧无虑地过日子,最多我被判一年半载的,你等不了我多长时间的。

白涟漪说我不怕等你,我就是不明白你这要干什么?邓冰说我不但要生活的甜蜜也要精神的自由。你手里既然掌握着我撞死人的证据,你就带着我去自首吧。邓冰又望望喻言,说你们两个缺一不可,一条是明线,一条是暗线,这两条线扭搭在一起刚好是一个因果关系的链条。

白涟漪大声说,不,我不去,你有病。人家明明不接受你的自首,你自己非要死乞白赖地送上去,真有病,欠抽呀。喻言也摇头叹息,说邓冰你要自首谁也不拦你,反正我和白涟漪商量好了,我们是不会去为你作证的。邓冰眼睛一瞪站了起来,说原来你们都商量好了,一个是我最好的朋友,一个是我的老婆,你们咋就不理解我呢。你们不给我作证,我自己证明,邓冰拂袖而去。邓冰走时还走错了门,一头撞在喻言办公室的玻璃墙上,要不是那玻璃墙是钢化玻璃,肯定要撞碎。邓冰被撞得头昏眼花,摇摇欲坠的。白涟漪连忙去扶,被邓冰甩开了。邓冰捂着头拉开门,走了。

喻言望着离去的邓冰,对白涟漪说,人说不撞南墙不回头,他是撞了南墙也不回头。白涟漪却没心没肺地笑了,说又可气又可笑,有你刚才的话我就放心了。我们都不为他作证,看他能折腾出什么花来。他干脆去上访得了,为了告倒自己,成为非典型性上访,这叫"窦娥进去,疯子出来",哈哈。

喻言见白涟漪这样,不由摇头,这和30年前的白涟漪太不一样了。那个白涟漪脆弱，忧伤，认真，伤春悲秋，自艾自怨，最后活不下去只有跳楼。这位80后的白涟漪就是一个二百五，再烦心的事，转头就忘，不知愁滋味。喻言说，这事没完，以我对邓冰的了解，他肯定会去自首的，到时候如果派出所真找我们问话，你要想好怎么说。白涟漪问喻言怎么说。喻言说，到时候我们一口咬定他精神有问题。

白涟漪哈哈又笑了。

喻言望望白涟漪说，你多大了，怎么这么不成熟，没心没肺的。白涟漪说我是87年的。喻言说我不是问你的年龄，我是说你别太得意，这只能暂时解决问题，要想彻底化解这事，还要想办法。他内心肯定无法释怀，一个律师内心无法装下一条人命，这个秘密会侵蚀着他的心，我们要为他寻找解脱的方式。

白涟漪点头称是。

42

邓冰从喻言办公室出来,直奔派出所而去。邓冰的状态很滑稽,整个表情是忿忿不平的,前额上鼓着一个大包,就像一个刚刚斗殴后吃了亏找派出所申冤的街头汉子。

又是那个叫张力为的警官,邓冰头上的包"嗖"地疼了一下,不由吸了口凉风,心想坏了,怎么又落在这家伙手里了。张力为见了邓冰也呆了一下,然后就满脸堆笑了,说这不是姓邓的大律师吗,你又来报什么案呀?上次那个绑架案可不能立案。邓冰说我这次不是报案,我这次是投案。张力为说,你干什么坏事了,来投案。

邓冰说我撞人了。

张警官望望邓冰头上的包,问你用头撞的?邓冰不悦,说你讲话严肃一点好不好,我没用头撞人,我的头能把人撞死吗。张力为说那不一定,撞准了也可能把人撞死的,我手上有这样的案例。前不久一头牛就把人撞死了,放牛娃家把牛卖了都不够赔付受害人家属的。邓冰忿然道,我说东你说西,那是牛,我是人,牛头不对马嘴。邓冰说你真搞笑,我来不是和你争论的,我是来投案的,赶紧做笔录吧!我开车把一个赶马车的人撞飞了,造成赶车人死亡。邓冰力图把事情简单话,说起话也是喊哩咔喳的,怕和张警官纠缠。邓冰知道越纠缠这事越说不清楚,就像交警路安全那样。张力为问邓冰是什么时候的事？邓冰说有一段时间了，就是那天我来报绑架案的晚上。张警官说你那个绑架案不成立呀。邓冰说我撞人和绑架案无关。张警官说既然无关你来干什么。邓冰说绑架案不成立，我撞人是事实。不信你可以问问交警，他们一直在调查，寻找肇事车辆。警官张力为说你这是交通事故，你来找派出所干什么，去找交警队呀。邓冰说关键是交警队不采信我的口供，认为我半夜三更去墓地不成立，让你们证明我那天晚上因为儿子被绑架去了墓地。

张力为说我们不可能给你证明的，因为你那个绑架案本身就不成立，一个不成立的案件，你让我们怎么证明。

邓冰有些急了，头霍霍地疼。额头上的包让邓冰头昏眼花，简直是无法集中精力。这样，邓冰说话就有些粗鲁了。邓冰说我撞死人了你们难道也不管吗。张力为说，不是不管，是我们没法管。

为什么没法管？邓冰说，这是人命关天呀。

张警官笑着说，你的身份特殊嘛。

邓冰说我只是个小律师，律师犯法与庶民同罪。

张警官说，你可以免责。

邓冰说，不对呀，这事没过诉讼时效呀。

张警官说，这和诉讼时效没有关系。即便你真撞死了人，你是律师，难道不知道精神病人可以免责吗？

邓冰愤怒了，喊道，你才是神经病呢，你全家都是神经病。

张力为喊，看，又发作了，那个谁谁，老刘呢，快来，只有刘警官用警棍能制住你这种人。

张警官和邓冰的声音都比较大，刘警官真从里面出来了，不过,手里没有拿电警棍,这让邓冰心中稍稍安定一些。在刘警官身后还跟着江所长,这让邓冰大喜过望。江所长问张力为怎么回事,吵吵嚷嚷的。张力为指指邓冰,又指指自己的脑袋,说这个人脑子有问题,神经病。江所长见是邓冰,说这不是邓大律师吗,你来怎么也不打个电话。邓冰说原来你也在这个所呀。江所长说是呀,你有什么事吗?邓冰说我是来自首的,我撞死了一个人。江所长望望邓冰觉得匪夷所思,一个律师难道不知道撞死人的后果吗,说话这么轻松随便。江所长又望望张力为,悄声问张力为到底怎么回事呀。张力为就把江所长拉到一旁绘声绘色地汇报情况。邓冰只能听到一星半点的,只听到张力为说起了交警路安全。路安全已经打过电话了,那起交通事故本来和邓律师无关,邓律师去过问案情开始说是法律援助,过了一段时间自己又说是肇事者,其间提到了向我报过绑架案。路安全也觉得这个人不对头就打电话问我,我就把那天邓律师来报绑架案的情况告诉了路安全,邓律师的口供在路安全那里得不到采信,没想到又找我来了。

江所长远远地望望邓冰,眼前好端端的一个人,怎么会是神经病呢,自己还和他喝过酒呢,没有见他有什么过人之处呀。江所长想起了喻言,决定给喻言打个电话问问。

喻言接到电话,说我这个同学精神上有一定的问题,属于间歇性的,一阵聪明一阵糊涂。他本来是那个交通肇事逃逸案的律师,可能看到受害人一家太可怜了,那逃逸者又没有抓到,所以决定自己去顶。喻言还说我这个同学最近遇到的事较多,刚离婚又失业,可能太累了,精神压力大。精神有点问题但问题不大,也绝对不是什么精神病。你随便让人做个笔录,就说先调查调查,算是自首了,把他打发走算了。

邓冰就这样被派出所打发了。

不过,邓冰离开派出所心中还是一阵轻松,一阵狂喜,终于自首了。这事全靠江所长,要不是江所长自己还会面对电警棍。这年月办事没有熟人是不行的,连投案自首也要找熟人。接下来就要走诉讼程序了,按照《刑事诉讼法》的规定,一般刑事案件大致要经过三个阶段:公安机关的侦查阶段,检察院的审查起诉阶段,法院的审判阶段。按规定侦查阶段不得超过二个月,决定是否向法院提起公诉;审查起诉阶段应该是在一个月内;法院应当在受理后一个月以内宣判。这样算下来前后需要4个月的时间。这只是一个交通肇事案,整个案子过程清楚,本人供认不讳,不存在延迟的要件,最多4个月就搞定了,要是适用简易程序那就更快。本人是投案自首,不是故意逃逸,不应该羁押,最多是监视居住。邓冰想到羁押还是有点害怕的,要是真和那些刑事犯关在一起,那种日子是没法过的。邓冰曾经去拘留所看过当事人,好端端的人都脱形了。还好,派出所根本没有羁押的意思,让自己回去等着,这说明就是一个监视居住。

邓冰决定还是请一个律师,自己是有权委托辩护人的。最近自己的状态不是太好,请个律师就不用跑了,让律师去忙吧,也花不了几个钱。邓冰认识的律师大把,从中选一个有能力的。说到能力邓冰觉得张健就挺不错的,大家又是同学,容易沟通。想到这,邓冰给张健打了个电话,问在不在事务所,当得到确认后,邓冰让张健在事务所等着,马上过去,说有一个案子要交给张健代理。张健一听很高兴,邓冰停业了,把业务揽来了,不管多大的标的,这说明师兄弟之间算是和好如初了,还是同学的情谊深呀。

了解案情后,张健就不知道说什么好了。张健认为这个案子不需要找律师代理,案情简单,又是投案自首,没有可辩护的,找律师花这个钱干什么。邓冰说这就像医生治不了自己的病一样,律师也无法为自己辩护,这不是法律问题。虽说案情简单,但是要花时间的,要公检法的跑。邓冰笑笑说过去我都是为当事人服务,现在也尝尝被服务的滋味。邓冰让张健找一份委托代理协议,自己在上面刷刷地写,在代理费一栏,邓冰写了五万,这应该算是高的了。其实邓冰心中是有谱的,刑事案件无法依照标的来计算,可这个案子有附带民事赔偿,撞死了人大约要赔偿50万左右,50万的百分之十那就是五万。邓冰把委托代理协议签字后递给了张健。张健望望协议说现在盖不了章,管公章的人不在。邓冰说反正我已经签字了,你啥时候盖了章给我一份就行了。

张健不盖章有张健的考虑,他要去找喻言了解一下情况。邓冰出这么大的事,喻言肯定知道,也了解案情。

喻言看了邓冰签署的委托协议,不知道对张健怎么解释。喻言说看来他是没完没了,不走完这个程序是不罢休的。张健问这到底怎么回事。喻言说这样吧,我把赖武叫来,律师、法官都有了,咱就让邓冰走完这个程序,化开心中的结。张健还要问,喻言说你别急,先喝茶,把赖武叫来我把前因后果一起告诉你们,省得一个一个的费口舌。

赖武来后,喻言让张健把邓冰的委托代理协议给赖武看。赖武望着喻言和张健莫名其妙。喻言说其实本无事,庸人要自扰。

喻言指了指脑袋说，邓冰这儿有问题了，邓冰最近遇到的事太多，可能太累了。张健和赖武听喻言这样说，脸上现出很迷惑的表情。喻言说邓冰自认为撞死了人，要去自首，要我去证明，还要逼着老婆离婚，这不是瞎扯嘛。我就在车上，当时马车上根本就没有人。张健吃了一惊，用手按着喻言说，你等等，邓冰和张媛媛不是已经离过婚嘛？张健望望赖武，说难道你们搞成了二牛抬杠，两夫事一妇。

喻言哈哈大笑，说你张健太有想象力。赖武说你张健满脑子都是封建社会那一套，我和邓冰两兄弟难道没钱讨老婆，共用一妻？

喻言说你们别打岔了，邓冰不是和张媛媛离婚，那是前妻，他要和白涟漪离婚。张健听喻言这样说，一下就跳起来了，说喻言你这是什么乱七八糟的呀，你脑子也有问题吧。白涟漪死了30年了，现在又离婚，不会是结了阴亲吧。赖武说还是邓冰有能耐，无论是啥亲，这么快就再婚，就不简单。喻言望望张健和赖武哭笑不得，说现代人沟通起来怎么这么难呢，你们别急呀，尽瞎扯，听我慢慢道来。

喻言费了很多口舌才把邓冰和白涟漪的前世今生解释清楚，望着张健和赖武惊讶的表情，喻言累得直喘粗气。张健说没想到邓冰才几天不见就发生了这么多事，都结婚了大家还不知道，不够意思。赖武说新白涟漪长得啥样，我很想见见呀。这是一个奇女子呀，把邓冰玩得团团转，看来邓冰是被这个叫白涟漪的拿住了。张健说行了，凡是邓冰的女人赖武你都感兴趣。赖武嘿嘿笑笑，说我就是好奇而已。

张健说那个交通肇事逃逸,说不清道不明的,没有目击证人,也没有监控录像。赖武也说,你喻言坐在车上也没有看到马车上有人,这就证明马车上没有人呀,单凭白涟漪的电话录音也不能确认邓冰就撞死了人。喻言点着头说,是呀是呀,你是法官,你拿到这个案子也没法判吧。赖武说确实没法判。喻言说邓冰去自首,人家交警不采纳他的口供,到派出所自首差点被电警棍打出来。后来,我给江所长打了个电话,让他们接受邓冰自首,然后才把邓冰打发回来。赖武说你糊涂呀,接受了邓冰自首,接下来要走法律程序的,公安机关要侦查的。喻言说什么程序不程序的,派出所又不是真的立案,我是让江所长把邓冰打发一下,又不是真进入法律程序。

赖武说,你是让江所长把邓冰打发了,可邓冰可就一条道走到黑了,否则他不会罢休。赖武望望张健说,你看,他把律师都请好了。张健说关键是邓冰自认为撞死了人,觉得有罪。他让我辩护,我是证明邓冰有罪呢,还是证明他无罪?

喻言皱着眉头说,这也是我把赖大法官叫来的原因。我们都是同学,又师出同门,咱们这些当师兄的,应该帮帮师弟。邓冰是一个"方脑壳""一根筋",这种人一条道走到黑。在国外是要看心理医生的,任其发展下去,不成精神病才怪。他现在的人生就像飞船进入了黑障,我们要帮他走出来。

赖武道,你喻言是大师兄,你说我们该怎么帮他?喻言说我们要帮邓冰走完这个法律程序,只有这样邓冰才能放下包袱,重新迎接新的生活。张健说我们帮不了他呀,我们怎么才能帮他走完这个法律程序,这程序又不是在乡间散步那么简单。喻言说你就当好辩护律师,为邓冰做无罪辩护,到时候赖大法官判他个缓期执行,附带个民事赔偿不就得了。

赖武听喻言这样说张口结舌。

43

赖武笑喻言太天真了,好像法院是自己家开的,我想咋判就咋判。再说,这个案子怎么就能到我的手里呢。我在民一厅,负责民事案件,你这是刑事案件。喻言说我早就说过,咱不是真走法律程序,真走程序咱谁都控制不了。咱搞一个模拟法庭,然后在模拟法庭上判邓冰那个傻逼一家伙。赖武和张健都笑了。喻言说你们别笑,这其实就是演一场戏,算是给邓冰一个交代,让他解套。

我靠,你真是老大,赖武说,你这样玩是不是玩大发了。喻言说你们法院又不是没有搞过模拟法庭。赖武说我们那是为了给社区搞普法教育。喻言说,对呀,我们就算搞一次普法教育,教育的只不过是我们的老同学罢了。到时候让同学们都来旁听。你赖武是审判长,张健是辩护律师,你们就好好表演吧,同学们肯定会刮目相看的。赖武说我们搞普法教育是有企业赞助的,也不能和正式开庭冲突;一般都是节假日,整个法庭的审判人员都要到齐吧,我一个人唱不了独角戏的,这些人来了都算加班,要有加班费,还有场地费等等……

喻言挥了下手说,一切都没问题,不就是要产生费用嘛。你判邓冰赔偿50万,到时候张健是律师,是委托执行人,他要帮助邓冰执行,这其中10万划拨给你们法院,就算赞助费,这够了吧。赖武不住点头,够了,够了。喻言又说再留出10万备用。模拟法庭来那么多同学旁听,每人都要发点车马费吧,中午还要有丰盛的午餐,这10万元也够了吧。张健笑,够了,肯定够了。这就算招待同学们了,算临时搞了一个同学聚会;参加了同学会还发钱,比康大叔还牛逼。喻言说这事可不能露底,只有我们三个知道就行了。

那还有30万怎么处理,张健问。

喻言说赔付给受害者家属呀。

真赔付呀,赖武说不是模拟嘛。喻言说邓冰是不是真撞了人我们也就不去深究了,据邓冰说那家人孤儿寡母的可怜,他们一直在上访,邓冰确实有资助他们的想法。在法庭上你不判附带民事赔偿这戏演得也不像呀。判决赔偿50万,资助家属30万,这钱就算邓冰做慈善了。赖武和张健都频频点头,张健说也是,既然我们帮邓冰,那他就出点血,邓冰有钱,这50万对他来说不算啥,毛毛雨啦。

这样,邓冰就可以迎接新的生活了,张健说花50万值。

赖武问喻言,邓冰迎接新生活是不是要把儿子的抚养权要回去。喻言问赖武,你是想让他要还是不想让他要。赖武笑笑说,我当然想让他要了,谁愿意老婆带一个拖油瓶,后爹不是好当的。我和张媛媛还想生一个呢。喻言说你放心,白涟漪已经表态了,她要把邓小水当亲儿子养。她负责给邓小水做饭,送邓小水上学,将来再生一个女孩,要儿女双全。赖武吁了口气,说那就太好了,这事就按照你喻言的计划办,法院那边我去说,只要有钱就没问题。

喻言说法律这个东西,只有在双方没有利益冲突时,才能还原本来面貌,才会有所谓的公平正义,这就是所谓的法学。当法律被实际利用时,面对利益就会倾斜。喻言望望赖武笑笑,说这次你赖大法官和张大律师可以搞一次真正的以法律为准绳以事实为依据的公平诉讼了。赖武说你就别讽刺了,什么我们法律界,你也是学法律出身的。喻言笑。

在赖武确定开庭的日期后,将有关的模拟法律文书给了张健,让张健负责送达邓冰,一切都像真的一样。邓冰收到法律文书连忙带上张健到喻言家商量对策。邓冰说真快,我去投案自首到现在也没过多少时日呀,怎么就开庭了呢。喻言说越快越好呀,我给江所长打过招呼,让他把案子尽快移送上去的。张健也说我为了让这个案子尽快了结,公检法不知道跑了多少趟。这个案子又不复杂,你又是投案自首的,对于犯罪事实供认不讳,早点了结多好呀。

让邓冰郁闷的是自己怎么就落到赖武手里了,忿忿不平地说,他来审判我,操他妈的,凭什么?他是个民事一厅的法官怎么就审到我头上了。我申请让赖武回避,我和他有过节。喻言和张健交换了一下眼色,说你不是和赖武讲和了吗?落在赖武手里总比落到别人手里好,赖武毕竟是我们的同学,他敢胡来,我们都不依他,到时候让同学们都来旁听,看他还敢乱来。再说,还有张大律师呢。张健说就是,不要怕,有我呢,保证不让你坐牢。邓冰一听这话,脸上就舒展开来,说既然是这样,就让赖武审判我一回吧。我也不知道咋混的,到头来让我的情敌审判我。不是听说他要当律师嘛,怎么还没辞职?张健说本来要辞职的,听说你的案子属于他们院管辖,就主动提出申请;你这个案子说是刑事的,其实主要是附带民事赔偿比较关键,所以就来了个"民"审"刑"。据说,这是他审理的最后一个案子,你将成为他法官生涯的一个句号。邓冰说他是有意为之,老子不服。喻言说有什么不服的,反正谁判都是判,这就像妓女,卖给谁不是卖呀。邓冰瞪了喻言一眼说,你才是妓女。喻言嘿嘿乐。张健说赖武也是好心,怕你落到别人手里了,判重了就麻烦了,所以他亲自判,承诺不让你坐牢,否则我都替你申请让他回避了。

邓冰的情绪突然有些失控,说我有罪,我有罪,其实我应该去坐牢的。邓冰说我都想好了,如果我自首最终不成功的话,我就把自己流放了,把财产处理一下,然后去一个荒岛上了却一生。

张健吃惊地望望喻言,说这是自我流放呀。

喻言说你没有必要这样,你还有孩子,还有新婚的妻子呢。邓冰我也许应该向导师学习,带着一个姑娘去过田园牧歌的生活。

喻言说你这是要学导师,这可是世界上最浪漫的事呀。操,你这是流放自己嘛。

什么,你们说什么?张健吃惊地望望邓冰又望望喻言。导师带着一个姑娘私奔了,这事我怎么不知道。邓冰这才想起张健没有看过导师那封信,因为张健那天晚上不在场,那封信只是写给喻言、邓冰和赖武的。喻言见邓冰已经说出来了,就对张健说等邓冰这事完了,你来我家一趟,导师有封信给你看看。

邓冰说,虽然我不一定被判入狱,我也不能不有所准备,万一赖武判我入狱呢。这个案子我知道获刑两三年也是正常的,到时候我在监狱里也就不方便了。我有几件事需要向二位交代,这几件事我委托张健执行,喻言进行监督。

喻言和张健又交换了一下眼色,不语。

第一,我坐牢后,我儿子的生活费每月增加到一万元,生活费不能一次打给张媛媛那个骚货,否则肯定被她和赖武挥霍了,一个月打一次,喻言要监督张媛媛使用,要把钱花在我儿子身上;第二,就是这个交通肇事案的附带民事赔偿,由张健执行,把钱给人家送去,最好是现金,这能慰藉他们受伤的心灵;第三,我入狱后房子让白涟漪住,我们毕竟领了结婚证,她一天好日子也没有过,房子让她住,你们俩要时常去看看,不允许她领野男人回去。

喻言和张健听邓冰这样说都笑喷了。

张健说你你这是要对老婆实行监视居住呀。邓冰说你们笑什么,我是认真的。现在的女人是受不了寂寞的,生活条件好,性欲比较强,这一点喻言应该知道。张健望望喻言,喻言摇头说不知道。

还有,邓冰说,让同学们来旁听会不会很丢人。

不会,你又不是强奸罪。

喻言这样说,张健笑得忍不住,嘿嘿有声的。喻言说你就放心吧,这事没什么丢人的,大家都开车,说不定就会出交通意外;让同学们来听听,你这个案子是有普法意义的。最关键是附带民事责任,可能要赔偿,赔多少对同学们是有参考意义的。张健说我们要通过这个案例教育同学们,出了交通事故一定不要逃逸。交通肇事本无事,只要逃逸事情就大了。邓冰说我可不是故意逃逸的,这个有喻言证明,你张健辩护时一定要抓住这一点。赔偿没问题,只要不坐牢100万以内我都能接受。

张健张大了嘴,说喻言你判少了。邓冰说什么意思,喻言有什么权力判。喻言瞪了张健一眼,说我是少判断了,不是少判决了。

邓冰哦了一下点点头,说撞死了人,其实按规定赔50万左右也就够了。我是看受害者家属可怜,本着人道主义的精神多赔一点也能接受。

喻言说邓冰你这事基本上也就这样了,没什么大不了的,宣判后好好过日子吧。邓冰不语。喻言又说在开庭前我可能要出几天差。邓冰有些可怜巴巴地说,你要走呀,你走了我怎么办?喻言说什么你怎么办,你断不了奶了?有事找你的委托律师呀。张健点头答应道,没什么事了,有事找我,现在离开庭还有一段时间呢。

邓冰问喻言出差去哪里,喻言说云南的大理。

大理三月好风光呀,邓冰说我也要去,我陪你一起去吧,反正这几天我也没什么事了。我现在等待判决,这就像待宰的年猪,在宰之前还不如放出去走走。

喻言说你凑什么热闹呀,我去见未来的丈母娘。

哇,是这样呀,那什么时候结婚?

回来就领证。

张健感叹,你们都是第二春了,我是赶不上了。

离呀,没有人拦着你。

经济条件不允许,离婚最少要两套房子,否则住哪呀。张健说我当年结婚比较感性,现在离婚一定要理性。喻言不语。

喻言和吴亦静飞往云南那天,两个人都窝在床上不起。吴亦静让喻言起来,喻言说,现在的梦想决定着你的将来,那么就让我们多睡一会儿吧。吴亦静说什么梦想不梦想的,现在梦想已经照进了现实,睡误了飞机你负责。喻言说我负责,我绝对负责,大不了少个丈母娘,只要老婆在就行。吴亦静说,好呀,我要告诉俺娘。喻言说,告吧,她要是不听话,将来我不养她。吴亦静气得去掐喻言,喻言一躲,两个人滚下床去。

喻言为了使自己以最好的状态去见吴亦静她妈,下了飞机也没直接去吴亦静家,而是在宾馆开了房间,两个人先住了一晚,说是养精蓄锐。第二天,喻言临出门时对着镜子梳呀梳的,那些移植的头发或者说胡子总是支棱着不听话,太硬,这让喻言很郁闷。吴亦静却急了,说你怎么像个娘们似的,就那几根毛居然就打理不好了?平常出门你总说我,看看你吧,不就是去见我妈嘛,至于的嘛,你这是不自信的表现呀。喻言说我这几根毛是有灵气的,凡是支棱着不听话,干事就不顺利,今天也不知道怎么了,我心中有点慌,总觉得要出事。

吴亦静说你就别装神弄鬼了,能出啥事呀,咱出门小心点,只要不被车撞,安全顺利到家,什么事都不会发生。

44

喻言和吴亦静当然没有出什么车祸,这种意外对于一个成年人来说概率还是比较小的。喻言很顺利地到了吴亦静家。为了迎接女儿和未来的女婿,吴亦静的妈蓝翎早早地就把房间打扫干净了。当吴亦静拉着喻言向妈妈介绍说,妈,这就是我男朋友喻言时,喻言和蓝翎都傻傻地定在了那里。两个人四目相对,迷惑而又恍惚,犹在梦中,恍如昨日。喻言和蓝翎虽然都老了,可是青春的影子还在,不大可能认不出对方。

喻言和蓝翎百感交集,异口同声地问:怎么会是你?

吴亦静望望喻言又望望老妈,问,你们难道认识?

唉——

喻言和蓝翎望着对方一声叹息。

喻言无法同时面对吴亦静和蓝翎,这是个极为严重的问题。蓝翎是喻言大学时的女友,现在,喻言和前女友的女儿又好上了,这种尴尬让喻言心碎。喻言独自回到宾馆,掐指一算,不由暗暗心惊。当年,蓝翎也怀孕过,如果生下来比吴亦静还大,只不过孩子秘密打掉了。当时,蓝翎正在实习,那是一个偏远的山区中学。把蓝翎派到那么偏远的地方实习,算是对她的惩罚,因为她上街参加了游行。本来蓝翎是不关心政治的,可是大家都去了,自己也就随大流,还糊里糊涂地走在了游行队伍的最前面。蓝翎是典型的校园美女,走在游行的队伍前面很惹眼,不少记者就以蓝翎为镜头,第二天多家报纸的头版位置全都登出来了。事情过后,其他同学没事,蓝翎却跑不脱,有报纸为证。学校决定把蓝翎派到一个最艰苦的地方实习,算是锻炼改造。

蓝翎在实习点觉得身体不适,恶心,呕吐,完全是妊娠症状。蓝翎连忙给喻言写信,让喻言快来,如果事情败露后果不堪设想。喻言接到信就和邓冰、张健商量,希望他们陪自己去一趟蓝翎实习的学校,救救你们的大嫂。喻言还说,这事千万不能让学校知道,否则我和蓝翎都会被开除,现在形势紧张,学校正愁找不到人开刀呢。于是,三个人从学校出发先坐了火车,然后转汽车,然后又坐上了农用拖拉机,然后在老乡的指引下步行,翻山越岭,天都黑了也没找到蓝翎所在的学校。

天黑后的山里路是没法走的,好在蓝翎在信中一再叮嘱,什么都可以不带,一定要带手电筒,电池多多,你们可能要走一段夜路。到时候你们在山上用手电筒向我发信号,我就在学校的坝子上点起篝火,为你指路。喻言当时还跟邓冰感叹,说蓝翎是一个具有贵族气质的女性,在如此尴尬的状态下还没有忘记浪漫。你想呀,在漆黑的夜晚,点起篝火迎接自己的恋人,这多么浪漫呀,这是现实版的《幸福的黄手绢》呀。

邓冰说这不是什么浪漫,有点像搞间谍活动。

三个人走在山路上才知道,如果蓝翎不在学校坝子上点上篝火,根本无法找到地方。天黑后的山路漆黑一片,四周不见亮光,山区没有电,要不是手电筒根本没办法向前行进。三个人走在山路上，各种已经进入睡眠的动物会从身边突然逃窜，让人惊出一身冷汗。喻言这才知道蓝翎的篝火不是浪漫的约定，是真正实用的信号。可是，那篝火呢，无论喻言怎么用手电筒打闪，遥望夜空什么都看不见。三个人坐在岩石上喘息，喻言把手电筒也关了，节约用电，因为不知道路还有多远。

三个人坐在漆黑的山路上一筹莫展。就在大家都要绝望之时，突然张健大喊一声，快看！这时，在不远处真有一堆篝火突然点燃了，喻言连忙打开手电向篝火打闪，三个人嗥叫着向篝火扑去。

喻言和蓝翎相见根本来不及拥抱，就向食物扑去。这些山外来客们围着篝火欢呼犹如野人。那天晚上三人吃了烤野兔、烤山鸡、烤玉米、烤地瓜，以及一些叫不上名字的山中野味，最后在一坛米酒下酣然入睡。这些食物是蓝翎的学生准备的。山区的学生很朴实，听说老师的男朋友要来，就喊着父母上山打猎，准备着迎接贵客的到来。

第二天，喻言才发现蓝翎的状态很不好，吃啥吐啥，整个人都脱形了。好在山区老乡比较朴实，都以为这城里来的女大学生不服水土，病了，根本没有向怀孕方向想。蓝翎生病让所有的学生家长揪心，于是，各种山上的草药都送来了，蓝翎在各种草药的灌溉下，脸色发绿，手脚发麻，奄奄一息。喻言决定把蓝翎赶紧送医院，可是，从山区中学到县医院要翻山越岭，蓝翎根本走不了山路。学生家长听说女大学生要去看病，决定用滑竿抬蓝翎出山。

蓝翎走的那天就像一个节日，来了很多乡亲送行，各种路上的吃食自不必说，滑竿被学生扎满了山花，打扮得花枝招展。蓝翎坐在滑竿上,花团锦簇,红伞遮阳,就像一个出嫁的新娘,而身后那些送行的学生就像送亲的队伍。蓝翎被两个山民抬起,在山路上行走如飞。蓝翎坐在滑竿上紧张而又惊恐,时不时高高举起红伞回头向喻言张望。此时,喻言、邓冰和张健早就被甩在后面了,气喘吁吁的。邓冰说,这些山区老乡太厉害了,早知道我们三个也装病坐滑竿。

到了山顶,同学们要返回了,都依依不舍的。学生含着眼泪问蓝老师啥时回来呀?蓝翎回答病好了就回来。学生就说,我们天天在山顶上等你,晚上给你点篝火,弄得蓝翎泪流满面。有学生问,老师你想听音乐吗?蓝翎点点头,说想呀,我已经好久没听到音乐了。蓝翎不明白同学们为什么问这个问题。这时,一群男生就突然冲向一块岩石,喻言也不知道学生搞什么名堂。这时,同学们喊着号子用棍棒去撬那巨石,一声大喊那石头被撬动向山下滚去。巨石向山下滚动着发出轰轰隆隆喊哩喀喳的声音的确像音乐。石头从山顶滚下山坡,最后"哗啦"一声滚进江里,是需要一段时间的。在巨石滚动期间,大家都屏声静气地听着,等那"哗啦"一声过后,同学们才欢呼跳跃。学生都问蓝翎老师,这音乐好吗?蓝翎笑了,说,好,非常隆重,是大自然的交响乐。同学们得到了鼓励继续去撬那些巨石,交响乐一遍一遍地在山谷里奏起,惊天动地,让喻言这几个城里来的大学生极为震惊。

邓冰说这是真正的滚石乐队呀。张健说这是大自然的声音。

蓝翎做完人流后,邓冰和张健回学校了,喻言陪蓝翎在县城住了一个星期,然后把蓝翎送回了那所山区中学,神不知鬼不觉地解决了问题。后来,蓝翎被分配到云南的一所更遥远的山村中学,成了真正的山村女教师。蓝翎等待着喻言前来搭救,可是,喻言没有能力。最后,蓝翎将喻言的书信打成一包全部退给了喻言,嫁给了省城的一个万元户,逃离了那所山区中学。

一切都这么巧,又这么荒诞,喻言不知道该怎么面对。回到家之后,他还是一筹莫展,整天充满惆怅地在网上溜达,下载了不少关于同学呀60后呀年龄段呀有关的帖子,又觉得意犹未尽,就写自己的博客。这些文字当然是喻言的闲笔,叫《60后的十大特点》,这是喻言继写《论同学的多重关系》后,又一篇有感而发的博客。

1、60后喜欢安静了,不怎么爱热闹了,小孩都开始叫自己爷爷奶奶了,这会让男人气急败坏,让女人辛酸。一直以来,不知道什么是一把年纪,有一天对着镜子审视自己的白发时,突然明白了其中的含义,这是进入老年的开始。路见不平再也不好意思一声吼了,只有哆哆嗦嗦地安慰自己,要是我年轻的时候如何如何……

2、60后年轻的时候国家刚好恢复高考,考上大学就一劳永逸了,不必担心上大学交不起学费,大学毕业也不担心找不到工作。国家分配的工作,虽然不一定人人满意,却都是铁饭碗,而且不用再考就可以成为公务员。现如今60后的孩子要想落榜比老爸考学还难,毕业后发现要想就业更难,最难的恐怕就是报考国家公务员。

3、60后结婚时真的很穷,身无分文,没有房子,却可以娶到老婆。单位的筒子楼可以当新房,瓜子、花生、水果糖是待客美食；脸盆、被面、镜子是最合适的彩礼。现如今60后为孩子结婚花光了所有的积蓄，如果不给孩子买车买房，儿子很可能娶不到老婆，没有哪个女孩愿意跟儿子去租房住更不愿意骑自行车上班。如果离婚就要倾家荡产。

4、60后好比中午二三点钟的太阳，虽然骄阳似火，却已力不从心。眼睛花了，头发白了，记忆差了，饭量小了，段子多了，那事少了；外面躲酒场，家里躲老婆。于是，开始怀念过去，感叹现实，各种规模的同学会如火如荼。想找到青春的痕迹，看到的却都是老年的影子。

5、60后的老婆年龄跨度之大超过了自己的年龄。60后为主，70后为辅，着急的娶了50后，成功的换了80后，文艺老流氓惦记90后，色鬼展望00后，该杀的不放过10后。童年时的理想是实现共产主义；少年时的理想是考上名牌大学；青年时的理想是娶个好老婆；中年时代的理想是有钱有势，老年来临心中还有理想，那就是孩子争气，家有贤妻，外有艳遇。60后再婚总是希望找前女友的影子，结果却要碰到前女友的女儿。可见，往事并不如烟。

6、60后是最明白"粒粒皆辛苦"的含义，因为童年时期很贫穷，吃不饱的时候时有发生。经常用田野里的野菜充饥，任何野果吹吹上面的灰尘，都能往嘴里塞。没有牛奶，手捧河水就可以灌饱肚子。现如今，野菜成了奢侈品，有了牛奶却不敢放心喝，河水消失了，河道成了人家排污的渠。60后的童年时代营养不良，逢年过节能够吃上肉是一种享受，新衣服是过年时的追求，哥哥的衣服弟弟穿，弟弟的衣服妹妹穿。现如今有肉不敢吃，怕营养过剩，粗茶淡饭蔚然成风，肉成了永远的怀念。60后是最会节约的人，即使是一掷千金宴请他人，剩菜剩饭也要打包回家，不会轻易倒掉。即便是小孙子的剩饭也能从容地吃掉。

7、60后的小学生活简单而快乐，最主要的课程是语文、算术，不用学英语。上体育课可以冠冕堂皇地在操场上疯闹。没有人请老师补课，也不报各种培训班。孩子们的课余生活丰富多彩，摔面包、滚铁环、捉迷藏、抓特务、斗鸡等等五花八门。现在60后是社会的中坚，是单位的脊梁，父母的骄傲，孩子的榜样，老婆的撒气筒，小蜜的提款机。60后的父母基本没有能力为他们买房买车，他们却要千方百计为孩子买车买房，不论他们将来有没有能力养老。

8、60后上有老，下有小，心中有天下，为社会创造财富，为国家培育栋梁。穿梭于楼堂馆舍，征战于官场商场。事业蒸蒸日上，身体每况愈下。现如今成了他人儿女婚礼上的主角，时常操办亲友的葬礼，百忙之中还要去医院探视病人，健康平安是见面祝福的主要内容。新生命的诞生已不像自己儿女降生时那样欣喜若狂，只有抬着父母进过医院的60后才懂得兄弟姐妹众多的优势，看看自己的独生儿女，怎么能不为自己的未来担忧。

9、60后年轻的时候凭借自己的双脚独闯天下，用自己的双拳打抱不平，凭借渊博的知识，出众的才华可以找到一个漂亮老婆。现如今60后的儿子却只能凭借老爸的资产，每天换一个漂亮美眉，用老爸的头衔震慑他人。

10、总之，60后是一代有过崇高理想的人，一代高傲而又自卑的人，一代喜欢怀旧的人，一代开始祭奠青春的人，一代将成为孤寡老人的人，60后……

喻言意犹未尽，可体力不支，困倦来袭，就趴在电脑旁睡了过去。这时，喻言被QQ敲击声惊醒，原来是邓冰。邓冰问喻言回来没有？喻言说回来了。邓冰说你还没通知同学们来旁听呢，离开庭可就三天了。

喻言连忙在QQ群和朋友圈里向全体同学进行了告知。喻言号召同学们都来旁听这次庭审：现代社会每一个人都会遇到法律问题，不要错过这次普法教育的机会。最重要的是，这次开庭由赖武同学担当审判长，由张健担任辩护律师，审判的是邓冰同学。为了确保这次审判的公平正义，我以同学的名义特别邀请大家来旁听，希望我们做邓冰同学的后盾，监督赖武的审判。凡来旁听者有车马费，中午有丰盛的午餐。届时，邓冰的新婚妻子白涟漪将当面答谢同学们的光临。

同学们一下就被喻言煽动起来了。男生当然是为邓冰来的，赖武和邓冰在学校时就有仇，现在赖武审判邓冰，那就有好戏看了。女生的好奇心都在白涟漪身上，QQ群和微信朋友圈里的问号一个接一个的。

白涟漪真起死回生了呀，她不是自杀了吗？怎么会在30年后又出现呢，还嫁给了邓冰同学，这也忒邪性了，这到底是怎么回事呀？当喻言神秘地告诉大家，不是30年前的白涟漪，那个白涟漪确实死了；现在的白涟漪是转世灵童。同学们哗然，骂喻言瞎鸡巴说,神马转世灵童,你哄鬼去吧。关于世界上有没有转世灵童的争论继续了很久。喻言说有没有转世灵童另说,大家来见识一下新的白涟漪不就行了,回忆一下她的长相,看她像不像30年前的那位。来者将发1000元的车马费,中午有丰盛的午餐,标准每桌2000元。于是,同学们纷纷报名。不久,报名者就有七十多位了。

张健见了,急了,连忙和喻言私聊,说行了,别煽乎了,车马费一人1000元,按照80位计算,8万就没了,中午的午餐标准2000元,要10桌,你再煽乎那10万块钱不够了。喻言乐了,说你张健难道还想落两个。张健说落个屁,谁好意思落两个,就怕不够。喻言说一定要花完,要好酒好肉的招待大家,万一不够我补贴。

张健听喻言这样说,也就无话了。不过张健提醒喻言,通过那天谈话,觉得邓冰的状态不太对呀,是不是精神上真的有些问题了?喻言让张健别瞎说,邓冰就是压力大了,发生在他身上的事太多。张健说我的意思是说,要是他精神上有问题,我就可以从这个方向替他辩护了。喻言警告张健,你别胡来,这种事不能在模拟法庭上乱说的,有那么多同学,你还让邓冰今后怎么做人。

邓冰也和喻言私聊,说当时你和我商量请同学们旁听监督赖武公平判决,我也就同意了,可是没有说发车马费呀,还有中午的午餐,这钱从哪出。喻言说你放心吧,当师兄的给你想办法。邓冰一听还有些感动,说今生有你一个哥们儿足矣。喻言暗笑,邓冰是个铁公鸡,要拔毛也不能让他觉得疼,通过模拟法庭判决,算是打麻药了。

开庭那天着实热闹,通知的是9点开庭,8点就来了不少同学。大家来了大呼小叫的,兴高采烈地就像看一场演出。此时,这场演出的三个导演正在法庭休息室一起密谋,这虽然是模拟审判,但考虑到有这么多同学到场,喻言还是怕把戏演砸了。赖武说等一下邓冰来了,让他先到这来,他是男主角,他的出场要像回事,要戴戒具的。喻言说这样不好吧,你是想让邓冰在同学们面前出丑,戴上手铐多难看呀。赖武说一切都按照刑事审判的模式来,你见哪个罪犯大摇大摆地上被告席的。正说着话,白涟漪陪着邓冰直接到法庭休息室来了。喻言问邓冰怎么知道我们都在这里,邓冰说我这是熟门熟路。喻言就戴手铐上法庭征求邓冰的意见,没想到邓冰极为谦虚,说这个案子自始至终我都没有被羁押过,已经很感谢了,上法庭戴戒具是刑事审判的程序,戴就戴吧。喻言和张健都无奈的摇头,赖武却十分满意地笑了。这样,邓冰就先留在法庭休息室等着出场,白涟漪只能去旁听席就座。

喻言、邓冰和白涟漪一起来到庭审现场,见整个大厅基本都坐满了。喻言正要和同学们打招呼,见康大叔正挽着柳影进来,两个人卿卿我我的在同学们面前秀恩爱。康大叔身边还带了不少公司的员工,呼啦啦一群人。喻言和张健都迎了上去和康大叔寒暄,白涟漪却独自退向一隅,坐在那里,面无表情,很沉重的样子。

康大叔对喻言说,带了一些员工,一是给邓冰扎场子,二来对员工进行普法教育。喻言和张健望望康大叔身边的人,面现忧虑。康大叔好像看穿了喻言的心事,说放心吧,我的员工是来接受教育的,不要车马费也不用负责午餐。喻言不好意思地笑了,康达同学你说到哪去了。喻言又望望柳影,说看来你嫁康大叔是对的,要是换着邓冰就要守活寡了。柳影说我啥时候说要嫁邓冰了,邓冰喜欢的是白涟漪。喻言说,对,是白涟漪,喻言不由向白涟漪方向瞅了一眼。柳影也向白涟漪处张望,说我去看看她。康大叔说你们又不认识,看什么看。柳影说我和白涟漪可是最好的朋友。张健说,别瞎说,此白涟漪非彼白涟漪,搞错了,会撞鬼的。柳影不由吐了下舌头,说我咋犯晕了,两个一时分不开。张健说分不开会倒霉的,邓冰就是撞鬼了,才吃了官司。柳影打了张健一下说,去你的,你敢吓我。

45

整个审判厅庄严、肃穆,中间高悬着国徽,这让同学们噤声。审判席、书记员席、公诉人席、人民陪审员、辩护人席、被告人席,每一个席位上都摆放好了身份标志牌。喻言和张健各找各的位置。张健去了后台,喻言坐在了证人的席位上,其实,谁也没有说让他作证。喻言想好了,要是真作证,就证明马车上没看到人。

书记员首先到场,他笔直地站立在那里喊道,肃静!

审判厅里就更安静了。

书记员喊道:请公诉人、辩护人、法定代理人依次入庭就座。

于是,一群人从后台鱼贯而出,入座。喻言愣了一下,远远地望着,不明白咋这么多人。

书记员再次高声大喊,全体起立,请审判长及合议庭人员入庭。

公诉人、辩护人、法定代理人,包括旁听的所有人员都起立了。这时,审判长赖武身着法袍很神气地出现在大家面前。

同学们开始交头接耳了,说看不出赖武那傻逼在法庭上还挺像个人的。在赖武身后是合议庭人员,一群人浩浩荡荡的。这帮人入庭后,审判长赖武面无表情地说,请坐下。法庭的全体人员"哗"地一下都坐下了,显示了赖武作为审判长的威风。书记员站起来,面向审判长赖武道,报告审判长,庭前准备已就绪,可以开庭。赖武拿起了法槌敲击了一下,道,城关区人民法院刑事审判,现在公开开庭审理被告人邓冰交通肇事逃逸一案。传被告人到庭。

两名法警将被告人邓冰押解到被告席。邓冰戴着手铐,这让旁听的同学们面含惧色。法警分别回到自己的位置立正站好,对面而立。赖武望望邓冰,有些得意地向法警示意,请打开被告人的戒具。法警上前把邓冰的手铐打开了,邓冰面无表情。赖武道,根据最高人民法院《关于执行〈中华人民共和国刑事诉讼法〉若干问题的解释》第一百二十五条的规定,法庭现在对被告人的基本情况进行核实。

被告人你的名字?

邓冰。

有其他名字吗?

没有。

有没有绰号、外号或昵称?

有。

叫什么?

邓二水。

哈哈——整个法庭上哄堂大笑。同学们觉得赖武这个时候非要把邓冰的外号问出来是有意出邓冰的丑。赖武用法槌敲击了几下,喊,肃静,肃静!接下来赖武又啰唆了很久,比方问邓冰的出生年月日呀、民族呀、出生地呀、文化程度呀、职业呀、住址呀,然后是违法犯罪历史呀,起诉书副本是否收到呀等等,不厌其烦,最后,赖武又宣布了合议庭组成人员、书记员、公诉人、辩护人名单，一个一个介绍，如此枯燥的过程让同学们深恶痛绝。同学们是来看热闹的，你赖武这样只管自己爽不照顾大家的情绪是不对的，中午吃饭时灌死你。

其实，整个法庭调查，包括宣读起诉书，讯问阶段都十分枯燥，让人昏昏欲睡。只有到了综合法庭辩论时，大家才提起了精神，因为另一个同学张健该说话了，这让同学们感兴趣。在这之前都是赖武表演，赖武的煞有介事让人疲倦，不好玩。

当赖武宣布关于起诉书指控被告人邓冰犯交通肇事罪的法庭调查和阶段性辩论暂时到此，下面针对邓冰的犯罪事实开始综合法庭辩论时，同学们一下都打起了精神。首先由公诉人发表公诉意见，公诉人宣布被告人邓冰的行为构成交通肇事罪。因有投案自首表现，依据《中华人民共和国刑法》第二十七条之规定，应当从轻、减轻处罚。请合议庭依据本案的事实和相关法律，结合被告人的认罪悔罪态度，对被告人定罪处罚。

审判长赖武请辩护人张健发表综合辩护意见。

张健的辩护文采飞扬，看来认真准备了，不过，有点杀鸡用牛刀之感。张健的主要辩护内容是被告人邓冰夜晚行车追尾，撞击马车是事实，但造成人员伤亡和财产损失的证据不足，被告人邓冰曾经下车查看，马车上空无一人，马车自行离去。关于这一点车上另外一个乘车人喻言可以证明。虽然发生了交通事故，在确定了车上没人的情况下，在对方已经离去的前提下，被告人自然要自行离开，可见被告人不构成肇事逃逸。

赖武问证人到场否，喻言不情愿地举了一下手。心里骂赖武是傻逼,多此一举,像真的一样。

张健认为邓冰有造成交通事故的事实,但没有构成人员损害,也没有财产损失,在这种情况下邓冰还主动投案自首,显示了一个公民应有的法律担当,可谓是遵纪守法的模范,邓冰无罪,应该当庭释放。

哗,同学们为张健鼓起了掌。

肃静,肃静!赖武喊着,又敲法槌。赖武说,有关被告人邓冰交通肇事一案的事实已经调查清楚,相关证据以及控辩双方辩论的内容,本合议庭也已记录在案。法庭辩论结束,下面由被告人做最后陈述。

邓冰的发言让同学们大吃一惊,邓冰认为自己撞击的是一个有人的马车,只不过当时自己没有看到人,人已经被撞飞了。

许多同学在小声骂,邓冰是个傻逼呀,哪有这样的人,硬往班房里冲。

邓冰说也许很多人不理解我的所作所为,其实我很清楚自己在干什么。我们是法治国家,任何人都不能逍遥法外,特别是一个法律工作者,一个律师,更应该维护法律的尊严。违法必究,违法就要承担法律责任。美国法学家道格拉斯说,"法律需要被信仰,否则它形同虚设。没有任何行为比一个法律工作者的徇私枉法对一个社会更为有害的了。司法的腐败,既是局部腐败,也是对正义的源头活水的玷污。"卢梭在《社会契约论》中说,"一旦法律丧失了力量,万物都会绝望;只要法律不再有力量,一切合法的东西就不会再有力量。"

邓冰慷慨激昂的演说让整个法庭动容,又是道格拉斯,又是卢梭的,把同学们都震了,连坐在台上的合议庭成员及各色人等都鼓起掌来。这真是一次名副其实的普法教育,邓冰的最后陈述迎来了满堂彩。最后,邓冰说我希望给我一个合理合法的判决。

审判长赖武有些气急败坏,他也许觉得邓冰的最后陈述完全压过了他的所有表演,他狠狠地敲击了一下法槌,宣布庭审到此结束,现在休庭,合议庭进行合议,十分钟之后宣布判决结果。

休息十分钟大家都向洗手间去。康大叔问喻言,邓冰这是演得哪一出呀。喻言说你不是要对员工进行普法教育嘛,这就是普法教育。康大叔说普法教育那也不能真去坐牢呀。喻言笑笑,很有把握地说,放心,坐不了牢。康大叔说邓冰在法庭上供认不讳,不坐牢才怪了。喻言不语。

再一次开庭,审判长赖武宣读了判决书,赖武让全体起立,让大家站着听。

被告人邓冰交通肇事逃逸一案,经本院依法公开审理,合议庭评判,根据控辩双方提供的事实和证据以及被告人的主动坦白,依法确认被告人邓冰交通肇事罪成立,并造成一人死亡,其行为触犯了《中华人民共和国刑法》第一百三十三条,但被告人有自首之行为,依据《中华人民共和国刑法》第六十七条之规定,应当从轻、减轻处罚。现判决如下:被告人邓冰犯交通肇事罪,判处有期徒刑二十年……

赖武的话音未落,整个法庭一片哗然。这时,"轰"的一声,大家定眼一看白涟漪吓得昏了过去,直接栽倒在地上。柳影等几个女生连忙跑过来去扶白涟漪,有一位正值班的女法警也过来了。面对这突然的变故,赖武好像也愣了一下,再看邓冰却面不改色地立在那里。

赖武心想居然吓不住他,看来懂法的人不容易吓。

有同学就喊,怎么会判这么重,不可能呀。这是什么判决,赖武你公报私仇。

同学们群情激奋,有的大声喊道,上诉,上诉。上诉的喊声不久变成了一句整齐的口号。

赖武便拿着判决书去找合议庭,大家见赖武与合议庭的人交头接耳地协商,便噤了声,等待结果。不久,赖武再一次回到位置上,赖武又敲击了一下法槌,喊,肃静,肃静。赖武说判决书出现了技术性问题,二十年为打印错误,应为二年。赖武深深一鞠躬,说为此给当事人以及家属造成的心理伤害,本人代表法庭做出道歉。

于是,大家就整齐地喊:赔偿,精神损害,赔偿!

旁听席上有同学大骂,你妈逼,吓死人不抵命是吧。大家这时再看白涟漪,她已经醒了,坐在那里喜极而泣。

赖武开始重新宣读判决书。判决如下:被告人邓冰犯交通肇事罪,判处有期徒刑二年,缓期执行二年。附带民事诉讼赔偿,其中,但不限于医疗费、误工费、护理费、营养费、交通费、被抚养人生活费和精神抚慰金等,合计人民币55万元整。

赖武念完判决书后,邓冰当场就表示服从判决,不上诉。有同学就给身边的同学解释,说缓期两年就等于不用坐牢了。还有同学认为,赔了55万也不少呀。更有同学说,是多是少看是对谁,对于邓大律师来说55万不算多。

只有喻言在心里骂赖武,明明说好的是50万元,怎么又变成55万了。下来再找你算账。

宣判过后,大家还以为就结束了,没想到赖武又用了法槌,说现在是法庭教育阶段。赖武突然语重心长地开始对大家进行普法教育,听起来十分滑稽。赖武说通过这个案例,大家要引以为鉴,平常开车要慢点,特别是如被告人邓冰先生者,车是豪车,更应该注意,性能好,速度快,别得意忘形。平常兜风更没必要在半夜三更去郊区,出了交通事故更不要逃逸。被告人邓冰希望能好好思考一下我说的这些话,如果你真的把这些话听进去了,记在心里了,这些话对你的后半生将大有裨益。我相信你会吸取这次教训的,奋发努力,成为一名有知识,守法律,对社会有用的好公民。

喻言不由苦笑了,赖武这是典型的装逼。有同学开始坐不住了,起身向外走。赖武话锋一转,说,弗兰西斯·培根有一句格言:"一次不公正的判决,其恶果相当于10次犯罪。"一部好的法律还要有公正的判决,大家通过旁听已经看到了,我们的判决是公正的。赖武在说到"我们的判决是公正的"时,有些激动,提高了声音举起了拳头。

就在喻言和同学们忍无可忍的时候,赖武的声音变得诚恳起来。赖武说这是我最后一次参加庭审,我将告别我的法官生涯,因为我是一个脆弱的人。同学们听赖武这样说"轰"地一下笑了。接着赖武又引用了一段拿破仑的格言:"对于脆弱的人来说,从事法律工作是一种太痛苦的经历,使自己习惯于扭曲的事实,并为不公正的成功而狂欢,最后几乎无法辨别是非。"

了解赖武的同学们都知道,赖武引用培根和拿破仑,都是邓冰闹的。由于邓冰的最后陈述引用了道格拉斯和卢梭,并迎来了大家的掌声,赖武不搬出两个名人才怪了。当然,赖武说对于脆弱的人来说,从事法律工作是一种太痛苦的经历,也是有所指的。赖武暗指邓冰也是一个脆弱的人呀。

模拟法庭散场后,旁听的同学们一起兴高采烈地奔向预订好的酒楼。邓冰也出来了,他和白涟漪搂得很紧,风雨同舟之状。邓冰和白涟漪身边有不少同学,本来大家很想劝劝邓冰的,不成想邓冰比谁都轻松愉快,显得神采奕奕的。邓冰也不理会同学们的啰唆,在白涟漪耳边说,我被解放了,我们好好过日子。白涟漪很有激情地在邓冰脸上"啵"了一下,引得同学们起哄。

喻言和张健押着赖武走在后边,一人挽着赖武的一只胳膊。喻言说今天你爽了吧。赖武说谢谢同学们给我一个告别演出的机会,判的又是邓冰,我很爽。喻言问赖武,说好的是50万怎么变成55万了。赖武苦着脸说,没办法呀,我是民庭的法官,要用刑庭的全班人马,一听说是普法教育,有赞助,大家都很积极主动,谁都知道有加班费。人多了,钱不够。张健问你们那些人的出场费是多少。赖武回答,是加班费不是什么出场费,这个概念要分清,否则就有问题。加班费不多,合议庭的每人5000元,其他的3000元,你也看到了,来那么多人,怎么办,只有加钱了。喻言说你怎么不和我们商量一下。赖武说来不及了,我也没想到会来那么多人,阿猫阿狗都混进合议庭了。赖武安慰喻言和张健,放心,邓冰肯定不会有异议的,他不是当庭接受判决,决不上诉了嘛。

张健拿出判决书,说这就是你宣读的那份吧。赖武说对呀,是我在散场时给你的。张健说这上面明明打印的是二年,哪有二十年之错。赖武嘿嘿笑了,说我是想吓吓邓冰那个傻逼,他是被告人,你看他在法庭上的鸟样,又是道格拉斯又是卢梭的……喻言在赖武屁股上踢了一脚,说你才是傻逼,你能吓住邓冰吗?交通肇事罪你怎么判也判不了二十年呀,十五年是上限了。赖武说,确实没有吓着邓冰,我忽略了,没想到把他老婆吓住了,嘿嘿,效果也很好。张健说你惹祸了,人家白涟漪已经怀孕,要是流产你可负责。赖武笑了,说我负责,我是愿意负责呀,邓冰让我负责吗?喻言说你真是无赖。

赖武说这个白涟漪其实挺年轻漂亮的,吓晕的样子甚是可爱,我都忍不住要冲上去施救了。喻言和张健听赖武这样说,无语。

这时,喻言的手机突然响了。喻言一看是吴亦静,就溜到一边接电话。吴亦静说原来你出版的《两地书》就是和我老妈往来的情书呀,我看完了,真让人感动。我已经和老妈说好了,既然你们的感情这么深厚,你就干脆娶我妈吧,到时候我们还是一家人。

什么……喻言一阵晕眩。

2014年6月初稿

2014年12月二稿

2015年3月三搞

于北京绿地花都苑